百年旧痕

赵珩谈北京

赵珩 口述审订
李昶伟 录音采写

生活·讀書·新知 三联书店

图书在版编目（CIP）数据

百年旧痕：赵珩谈北京 / 赵珩口述审订；李昶伟录音采写. -- 北京：生活·读书·新知三联书店，2025. 8. -- ISBN 978-7-108-08104-9

Ⅰ. I267.1

中国国家版本馆 CIP 数据核字第 202560HM71 号

责任编辑　张静芳
装帧设计　薛　宇
责任校对　张　睿
责任印制　卢　岳
出版发行　生活·讀書·新知三联书店
（北京市东城区美术馆东街 22 号 100010）
网　　址　www.sdxjpc.com
经　　销　新华书店
印　　刷　北京隆昌伟业印刷有限公司
版　　次　2025 年 8 月北京第 1 版
2025 年 8 月北京第 1 次印刷
开　　本　880 毫米 × 1230 毫米　1/32　印张 13.75
字　　数　306 千字　图 55 幅
印　　数　0,001－4,000 册
定　　价　79.00 元
（印装查询：01064002715；邮购查询：01084010542）

再版序言

《百年旧痕》是我在2015年完成的一本关于北京百年变迁的小书，起因是2014年应《南方都市报》的“名家访谈”专栏之邀，由当时《南都》的编辑李昶伟记录，在《南都》连载四十五期，总计一年有余。其后承三联厚爱，结集成书，初版于2016年初，又经两次重印，算来已经是整整十年了。

关于这本小书的内容与体例，我在“初版序言”中已有交待，这里就不再赘述了。记得此书出版后，北京电视台曾在“读书时间”栏目做过一个多小时的专访，后又重播过十数次，大抵也是应和读者和观众对北京这座古都的关注和忆往的情怀。

虽说是百年的变迁，但是北京却有着八百多年的建城历史，历经辽、金、元，至明、清五代，尤其是在明代嘉靖三十二年（1553）至四十三年（1564）兴建的北京外城，不但扩充了北京城的城区面积，也同时使“前朝后市”的城市历史格局发生了变化，乃至于运河的终点发生迁移。中轴线的延伸与运河的历史作用恰恰是由于“申遗”成功而获得更为广泛的社会关注。

这本小书并非是北京历史著述，不过是一些北京社会生活的摭忆而已。百年，在历史的长河中不过一瞬，但是在近现代的中国和北京却是经历了翻天覆地的变化。大抵今天七十岁以上的人都会是这种变化的亲历者。从市容市貌到生活的细枝末节，北京发生了前所未有的巨变。这本小书所涉及的也仅仅是某些大家所关注的社会焦点，很难反映更广泛的全貌。

常常有人问我，今天影视剧中的错误率大概有多少？我说，只能说正确率不过百分之二三十罢了，原因就是今天的编导不熟悉社会生活的历史，很多是凭着想象去臆造的生活场景，给人以误导。因此，《百年旧痕》的初衷也就是想还原一些旧日生活的原貌罢了。

十年过去了，这本小书能得以再版，并以精装问世，也感到欣慰，说明还是有些读者关注这方面的生活史。同时也感谢三联老朋友们的情谊。

三联编辑要我弁言几句，仅此而已。

2025 年 3 月赵珩于彀外书屋

初版序言

2014年的初春，《南方都市报》副刊通过驻京记者李昶伟找到我，想在他们的副刊“名家访谈”栏目做一个谈百年北京社会生活变迁的连载。此前，李昶伟曾因纪念王畅安先生百年而两次来过我家，采访过我所了解的畅老。后来谈及此事，我也有些犹豫，不知这个题目应该从何谈起。又兼听说在我之前，这个栏目刊登过陈援庵先生文孙陈智超先生谈其祖父陈垣，及宋以朗谈宋家与张爱玲关系的两篇专访，更不敢冒昧应承。后来经昶伟代表《南都》一再鼓励，才勉为其难答应了下来。

关于这个题目，过去也有几家出版单位找过我，都因故推托耽搁下来，这次不知如何阴差阳错地竟在岭南的《南都》连载了一年有余。最后至四十五期杀青，中间除了节假日和一个多月的世界杯足球赛没有版面之外，占用了《南都》这个栏目一年零一个月的时间，自己也觉得很不好意思。

《百年旧痕》的题目是《南都》定的，我也觉得不错，既然是旧痕，也就比较自由，想到哪里说到哪里，可以没有什么拘束，不像正经的学术研究文章那样要有完整的系统和严谨的结构。

《百年旧痕》应该说是一部口述史，但是实际上从开始就没有什么计划性，更没有提纲，只是每次设定一个要谈的主题。昶伟每次来，我们都是坐在我书房中固定的位置，一杯茶，一支烟，围绕这个主题聊上两三个小时。昶伟将一支录音笔放在我的旁边，也用笔记本记下一些要点和比较生疏的词汇和人名、地名。她回去后根据录音并结合一些要点整理成文字，再回发到我的邮箱，由我来最后审订并进行文字修改，然后寄给她转《南都》副刊。每次谈的，大抵够用两期的内容。一年多时间中，寒来暑往，就是这样完成了四十五期的内容。

《百年旧痕》的时间跨度大约是从辛亥以后到上个世纪七八十年代。从衣食住行到婚丧嫁娶、饮食娱乐、社会工商、医疗卫生、文化艺术、收藏琐事和社会交往等等，所涉猎的是百年来北京社会生活的方方面面。《南都》主编和责任编辑的意思，是要我尽可能多谈别人所较少涉及的领域，并多谈我亲身经历和所知所闻的内容，故访谈大体秉承他们的意见，后半部的内容尤其如此。

正是由于采取这种口述漫谈的形式，可能整体看来没有很完善的体系，记忆也会有所疏漏，加上主观的成分较多，错谬在所难免。在行文上，也会有不少口语化的特点，因此希望读者不必看作信史，只当作百年社会生活的一点随笔就是了。

不久前去湛江讲座，恰好是四十五期结束，于是在回京前居停广州，与《南都》副刊主编戴新伟和责任编辑帅彦两位青年才俊在陶陶居饮茶一叙，也算为《百年旧痕》画上一个句号。值此，要感谢他们让我占据刊物的宝贵一隅，完成了这个访谈。昶伟一年多来在百忙中帮我录音采写，整理出文稿，也是十分辛苦的工作，衷心感谢她为此付出的劳动。

承蒙北京三联书店不弃，愿将这个连载成书付梓，责任编辑张荷女史又陆续将各期梳理，并重新组合，设定标题，也为此做了很多工作，在此并致谢忱。

由于《百年旧痕》涉及的人物众多，因此在书后附有人名索引，以便读者在阅读时检索。

赵　珩

乙未孟冬于彀外书屋

目　录

公共视野

余音绕梁

新旧更替

引子

北京建城史

谈到北京百年来的社会生活史，首先要回顾一下它作为一座城市的历史。上世纪八九十年代侯仁之先生等编过《北京历史地图集》和《历史上的北京城》，根据青铜器的记载认为当时北京有三千零四十年的建城史，当然后来对此争议也很大。关于北京城的考古我们不去讲它了，北京作为都城来说是从辽开始，辽代的南京、金代的中都、元代的大都、明清的北京这样一路下来，重点是在明代以后，我们今天能够看得见、能够追溯的基本上是明代以后留下的北京。

明成祖定都北京以后，对元大都有过一次大摧毁，叫作灭“王气”。认为元大都作为元朝的首都也是王气所在的地方，新朝建立必须灭亡旧时的王气才能够除旧布新，所以对北京城有一次比较大的破坏。此前辽南京和金中都基本上在一个位置，偏北京的西南部。辽南京又叫燕京、析津府，金中都是在其基础上扩建的。元大都基本是在我们今天北京城这个位置，但是明以后是把大都往南移了。

北京现在有很多地名，地方早就没有了，但是名称还有，比如我们坐地铁还经过的健翔桥、光熙门这些站名，健翔门、光熙门这些门都是元代大都的城门，除了一段土城，早就没有什么遗迹可寻了，但留下了这些名称。明代把整个元大都的皇宫破坏了，只保留了当时的隆福宫，改为明成祖朱棣的燕王府。后来从永乐四年开始，以燕王府为中心，往南部移动，建了整个明代紫禁城，先有了紫禁城，以后再有北京城。

北京城基本建成是在永乐十九年，也就是从永乐四年到十九年，用了十五年的工夫，比较粗糙地建了紫禁城和北京内城，你想想十五年的时间是很短暂的，不可能建成一个非常完整的城市，这是一个方面。另外中间还经过了一次战乱，明成祖朱棣以“清君侧”为名往南打，一直打到南京，当时国家首都是在南京，不在北京。

1368 年，也就是明洪武元年，徐达打下元大都以后，将元大都改名为“北平”，明成祖时才建都在北京。为什么建都在北京，而且从南京迁到北京？重要原因有两个：一是北京是燕王朱棣的发祥地，他在这儿被封为燕王；另外还有一个军事上的重要意义，我们知道，元代和清代两朝基本上没有北方边患的问题，元代的北边是自己家的后院，非常的安定。元朝皇帝还时不时从元大都到元上都，就是今天的内蒙古正蓝旗去避暑。清代也没有太大北方边患问题，清代蒙古的势力比较单薄，而且都是皇帝的女婿家，很多公主都嫁给蒙古王公。唯独在元和清之间的明朝，北方边患非常严重，一开始是正北方边患，像瓦剌，“土木之变”英宗被俘虏就是瓦剌造成的。到了明中叶以后又是东北的边患，后金女真崛起，明朝的北边和东北边一直是不安定的。因此，从战略上讲定都北京有一个很重要的战略意义，考虑把“北平”改为北京，在北京建首都，最主要的目的是防北边的边患。

永乐十九年基本上建成了一个略正方、接近长方的北京城，当时建筑北京城虽然用了十五年时间，但是动用民夫大概有二十三万人之多，在那个时候动用这么多的人力是不得了的事。当时没有外城，也就是后来的崇文区和宣武区，当然这两个区今天已并入东城区和西城区了，整个形状是一个方框。从明中叶嘉靖三十二年，也就是1553年开始建外城，由于财力不足，本来想把整个内城从南到东、到西、到北整个包起来，但是没有做成，只把南边包起来了。南边包起来以后形成了一个外城，就变成我们汉字里的下大上小一个“凸”字的城市结构。

明代的北京是这样，清代在这个基础上没有太大的变化，最大的一个变化就是汉人到南城居住，政府机关都在长安街的两侧，比如六部吏、户、礼、兵、刑、工，现在有个地方叫六部口，就是六部都集中在那儿了。这是清代的北京。

民国北京城：拆瓮城、扒豁子

到了民国，实际上北京城已经开始在拆了，首先拆掉的是什么呢？是东西南北城的瓮城，过去每一个城都有一个瓮城，就是在外城门和内城门之间有两个城楼。两个城楼中间形成了一个空间，那是瓮城。瓮城的建立对于运输、囤积、驻兵各方面都是一个缓冲地带，在正阳门和箭楼之间也有一个瓮城，那个瓮城里面还有关帝庙、火神庙等，但没有人居住，主要是一些军事设施和管理人员待的地方。民国以后，城墙和城门的军事作用实际上越来越小，因为已经从冷兵器时代逐渐变成现代化武器时代，城门、城墙炮一轰就完，没有太大作用了，所以首先拆除的是瓮城。

民国时还有一个举动是扒豁子，把城墙扒开一个口子叫扒豁子，北京人叫豁子，就像少了一颗牙，门牙豁了。袁世凯时期就开始，到了民国中期以后还扒豁子。北京有些门是有门之名，无门之实的，比如说和平门。和平门是没有门的，和平门对着新华门开了一个豁子。还有两个豁子是日伪时期扒的，就是今天的建国门和复兴门，这两个地方也是没有门。还有北边新街口又扒了一个豁子，就是积水潭那儿。这是民国以后才有的事，明清两代谁敢扒豁子？民国以后，皇权逐渐衰微以后开始大胆地扒。除此之外，从明清到民国，北京城的变化不是很大。

到了50年代末60年代初，北京城墙拆得荡然无存，保留下来的无非三处，一个是德胜门箭楼，一个是正阳门和箭楼，还有东南角楼，其他的全部拆得荡然无存。不仅外城拆，内城里面的中华门也在拆，中华门对着天安门，在今天人民英雄纪念碑的那个位置。原来那儿是大清门，中华民国建立，“大清门”要改成“中华门”，把上面的匾翻过来，本来想废物利用，翻过来改成“中华门”挺好。但是一翻过来发现改不了，为什么？因为背后写的是“大明门”，明朝的大明门，清朝初期已经废物利用改了一次，没有余地再改，只好重新做了一块匾——中华门，“中华门”这块匾是后嵌上去的。

扒豁子、拆城墙，王军的《城记》里面讲了很多。这是一个非常复杂的问题，其实，从民国开始就在拆，首先拆掉的是瓮城，后来又逐渐拆城门、城墙，包括梁、陈方案不能推行，当时郑振铎是同意不拆城门的，最后也只得妥协，结果没办法还是拆了。城门、城墙的拆建，里面包含了很多政治因素。

中华门

北京百年之变

清代康乾时代，北京城在世界城市之林中已经是一个非常重要的城市。早在元代马可·波罗到中国的时候，他就认为大都是东方非常了不起的城市。到了清代，英使谒见乾隆时也讲到北京城的情况，当时北京已经是世界最好的城市之一。但是近代以来，随着国力的衰微，这座城市的发展和建设渐渐变得比较落后。

梳理这段历史，我们就知道为什么说这一百年变迁的速度超过了以前的一千年、五百年。从永乐十九年北京城基本建成以后，一直到清代因袭明代北京，这前后五六百年的时间，北京其实并没有太大的变化，真正的变化就是这一百年，这一百年又主要是后五十年。这一百年发生了天翻地覆的变化，以前熟悉的场景如今杳然无痕的太多了。比如北京有一个地方叫贡院，贡院是以前科考的地方，在今天建国门中国社科院那一带。我小时候还能看到贡院里都是杂草，里面原来是一个格子、一个格子的，后来格子拆掉了，成为一排一排的排房，没有人住，荒凉极了。贡院原来还存在，后来没有了。

这样的地方太多了，我最熟悉的就是老东安市场。东安市场在清末是个练兵场，后来成了空场儿，商贩开始聚集。后来有铁罩棚，下雨打在上面的声音很大。再后来逐渐有木棚，有顶，那些在我脑中都跟过电影似的，连气味一说都能闻得着：一种地沟的臭味儿混合着煤油灯的味道，因为里面常停电，有很多时候需要点煤油灯，那种味道，那种幽暗的光线，至今记忆犹新。最热闹的地方是东安市场里的十字街，卖各种水果和蜜饯，当时那种喧嚣犹在耳际。

我曾经写过一篇《旧夜》，写当时北京的夜。旧时夜里是什么样的，卖什么东西，从最早开始卖什么，逐渐到深夜是卖什么的，然后天色晚了出现什么声音。有三种声音是最能代表夜的，今天你都听不到了。一个是野猫的叫春声，嗷嗷的那种凄厉的叫声，尤其是在冬夜里；一个是老年人的痰喘咳嗽声，因为那个时候生煤火，老年人得气管炎的很多，咳嗽、痰喘在夜里面非常明显；另一个，接近凌晨婴儿的啼哭声，你感到生命的一种蠕动。这些声音在今天的城市楼群里面都消失了。那时候房子都相邻，那种野猫的叫春声、老年人的咳喘声、孩子的啼哭声，形成夜的一种氛围。虽然这种声音并不美，但是它是旧时代夜的那种氛围。现在我们说找不到原来城市生活的痕迹，最关键的还不是找不到那些旧时的遗迹，而是找不到那种生活状态的遗存、生活方式的遗存、生活理念的遗存，这是最大的问题。今天我们花大量财力去复建很多旧时代的四合院，建得再像，也没有原来的生活氛围，看到的天空不是原来的碧蓝天空，春天听不见原来的鸽哨声，夏天听不到树上的蝉鸣和水塘的蛙声，秋天听不到秋虫的鸣叫，冬天听不到胡同前后的叫卖声，生活氛围没了，而那种生活氛围是无法复制的。

日本拍了很多历史电视剧、电影，非常讲究，德川幕府时代就是德川幕府时代，江户时代就是江户时代，头发的样式与服饰，这个扣子从左扣到右，或是从右扣到左，这个布带有多宽，小到细枝末节都考证得非常清楚。现在我们影视剧写老北京生活的谬误百出，不要说写百年前、八十年前、七十年前，就是写三十年前也漏洞百出，越往前错误越多，错误率甚至可以达到80%到90%，那些生活场景都是今天的人臆造的。

譬如现在的电影、电视剧，大户人家门口挂块匾，你们家姓李，挂一个匾叫李府，把自己家称作“府”，这是从来没有过的事，就连皇亲国戚都不会把醇亲王府、恭王府的牌子挂在门上，更甭说普通的官员或者老百姓。你跟买卖地儿说话，我有钱买你的东西让你送货，也是说送到“鄙宅”“寒舍”，没有说送到“我府上”的。说皇帝食前方丈，真是吃一百多个菜？不是，能吃的菜就那么一些，也不多。有一次，我和资中筠先生聊天，资先生说旧时哪有在家里穿缎子旗袍、高跟鞋的，那不难受死了，这都是没有的事情。我们今天很多时候是在用没文化的东西去臆造当时的生活场景，实际上是极不真实的。从前还有人给他们提意见，现在也没人再提了，错误是主流，全是胡扯。

逝者不可追，我们说这些不是怀旧，不是留恋旧时代，而是想着如何让后人了解历史，了解过去人们的生活状态，从日常生活的角度还原一部分微观的历史。虽然希望渺茫，但也是我们今天做这个口述的初衷所在。

京城遗痕

北京的城与门

一、“内九外七皇城四”

世界上的城市基本可以分为两大类，一类是摊大饼似的，像上海、伦敦这样的，以一个点，如渔村、教堂、集市等弥漫性发展的城市；另一类是规划型城市，比如罗马、巴黎就是规划型城市，虽然他们跟我们中国人的规划理念不一样。中国人讲究对称，讲究有中轴线，北京从整个城市结构来讲叫“左祖右社”，左边是祖庙，也就是太庙；右边是社稷坛。本来还应该说“前朝后市”，从元代来说是前朝后市，可是后来变成了前后都有市，前门外是商业集中的地方，很繁华，这与漕运有着密切的关系。后市从明代以后开始往南移，但后门（地安门）一带也是一个比较繁华的地方。所以左祖右社，前朝后市，这是都城比较规范的一个结构。

有城必然有门，以北京讲，就是内九外七皇城四。

皇城还不等于紫禁城，紫禁城是在皇城里面。皇城最南边元代叫承天门，后来改为天安门，是皇城的正门，地安门在北边。然后是东西两侧的东安门、西安门，这是皇城四门的所在。皇城里面又套了一个紫禁城，紫禁城的南门就是午门，北门是神武门，东门是东华门，西门是西华门。在皇城的外面像俄罗斯套娃似的，又套了北京内城的城门。

内城城门一共是九个，中央一个是正阳门，元代叫丽正门。南边的左边、右边是崇文门和宣武门。崇文门一开始叫文明门，清代改了；宣武门原来叫顺承门。东边建两个门，一个是朝阳门，朝阳门原来叫齐化门；还有一个门是东直门。西边建了两个门，阜成门和西直门，阜成门又叫平则门。北边建了两个门，因为北边中间对着中轴线不能开气，堪舆学上讲开气就破了气，所以在左右一个叫作安定门，一个叫作德胜门。一般出兵打仗出则安定，入则德胜，出兵的时候走安定门，得胜回来走德胜门，这样内城一共建了九门。

外七。在嘉靖三十二年，即1553年开始建外城，外城七个门。外城七个门也有一个中轴线的问题，对着正南方是永定门，永定门的两侧有左安门和右安门，广安门和广渠门靠里面一点，兜在里面的是东便门和西便门，这样是七个门。从前有一出京剧叫作《游龙戏凤》，是讲正德皇帝去山西微服私访调戏一个开酒馆的女子李凤姐。皇帝说，你猜猜我住哪？李凤姐猜不出来。他说我告诉你，我住在一个大圈圈里套着一个小圈圈，小圈圈套着一个黄圈圈，比喻的就是北京的城门和城墙。

有城就有街道，叫通衢大道；有通衢大道就会有小的街，有小街就有胡同，纵横交错。中国人讲究方正，北京是极好的方正都城范例。不过也有些城市例外。像天津是完全不规整的，没一条街是直的。上海因为有租界的原因，所有的路都开向黄浦江，因为各个国家都要利益均沾，不能让法租界全占了，英租界也得占，日租界也得有，各租界都有路开到黄浦江，因此形成了今天的北京路、南京路、淮海路等，主路都开向黄浦江，它是放射状的。

二、“东富西贵”与“南商北旗”

明代皇帝怕造反，把江南很多富人集中在北京，给他们房子，让他们居住，所以当时很多南方的望族被迫迁到北京。对于自己的弟兄，朱棣也把他们集中起来。2014年有人想在王府井协和医院后门的帅府园立一个牌坊叫“十王府街”，找专家论证。现在大家只知道有王府井，十王府街已经没有人提起，完全不知道了。有人说十王府街是把明代的宗室十个王爷都集中在一个区域，在什么地方？其实就在今天的王府井帅府园，从王府井烤鸭店开始，包括今天的东方广场、东方君悦大酒店，一直到东单一带，十个王府都集中在那儿了。但是，也有人认为“十王府街”是子虚乌有的，并没有十个王府，而是只有一个“十王”的府邸。不管哪种说法正确，总之都是朱棣怕宗室们折腾，将他们集中管理，防止他们造反，那一块地方也就变成“十王府”，那条街叫“十王府街”。

清代得天下以后，没有干明代“灭王气”那种事，对北京没有什么破坏，当然皇宫有所增建，有所踵事增华，但是没有进行大规模的破坏，这是清代非常明智的一个做法。清代一个最突出的问题就是将内城作为政府机关、王府和旗籍人的住宅区域，内城不允许建商业区，不允许建歌楼舞榭，不允许一般老百姓居住，特别是不允许一般普通的汉族百姓居住，汉人都被赶到外城去了。我们前面讲过1553年开始建外城，由于财力不足，本来想把整个内城从南到东、到西、到北整个包起来，但是没有做成，只把南边包起来了最后成一个“凸”字的城市结构。当时的外城以宣武门外的南城为主，这样就形成了所谓的“宣南文化”，像林则徐、魏源、龚自珍等在宣南都留下了足迹。后来的宣南诗社，就是陶澍、梁章钜他们搞的消寒诗社，也是在宣南。宣南地区在民国后，逐渐变成一个比较贫穷、落后的地方，成为市井商业的地区，可是在清代宣南是一个文化区域，许多汉族的“士”，他们的宅邸都是在南城，就是宣武区一带，所以有宣南文化之说。实际上这个禁令在清代后期也逐渐废弛。原来讲东富西贵或者东贵西富，但是还有一句话叫南商北旗，即北城地安门外是旗人居住区，南边是商业区比较多，商人比较多，北京城在最早的时候也有坊的划分，坊就是用栅栏把一个一个的街道或者一个居民片隔离开，便于管理，有点像今天的小区。

由于当时社会流动性非常小，基本上都是几代住在一个区域，不会没事老搬家，可能一个房子住三代、四代，后来有钱了，换一个大房子，也基本上在那个区域，不会有大的变化。所以北京四城的语言有很大的差异，你能听出是哪儿的话。那时候一听这是南城人，这是北城人，这是外城人，这是内城人，很多发音不一样，用字也不一样。现在都叫北京话，根本都不知道他原来是哪儿的人。

比方说“我们”，比如南城叫 wu men，还有 ou men，这个都不一样。买茶叶的，有人叫茶叶，突出那个“叶”字；有的叫茶叶，“叶”是轻声。例如给你沏杯茶，你问：哪儿买茶叶？这也是北京话。北京的儿化音不能随便乱加，出我们家大门不能叫“出我们家大门儿”，不能加儿化音。我家有个后门儿，不能叫

“后门”。大前门，绝对不能加儿化音，没有说“大前门儿”的。还有北京的很多发音，比如现在“您”，这个是保留下来了。可是对于第三者的敬称有一个字现在已经很少用了，就是你我他的“他”，底下加一个心字，那个字念怹（tan），提到你我都敬重的老人，比如咱们说到朱家溍先生，怹一直喜欢抽什么烟？怹在故宫博物院上班的时候怎么怎么样？要用“怹”，这个字现在基本上不用了，“您”现在还用。南方人不讲这个，就是“你”，对待八十岁老人，也说“你怎么样了”。

三、城市分工

从行政区划来说，北京人从前填籍贯，北京哪里的？北京大兴或者北京宛平，实际上他不是大兴（北京郊县有大兴县）的人，你住在东城区，比如说家住东单，你就是北京大兴人，因为它从制归大兴管，你们家住西单、西四就是宛平人。北京城从中轴线划分东西以后，一个北京城划为两部分，西边治所为宛平县，东边治所为大兴县。很多人籍贯是北京大兴，以为你们家是农村的，其实不是，你们家世居东单也是大兴，他们家世居西单就是宛平。

到今天，还有这个话，比方说你们家住在海淀中关村那里，“我今天得进城一趟”，现在有些老人还有这个观念，城里指的是内城，叫“进城”，从前来说，我们住团结湖这儿也是城外。进城、出城有什么特别的？没有。除了特别的宵禁以外，一般来说城门大开。最早有宵禁的时候，城门也是要关的，内城九门一关，你真进不来了，你又不能爬城墙，除非是盗贼。从前盗贼有一种东西，底下拿铁链子拴的，上面有一个爪，叫“飞爪百链锁”，往上一抛，钩在城门上面用铁链子就能上去，那是属于行侠之人，不是一般常人的情况。还有遇到特殊情况，譬如说敌伪时期有关城门这一说。城门一关确实进不了城、出不了城了，出不了城了怎么办，我就在你家借宿一夜。

当时的各门没有什么特别明确的分工。崇文门是很多物资运进来的所在，为什么走崇文门？因为它离运河比较近，那时候运输主要是水路，漕运都是走这儿，元代漕运基本上走到积水潭，到了清代的时候都是走通惠河，通惠河在东南部，所以崇文门变成了海关，处理一些大型货物的关税。宣武门直达清代汉人住的区域，这是后话。每个门其实都比较热闹，相对来说像东直门、朝阳门更热闹，为什么呢？都有货运、漕运。为什么在东直门、朝阳门那一带有北门仓、南门仓、东门仓这些地名？过去那一带都有一些仓库，包括一些旗人领钱粮，都是凭凭证到库房就领了。西直门和阜成门是往西山方向去的，那边主要是一些风景区或者一些大人物的别业，比如明代降臣孙承泽，孙承泽在樱桃沟花园有一个别业叫“退谷”，顾炎武、吴梅村也曾去过。北部是防止北边边患的德胜门和安定门，除了一些公务或者军事上的事情，很少有人出德胜门、安定门的。因为出城门近郊都是粪场和农田。

安定门外以前有很多粪场，当时粪业主要是山东人霸着，粪不光是淘，淘了以后要把粪集中起来晾干，晾干了才能够收集起来做肥料。所以一出安定门就臭不可闻，直到50年代初那边都还有大粪场。

德胜门周围有很多冰窖，护城河里凿出来的冰可以保存到夏天。每天早晨有送冰的，赶着牲口拉的车从胡同进来，送冰的光着脊梁，夏天用一块厚的帆布搭在上面，因为冰直接接触背上的皮肤是不行的，上面有人拿冰叉铲在背上两块，背着送到宅院里面，到了屋里打开冰箱放进去，每天送一次。大概维持二十四小时，等到第二天来的时候，第一天送的这块冰也就剩一点了。一般来说好大一块冰的价钱连运费也就两毛钱的样子。

那时候没有什么电冰箱，我家30年代买过电冰箱，后来因为我父亲吃电冰箱里面的东西，吃了拉肚子，祖父就给卖掉了。一般人家多用土冰箱，留到现在都成文物了。土冰箱一般是个木头箱子，下面有两层，上面搁冰，冰的上面可以冰一点凉开水，盖上盖不影响，当然不能搁一个西瓜。但是西瓜可以搁在底层，凉气往下走，菜坏不了，但是搁的东西很少。用这种冰箱，也是中等人家了。这种土冰箱是个木匠都会做，但也没有说做得多精致，没有说谁家使紫檀冰箱的，都是用普通木头，里面镶一个铁皮，把冰放进去，冰不能直接跟木头接触，不然木头就糟了。箱子底下有一根管子，可以把化了的水漏下来，接一个托盘，跟早些年不能自动除霜的冰箱一样。所以德胜门一带冰窖比较多，安定门外粪场比较多。

出西直门有一种赶脚的行业，人到西山去玩，比如去八大处，去卧佛寺、香山，去颐和园，那时候没有公共汽车，一出西直门有很多招揽生意的。女眷可以坐骡车，一般男的喜欢骑驴，有人赶着跟着走，坐骡车或是骑驴到西山大觉寺玩。俞平伯先生就有很多这样的记录，从上午10点多钟到西直门换驴，坐骡车去到那儿已是下午两三点钟。有了汽车以后，还有人愿意骑驴，骑驴挺好玩，看着春天的桃花、杏花，尤其是北安河管家岭一带，骑着驴慢慢走，实在是十分悠哉的。人没有那么多，生活是非常安静的。

东西便门、德胜门、宣武门、永定门几个城门都会有骆驼来，

西便门附近的驼队

从山西来的，从京东来的，从大兴来的都有骆驼。骆驼是最能驮东西的交通工具，比马驮得多，而且它不受有路、没路的限制，比车灵活。有路的时候车轮子可以滚动走，没路就走不了了，骆驼没路照样可以走。骆驼吃的是饲料，但是承担劳动强度非常大。一直到50年代初我还见到有拉骆驼的，不过已经很少了。拉货的骆驼一般都是内蒙古来的，另外也有自北京周边来的，像张家口地区。那时不叫张家口，叫张垣，张垣拉骆驼的也多，拉的是内蒙古的特产、羊肉等口外的东西，拉走的是什么呢？比如砖茶。福建武夷山也产砖茶，我们今天只知道武夷山大红袍，那时候也产砖茶，因为太平天国的战乱，砖茶运不出去，应运而生的是湖北的砖茶。砖茶在晚清是从湖北赤壁羊楼洞开始，走水路到襄阳，再从襄阳换陆路一直到张垣、内蒙古，再到库伦，库伦就是今天的乌兰巴托，一直到俄罗斯的恰克图集散。我们今天讲丝绸之路、海上丝绸之路、茶马古道，其实还有一条是茶道，这个茶道走得更远，能到俄罗斯和欧洲其他国家。

北京百年变迁的重要阶段

一百年来，北京经历了1911年的辛亥革命，1919年的新文化运动，1928年的迁都，1937年的北平沦陷，1949年的新政权建立，1966年至1976年的十年“文革”，1979年后的改革开放。这七次大的政治与文化变革，影响了百年来北京的社会生活。北京这一百年变迁之速度，可以说超过了以往的一千年。

一、辛亥革命：对旗人冲击最大

首先就是1911年的辛亥革命，对中国人而言，整个帝制终结，共和制开始，从政治变革的角度来讲是一个大事件，从社会生活史的角度，也是一个大事件，为什么这么说？因为人们从之前帝制下相对封闭的社会生活开始逐渐走向一种努力和世界接轨的状态。

生活在北京的族群中，受这次变革冲击和影响最大的是旗人。这里所说的旗人，基本上是满族八旗，也包括一部分蒙古旗人和汉军旗人。有很多记录满族生活变迁的书，我觉得写得比较好的是金启孮先生的《金启孮谈北京的满族》，他把旗人分成了不同类别，上层社会的旗人、市井的旗人，还有一类很重要，叫作“营房里的旗人”。这一部分旗人最保守，也是保留满族生活习惯最多的人群，这一部分旗人可以说最有代表性。他们相对来说生活在一个比较封闭的状态，生活条件应该说是比较差的，但是保存（本民族）传统非常多，从吃穿用度到娱乐形式等等都保存了一种旗人自己的形式，包括他们的婚姻。这部分旗人是绝对不和汉族人通婚的，但是市井中的旗人、上层社会的旗人在清末也有很多和汉族通婚的。

辛亥革命以前，旗人的生活有的已经不富裕。金启孮先生对旗人的生活有过描述，说当时做京官的生活已经不太好，如果能在饭桌上偶见羊肉鸡卵，已为异味。也就是说有羊肉和鸡蛋吃已经很不错了，许多旗人只是以咸菜和葱蒜佐餐而已，可见生活比较清苦。

辛亥革命后，旗人的生活变化是最大的。首先“铁杆庄稼”没有了。什么叫“铁杆庄稼”？就是说可以不干事情，定期凭旗人的身份享受国家钱粮。这个制度辛亥后就彻底终结了，原来旗人一般不事生产，现在都要自谋出路。以往旗人虽然钱不多，但是生活很规矩，恪守本分，不会去偷、去抢，但也绝不会去做生意。现在生活无着怎么办？于是开始变卖祖产，一开始卖的是值钱的东西，比方说书画、碑帖、古玩，甚至卖朝珠、补服，这些在当时也值不了多少钱。我祖父是收藏家，他那时候买进了不少东西，其中包括盛昱（字伯熙，晚清著名收藏家，满洲镶白旗人）家的、完颜景贤（字朴孙，晚清著名收藏家，满洲镶黄旗人）家的一些东西。卖完这些以后卖房子，社会阶层高的卖王府，卖府邸，普通人家卖住房，大房子换小房子，最后房子卖了没地儿住怎么办？住到坟地上去，名为替祖先守制，实际上就是没辙了。所以旗人的生活受到很大影响。我们家虽然是汉军旗，但我祖父是新派人物，我们家有点瞧不起旗人的生活方式和所作所为，我祖父就不愿意和旗人家通婚。

再者，旗人找工作不易。一个重要原因是，满人统治了近三百年，当时反满情绪比较浓厚，所以旗人找工作往往不被录用，一问你是什么民族？满族，不录！汉人跟旗人三百年来本来可以在北京城和睦相处，到了辛亥，关系打破了，就发生这个问题了。有点文化的旗人，比如说想到政府机关做个录事、文案等工作，就要隐瞒自己的旗人身份。但是绝大多数旗人，是不愿意去做这些工作的。有能力、上进的旗人不是没有，比如唐鲁孙先生，在旗人里算很了不起的。他能够凭自己的努力学习一种专业，然后自食其力。另外，京旗中唱戏的也不少，像奚啸伯、言菊朋、程砚秋这些京剧演员，都是旗人。

辛亥以后最大的问题是对旗人生活的冲击，而对于汉人来说，觉得改朝换代了，原来对前朝的不满也有宣泄和逆反，比如说从前穿马褂，马褂是带马蹄袖的，可以扒拉下来，后来就特别反感这个，马蹄袖就不要了。汉人开始剪了辫子，旗人妇女也很少再梳两把头了。你想想这么大一个改天换地的变化，对于社会生活自然有非常大的影响。

再有一个，辛亥以后整个北京城打破了很多禁区，尽管紫禁城还保留着小朝廷，但是所谓皇城不再是禁地，皇城根、天安门前、千步廊、中华门这些地方，老百姓都可以畅行无阻，汉人也开始扬眉吐气。原来的惯例，内城基本上是旗人居住，外城是汉人居住，汉人的一些高官也住在外城或者住在内外城结合部，到了辛亥以后内外城之间居住的界线完全被打破了，居住的区域、商业的区域、娱乐的区域也都在逐渐打破。这也是影响社会生活一个很重要的方面。

二、新文化运动：打破禁区

第二次影响北京人社会生活的是1919年的新文化运动。

新文化运动应该说对于中国的知识圈有着重要影响，但是客观来讲，新文化运动所波及的社会层面远不是我们今天想象得那么广阔，它更多的是影响了知识阶层。

就拿书信形式来说，看当时李大钊给胡适的信、胡适给陈独秀的信、徐志摩给胡适的信等等，上来就是直呼其名，最近怎么怎么样的具体内容，底下落款是名字，那些繁文缛节的前置词、提称语全没有了，这是一个很大的革命。可是一般老百姓写信却还是“父母大人尊前敬禀者”，或者是“父母大人膝下”，你会看到新文化运动对于老百姓的生活没有那么大的波及。当然它对于教育的发展，尤其是对于女子上学还是有很重要的解放作用。我觉得新文化运动最大的价值是开始对中国传统文化画一个问号，近年有许多关于新文化运动的反思，有的否定得过分，有的不到位，有的偏激，但是开始有了反思，这是非常了不起的，只是它主要的影响力基本上还是在知识圈。比如说，1917—1937年，是京剧最繁荣的时期，并没有因为新文化运动而受到什么重大影响，许多应时编演的新戏也并没有站住脚。可见新文化运动在一般民众中的影响力不大。

三、故都北平：平静的十年

第三个阶段是北京从1928年到1937年7月“卢沟桥事变”这个时期。

北伐胜利以后，国民政府定都南京，1928年6月21日宣布北京和上海作为特别市，北京改名为“北平特别市”，不再作为全国的首都，“北京”成了一个历史名词，因此开始有了“故都”“古都”“旧都”这样的名称。

这一阶段有人管它叫“黄金十年”，可能有些夸张，但相对来说，这一阶段政治上比较平稳。往前说，1927年以前的军阀混战虽然频仍不停，但是对于老百姓生活灾难性的影响，远不如日本侵华战争和国共内战破坏性大。军阀混战，张大帅打李大帅，李大帅打赵大帅，输了以后军队一哄而散，然后通电下野。有时候张大帅、李大帅两人在战场上打仗，可是姨太太们还在牌桌上打牌呢，彼此还是儿女亲家，这种事情太多了。北洋军阀时期那种打仗，士兵也没有为什么打仗的“政治教育”，都是招兵制，天桥那儿弄一个桌子，竖一个小旗，凡当兵给一块袁大头，发身衣裳，都是最次的再生布做的，染黄了，染灰了，戴个军帽当兵去了。军阀跟军阀之间，战斗力相对来说也比较差，那边大炮一响，这边就溃退，中间还有很多政客去合纵连横做调停，俗话说就是“跑和儿的”，来回来去地说项。林徽因的父亲林长民就是直奉战争的时候想去做调停，走到东北刚进关，两边打起来了，谁也不认识他，躲到土墙后头，林长民抬脑袋看看，让流弹把脑袋打碎了。

北伐战争胜利以后，首先这种局部的军阀战争没有了，从全国来看，1928 年到 1937 年这一段时间政治上并非四平八稳。首先 1930 年发生过蒋冯阎大战，冯玉祥和阎锡山联合起来倒蒋，最后被蒋击溃，这次大战没有波及北京的城市社会生活，没有攻城略地这种问题；接着就是 1931 年发生了“九一八”事变，因为是在东北，离北京比较遥远，但是日本人也在染指华北。当时国际上派李顿调查团出面调停，到了 1935 年有了《何梅协定》，所以华北也是风雨飘摇，但是相对来说，从 1928 年到 1937 年，北平属于一个相对稳定、太平的时期。

这一段时间经济上也还算平稳，当时禁止银元在市面上流通，实行法币——“国家法定货币”，原则上一块钱法币等于原来的一块钱银元，但是后来随着政治、经济形势的变化，法币越来越不值钱，人们还是偷偷地存银元。以这个时间段而言，政治上的平稳带来了民生的相对稳定和恢复，物价也比较平稳，首先东西比较便宜，一个银元换若干个大铜子儿，一个大铜子儿换若干个小铜子儿，随着时间，换的数量不一样。一个小铜子儿能够买一套烧饼果子，什么叫烧饼果子？就是烧饼加油条，北京人管油条叫果子。一块钱法币买一百个鸡蛋，一百个鸡蛋相当于十三四斤，你想一想是什么样的概念？两个大铜子儿能够买一对大对虾，一块钱银元能买十多斤大对虾，就是说物价是比较平稳的。

那时一般人工资能有多少？从低的往高说。先说保姆，那时叫“老妈子”，当时保姆不像现在这样全国各地流通的，北京的保姆基本上来自河北三河县，“三河出老妈”，都是三河一个一个介绍来的。她们的工资一般是两块钱银元一个月，这属于最低的了，这两块钱银元如果买对虾能买二三十斤。但是实际收入绝不止两块钱，因为还有赏钱，比如主人家打牌，她要抽一点头，主人都会给一点赏，逢年过节有点赏，很多三河县的保姆她们把这个钱入了会，“会”是一个地下银行，都放在可靠的人那儿，你用或者是给别人用，给他们一点利息。我们家的保姆也是入“会”的。保姆在主人家住着，主要用主人家的，吃住都不花钱，水电不花钱，洗手的胰子、卫生纸等等这都不花钱，干落两块钱，所以有人这么攒攒攒，一个月就算攒一块五,一年十五块，两三年几十块，那时候买一亩地也就几十块钱，有的人就在三河县买了地。解放前夕，当老妈子当成了地主、富农的也不是没有。

当然这是收入低的，高一点的像小学老师，小学老师基本上的收入在二十块到三十块之间，可以养一个三口、四口之家，比方说夫妇两个带一个孩子，上面一个老妈，四口人能过，当然过得不会很好，比较艰苦。一个中学教员一般来说一个月可以拿到七十块钱到八十块钱，这就很不错了，能够养一个六口之家，还能雇一辆包月车。北京从来没有“黄包车”一词，现在咱们影视剧里写北京凡是说到黄包车的全是错误的。从前人力车时代叫“拉洋车的”，后来有三个轮的，蹬着的叫“三轮儿”。拉散座的叫“三轮车”，固定给一个人家拉的叫“拉包月”。骆驼祥子后来不是在曹先生家拉包月了吗？拉包月就好一点，基本上收入稳定，主人出不出去都得给他钱，那时候拉一个包月，大概每月能挣八块钱到十块钱，是保姆工钱的四倍。如果一个月挣八十块钱工资，雇一个包月是他工资的十分之一，既方便也很气派。当一个中学校长可以挣一百块到一百二十块钱，有时候甚至到一百四五十块钱，大学教授的工资三百块钱左右，那不得了了，当时一所房子的价钱是多少？一所碎砖头房，就是比较次的房子，是四五百块钱，一个大学教授一个半月的工资可以买一所差一点的小房；一所好房——小四合院那种，是一千多块钱，也就是半年多的工资，这都是有据可查的。

我考察过老饭店、酒店当时的价格，可以搁一块儿参考。从前北京有一句俗话："你嫌这不好啊？住北京饭店去啊。"意思是北京饭店是最了不起的地方。北京饭店豪华套房带一日四餐，就是一顿早点、一顿午餐、一顿下午茶、一顿晚餐，当时是多少钱呢？住一天三十四块，相当于一个小学教员一个月工资。普通的房间，用今天的话讲一个标准间，它的价钱一般是十八块到二十二块，也包括一日四餐，基本上是这样的情况。天津就要便宜得多，天津一些好饭店如利顺德、国民饭店等是十八到二十二块钱。这是当时一些物价的情况。

这种好日子维持到"卢沟桥事变"之前，这是最稳定的一个时期。老舍前期有一些作品，像《老张的哲学》《赵子曰》《离婚》，还有《骆驼祥子》，基本上都是记录这一段时间的生活的。

这段时间是政治上相对平稳，老百姓生活比较安定平静的一个时期，但是在情绪上有一种失落感。为什么说这个时候北京是一种灰色的调子，大家有一种无限的怅惘，因为北京作为一个特别市，不再是全国的政治中心了，它的政治地位是退出历史舞台，可是作为一个曾经做过首都的文化古都，它的地位曾和巴黎、罗马一样。1935 年出过一个小册子，报人马芷庠编，张恨水审定，叫作《北平旅行指南》，衣食住行、哪儿玩，哪儿吃，什么都有。那本书后来我重新出版过，仍叫《北平旅行指南》不合适，于是我就改了个名字叫《老北京旅行指南》。

这一段好日子的终结之作就是《旧都文物略》。这本书是在当时的市长袁良主政时开始编的，编辑的初衷是什么呢？"九一八"

事变以后，日本人开始在平津捣乱，想染指华北。袁良是一个老官僚，原则上讲他也是爱国的，但是考虑问题很幼稚。幼稚到什么程度？他认为日本人染指华北最好由国际舆论出面干涉和调停，阻止日本人对中国的武装侵略，于是他要编一本向世界宣传北京多么了不起的大型画册。这一本画册精美至极，不能说是绝后，但是可以说编得空前地好。我曾经为这本画册做过一个调查研究，编辑人员两个半人，用时不到一年完成，主要工作是陈声聪先生做的。陈声聪，字兼与，上海人，他九十一岁的时候我去上海拜访他，聊过这件事儿，他当时是市政府秘书，分出来专职搞这个画册。另一位彭一卣先生也是专职的，还有半个人是市政府的摄影，一半时间搞这个书，一半时间还得干别的。两个半人不到一年的时间编出这本书，出来时已经是1936年了，也就是袁良下台、秦德纯上台的交替时期出了这本书，因此前面有两篇序言，这两篇序既不是秦德纯写的，也不是袁良写的，是他们俩的秘书替他们写的。这两位秘书都了不起，一位是汤用彬先生，就是汤一介先生的伯父、汤用彤的哥哥；另一篇是柯昌泗写的。柯昌泗是谁呢？是编《新元史》的柯劭忞的儿子。柯劭忞字凤荪，他的儿子柯昌泗是个大才子。当然柯昌泗的下场很不好，他抽大烟抽得非常凶，后来穷愁潦倒。两篇文章之美也是空前的，都是用四六骈文写的，对仗工整，对旧都的那种怀恋，读起来真是令人潸然泪下。

北平这十年虽然不再作为首都了，但它文化中心的作用是其他任何一座城市不能取代的。这段时间还有一个问题，今天的人不太能理解，即虽然作为北平特别市，受南京国民政府的领导，但是国民党的势力从来就没有到过北平，北平是一个真空地带，为什么呢？

以北平几任有重要影响力的市长为例，譬如1928年以后第一任市长叫何其巩，他是冯玉祥的西北军系的，这个人人品很好，很了不起，做了很多政治改革方面的事情，后来还做过中国大学校长，也是一个文化人，跟国民党政府没关系。第二个比较有影响的叫张荫梧，张荫梧正好是在1930年左右蒋冯阎大战的时候在任，他是晋军系，阎锡山的队伍，也跟国民党八竿子打不着，这个人下场不好，1949年后死在监狱里。第三个比较重要的是周大文，就是今天著名京剧演员刘长瑜的父亲，刘长瑜刚毕业的时候叫周长瑜，“文革”前夕为了和父亲划清界限，改姓母亲的姓，就叫刘长瑜了。周大文是江苏无锡人，才子，他是哪个系统的呢？是奉系张学良的人，是张学良的拜把子兄弟。张学良东北易帜、主政华北五省的时候派他做北平市市长。这个人我见过，50年代在王府井东单二条（好像叫“味村”）吃过他做的菜。他跟我的外祖父很熟。周大文能上能下，能当市长，能当厨子，他可是真下厨，厨艺非常好，他做的鱼丸好极了，软糯而弹牙，且入口即化。解放后他和别人一起经营了好多家馆子，但是他不会管理，还老请朋友吃饭，他开的馆子好像都不长，一两年就倒闭了。周大文大概一直活到1971年，还写了一本叫《烹调与健康》的专著。第四个比较有影响的就是袁良，袁良是国民党政学系，是个旧官僚。所以这几任市长的经历出身跟国民党都没关系。

国民党在北平有市党部，有宪兵队，但是市党部形同虚设，管些党务内部事情，党员力量也很薄弱。所以基本上北平人还过着原来北洋政府时期的生活，生活相对安定。而新旧思想，包括文人士大夫的生活方式和新时代的潮流，也都在这个时候碰撞交替。大批的外国人到过北京，罗素、泰戈尔、萧伯纳这些人都来过北京，当然，有的是在 1928 年之前，有的是在北平时期。1928 年到 1937 年这十年是北京平静的十年，而从文化教育来说可以称之为辉煌的十年，这在后面我还会专门谈到。1928 年迁都以后所谓灰色的、晦暗的北京恰恰也带来了一种宁静的氛围，这是北平十年最大的特色。

四、沦陷期：生活简约化的开始

1937 年 7 月日本发动“七七事变”，北平沦陷。这是北京这一百年来第四个对社会生活产生影响的阶段。

北平沦陷之后，政治局面很复杂，当时需要有人出来主持大局，宋哲元走了，二十九军副军长兼北平市市长秦德纯也走了，一度把这个烂摊子交给了张自忠，出面跟日本人调停谈判也是他，张自忠将军处于一个极其为难的境地，甚至引起国人的误解，将近二十多天才脱身。后来南苑激战，黄寺失守，7 月 29 日日本人进入北平城。沦陷后，在日本人把持之下成立了维持会和“临时政府”，直到 1940 年 3 月 30 日成立了伪华北政务委员会。

这个伪华北政务委员会成分极其复杂，它不像汪精卫的伪南京政府，也不像以梁鸿志为首的伪南京维新政府，溥仪的伪满洲国傀儡政权，伪冀东自治政府——蓟县、唐山、昌黎等今天的冀东一带殷汝耕的自治政府，以及伪蒙疆自治政府——以德穆楚克栋鲁普为首、以沙王为傀儡的听命于日本人的蒙古王公傀儡政府，都不太一样。北京这个伪华北政务委员会里面成分复杂，基本上是原北京政府时代的，有清朝的旧官僚，有民国的失意政客，有西北军甘愿附逆的将领，也有落水的文化人。这里面有的人是真有官瘾并甘心当汉奸的，也有的人认为我不入地狱谁入地狱？为了不让古都涂炭，委曲与日本人合作的——当然这是极少数人。沦陷时期也有因各种原因去不了大后方的人，有的人是当时没走成后来走的，比如陈寅恪先生，陈寅恪本来“七七事变”以后就要走，结果父亲陈三立去世了，他得守孝四十九天，这就一个半月过去了，然后再处理一些家事，到 11 月才从北京去长沙，到了内地。所以说这里面各色人等，情况比较复杂。

沦陷期高等院校很多都南迁了，北大、清华、南开到了西南成立了西南联大。1941 年太平洋战争爆发以前，北京的教会学校日本人是不敢干涉的，像辅仁大学，我父亲上的就是辅仁。为什么？就是因为不愿意受日本人教育，当时认为美国人统治的学校日本人够不着，但是 1941 年珍珠港事件之后，日本人全面接收，全都完了，辅仁的校董都让日本人关进监狱去了，当时就有人把留下的学校和师生叫“伪大学”“伪教授”“伪学生”。抗战胜利以后，1945 年 12 月 17 日，蒋介石在北京太和殿前面的大广场接见了两万多名大中学生，有一个讲话，头一句话就说：八年抗战，北平人民受苦了！（日本人占领这一段时间把“北平”又改回“北京”。）蒋介石接着讲了很多，后来讲到在艰苦的八年抗战时期，只有伪政府、伪官吏，但是没有伪大学、伪教授、伪学生，太和殿广场掌声雷动，终于替他们平反了。

沦陷期是一个特殊的时段，社会生活上最大的问题就是民生凋敝，市面萧条，生活方式逐渐向简约化发展。比如说婚丧嫁娶、过生日、祭祖等祭祀活动，所有仪式都在逐渐地简约化。老舍写《四世同堂》是在北平沦陷时期，自然他想当然的成分比较多，因为老舍当时没在北京，他在重庆，但是《四世同堂》里讲祁老太爷过生日，倒是很典型。祁老太爷过七十五岁生日，因为日本人占了北平，只好一切从简，第一是缩小了请客范围；第二呢，吃的东西也不好买，就吃的“炒菜面”。从前北京有一个最简陋的过生日的办法就是炒菜面，什么叫炒菜面呢？就是四个半荤素的炒菜，比方说肉丝炒芹菜、摊鸡蛋，顶多来个熘肉片，再来个素菜，这算四个炒菜了，喝点小酒，最后就是一碗打卤、一碗炸酱，就着吃面。甭管婚丧嫁娶，排场都逐渐缩减，很多旧的仪式不是从1949年后才逐渐消失的，而是从八年全面抗战期间就开始简约化了。很多生意也在逐渐萧条，比方说北京从前讲“天棚鱼缸石榴树，先生肥狗胖丫头”，夏天家里面要搭天棚，搭天棚那生意好得不得了。到沦陷时期，热就热点吧，这院儿里天棚也不搭了。不少老字号的戏院、饭馆倒闭了，关门了，生活简约化带来了许多行业的萧条。

这种状态一直到抗战结束。1945年抗战结束到1949年新政权建政，这几年内战时期，我不把它作为一个阶段，从社会生活讲，这期间基本上还是一个沦陷时期的延续，加上金圆券的发行，更是通货膨胀，生活维艰。只是1945年抗战胜利以后又把“北京”改回“北平”，到1949年定都北京以后，“北平”才又改回“北京”。

五、1949年以后：革命新气象的破与立

第五个重要的阶段是1949年新中国的成立，这一段可以说是发生了翻天覆地的变化，这一次的变革也超越了前面很多次的

变革。

50年代初期确实荡涤了很多旧时代的污泥浊水。譬如禁烟，历朝历代都禁抽大烟，但是有禁得彻底不彻底的问题。国民党也禁烟，公开开个大烟馆是不可以的，都要禁。但是北京的八大胡同、上海的四马路（就是今天的福州路）的妓院当时是不禁的。1949年12月开始封闭妓院，确实这是新政权建政后带来的新气象。

新政权建政后，对社会生活改变最大的政治因素就是对于原来很多东西的否定。首先北京的人口发生着变化，市民中增加了很多新的血液，部队、机关很多来自解放区的人进入到北京，所以发生了极大的变化。包括理念上开始摒弃很多旧的意识，什么是进步的，什么是光明的，穿长衫不是革命的，穿西服是崇洋的，男女都开始穿干部服。1949年之后，男性穿长衫的还有，真正消失应该到1955年以后，之后长衫基本退出历史舞台。别以为旧时穿长衫的只是知识阶层或者社会上层，其实劳动阶层也穿，如棉袍，就是棉长衫，拉车的也穿长衫，腰里系个带子，要拉车的时候把长衫的下摆往这带子里一掖，这就可以拉车或蹬车了，和穿大衣是一个道理。一般我们常见的文化人或者上层人士穿的那种长衫，劳动阶层，像店员，还有其他普通劳动者也都有一件，这是礼服。谁都有三亲六故，也会有场面应酬，如果老朋友的儿子结婚，您得撑场面凑份子，去吃顿喜酒，短打出去不合适，在那个时候就要穿上件长衫，甚至去估衣店（就是旧衣服店）买一件马褂，中国人的马褂就是礼服，后面讲服饰的时候我们还会讲到。

50年代初期，在新生活的氛围中，女士觉得穿旗袍是落伍的，也要穿起干部服，戴上制服帽子。制服基本上颜色差不多，样式不分男女，最多是双排扣的“列宁装”。对女性来讲，即使家里生活条件还不错，也不愿意在家当大小姐、少奶奶，要出去工作，觉得是一种新时代的时尚，只有追求革命才是进步。

一次一次的政治运动也使得传统生活中一些重要的仪式消失，比如祭祀问题。很多人老问我现在过春节为什么没年味儿？实际上大家忽略了一个问题，从前春节不仅放鞭炮，最大的仪式是祭祀，一年中可以祭神、祭佛，但过春节很重要的一项仪式是祭祖。祭祀仪式也是从抗战期间就开始简约化，解放以后在城市中就基本上渐渐消失了。祭祀被认为是一种旧思想，祭祀不犯罪，没人管你，但是会认为你落后，那时候被认为落后就很不得了了。当然那时候没有“文革”否定得那么彻底。

1955年底，突然出现一个转折，那个时候大的政治运动稍歇，抗美援朝结束，反右还没开始，出现了一个相对平稳的局面，因此号召人们美化生活。这时候出现了一张照片，叫作《妈妈，到那边去》，这张照片可以说是划时代的。《妈妈，到那边去》是1955年拍的，曾入选第一届全国摄影艺术展，1957年又刊登于5月号《人民画报》扉页。在一个山坡上，春天的树枝垂下来，一位母亲穿着一件旗袍，风吹拂了旗袍的一角，露出里面带着花边的衬裙，很讲究。这位母亲手里拿着一把洋伞，洋伞被风吹得有点低落，孩子大概五岁左右，穿一条小工装裤，拽着母亲的手，指着那边说：“妈妈，咱们到那边去！”这位母亲有点无可奈何地跟着这个孩子，完全是一幅春天景象，美极了！从摄影技术包括用光等方面都非常好，结果发表不久，就遭到铺天盖地的批判：“这哪里是工农群众，这是资产阶级的少奶奶。”云云。

六、“文革”：禁锢的十年

1966 年开始的“文革”是第六个阶段，在这之前，有些生活方式落后归落后，还不违法，到了“文革”，要推翻一切旧的东西，原来落后的到了这时就是反动，反动跟落后就不是一个概念了。连烫头都是资产阶级生活方式，你烫着头出去就有人给你把头发剃了，你穿着高跟鞋马上给你掰了，这些是绝对不允许的。

“文革”十年，是思想禁锢的十年，这种禁锢也同时表现在社会生活的方方面面，泛政治化的因素极大地影响了生活状态与生活方式。

有个相声叫《如此照相》，虽然略有一些夸张，但是基本反映了那个时期服务业的状况。“文革”时期，饭馆觉得不能伺候谁，把所有的饭馆变成了食堂，自己去买饭，自己端盘子，甚至自己刷碗。什么都要“革命”化，到哪儿都是“红海洋”，天天就是造反有理，整个社会处于一种无序和混乱的局面，这是 1966 年到 1976 年的“文革”十年。当然后来慢慢地恢复了一点，到了 1972 年以后恢复了一些老字号，一些街道的名称也逐渐恢复原名，但是还属于“文革”十年，这是政治文化变革对社会生活造成的影响。

“文革”虽然政治上无序、混乱，但是北京的人口没有太大的流动，经济也不发展，所以还属于比较沉静的北京。尽管天天轰轰烈烈喊口号，但是生活还是五六十年代的老样子。人们没有多少信息的来源，无非是口头传播小道消息，电视很稀罕，广播里也只是八个“样板戏”，全一样的东西。

七、改革开放：大迁徙和大变革

1979年改革开放，持续至今的这第七次大变迁不得了，可以说旧日的北京已经消失。首先人口发生了质的变化，来自全国各地的大量人口迁徙到北京。这是北京这百年来第三次大的人口迁徙。第一次是1949年以后，解放区来的人，转业到地方当政工干部，或者是大批的工人、工程师，各地调来的，支援北京建设。北京土著的称谓越来越淡化，但还是有“这个人是老北京”“这个人不是老北京”这样的说法。第二次人口迁徙是1969年，大批的人从北京迁出，知识青年上山下乡，机关干部下放“五七”干校，三支两军各种人迁入北京，这是第二次规模相对比较大的人口迁徙。再就是1979年到现在的第三次人口迁徙，各种原因迁入北京的人很多，经商的，打工的，北漂的，毕业留在北京的。所以“老北京”这个词现在就没有多大意义了。什么叫老北京？是周口店那个中国猿人叫老北京，还是元朝、明朝、清朝人是老北京？还是民国时期的人是老北京？没这个概念了，现在居住三代就算老北京，可是三代算什么呢？

从前北京就是城四区，加上郊区叫作城八区，其他地方都是农村，现在已经从二环、三环、四环、五环到了六环外，北京城也在像摊大饼一样地无限膨胀、扩大。如今你到北京，打听一个道儿根本没人知道，你说北京什么地方在哪儿，原来那儿是什么，说不上来，你没法问路，城市变化太大。

整个生活理念发生了极大的变化，这里媒体的作用太大了。从前人们看报纸，看杂志，都是平面媒体，到80年代中才有了电视的普及，当然60年代电视没普及的时候，极少数人家也有电视了，但为数很少。到了90年代中就不得了了，网络新媒体出现，2000年之后，人们的生活理念、生活方式整个发生了变化。到了今天，到处都是“自媒体”，每个人都是新闻发布人，彻底改变了人们的生活方式与思维方式。

以邮政变迁为例，曾经有人做过一个统计，70年代末，美国人平均一年要写四十四封信，美国是一亿人口，中国当时是十一亿人口，平均每个人写一封信，因为很多中国农民不会写信。今天，美国人也不会人均写四十四封信了，中国人更不可能人均写一封信，邮政还在，但邮政储蓄是邮政大部分的业务，再就是邮政快递（EMS）。发行的邮票变成一种观赏性的东西，已经基本不再具有“邮资已付”的凭证功能了。

现在有了E-mail，尤其有了微信，写信变得稀有，很多邮筒被撤销，街上已见不到多少邮筒，即使有邮筒，往往开箱捡不到一封信。旧邮筒变成了垃圾箱，有人把香蕉皮、烟头都捅到邮筒里面。我倒是还写信，我给人家的信件，不敢塞入邮筒，因为不知道什么时候开，丢在邮筒里也许有人给你弄脏了，或者被人塞进烟头给你点着了，所以即使写信都交递在邮局柜台。

从前到一个人家去串门，不用预约，敲敲门，一开门就进去了，“好久没来，是你啊？”，或者吃个闭门羹。今天不可能有这种事情，来之前起码打个电话，要不然网上发个邮件或者手机上发个短信，预约时间。现在拜年不需要亲自去拜了，发个短信就算拜年了；买东西，说这件衣裳网上买的，这个皮包网上买的，这双鞋网上买的，一点不新鲜。购物方式都在发生改变。这几十年的变化是不得了的。

那么，从总体来说，从1911年到现在，这一百年的变迁，虽然受着七次大的政治文化变革的影响，但是超过了以前的几百年、一千年的变革。过去的一千年，北京人虽然也历经元明清朝代的更迭，但是从社会生活来说没那么大的变化，该吃什么，该穿什么，基本上差不多，魏晋南北朝讲究宽衣博带，但是一般老百姓穿什么上袄下裤或者是上袄下裙，基本上还是这么一个状态，生活没有太大的改变，但是这一百年来可以说使整个中国在生活方式上、在社会形态上发生着急剧的变化，这一百年是太重要的一个时期。人们生活状态和生活方式的改变，都是有渊源的。这七次大的政治文化变革和更大程度的与世界接轨，就是它发生变化的渊源。

长安居

千门万户的印记

我们经常讲衣食住行，实际上，“住”是人安身立命最主要的方面。住房问题可以说是目前所有人最关注的一个问题。

一、皇宫、府邸、四合房

我们今天看到的北京，是明代逐渐遗留下来的，几百年来一直在逐渐建、逐渐拆改，留下来这么一个北京的框架。今天常常管北京的代表性民居叫作“四合院”，实际上这个提法并不是很准确。

从前朱家溍先生在世的时候，也经常和我谈到这个问题，他不太赞成把北京的民居都叫四合院。他说从规制上来说，基本上属于“四合房”。为什么说不都是四合院，而是四合房呢？四合房是一种四合规制，就是四面围合的一个房子，很多四合式的房子，往往是两三进的院落，有的甚至更大。四合院是一种四合式的院落，实际上都是四面合围（当然有的时候不见得是四合，也有三合的），这是两个不太相同的概念。这种四合的规制，跟北京的气候、采光、保暖，还有传统家庭的伦理与生活方式，都有很大的关系。但是笼统地把北京房子都称为“四合院”，朱先生不太赞同。

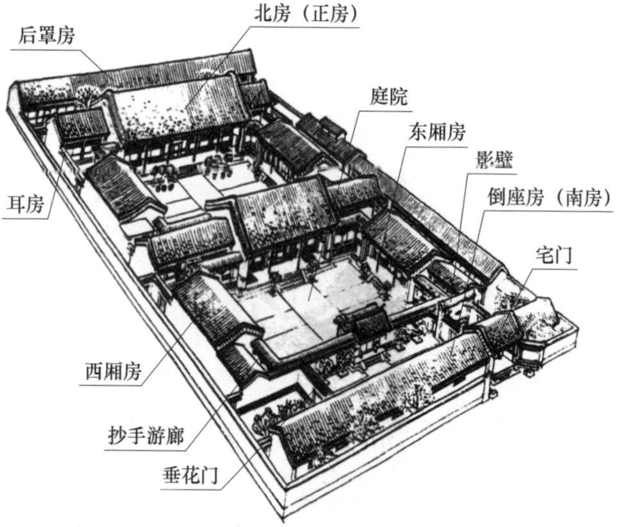

北京四合房结构图

从规制上来说，首先住房最高的等级自然是皇宫，这个我们就不去说它了。故宫大家都熟悉，故宫既是皇帝管理朝政办公的地方，又是居住的地方。从一般居住的房子来说，第一等的就是王府，它是仅次于皇宫的，当然也无法和皇宫比，从规制上来说也是不允许越制的。老百姓管皇帝办公的地方叫“金銮殿”，王府里面的正殿就叫“银安殿”，其实这都是老百姓的俗称，实际上是没有这种称呼的。王府里的“银安殿”，即王府里最大的正房，其规制也只有一层檐，不能够像故宫那样两层檐。宫里面可以两重檐，敕建的庙宇可以两重檐，但是从王府以降都不能够重檐。

北京有很多很有名的王府，比如说礼王府、豫王府、郑王府等。王府的规模格局大，说明这个王爷在当时地位的重要，皇帝恩宠有加，在当时的地位显赫。到了清末比较重要的就是醇亲王奕譞的醇王府、恭亲王奕䜣的恭王府，还有庆亲王奕劻的庆王府。老醇亲王府在鲍家街，就是今天中央音乐学院的所在地。慈禧借助恭亲王的力量发动辛酉政变，但是辛酉政变以后，恭亲王势力衰弱，醇亲王越来越得到宠幸，醇王府就从原来鲍家街那儿搬到了现在的积水潭，叫作“北府”，在宋庆龄故居那个地方，比一般意义上的王府规模更大，建制更为宏伟。

王府的等级依次是亲王府、郡王府、贝勒府、贝子府、镇国公府、辅国公府。王到公能够称为“府”，其他的不能够称为“府”。前面也说到，现在电视剧里有的人家里姓李，李家人挂一块匾是“李府”，这个根本就是开玩笑。即使做到宰相，严格说也不能称为“府”，只能称为“邸”或“第”，比方说大学士第、中堂第等，不能随便称“府”。比如白米斜街张之洞的房子，那也是邸。王府什么样？王府一般来说是三开间的大门——只有王府是三开间的大门，中间有柱子。到宅邸，不管建得大小，大门一般就是一开间，不允许有三开间的大门。

宅邸里面，从宅子的大门就能看出它的等级。最高的等级叫“广亮大门”，广亮大门是一个误称，它真正的意义，实际上是“广梁大门”，就是房梁很长，门洞就很大，所以叫作广梁大门。但是约定俗成，都叫“广亮大门”。广亮大门的特点是，门楣上有雀替，门洞向外延伸，内外都有门道，门口可能还有上马石、拴马桩。年龄大一点的，或者是身体不太好的，还有非行伍出身的文人，不能一抬腿就上马，他都是先要蹬在上马石上，有一个台阶，这样既安全又舒适。上马石是一个阶梯形的东西，上面有雕花。

比广亮大门稍微次一点的叫作“金柱大门”，主要是门在中柱与外檐柱之间，和广亮大门的区别不是太大。但是它的门楣上不一定有雀替，或者说有的时候门口也没有上马石，它的两边敞开，叫“金柱大门”。这两种大门，一望而知，都是大户人家，非富即贵，很多宅邸都采用这种门。民国以后，有些人把门缩小了，为了不太招摇，也有这种情况。

普通人家的房子大约分成两种，一种叫“蛮子门”，北方人管南方人叫“蛮子”，大概是指淮河以南的人。蛮子门也是北京非常多的一种门，这种门就比较小，一般来说没有外门洞。广亮大门或者金柱大门是有内外门洞的，外门洞里可以停车，停什么车？不是停汽车，是停洋车，下雨了怕把洋车淋湿了，停在门洞里，尤其是有比较宽大的内外门道的。但是像蛮子门，从街面上看没有外门洞，进了门以后里面有一个空间，就是内门道。还有一种是如意门，如意门跟蛮子门相差不是太大，也是一种比较传统的建筑，蛮子门认为是吸收了一些南方的特征。这两类是比较一致的民居，一般是一进或两进的院落，有这种门也算是比较殷实的人家。

民国以后出现了一种再差一点的小门楼，它的街门是和院墙平行的，刚才我说的蛮子门和如意门，基本上它们也是平行的，但是它们进门以后有内门道，在内门道里会有左右两条“春凳”。一般小门楼多数没有内门道。

举个大家都有印象的例子，老舍先生的《四世同堂》小羊圈胡同里面，就分别有这几种不同社会等级的人家。冠晓荷家的大门比较阔气一点，像钱家就是比较小一点的如意门或者蛮子门，主人公祁老太爷他们家的门就是小门楼，内外无门道，门与院墙平行。但是在门上面用瓦叠成一个如意形或者花形，也就是在大门上面高出来一块，就是这种小门楼式的。

再次的是大杂院，穷苦人家的院落的门叫什么？叫“鹰不落”（念 lao，四声）。为什么呢？是说这种门太小，太破，连老鹰都不屑于在上头落下来。那就是等于在院墙上掏个门，顶多上面有一个小檐就完了。从临街的大门上就能区别出不同人家，望门而知这一家的社会地位与经济状况。

二、宅邸的讲究

按照中国的堪舆学——也就是我们常说的风水学来说，门不能直对着堂屋，必须是在巽位和乾位上。打开门以后正对着的不是房屋，而是影壁（也称照壁）。进来以后向左首拐才是一个外院，有那么三四十米的地方开始出现了正房，对着正房的门，叫作垂花门。这个门非常讲究，从规制上来说，不是皇宫，不是王府，即使再阔、地位再高，一般来说广亮大门、金柱大门上都不允许有油漆彩画，不会有悬柱。但是在里面的二道门，也就是垂花门可以有。外面的院子可能有一排倒座南房，过去的好房子都是坐北朝南。进来的外院这一个小空间，这排房子当然是坐南朝北了，都是一溜南房，这里就叫外院。

外院一般干什么用？首先紧挨大门的有门房，就是仆人传达事务的房子。还可能有外客厅，也就是不愿意让生疏的客人进入内宅，临时接待的这么一个地方。或者有外书房，平常主人在那里接待一些一般的客人，外书房并不是读书的所在。外院还有一些下人住的房子，另外有一些像厨房、饭厅，也有可能放在外院。

一般来说，这种人家都有男仆，男仆的活动空间基本在外院。

除了那些管事的仆人可以进内院回事，一般男仆不进内院。而一般女佣不出垂花门，就是闲着没事儿，拿着针线活在外门道里头做活儿、和男仆闲聊天，都是不可能的。她们的活动范围基本上是在垂花门以内，进了垂花门以后，两侧可能有抄手游廊，廊子里才是她们聊天、做针线活、休息的地方。

以最通常的两进院落来说，坐北朝南的正房一般称“堂”，我们管那个叫“上房”，或者叫作“堂屋”。堂屋一般来说是三开间到五开间，所谓开间就是以梁来计算的。三开间一般来说是一明两暗，或者两明一暗。对着屋门的一个明间，作为客厅，两侧是暗间；也有把整个堂屋作为客厅的，或打通了其中一间，两个明间做客厅，一个暗间做书房。

要是大一点的五开间的正房，两明作为客厅，一暗作为主人的书房，两侧还有比它低矮一点的两正房，这种叫“纱帽翅”。纱帽翅底下的左右两间可能作为主人的卧房。有的还有耳房，耳房是再往东西两侧延伸的各两间或各一间矮一点的小房子。有的耳房前头还有一个小院，从院子看各有一个圆洞门。中国建筑讲究对称，这边有的那边也得有，两边有两个耳房，也可能作为主人的卧房，或者作为主人藏书、读书的地方。鲁迅阜成门内的书房叫“老虎尾巴”。虽然他的房子不算规整，但是鲁迅的“老虎尾巴”实际上也是一间耳房。

正房也就是堂屋或上房，都是一家人里边的长辈居住的。比方说一个五六口之家，那么就是老太爷、老太太住在正房、堂屋、上房。东西厢房是儿女住的房子，比方说有两个儿子，大儿子住西厢房，二儿子住东厢房。东厢房一般也是三间，比较小一点的也是三间，也是两明一暗，或者一明两暗，这就是两进的院落。

为什么叫两进？包括垂花门外边的小外院是一进，加上正院就是两进的院落。

三进的院落就是后面还有院子，叫后罩房。再大的四进、五进的院落，除了中路以外，还可能有跨院——两侧的院落叫作跨院。跨院也是这样的建筑格局，有正房、厢房，后面可能还有一个院子，或者有后花园，那是规模很大了。

当时北京有一个“马家”，也称“营造马家”。用今天的话来说，马家不是房地产商，而是房地产建筑商。马家从明代就开始经营，到了最后第十四代传人，叫马旭初，我见过。他的祖父叫马辉堂，他的父亲马增祺是英国留学的，这是最近的三代。马家经营着兴隆木厂，专门修建北京的房子，是北京的建房商。可以这么说，北京十几处的世界文化遗产，有四处是他们家修的。包括中海、南海、北海、雍和宫、天坛等等，所有重要的王府、花园，几乎都是经过他们规划和承包修建的。清代营造据说有四大家，马家是其中最大、最有名的一家。营造马家，最后一代传人要在世的话也有九十多岁了。故宫的单士元先生曾经给马旭初写了一幅横披：“哲匠马家”。

马家自己的房子，就在今天东城区的魏家胡同 18 号，现在已经拆改得乱七八糟，不像样子了，院落的一部分还在。这里边既有居住的正房，谈业务办公的地点，也有内眷居住的房。后面和西路还有很大的花园，一般人称为马家花园。

像这样的大宅子，北京当时是很多的，后来逐渐地不行了。特别是王府逐渐地衰落，到民国以后很多王府就在变卖，有的是卖给政府机关，有的是卖给庚子赔款的基金会，也有的是拆了再卖，化整为零。最有代表性的就是豫王府卖给了协和医院，因为协和医院是美国用庚子赔款的钱去建的。当时老豫王爷死了，豫王的太太，俗称叫豫王太福晋（“福晋”两个字，咱们电视剧里读的都是错误的——fu jin，fu 应该是一声，很短促的音，jin 则是四声）。豫王太福晋把豫王府卖给了协和医院基金会，就是在这个基础上建造了协和医院。

顺承王府后来建了政协礼堂。张作霖在北京的时候，顺承王府也做过张作霖的大帅府。张作霖没当过总统，他是中国海陆空军大元帅，以大元帅统率全国的，他的办公地点就在顺承王府。像朝阳门内孚郡王府后来就变成了科学院情报所，当然这都是第二度、第三度卖了。一开始是卖给一些办公机构，卖给一些大学。比方说恭王府当时卖给了辅仁大学女院，庆王府当时也是卖给了辅仁大学。八家铁帽子王从清末已经逐渐在衰落了，民国以后，王府几乎一股脑儿地全在卖。

一些大的宅邸也经过了很多变迁。我们中国人常讲“君子之泽，五世而斩”。簪缨之家能够延续五代以上的很少，大宅门都是逐渐地变卖，更换主人。比方说今天北京市文物局的院子，明末的时候是崇祯的田妃的父亲家，后来在清代又成了尚书致和的房子，后来又变成了中国神学院，现在是北京市文物局。房子很大，但只是原来的一部分，我也曾经在里面办公。

一般的蛮子门、如意门人家的主人也在不断地更换。北京从前有一句俗话，叫“穷搬家，富挪坟”。搬家往往是由大变小，就是说衰落了、潦倒了、穷困了才卖房，以大房换小房，所以叫穷搬家。那么富挪坟呢？坟地在实际生活中好像不太重要，但是某人发迹以后，不但要更换自己的住房，还要修缮自己的祖坟，所以要找人看风水，把祖坟迁到一个风水特别好的地方。

宅邸以下没有特别严格的区分。民国年间，如意门、蛮子门的房子也是后来很多知识分子住的地方，像林徽因的“太太的客厅”，北总布胡同 24 号拆掉的那个也属于这一类。一般来说一进到两进，基本上是两进的四合院比较多。当然，1949 年以后的许多住房是政府分配的，像郭沫若故居、茅盾故居，那不是他们自己买的。老舍在丰富胡同的小院倒是他用稿费自己买的，当时很便宜。鲁迅在阜成门内的房子在当时来讲也不是很贵，属于两进的房子，但是它有个出名的“老虎尾巴”。

大宅子除了住房建筑以外，必须要有树，有些宅院里有不少大树、老树，说明这宅子古老，这一家一直是簪缨之家，延续着祖上的辉煌。清代常有这么一句话，叫作“树小房新画不古，一看就是内务府”。为什么这么说？树都很低矮，是新种的；房子新，可能是找营造马家新盖的；屋里挂的可能都是当时的名人字画。“一看就是内务府”，内务府是管理清宫宫内事务的，中饱私囊、贪污搂钱最方便，也最擅长。发迹以后另盖新宅，新宅子里必然要种树，这就不是能在短时间内生长出来的。所以有“树小房新画不古，一看就是内务府”一说，这是对内务府旗人的一种讽刺，就是说他们不是有根基的人家，缺乏书香门第的文化积累。

一般在正房院里不会有参天大树，外院可能有大树。从规矩上来说，正房前头可能有大一点的树，但绝不会有松树、柏树等。正房前多有海棠树，为什么有海棠？海棠茂盛，开了的时候繁花似锦，就是到了“绿肥红瘦”时，也会是绿荫匝地，这就叫“棠荫”，“棠荫”意味着被祖宗的福泽所笼罩，所以要有海棠树。还有的就是种一些矮的灌木类植物，比方说在正房前头左右两边会种两株太平花，中国人讲对称，所以是左右两边种。到春天这个时候，全开的是白花，花冠非常大，整个院子让人觉得特别有生气。

从前对于北京的殷实大户人家有这样一个说法，叫作“天棚鱼缸石榴树，先生肥狗胖丫头”。说到天棚就说到跟北京的居住有密切关系，但是已经消失了的一个行业，叫“棚铺”。棚铺主要就是替人家搭席棚。有清一代，每当朝廷盛典，沿街都要搭席棚，能绵延十数里，因此生意好得不得了。旧时宅院没有覆盖全院落的树，夏天很晒，于是就要搭宽大的席棚罩住院子。搭席棚的原材料实际就三种：第一，杉篙。什么叫杉篙？大杉树杆子，南方有使竹子的，北方不行，竹子易裂。第二是席子。像一领一领竹坯子编的大席子，也有用苇子编的苇席，一般是竹席。第三样原料是麻绳。再有就是他们的工具，缝针、钩子什么的，但原材料就这三种。搭席棚速度之快、技术之娴熟是你无法想象的。

50 年代还有搭天棚的。我看过他们操作，也没有那么多工具，就是登梯爬高。那时候也没什么升降梯，也就是一架梯子，完全是人工。基本只用一上午，一个院落的席棚就搭起来了。四面该有杉篙的地方打杉篙，杉篙不用挖坑，把杉篙埋下去，这个办法太笨。杉篙就是平摆着，仗着几处牵拉膘劲儿，搭出来绝对稳当。然后把上面和四周边蒙上席子，后面有一个环拴住绳子，用铁的钩针就跟缝衣服一样，粗针大线把席子缝起来。有卷帘，侧面、上面都能舒卷开合，就跟窗帘似的。早上阳光通透，天棚敞着，快到中午的时候就把天棚拉起来，到了下午四五点钟，太阳会从侧面射进来，所以侧面也要有席子，整个把院子罩住，太阳下山以后，再把上面的席子卷起来——当然后来卷席子的活儿就是宅子里自己干了——阴凉匝地，非常的舒服。

天棚是大户人家的消费，物价稳定的时候搭一个天棚，连工带料将近普通职员一个月工资。这个活儿基本上是在春末夏初，到了秋分一过棚铺来拆走。搭天棚的这些原料都是人家的，杉篙可能能用好多年，席子风吹日晒的容易坏，得不断更新，但有的也能用一到两年。棚铺其他时候还做什么？就是扎办丧事用的纸人、纸马，他们还会扎宫灯，能干几种活儿，搭天棚是季节性的买卖，不能死吃这一项。这是一门手艺，现在这种行业基本上消失了。

除了夏天搭的天棚，院落中间可能有大的鱼缸。有的时候鱼缸不止一个，一排或者几个大鱼缸。但是瓷鱼缸里是养不了鱼的，你用青花瓷缸养鱼，那鱼准死。一是瓷缸密度大，不透气，一是它传热导热快，鱼容易热死，或者是天冷的时候冻死了，所以必须用瓦缸。但是瓦缸黑乎乎的不好看，所以用瓦制的鱼缸，瓦缸外头套青花瓷缸或者五彩瓷缸。

石榴寓意多子多福，是吉祥的植物，也容易成活，结了果实还漂亮，因此院子里多种石榴。此外，有廊子的院落在廊檐下还要挂上能够舒卷的苇帘子，院中和廊檐下在春天摆上蔷薇、月季，更讲究的会有芍药、牡丹；到了秋天会摆上菊花，几盆“姚黄魏紫”或“柳线垂金”能让院子更有生气。廊子是室内和室外的过渡空间，每当雨季，坐在廊子里看着淅淅沥沥的绵绵秋雨，也是莫大的享受。

“先生肥狗胖丫头”指的是什么？先生是家塾西席，就是家庭教师。民国以后，很多人家以家庭教师作为孩子的补充教育，使孩子的教育更全面。我家就是这样。我父亲小时候接受的是西方教育，他没上过当时正规的初中、高中，他上的是北京干面胡同的美国学校，王世襄先生就是美国学校毕业的，父亲比他晚几届，他们都是一口英文，完全受美式教育。但是家塾请了若干位先生，教《诗经》《左传》《礼记》《尚书》等传统经学，也教诗词。也有的人家，孩子不上学，就在家里请家庭教师教，那是在清代，后来有了新式学堂，大凡开明点儿的人家都会把孩子送到新式学堂里受新式教育。像我的曾祖、曾伯祖，他们就是反对科举教育的，曾与张之洞等联名上疏废科举、兴办西学，都是这种思想。

肥狗当然是一个笼统的说法，院里可能养猫、狗，猫狗养得很肥说明这家里很丰足。胖丫头就是随身丫鬟，但不是指一般的老妈子，因为丫鬟不用出卖大力气，中年以上的女仆才是出力的。丫头一般是伺候太太小姐的，活儿不重，吃得又好，养得肥胖，没事在廊子底下聊天，说东家道西家。“天棚鱼缸石榴树，先生肥狗胖丫头”，就是殷实大户人家的标志。

当然，带有花园的宅邸更是大不一样了，花园一般多在院落的最后一层或是一侧，这就不是普通人家能够企及的了。

三、民国时期的住宅改良

民国北京政府时期，“第一流人才内阁”的国务总理熊希龄，还有交通总长朱启钤等改建了很多北京传统的住宅，成为一时风气。怎么改建呢？比如说把一个三四进的院落从过厅（花厅）一直到堂屋，再到后罩房，中间弄了一个直通的玻璃走廊，把三组房子串起来，张自忠路原顾维钧的房子我去过，就是这种格局，很有代表性。这是其一。

第二就是封玻璃廊子。传统的四合房子有的有廊子，有的没廊子，一般来说比较大的院落都有廊子。从垂花门一进来就有抄手游廊。什么叫抄手？手搁袖筒里叫抄着手，环绕着正院的廊子叫抄手游廊。南侧的抄手游廊一般从南墙的花窗前面过，接着就绕到东西厢房，再连接到正房，四面全有廊子接着，下雨时一进垂花门就不会淋雨，可以绕着廊子直达堂屋。廊子有宽有窄，好房子、大房子的廊子比较宽。最宽的廊子可以有两三米，窄的也有两米。

廊子是一个住宅内、外空间的过渡，你说它是房，它不能住人；你说它是院子，它有顶，所以它是一个过渡空间。廊子是中国住房最美的地方之一，你在房子里面向院子，没有廊子的房一步就跨入到室外空间了，但是廊子是一个很好的过渡，下雨下雪的时候可以在廊子里赏雨、赏雪。下雨时有点风，可能会有点潲雨，也就潲进来一尺多，但不会把整个廊子都打湿。搬一把椅子坐在那儿，看着淅淅沥沥绵绵小雨，整个花木都在雨水里，非常美。下雨了，小孩不能在院子里玩儿，但可以在廊子里面玩儿。下棋，做功课，小朋友之间游戏，都可以。晚上通过廊子看到屋里面，纸窗也好，玻璃窗也好，灯光幽暗，人影晃动，别有一番趣味。所以廊子是中国式住宅非常美的地方。民国初年封玻璃廊子的做法其实和我们今天封阳台是一个道理，廊子封了玻璃，虽可以保持一定的温度，可以养花（要不然过渡空间实际上跟室外温度是一样的），但是却破坏了传统居住的韵致。这就是民国北京政府时代的特色，这是属于改良旧式建筑。

民国以后，还采用中西结合的方式建造和改良了一批建筑，最典型的要数光绪三十三年所建的铁狮子胡同（今张自忠路）的陆军部和海军部，现在还在。民国元年，袁世凯曾把总统府设在西院，国务院设在东院，靳云鹏当总理时，也曾做过他的总理府。

民国十三年，曾是段祺瑞的执政府。这是两组西式砖木结构的两层楼群，但都是由中国人自己设计和施工的，可以说是那个时期的代表作。应该说，民国建筑是西风东渐很有代表性的建筑，清华大学的张复合教授对此有很深的研究。我还记得，90年代末为保护西城兵马司胡同的"地质调查所"，张先生曾奔走疾呼，发起保护"地质调查所"原址的倡议，我也曾在这个倡议上签字，并发表在《北京日报》上。这个建筑是由贝聿铭先生的叔祖父贝寿同设计并监修的，也是民国建筑的代表作。

民国时的改良，另外还有就是给一些老房子安暖气，安卫生设备。实际上上世纪三四十年代，北京的很多老式的住房已经有了卫生设备。比如说上房的耳房一边是住宅，另一边就是厕所。安上西式的恭桶、洗手池和浴缸。能够装修这些，就是因为北京在民国初年修建了比较完善的下水设施，在《北京市志稿》里面就能看到这些情况，那时候的市政工程下水做得很不错——当然没有青岛好，那时候德国人在青岛建下水工程，直到今天，青岛如果哪个下水配件坏了，你到德国去，它都保存有图纸，能够找到当时的配件——北京当时修的下水设施也相当不错了。更有钱的人家，家里开始安上暖气。暖气的锅炉房在外院，常常就在一进门南倒座的头上，安一个锅炉房，通上管子，屋里安暖气。

四、糊棚铺与小门小户

说了大户人家，再说说普通人家。说到小户人家的居住状况，就要说说糊棚铺的活儿。过去屋子里的墙不是刷白的，是拿报纸糊的——报纸旧了换新的报纸，即使最穷的人家也要换糊墙纸，中等人家隔一两年、两三年还要糊顶棚。那时候房子的顶棚也是纸的，你想想房子里面是大梁、檩子，上面铺着席子、泥、瓦，就会呈现一个很大的空间，中间空这么一大块既难看，冬天也冷，那么就要搭架子糊顶棚。用的材料是什么？北京话叫秫秸。棚铺糊顶棚，用秫秸先搭架子，然后再糊顶棚，糊得也快极了。也有人家为省钱，不找棚铺而自己糊，技术就不那么到位了。

到了冬天快过年了，都要大扫除，要糊窗户。在清末北京就开始有玻璃窗了，外头是玻璃窗，玻璃窗上面一直到屋檐则是纸窗。糊窗户纸一律要高丽纸，一般用带暗横道的高丽纸，高丽纸要糊上头的这一部分，这一部分也是要年年换。你别看那么一层纸，既保暖又够白净，蚊虫进不来，还可透气、采光。有的还得是卷窗。怎么卷？用一根小秫秸，卷着同样的高丽纸卷，一拉就卷起来，非常科学。不过糊窗子的不只中小户人家，大户人家也要糊，有卷窗，也有纸窗。尤其是到了冬天，屋子里生火，略开着点卷窗，还能防止煤气中毒。

糊窗户、糊顶棚是糊棚铺的活儿。来个人先看看，大概打量打量，心里就有数了，用多少秫秸多少纸，全在心里，最后糊完了不会不够，略打一点富余，到最后剩余也就两三张。一般来说是两人，有时候甚至一个人，大半天的工夫，这一家的活儿就全完了。

五、“拉房纤儿的”

今天我们除了从房地产开发商那儿买房以外，房子买卖与租赁大多是通过房屋中介。房屋中介满街跑，穿着西服，打着领带，挺脏的白衬衫，多是些小伙子，据说北京现在大约有十五万人从事房屋中介，男性居多，也有少数女性。这个营生不是现在才有的，从前北京就有，但是湮没了将近五十年的时间。从前这个行业叫什么？叫“拉房纤儿的”（必须加儿化音）。那时候北京人口少，房子也没那么多，这种买卖交易也相对少，民国时期据统计在北京拉房纤儿的大概有一千人。

老舍的《四世同堂》里面，钱先生的亲家金二爷就属于拉房纤儿的，看来生活和收入还不错，后来还能不时接济钱家。这拉房纤儿的还有大拉房纤儿的、小拉房纤儿的，大拉房纤儿的控制着一些小拉房纤儿的。大拉房纤儿的类似于现在房屋中介的公司经理，小拉房纤儿的就是业务员。这帮人成分极其复杂，说没文化也得有点文化，知书识字，但是又不肯凭力气吃饭，也没有其他的谋生手段。这批人有他们的本事，熟悉社会心理学，没这个本事干不了这个活儿。

这些人提笼架鸟，每天早上到早点铺、大酒缸和茶馆去打听信息。说某某他们家有所房子打算卖，或者某某刚到北京来，想买一所小房，钱也不太多，就想买个小四合；或者是谁想租几间房，就是这种市场上的张家长、李家短的信息在茶馆里交换。拉房纤儿的每个人都掌握着几十条买家和卖家的信息，信息量相当大。但是他们可能又受控于一些大的拉房纤儿的，将来买卖成了他们有提成。

当然那时候干这一行的是清一色的男性，没有女性干拉房纤儿的。一般来说，太年轻的也干不了，不谙世事不行；岁数太大也干不了，满街跑，跑不动。所以多是中年男子做这个，而且相对来说都是比较游手好闲的人。

如果说事情跑成了，就要立契约，就是买方、卖方、中人（对双方都熟悉的中间人），还有他自己——拉房纤儿的，他们都要签约，画押写倒字儿，过户的时候还要贴印花税票。那个时候没有房管局这一说，但是也还少不了契约。

拉房纤儿的挣什么钱呢？不管是买卖，还是典当——因为有人穷了，这房子一时卖不出去，把这房子当了，是一个暂时性的过渡——都要拿出佣金。这个佣金是多少？不管是租价还是买价，拿出整个房价的 5% 提成，这 5% 谁出？有一句话叫成三破二。比如说这套房子交易是一千块钱，一千块钱的 5% 是五十块钱，什么叫成三破二呢？成就是买家，破就是卖家，就是说买家出 5% 的 60%，卖家出 40%，叫成三破二。这五十块钱，卖房子的给拉房纤儿的二十块，买房子的给这拉房纤儿的三十块，叫成三破二，这是规矩。

从房子说到经营房子，那时候是这么几种，跟今天也很像。你建新房子，找营造商，比如说兴隆木厂马家。但一般的房子都是在原来房子基础上再卖，说白了就是二手房，买了以后再把这房子重新捯饬——那时候管装修叫“捯饬”。但是拉房纤儿的本事在哪儿？一个是信息源多，一个是这张嘴厉害。

比如说你想买这个房子，我得想方设法让你买，说出这房子的很多优点。这房子木骨儿好，什么叫木骨儿？就是木结构，说这房子是一水儿的黄松木骨儿，你住几十年保证不用修；再有这房子地点好，交通便利……反正是种种的优点，哪怕是缺点都会说成是优点。你说这房子地方背，就是偏僻。他会说，背好啊，这个地方清静，省得车马喧嚣不肃静。你说这个房子小点儿，小点儿不要紧，小点儿您住着紧凑。你说这房子太大了住不了，他会说将来您生儿育女，人丁兴旺了，您这房子小了兴许还不够住呢。

但是他们之间，也就是说拉房纤儿跟拉房纤儿之间互相还要呛行。比方说你跟另一拉房纤儿的说好了，这房子你买了，都快签约了，我找你去："您买这个？我劝您别买，我可告诉您这房子不干净。"什么叫不干净？这房子吊死过人，闹过鬼，"再说地方也偏，您上哪儿都不方便，您出去还得雇三轮儿，花车钱，这多冤啊"。"您别看这房子新捯饬过，实际上里面都空了，木骨儿也不行。"反正能够给你说出这房子种种的不好来，互相拆台，这叫呛行。当然他们之间也有他们之间的规矩，说成三破二就是成三破二，提成 5% 就是 5%，房子是多少价钱就是多少价钱。

拉房纤儿这个行业到了 1951 年左右就基本上被取缔了，后来有房管局了，不允许私人拉房纤儿，这一行也就消失了。没想到五十多年以后，满街是拉房纤儿的——房地产中介，只是不同的形式，穿西服，打领带，拿着手机满大街跑。以前他们穿什么？穿什么都行，没有职业服，短打也行，长衫也行，没人会因为你的服装低看你或者高看你。

这拉房纤儿的有的是专职，也有兼职的。这一行没有严密的组织，但是他们互相都熟悉。一般来说他们是四九城跑，也没有地域界线。说你是西城卖房，我东城不许管这事儿？没有。虽然你的房子在西直门那儿，我在朝阳门，我买卖这房也可以。

六、北京以前的租房市场

可以说从民国初年一直到解放初期，房价基本上不是太高。一般来说好房子几千块钱，两三千块钱、三四千块钱一所。一个较大的院落要五六千、七八千，那就是很好的房子了。我家1956年买的那个跨院大概是三千多块钱，再早的时候可能还要低一点。1951年为什么取缔拉房纤儿的？拉房纤儿的本身不仅有一个挣“成三破二”中介费的问题，更有哄抬房价的问题，政府就取缔了拉房纤儿，后来设了房管局下属的房屋交易所。

房子是人们生活必需品，这个矛盾当时并不是太突出，有钱买房，没钱租房。那时候也有人是专门吃租金的。比方说这家的子女不在北京，就剩一老太太，住一个四合院太大，而且也没太多经济来源，于是就将一部分房子出租。也有些人像今天似的，有了闲钱就买房，买了几处的房，吃租金，拿了租金将来可能又买所小房，这在北京叫什么？叫“吃瓦片儿的”。“吃瓦片儿的”跟拉房纤儿的不一样，吃瓦片儿的是把闲房出租，以此作为生活补贴或生活主要来源。敌伪时期情况比较特殊，因为社会动荡不稳定，很多人不愿意置产，不愿意买房子，于是就租房。拉房纤儿的生意中，租房子比买房的比重增加了，这是敌伪时期的房屋状况。

不过有钱人家也租房子住，当然那是少数。比如我的外祖父家就是这样。我的外祖父曾经做到财政部次长，就是副部长，可是他从来不置产，没买过房，一辈子租房，几处的房子都是租的，最早在汪芝麻胡同，就是魏家胡同旁边，后来搬到弘通观。我的外祖父觉得没必要买房，租的挺好。那时候人不像现在，没那么多新观念，也不是说拿这个生财，有房子住就行，也很稳定。他租的是北京政府总长周自奇的房，先是租住弘通观甲四号，后来周自奇死了，他的姨太太要卖甲四号，于是就移居四号院，那是个中西合璧的院落，与原来的甲四号只有一个花厅相同，但是后面有两座小楼，花园挺大，房租就归周自奇的姨太太。当时这种房租恐怕一年一付，大概不会每个月付。

弘通观的房子也不是很标准的四合式，进来以后有一个大客厅，很大。后面前后有两座小楼，这边有一侧花园，也是民国建筑。后来外祖家与许宝骙（和我外祖父是连襟）两家合住，许宝骙的哥哥许宝驹和李济深他们都是民革的发起人之一，北平和平解放后，他也来京和许宝骙暂住一起。1949 年的夏天，这个院子里很热闹，当时的北平（那时尚未改北京）副市长徐冰曾在此召开了两次重要的会议，可能与筹建政协有关，周恩来、林伯渠、董必武等很多人都去过弘通观的房子，因为当时与会人多，小楼里坐不下，又是夏天，会议就在花园里的草坪上举行。

对弘通观四号的这个房子我没有印象，因为我当时还小，只有一两岁。这个房子的西墙外就是原来的“国立艺专”，后来是新闻出版总署。再后来他们搬到东总布一号后门，我有印象。那个房子也很大，前院（实际上是后院）是我外祖父、外祖母他们住。前面还有一个很大的花园，里面还有西式的房子。我印象比较深的，是当时民主人士费璐璐家，他们家有好多玩具。我小时候最大的兴趣是去费家看玩具展览，包括上了弦跑的小火车等等。这一部分后来政府收购，分配给永利资本家，也是化工部副部长李烛尘居住。所以，外祖父家在北京就从来没有买过房，一直是租房住的。

“卢沟桥事变”之前的北京应该说生活比较闲适、安静，整个居住是比较幽静的，而且也没有无限地扩大空间，像在院子里搭小棚、搭小厨房等。一般来说四合院是一家一户住。当然民国时也有一些杂院，住着不同的人家。比如说老舍的小说《离婚》里面也是一个大院落，里面分别住着几户人家，有小职员、教师、做买卖的不同人家。小四合一般都是一家人住，两口子，上有父母，下有孩子，五六口之家，可能就是一进的院落，没有外边的倒座，也蛮舒服的。那种房子往往没有廊子，如果有廊子，就是比较好的房子了。近五十年来，大的院落在消失，变成了杂院的形式。

北京民国时期的好房子不会在外城，不是说绝对没有，但是基本上好房子是在内城的东西城。今天外国人到北京总会去两三个地儿，一个去后海，一个去三里屯 Village，再有一个去南锣鼓巷。南锣鼓巷就像个“蜈蚣背儿”，就是说中间那一条锣鼓巷是蜈蚣的脊梁，左右延伸的八条胡同是蜈蚣的爪，几乎大房、好房全在那儿。比方说北兵马司胡同、棉花胡同、炒豆胡同、板厂胡同、前圆恩寺胡同、雨儿胡同都在那一带。齐白石纪念馆就在雨儿胡同，那是后来政府拨给齐白石的住房，但是他还是喜欢辟才胡同内跨车胡同的旧居，实际并没有怎么在雨儿胡同住过。前圆恩寺原来是蒋介石行辕，抗战胜利后，蒋介石来北京都住在前圆恩寺，1949 年以后曾是南斯拉夫驻中国大使馆。

南锣鼓巷这个地方后来能热起来，主要原因是因为有“中戏”，没有中央戏剧学院就没有南锣鼓巷今天的状况。那一片现在变成了以小资情调著名的地方，可以前特别安静，只有民居。后来有些变成了首长住房，比如说粟裕就住那边；有的变成了一些机关宿舍，我太太她们家曾经住过福祥寺胡同，那是煤炭部机关大院；再有一些化整为零，一个大户人家的房子被分给若干人家住，各种情况都有，但是基本建筑格局都保留着，这种情况一直保持到上世纪 80 年代之前。

七、我家的住房往事

除了改良房，民国时还兴建了一些新式的住宅，像我家的房子基本上是民国时建的房子。我家从1929年正式定居北京，但是没有住过北京这种标准的四合式的传统院落，我家住的是花园洋房，这在上海一点不新鲜，但北京就极其少有。因为我祖父比较西化，过去他在大连的房子是日式的建筑，北京这个花园洋房是德国人建的。

房子在东总布胡同，旧门牌61号，新门牌34号，隔壁就是马寅初的宅子，现在作为不可移动文物。如今名物学者扬之水就住在这个房子里，跟我家住的时候基本一样。那个房子带有很大的花园，花园半中式、半西式，花园里有假山，假山上还有一个凉亭（今已倾圮）。花园瞧着很中式，但是房子是西式的，小楼周围的木廊都是欧洲式风格。

小楼共有两层，楼下有一个大客厅，要是举行舞会，起码能容二十对人跳舞没问题。我祖父住楼下，有书房和卧室；楼上有小客厅，还有我两位祖母的房间和我父母的房间。因为是有花园的房子，所以就得有花匠。我们家的花匠不住家里，是每天来上班。除了花匠还一度有司机或者拉包月车的，一般也不住家里，但是厨子和女佣都住在那儿。

前年，北京市档案局给我复印了一份1947年我家的户籍底档，从上面可以看到，户主是祖父，大概也就六七口人，但是用人却有七八个，其中有女佣、男仆、厨子等。仆人住在家里也要上户口，有姓名、籍贯、性别、年龄、文化程度，与户主的关系，以及有没有党派，有没有枪支，有没有残疾，还有兵役状况等记录。

解放后觉得这所房子太大了，就卖掉了，买过一个不太规整的四合房，就在什坊院，后来叫盛芳胡同。这座四合房很有意思，地上地下共两层，带地窨子。我们在这所房子住的时间很短，从 1951 年住到 1956 年，后来这房子也卖掉了，曾一度是音乐出版社。

1956 年又在东四二条买了人家的一个跨院。整个院子是那种三进的院落。进来一个外院，里面一个中院，后面还有一个后院，后院也是四合，我们买了它西侧的一个跨院，这个跨院不很规整，只有北房和西房，但也有十几间房。院子非常好，花木扶疏。这房子是谁的呢？就是冯小刚导演的《一九四二》里面李雪健演的河南省省主席李培基的。我们和李培基从 1956 年一直到 1966 年“文革”前，这十年一直是做邻居，他住中院，我们住跨院。后面的另一个四合院他也卖掉了。出入见面很多，因为那时候不像现在，对面搬来一户人家，三年没见过都有可能。那时候不可能，低头不见抬头见，大家很客气，总要打招呼的，有时候还有些往来，送点吃的，比如说你家给我家送点自己做的吃的，或者是果树上的时鲜水果。我家那个跨院有棵很大的杏树，每年结出大白杏儿，总会给邻居送一些。你给我送来以后，器皿就留在我这儿，我最后还你这盘子的时候，里面多少要搁一点东西，这是一种礼数。

当时我们那院不是很杂，外院门道的门房住着一户比较穷苦的人家，我祖母管那家女人叫李太太，实际上她是靠洗衣服维持生活的。外院一溜儿的南房，就是所谓倒座，住的是商务印书馆的一个老编辑，叫舒重则，他们家住了四五间。中院就是李培基他们一家人住，院子里有抄手游廊，李培基的书房就在正房两明一暗的暗间部分，两个明间是客厅，挺宽敞，那时他是政协委员，人来客往很多。耳房是他的卧房。他的长子和次子都在台湾，他的三子是隆福医院的外科主任，住在西厢房，东厢房是孙女和保姆住。第三进的院落卖给刘家了，60 年代初，早年有“汉口梅兰芳”之誉的南铁生就住在后院的东厢房，也常来我家坐坐。基本上就是这么几户人家。

我从上高中起，基本上和父母在一起，这所房子就很少去了，“文革”时这里住户的命运也就可想而知了。

穿衣的政治

衣食住行说到“衣”，中国古人有一句话叫“衣裳垂而天下治”。对这句话历来有不同的解释，也可以说有几个含义。衣裳垂而天下治，一方面是说人们都有衣穿，说明天下大治；还有一个是规定了衣裳的样式和穿着的规矩，上等人穿什么，下等人穿什么，皇帝穿什么，官员穿什么，普通百姓穿什么，说明有了一个有序的社会礼仪和文明，所以“天下治”，又是一层意思了。衣裳在社会生活中占有的分量非常重，它不单单具有遮体的功能或者说是时尚的表征，它与社会的好恶和政治、社会环境大背景都有着非常密切的关系。

一、民国装束

说到百年来衣裳的变化，首先变化就在1911年以后。1911年以前基本上是满族人的装束，汉人和满人的男性装束区别不大，做官的官服，汉员与满员也没有区别，只有等级的差异，文武官的差异。从补服来说，比如说文官补服是用各种鸟禽类，武官则是兽类。普通的便服，男人之间也没有太大的区别，基本上都是袍和褂，袍就是比较长的衣服，褂是短一点的。马褂有马蹄袖，平时挽起来，到重要仪节的时候，比如下级见上级，或者是官场朋友相见，在请安的时候都要把马蹄袖打下来。一般来说穿便服没有马蹄袖，也就是穿普通的袍褂。而女装就不同了，女装旗人和汉人的区别非常大，一看装束就能区分是旗人还是汉人。

从头面说，旗人女子束的叫两把头，也叫大把头，汉人没有这种装束。正式场合，衣服要穿长袍，那个时候没有旗袍之称，旗人也是穿袍，后来喜欢在旗装的袍子外面穿坎肩。从前很忌讳的一件事情就是女子穿裤装，旗人和汉人女子都不着裤装，里面穿裤，但不能露在外面。古人所谓“上衣下裳”，裳就是遮蔽下体的，裤和裙都属于裳。清代也有裤，就是上袄下裤，那个裤子很肥大，看不大出来。

因为排满，民国以后开始对旗装有了极大的反感，开始改革。首先男装的马蹄袖完全去掉了，平常便服就是长袍。如果是重要的仪式、重要的会见或者会议的礼服，必须在上身长衫外加一个马褂，这个马褂跟清朝马褂的区别，就是不再有马蹄袖。马褂很短，它的对襟基本上就到胸部为止，袖子很长，一般来说要盖住手指。民国以后的官场，还有穿大礼服的，大礼服完全是按照西洋的燕尾服的制式，里面是白的衬衫、领结，缎子的领子，最典型的就是大家都熟悉的铁道工程师詹天佑，詹天佑在正式场合就穿大礼服。你看在南北和谈的时候，很多官员也都是穿大礼服。在正式场合，穿这种大礼服和袍子马褂是并行的。民国初期女性礼服是什么样的呢？就是上袄下裙，这个袄一般不再用大襟的，都是用对襟，袄身很长，一般到膝关节处。袄的袖子是喇叭袖，一般不过肘，会露出一段里面的衣服，后来有逐渐加长的。

男性在普通场合穿得就随意一些了，男装长衫是主流，长衫分单的、夹的、棉的、皮的，各种材质、各个季节有不同的长衫。我记得我的祖父从来没有穿过西服，都是穿长衫。他穿长衫很讲究，除了冬天的丝绵袍，一般不用绸缎，都用西式的呢料，譬如用英国料子做的长衫。我们上次也说过长衫不是上层独有，底层老百姓也穿长衫，比如参加朋友家的婚丧嫁娶、过生日，正式场合也要穿上长衫。

民国以后男装的另一个大变化是中山装的诞生。中山装是孙中山发明的，1919 年，孙中山在上海的亨利服装店定制了一件中山装，这件中山装跟我们后来看到的中山装是不一样的，是立领的。什么时候开始翻领呢？是到了 20 年代初。我们很多的影视剧，大多不注意这些具有年代特征的细枝末节。正式的中山装袖口有三粒扣子，有四个贴兜，所有的兜都有兜盖，都有明扣，上面两个口袋叫上兜，下面两个口袋叫“老虎兜”。为什么叫老虎兜？就是比较大，能装的东西多。但是中山装始终没有被明确定为国家法定的礼服。毛泽东从不穿西服，正式场合都是中山装。蒋介石一般来说只穿三种衣服，一个是穿中山装，但是很少穿，更多是戎装和长袍马褂，他也是从不穿西装。

男装的另一个变化是西服，西服在中国的历史很有意思。从清末开始就有穿西服的，西服来到中国，并不是从欧洲传入的，而是从日本传入的。明治维新以后，日本人开始接受欧洲风尚穿西服，清末中国人再模仿日本人的西服，这中间有一个时间差的问题。所以那个时候的西服，比方说领子，不是像我们现在这样的尖领，是圆领的；下摆呢，一般来说也是圆摆。但是到了 20 世纪 20 年代以后，情况不同了。20 年代，我们抛弃了日本，直接学欧洲，实际上那个时候中国人穿的西服远远比日本人更时尚。到了三四十年代，是中国西服一个最盛的时期，一直维持到1949年以前。达到什么程度呢？几乎是和欧洲同步的，尤其是那个时候演一些好莱坞片子，好莱坞电影中的服装时尚成为大家争相效仿的范本。样子完全不输于欧美。比如说袖子的长短，衬衫袖口露出袖子的长度，袖子上用的袖扣，领带和西服的配色，什么样的西服配什么样的领带，什么样的场合配什么样的领带。尤其在十里洋场的上海，从前有人讽刺上海人，说是家里不怕着火，就怕掉河里，因为家里没什么东西，衣服都在身上，当然这是有调侃的含义了。当时上海哪怕是个小职员，生活很拮据，也得有两三身西服，否则让人看不起。

西服是时尚，但是也不是人人都穿西服，尤其是在北京，包括在上海，相当一部分人还是穿长衫的，直到1949年以前，长衫基本上还是主流，或者说长衫与西服并重。

长衫的变化不大，讲究在什么地方呢？在料子上，做工上，有的考究是在细枝末节上。赴宴在过去很有讲究，比方说大户人家，或者一些官宦人家，甚至一些学者，他们家里都有下人，都是带着下人去赴宴，下人会带着你的衣包，里面是你平常换的衣服，虽然你不住人家，但吃完中午饭以后要漱口净面，下午再聊聊其他的。吃完饭以后有更衣的地方，比方说早上比较凉，饭前可能穿一件夹的，吃完中午饭换一件稍微薄一点的，上午穿一件缎的，下午可能换一件绸的衣裳。有这样一个例子：有一位王公子弟到人家家里去赴宴，饭后大家都换了衣服，其中有一位非常讲究的人，家世也好，文化修养也好，来的时候穿一件很普通的长衫，什么颜色？就是秋香色，秋香色就是秋天的颜色，叶子变黄，发一点古铜那样的颜色。长衫是毛葛的，很普通的料子。是什么花样呢？是本色暗花，长衫的左下摆往上是一枝含苞待放的玉兰，似隐似现。吃完饭，别人都换了衣服，就这位爷吃完饭还是饭前那一件。大家觉得很奇怪，怎么这么讲究的人就他没换衣服？那是没仔细观察，下午这件衣服，同样的样式，同样是毛葛的质地，同样的颜色，同样的花样，还是那枝玉兰，到了饭后，这件长衫上所有含苞欲放的玉兰都怒放了，你说这个含蓄不含蓄？含蓄极了，讲究到极致。你想，织的时候得用同样的丝，同样的工艺，同样的走向，要织两件近乎相同的衣料，花还是原来这个位置，但是全都绽开了。这是中国人讲究到家的一个例子。这是真事。我说再多的例子也没有这个生动，它确实是讲究到家，含蓄到家了。中国人的讲究不在于那种奢侈，那种炫耀，而在于一种含蓄中的表达。

女装的变化也很大。虽然 1911 年辛亥革命了，绝大多数旗人妇女还是照样梳她们的两把头，穿花盆底的鞋。旗人女子梳两把头一直维持到 1924 年左右，随着紫禁城小朝廷被轰出去，旗人的势力在北京完全不行了，服饰和汉人也基本上一样了。这个时候最主要的是上袄下裙，上面是小袄或者袄外面还加坎肩，坎肩很重要，我们今天叫马甲；裙长一直到脚跟。女性服装有很多的变化，比方说在各种襟上面做文章，一般来说都是右开襟，也有中开对襟的，也有侧开襟，还有琵琶襟；心思更多是用在边饰上，有重边，有三层边，有绲边；另外就是裙上的变化，比如有一段时间时兴的是“马面裙”，百褶裙中间突出像马脸似的宽的一块，做什么用呢？是用各色丝线和平金绣出花样，这就是马面裙。

民国初年的时候还没有旗袍，旗袍的兴起是在 20 年代初，这一兴起可是不得了，从此以后很长一段时间内都是女性的主打服装。到了 1929 年，国民政府颁布政令，把正规的旗袍作为女性正式场合穿的礼服。

旗袍是中国的独创，它的出现是 20 世纪女装最重要的变化。全世界对旗袍的评价都是非常高的，很多外国人都认为这是最大体现东方女人美的一种服装。为什么叫旗袍呢？听着好像是在旗人旗装的基础上发展起来的，实际上它和真正的旗装是大不相同的。首先过去的旗装没有什么腰身，基本上是一个直筒式的，女性的曲线显不出来，但是旗袍从它流行伊始就已经注意到女性的曲线，从肩、胸、腰、胯到臀部都非常合体，并能体现出女性的曲线。旗袍和过去旗人女装的区别还有一点在于袖子，满族女子穿的旗装是宽袖，民国以后旗袍都是窄袖。

旗袍也分很多不同的样式，首先是领子的高低。1911 年辛亥以后，一度女装的领子非常高，是卡着脖子的，大约是为显出颈项的颀长，不但是袍，上袄也是如此。后来逐渐地变低。开始出现旗袍的时候，一开始领子也比较高，后来领子逐渐变低，这大概经历了十年左右的时间。领子的变化有立领、直领、圆领，比较通行的是元宝领。还有襟的区别，什么琵琶襟、如意襟、斜襟等等。此外还有扣子，这个扣子的学问太大了，一个扣袢能够有一百多种样式，盘成云彩形、如意形等各种各样的形状，这叫盘扣。盘扣子是专门的技巧，做衣服的有专门盘扣子的人。扣子是要和衣服协调的，不同颜色、式样、材质都要搭配不一样的扣子。当时的《良友》杂志封面上名媛的旗袍，也是引领时尚的。

再有是长短，长旗袍是由宋庆龄、宋美龄宋家姊妹兴起的，一直到脚面，被戏称“扫地旗袍”，好像走着就扫着地了。宋家三姐妹中，宋霭龄和宋庆龄从来都是穿旗袍的，而且都是穿深色的旗袍。宋美龄比较年轻，也是更新派的，有时候甚至穿西式长裤。这是宋家姐妹自己的风格，并没有倡导，但是她们穿出来，大家争相效仿，所以像金陵女子大学当时的校服就是扫地旗袍。当时旗袍最短的，可以到膝盖以下一寸。后来还有到膝盖以上的，那是 50 年代香港女明星如夏梦、林黛穿的旗袍，很短，成为一种流行时尚。

旗袍对于女人来说，合身一点，紧身一点，突出线条一点，不突出线条一点，没有太多的非议，那么非议在哪儿呢？就在侧身的开衩和袖子。1934 年的时候，国民政府提倡“新生活运动”，这个口号是蒋介石在江西提出来的，以传统道德的礼义廉耻为基础，提出“三化”，就是生活艺术化、生活生产化和生活军事化，穿衣也要与廉耻挂钩。廉就是要节约，要简朴；耻是不能有伤风化。当时提出不许女性穿无袖旗袍，认为有伤风化。“新生活运动”实际上是失败的，政令不行，有的又脱离现实，而且当时的反对意见也很多，如张学良就有反对意见，张学良认为中国人应该彻彻底底学习西方；还有的意见是应该更本土化，那是冯玉祥的主张，不同的意见有很多。那个时候国民政府的政令也不是能一竿子插到底的，但有件趣事，就是当时的北平市长袁良曾为厉行“新生活运动”，亲自到中山公园大门口去捉拿穿大开衩和无袖旗袍的摩登女子，一时引为笑谈。所以“新生活运动”对于以旗袍为主的女性服装产生了一些影响，袖子忽长忽短，各种情况都有，但影响不大。

从 20 年代初一直到 40 年代末，旗袍几乎流行了三十年的时间。1949 年以后，情况大不相同，旗袍一落千丈。旗袍象征一种旧的生活方式，是不被提倡的。但这个时期一直还有人穿，为什么呢？比方说夏天穿竹布、夏布旗袍很凉快，再有就是以前的东西废物利用，所以还是有人穿的。但是这时的旗袍尽量不显露女人的腰身，有点恢复到清代女性旗装似的。

二、阴丹士林的天下

民国时期知识分子的着装很有意思，在上海基本上多是西装革履，而北京的教授则有的是穿西服，有的始终穿长衫，甚至也有穿袍子马褂的，觉得这样上课是对学生的尊重。陈丹青曾经有一幅画，画的是清华国学院的四大教授，他画了五个人，梁启超、王国维、陈寅恪、赵元任、吴宓，实际上清华国学院如果画五个人的话，应该要画上李济。这五人里面穿着最洋气的是赵元任，一身白西服，打着浅灰色的领带，穿着皮鞋；梁启超、王国维都是袍子马褂，其中梁启超的马褂还是黑缎子团花的，王国维是云纹灰绸长衫，外罩秋香色滚黑丝绒边的马褂，戴着缎子帽头；陈寅恪和吴宓相对年轻些，陈寅恪是藏青色阴丹士林的棉袍，围着毛围巾，头戴黑色羊羔皮筒帽，吴宓则是一袭咖色长衫，下着布履。这幅画从装束上反映了同一时代的不同着装的几位教授。那时教授基本上还是穿长衫的比较多，穿袍子马褂的是少数，像辜鸿铭不但永远是袍子马褂，还梳着辫子。胡适基本上是西服和长衫并穿，有的人始终穿长衫不穿西服，像鲁迅很少见穿西服的，也有个别教授只穿西服不穿长衫，什么情况都有。但是从 20 年代到 40 年代，长衫基本是北大、清华师生服装的主流。燕京和辅仁大学相对洋一些，但也是以长衫为主。徐志摩应该算是很洋派了，但是他有时也会穿长衫。个别女性教师为了庄重，也是朴素的长旗袍，可能外加件短外套或毛衣，但是不会穿时装旗袍。

至于学生的服装呢，有的有校服，就是学生装，一般大学生没有校服，穿校服的基本上都是中学生。那个时候学生装有立领，就跟前期的中山装似的，后来也有翻领的，一般来说，学生装没有四个贴兜，以区别中山装，胸前有一个斜兜可以插钢笔，底下有两个暗兜。“五四”时期女孩子的学生装，一般来说是月白色圆襟的小短褂，底下是黑色的百褶长裙。但是这种装束并不是民国时期一以贯之的，20 年代中期以后就不太流行了，而我们在影视剧中到了 40 年代还是如此，就很不真实了。20 年代的后期，女学生也穿旗袍，但是多是布质的朴素旗袍，绝对不那么摩登。

30 年代开始流行一种染料叫阴丹士林，是从英文 Indanthrene 音译过来的，这种阴丹士林跟中国传统染色是不一样的。中国最好的印染业一开始是在山东，为什么在山东呢？因为山东水质好，所以山东胶东一带的印染非常好。上海的印染业更多吸收了国外的印染技术，色更牢，花色更多，一些花色的东西印得更好。阴丹士林是一种进口的蓝色染料，染了以后，不管怎么洗，都不容易褪色，既美观，也很经济，能穿很长时间，染出来都是一种纯蓝的颜色，朴素大方。阴丹士林的蓝布长衫，颜色很庄重，而且明快漂亮，所以一时之间无论是教授、学生都是穿阴丹士林，甚至女生冬天的棉袍都穿阴丹士林布，阴丹士林在大学里面应该是一统天下的。

那个时候北京大学生最时髦的装束是什么呢？就是无论冬夏，虽然都穿长衫，冬天是棉袍（就是棉长衫，当时没有这词，就是棉袍），夏天就是长衫——过去人穿长衫，在一般劳动阶级或者比较守旧的人中，里面穿裤子还扎裤腿带，把裤子缅起来，拿绑腿带扎上，下面穿布鞋——大学生穿长衫就不一样了，他们下面穿西裤，或者卷边或者不卷边，有钱的学生是料子的西裤，穷学生是布质的西裤，从长衫的下摆里可以看到西裤。这种穿法在大学生服装里面最流行，中西结合，很有意思。女学生是不穿长裤的，无论冬夏，旗袍或棉袍都相对男生的短些，里面是浅色长筒袜子。那时社会上丝袜已经比较流行，叫“玻璃丝袜”，但是女学生无论穷富都基本不穿丝袜，一般都是线袜，也很少有穿高跟鞋的。

三、服装里的学问

一般劳动阶级，夏天都是上下分身的裤褂，上白下黑；冬天是黑布的棉袄棉裤，裤腿扎绑腿带子，也有穿棉袍的。上海很有意思，许多男人在春秋两季，还会在长衫的外面加一件西装外套，长衫里也是西裤，半中半西，很是不伦不类。北京也有，但是相对较少这样穿的。劳动妇女基本也是分身的裤褂，但是上衣绝对是大襟的，不会有对襟的褂子。

现在许多影视剧中的服装都是胡来的，那种大红大紫的绸缎长衫很少有正经人穿，最多是湖绉、毛葛之类，更没有人穿平金绣花的袍子。对襟的褂子，盘的扣子都有讲究，一般是上下五个盘扣，扣袢是很普通的样式，现在许多是七个甚至更多的盘扣，这一般都是“练家子”（练武术的）穿的，知识分子和普通人很少会穿。再如脚上的鞋，一般都是小尖圆口布鞋，冬天是单脸儿的棉鞋，北京人叫“毛窝”，而那种双脸儿加皮边儿的鞋也不是正经人穿的，多是带有黑社会性质的人穿的。

现在总管一般的呢子帽叫“礼帽”，其实那就是便帽，是民国时非常普遍的男人帽子。但是随着时代也会有些变化，卓别林戴的和罗伯特·泰勒戴的完全不同，卓别林那时中文译成“贾波林”，他的电影是无声电影，而罗伯特·泰勒演《魂断蓝桥》时，已经是40年代中期了，当时电影上演员的服装都是时尚追逐的对象。西裤的卷边与不卷边也是太平洋战争前后服装的分野，1941年以后至反法西斯战争胜利之前，为了支援“二战”，节约料子，从美国开始了西裤不卷边的风气。

除了旗袍、长衫、西服之外，也有比较新潮的人，穿一些特别欧化的服装。比方说在30年代末，有的时髦女子时兴穿长裤，穿接近于男性化的西式衬衫，把衬衫扎在长裤里面，长裤是非常宽大的，是一侧或是两侧侧开的。在三四十年代，男的流行一种灯笼裤，这种裤子长度仅到膝盖以下一寸多，比较肥大，裤腿下端有一宽边，有扣子能扣住，下面必须穿白色的长筒线袜，脚上穿皮鞋或运动鞋，灯笼裤一般都是用粗花呢的英国料子，这在当时是非常时髦的，也是打高尔夫球时必备的装束。夏天穿短裤一般也会穿白色的长筒线袜，但这是少数，而且仅限于年轻人，三十岁以上的人穿这个，人家就觉得很不正经了。清华大学的马约翰教授是个特例，他毕业于上海的圣约翰大学，两次去美国的春田学院进修，从清华出国预科时代到执教清华大学时期，在清华任教体育五十二年，直到1966年“文革”。他是个极其洋派的人物，他穿西服永远是打领结的，平时是黑色的缎子领结，遇到喜庆，必打玫瑰红的领结。他在清华教体育时，春秋是穿灯笼裤，长筒白袜；夏天是短裤长袜，成为清华一景和他本人的标志，甚至被称为是“马约翰式”服装。

休闲装的西服一般是不打领带的，那时青年男性喜欢将白衬衣的领子翻到西服领子的外面，敞着西服的扣子，这也是紧跟欧美的时尚。40 年代比较前卫的女学生和青年女性，有些也穿女式的西装外套，白衬衣的领子翻到西服外套领子的外面，脚上是轻型的白色运动鞋，显得十分潇洒轻盈。

体育运动的服装基本也与世界主流同步，男女都是运动衫和短裤。泳装则与今天大不相同了，那时男的泳装也是有连体上装背心的，类似女式的泳装。而女性的泳装虽没有“比基尼”式的，但是已经十分开放了。

四、婚礼服装的变迁

民国时期婚礼服装的变化很大，初期无论男女都是旧式的中式服装，比较华贵的是男子着长衫，外罩本色团花缎子马褂，与常礼服没有什么太大的区别。而新娘则开始戴白色纱巾头饰，这也是西化的开始。至于新娘的礼服，还是长到膝关节处的缎子对襟长礼服，下着到脚面的长裙或是马面裙。但是服装的绣饰显然比平常的衣服要讲究得多了。有钱人家的新娘这种裙、袄会到苏州找绣娘定制，穷人则会到租赁婚礼服装的店里临时租用。

到了 30 年代时，开始有纯西式的婚礼服装，男的是燕尾服，高筒的大礼帽和一双白汗布手套，手套并不戴，而是托在手上，煞有介事的样子。那时有种牙膏，叫“黑人牙膏”，上面画的就是一位黑人穿着这样的大礼服形象，因此大家戏称这种服装叫“黑人牙膏”。新娘的服装从 30 年代末也开始了完全西化的白色晚礼服，袒肩露背的。曳地长裙必须由人拉起（一般是两个男女孩子拉纱）才能走路，这种婚礼礼服一直流行到40年代末期。

五、旧式服装的余晖

从50年代初开始，民国服装几乎被新潮的解放区服装所取代，尤其是男性的长衫，几乎一下子绝迹了。在我的印象中，在50年代还是有极少数老人穿长衫的。给我印象最深刻的常来我家的两位老者，一位是恽公孚（宝惠）先生，他是常州恽毓鼎的公子，光绪时的进士，后来在袁世凯时代做过国务院秘书长。那时他七十多岁，时常来我家，直到1958年左右，他一直都是穿长衫的，从来没有穿过其他的衣服。春秋是呢子长衫，夏天是夏布大褂。我曾写过一篇他带我去见袁克定的文章，就是那个打扮。还有一位是朱三爷（名字我记不起来了，也是民国北京政府的耆旧），这位朱三爷家住在东城宽街铁狮子胡同，离我家并不远，可是每次来都叫他的邻居一位赵姓中年男子骑着摩托车带他来，他坐在摩托车的后座上，还是偏着身子坐。我特喜欢看他穿着肥大的长衫，侧坐在摩托车上，风驰电掣地来去，八十岁的人，如此行径，让人心惊胆战。

50年代旗袍很少了，但是穿旧时香云纱的妇女还多，不但家庭妇女穿，有些有工作的妇女也有穿的，不过都是中年以上的妇女。香云纱也叫“莨纱”或“云纱”，北京人叫它“拷纱”，这种衣服夏天穿凉爽透气，越洗旧越好，上了年纪的妇女，夏天一身“拷纱”的裤褂，在大襟上端别上一串白兰花或是茉莉花，很有夏天的韵致。

应该说民国以后对于清代服装有明确的否定，否定了以后，只破不立是不行的，那么民国时代最值得称道的地方就是在原来的基础上破了也立了，立了什么呢？我认为是改良或者说是创造了很多服装。比如民初的女性礼服，很庄重，也很美观大气。再比如旗袍，那是中国民族服装的独创，我不赞同说它是旗装的改良，它是新的创造。而长衫却应该是在原来男性服装基础上的一种改良。

六、八大祥绸缎庄

服装的变化，很重要的问题是服装原料问题。普通老百姓穿得最多的是棉布，棉布以外有麻，夏天穿比较凉快，吸汗不贴身，此外还有丝织物，各种各样的绫罗绸缎，这是以前最重要的一些面料。今天和几十年前一个最大的变化，就是我们今天基本以买成衣为主，而民国时期基本上没有卖成衣的，不是绝对没有，但是 80% 以上都是量体裁衣。穷人怎么办呢？穷人多是去买旧衣服，旧衣服在北京叫估衣，估衣有好一点的，也有次一点的。好一点的到一些估衣铺买，次一点的要到天桥小市去买。更多的是用一些粗布自己在家里做，这是比较普遍的。

实际上那个时候提供原料的基本上是布铺和绸缎庄，布铺品质略差，绸缎庄更高级一点。北京最有名的绸缎庄叫“八大祥”，是由山东孟姓家族在北京经营的八个绸缎庄。今天的人有一个误会，以为八大祥是同时开的，其实并非同时，中间历经很多演变。最早是同治年间，八大祥分两个大的阶段，以 1900 年庚子前后划分，为什么呢？最早八大祥开在大栅栏，庚子年闹义和团，出了一个大事情。义和团的大师兄反洋教，跟洋人有关的都反，大栅栏里面有一个德记大药房，就开在八大祥其中一家旁边，于是义和团就想放火烧这家药房，结果点了一把火。这把火不得了，不但把整个大栅栏全烧了，而且把廊房头条、廊房二条、廊房三条、珠宝市，一直到观音寺都牵连了，整个化为灰烬。北京有一句话叫“火烧旺地”，就是着火的地方必然兴旺，包括后来商业中心北移到王府井，东安市场也着过火，着一次火兴旺一次，反而越烧越旺了。所以在同治年到庚子这一段时间，八大祥有几处“祥”字号比较红火，除了瑞生祥、瑞增祥，还有谦祥益几个大的“祥”字号，有的就是孟家的分店。庚子以后，比以前更辉煌的就是瑞蚨祥，后来最兴旺的也是瑞蚨祥。瑞生祥、瑞增祥什么的都在衰落，到最后就剩下两个，就是瑞蚨祥和谦祥益。

瑞蚨祥经营的品种非常多，除了绫罗绸缎以外，也卖一般的布匹，还有西洋的呢绒、皮货等等，凡是跟穿有关的原料都卖。前门外是最早的商业区，前门外一带和人们穿着相关的有几个重要的老字号，买绫罗绸缎布匹就是八大祥；人要戴帽子，一般去马聚源，马聚源的帽子最有名；头戴帽子脚穿鞋，鞋就是内联陞最好。内联陞很会做生意，他们专门给大户人家做，哪个大户人家有多少口人，多大的脚，太太小姐穿什么，老爷少爷穿什么，都记录在《履中备载》里，到年节就给你送去，这些大户人家都不好拂他们的面子，一概照收，给他们的钱甚至比在商店买还多。但是一般平民老百姓的生意，内联陞也做，几头儿的生意都不耽误。

抗战期间，二十九军到内联陞订军鞋，二十九军是抗战的队伍，驻守在南苑卢沟桥一带。二十九军的军需官就对内联陞的掌柜的说："你这鞋底子里面，是不是都是破布旧布？"从前的底子都是纳的，就是把一层一层的布糊起来，叫作打袼褙，然后再纳鞋底。掌柜和颜悦色地说道："对不起，劳驾借您背上大刀用一下。"借大刀干吗？刀接到手里，照着一双新鞋一剁，扒开一看，全是新的布头，虽然不是整块的布，但全是新布，这就是货真价实，童叟无欺。

清代北京的内城不许商人和老百姓居住，清代末年开始渐渐打破了界限。民国以后，内城出现像王府井这样新型的商业区，也出现一些新型的鞋帽店，如瑞蚨祥在王府井也开了分号，还有一些新的卖衣料的店，当时都很时髦，衣料有的是从上海进的，有的甚至是从国外进口的。当时的帽子店，跟马聚源抢生意的有盛锡福和同陞和，同陞和既卖鞋，也卖帽子，这些都是开在王府井的店，王府井的店比前门的内联陞、马聚源要更洋气、时尚，所以很多时髦的太太小姐逐渐就不去内联陞和马聚源了，一般都去同陞和、盛锡福买鞋帽。还有一些属于皮货店，今天我们叫皮草店，现在穿皮草的人越来越少，有两个原因，一个是自然保护的问题，人们从人道主义出发，认为穿皮草是对野生动物的伤害，不利于环保；还有一个原因就是天气变暖，皮衣穿不住。但是皮货在以前是冬天御寒很重要的材料，那么就有一些皮货店提供这些原料。

七、皮货知识 ABC

皮货分三六九等，最低等的是羊皮，羊皮里又分着老羊皮——山羊皮、绵羊皮、羔羊皮、滩羊皮，比较好的滩羊皮，像萝卜丝似的，很细。羊皮在当时一般是中下层社会的人穿的，保暖，但是皮板比较厚，穿上又重。比羊皮高级的是狐狸皮。狐狸皮从品种上来说，草狐最下，草狐上面是红狐，红狐上面是银狐，最好的是玄狐和白狐。另外也分部位，比方说狐脊，狐脊是狐背的皮毛；狐嗉，就是狐狸的前胸部分；还有狐肷，是在狐狸的腋窝两侧，狐肷在狐皮里面是高级一点的。狐皮以上是灰鼠皮，灰鼠是啮齿类动物，跟松鼠差不多，灰鼠皮常用的是灰背。灰鼠再往上是貂皮，貂皮可以在很冷的时候穿，那是大毛貂皮，还有一种叫貂爪仁儿，就是貂手掌的皮，叫爪仁儿，貂爪仁儿一般是拼的，不能做大的衣服，只能做背心、坎肩，穿在里面又轻又暖，在天气不太冷的时候穿。貂再往上是貉，貉绒就很好了。再往上有水獭、海龙，但是再阔的阔人也没有拿它们做整件衣服的，都是做领子或者袖口，没听人说过谁穿一件海龙皮大衣，或者说做一件水獭大衣。海龙就是海狗，海龙的毛特别长，跟银针似的，下多大的雪，皮子不会湿，一掸雪花全下来了，再摸那皮是干的，海龙是顶级名贵的裘皮。另外当时皮衣服饰从内到外，从短到长，可以分为背心，就是马甲，然后是袄、褂，然后是氅，就是大衣，还有没袖的皮斗篷。《红楼梦》里面经常讲，像贾宝玉、薛宝钗他们一天要换几次衣服，中午穿的是什么，早晚穿的是什么，从一入冬到次年开春，换不同的皮货，十分讲究。

皮子的来源基本上都是高寒地区，高寒地区的动物才能够抗寒，比如来自中国东北的大小兴安岭，新疆、内蒙古，再有很多是从俄罗斯进口的。所以这个皮货不是一般人能够享用的，一般老百姓的皮衣不是没有，赶大车的还有一件老山羊皮的衣物搭到大车上，暖和，但是又板又沉，穿着累。这种皮衣一般不吊面儿，里面是毛，外面是皮板，吊面就是外面加一层面子。吊面有布的，当然也有绸缎的，也有羊皮吊面的，比方说像店员或者是掌柜穿的一般都是“萝卜丝”，就是比较好的羊羔皮或者是滩羊皮，外头吊着黑布面或者是绸缎面。狐皮也有用布面或者绸缎面的，但是到了灰鼠皮、貂皮、貉绒，那肯定就不会吊布面了，都是绸缎面。当时男士穿皮货除了斗篷，基本上没有反穿的，像溥仪的老师庄士敦反穿，他又是外国人的脸，穿上跟大猩猩似的。女士穿裘皮反穿居多。

越高级的皮子重量越轻，有的穿在身上比穿棉衣还轻，贴身暖和。但是价格也不得了，最好的一条海龙皮领子当时能值两千块大洋，够买一所比较次的小房。什么人最懂得这个呢？最懂的是皮货商，他进货多少钱，是什么等级，他懂。宅门里面的女眷也懂，宅门里面的女眷认皮子，懂皮子，拿到皮子以后，先看皮板，看这个板好不好；然后看毛，懂行的人拿着这个毛一吹，一吹毛就往四边散了，就看出这个板子来了，内板和外板都要能看出来，它的分量、毛色、光泽都能看得出来。还有什么人懂呢？当铺。你要是穷了，得把这个皮衣服当了，或者到夏天把冬天的衣服当了，当铺会唱道：“老羊皮一件，少皮无毛。”那都是开玩笑的话，当铺是不接老羊皮的，所以当时没有当老羊皮的，最次也是件“萝卜丝”滩羊皮，滩羊皮袄有的收当，有的不收当，有的当了以后就死当，所以当铺的朝奉——当铺里的伙计，很懂得这个皮子的价值。比如说一件滩羊皮袄当多少钱，一件灰背的皮袍子当多少钱，一件狐嗉的皮褂子当多少钱，一个貉绒皮大氅当多少钱，都一清二楚。

八、北京的宁波裁缝

既然北京过去没有卖成衣的，都是需要量体裁衣，就有一个群体——裁缝。裁缝在上海有分别，一种叫“本帮裁缝”，一种叫“红帮裁缝”，本帮裁缝就是做中国传统服装的，而红帮裁缝专门做洋服。为什么叫红帮裁缝？从前中国人管外国人叫“红毛”，所以叫作红帮，红帮裁缝只做西装洋服。北京实际上没有太流行本帮裁缝和红帮裁缝之说，只说裁缝和洋裁缝，洋裁缝就是做外国服装的。北京大大小小的裁缝铺很多，集中在什么地方呢？比方说东四、西单、后门、鼓楼这一带，还有像前门外、南横街等等，这一带都有很多裁缝铺，但是更多的是夹包裁缝。

什么是夹包裁缝？就是胳膊底下夹着包的，走街串户叫夹包裁缝。你别小看夹包裁缝走门串户的，这比裁缝铺做的衣服更高档。他们揽了活儿以后回店里做，那个时候裁缝铺有一两间的门面，一般来说有两三张大案子，就跟单人床那么大的案子。有的料子要下水，有的要熨，尤其是绸缎不熨的话没法做。剪裁、熨都在这大案子上。一般大户人家是不去裁缝铺的，而是裁缝上门来揽活儿。夹包裁缝非常敬业，到人家那儿去，比如说中午两点钟去，女眷睡午觉还没起呢，他就静静地坐在门道里面等着，从包里还掏出件别人家的衣服，锁个眼儿，盘个扣儿，撩个边儿，趁机干点活儿。等主人午睡起来了以后去量尺寸，量完了做好以后，还要试样子，根据主人要求再改动。

在我的印象中，从30年代末甚至到50年代初，好裁缝基本上都是宁波人，所以管裁缝叫“宁波裁缝”。宁波裁缝在北京是高级裁缝，一口京腔宁波话，这我见多了。北京比较有名的几个裁缝，一个是宣武门外的“徐庆记”的徐裁缝，他就是宁波裁缝。宁波裁缝有自己的顾客对象，这个徐裁缝的顾客对象基本上是青楼——就是高等妓院，像八大胡同的南方小班之类，还有北京的梨园行。她们的服装多领风气之先，她们敢穿，样子要时新，但是在北京并不为当时社会所效仿，就像今天电影明星的衣服，也不是大众都能穿的。徐裁缝就是专门给她们做的。还有一个是朝阳门内南小街南竹竿胡同的韩裁缝，这个人我太熟悉了，我小时候就常见他，我两位祖母、我母亲的衣服都是韩裁缝做的。韩裁缝的对象是大户人家、宅门或者说是一些官宦人家，字号叫“双顺”。韩裁缝一般不太做男活儿，要么做旗袍，要么做西式女装，像我祖母的旗袍、西式外套等，都是出自韩裁缝之手。解放以后，韩裁缝参加工作，后来到了百货大楼，一直活到七八十岁。这个韩裁缝，我印象很深。还有一个就是在南池子里面的叶裁缝，叶裁缝是专门给工商界做衣服的。徐裁缝我有耳闻，但叶裁缝我没见过。当时走我们家的裁缝有两个，一个是韩裁缝，还有一个不记得姓什么了，大家都叫他“老裁缝”，是河北人，专门做中式衣服，冬天的一些普通的衣服，都让他做。他岁数比较大，走路有点龙钟，做起活儿来，戴着眼镜，纯手工缝制。我后来的中式衣服是由干面胡同的一个裁缝——曹裁缝做的，这个曹裁缝当时是荣宝斋的萨本介推荐给我的，据说徐邦达、万国权的衣服都是他做的。曹裁缝早不在了，现在活着也得九十多一百岁了。我在 80 年代还去找过他做衣服，做了几件中式对襟的云罗小褂，都是他手工做的。

手工缝制今天已经彻底消失了，现在你到瑞蚨祥做中式衣服，也是拿缝纫机做，没人拿手给你做，手工做一件得好几天。譬如我刚才讲的那件云罗小褂，在80年代末90年代初，手工费大概是三百二十元，那个手工费已经算很高了，在从前是很普通的。那个时候有一个观念，其实今天也有，即手工绝对比机器做得好。其实上世纪20年代开始就有缝纫机了，也有缝纫机和手工并用的，也有完全是用手工的。

宁波裁缝是南派裁缝，还有一些北派裁缝，出自河北、山东一带，也有北京郊区的，但都是男性，他们的活儿就糙一点，一般人的衣服都是北派的裁缝来做。宁波裁缝是上门服务的，价钱自然就贵了。当时的裁缝铺实际上跟服装业和人口的发展有很大的关系，首先因为人口少，需求量小，人们的生活方式和现代是不同的。服装店是解放后才有的，以前基本上没有服装店，只有布铺、绸缎铺和裁缝铺。50年代后，就是到百货商店买，也有让裁缝做的。有的裁缝虽然转行了，但是也会做中山装制服。而且解放后都是宽大的制服，不分年龄，不分男女，基本上大家全是统一的。

民以食为天

一、家常食材

“民以食为天”，衣食住行里，“食”是一个很大的话题。与吃有关的原料问题，过去谈得比较少。

以稻米为例，民国时代讲究吃两种稻米：第一种是天津小站稻，就是袁世凯练兵的小站那个地方出的米，这是好米。一说吃什么饭？“吃小站稻”。当时都是比较有钱的人或者是生活特别改善的时候吃的。再有就是吃京西稻，京西稻产地在北京海淀区，今天海淀区哪还有什么农田了？海淀区有一个地方叫上庄，上庄马坊一带专门产京西稻。京西稻也叫“御田胭脂米”，主要是御用的，但是皇家御用也用不了那么多，所以一般人在市场上也能够买到京西稻，颗粒非常饱满，油性很大，质量比小站稻还好，但是产量比较低。

那个时候产御田胭脂米的京西稻种植面积有多大呢？十万亩。这在农田里面不是太大的数字。今天在海淀的一部分地区据说还有京西稻，但种植的面积不到两千亩，二十分之一都不到了。

那个时候不吃什么东北大米，关外大米很少运进北京，而且关外大米产量也并不太高。当时北京人吃的稻米，也包括南方的籼米、粳米，但是总体上来说，因为饮食习惯的原因，北京人吃稻米占 15%，60% 是吃小麦，就是面粉，还有 25% 就是吃一些杂粮，一些比较穷苦的人家，稻米吃得更少，主要是以小麦和杂粮为主。民国以后到北京的南方人增多，稻米的数量有所增加，但是再增加，当时吃稻米的数量不会超过 20%。

稻米脱粒以后就可以吃，但是面就需要加工，后来就出现“洋白面”。这个“洋白面”并不是从西洋进口的，而是通过现代化的机械手段来磨的白面，称之为洋白面。可以这样说，1933 年以前北京人吃的洋白面基本上都来自天津，天津很早就开始有面粉厂，到了 30 年代初期已经有十家比较大的面粉厂了。

1933 年以前北京人吃的最有名的面粉牌子叫寿星牌，寿星牌面粉是天津的。1933 年以后北京开始出现了自己的面粉厂，比较早一点的有一家叫作长顺面粉厂，在南城。长顺面粉厂的东家叫王振庭。除了面粉厂以外，他还开了很多粮店，比方说叫永盛福、永盛德、永盛厚，自产自销洋白面，面粉很细致，这个时候北京人就不大吃寿星牌的了，而开始吃长顺的金鱼牌面粉了。

金鱼牌面粉风行一时，再往后比它规模更大、更现代化的就是福兴面粉厂。福兴面粉厂是谁家的呢？就是全国政协副主席、民主人士孙孚凌家的，孙孚凌接管福兴面粉厂是在 1948 年，这以前是他父亲孙英坡经营的。福兴面粉厂从规模、从机械的现代化、从磨面的先进程度都更胜于长顺面粉厂，所以成为北京很大的面粉加工企业。

老百姓买粮食就是通过粮店或者粮栈。当时北京的大街小巷都有一些粮店，也有一些比较大的字号，比方说在前门外珠市口

粮店

有一家叫大和恒粮店。大和恒粮店是谁开的呢？董事长是谁呢？就是梅兰芳的挚友齐如山，齐如山主要是经营粮食，规模很大，当时招牌很响亮。

粮食是必需品，粮食以外就是蔬菜了。北京的蔬菜在明清两代除了四郊产蔬菜以外，一般来说是有它的集散地，集散供应就出现了一种垄断的行业，叫作蔬菜的牙行。《水浒传》里的“浪里白条”张顺不是鱼牙子吗？鱼牙子就是鱼把头，蔬菜也有牙行，他们也有执照，就是经营凭证，叫牙帖，也叫牙票，当时广安门一带有一个很大的蔬菜集散地。

民国时期，没有专门卖蔬菜的店，就是在油盐店通过牙行把蔬菜趸来，在外面支个棚子卖。即使没有大规模的菜市场，一般的城市平民买蔬菜也可以足不出胡同，因为胡同里天天就有卖菜的小贩经过。小贩一般分为两种：一种是挑担的，数量比较少，品种自然也不会太多；第二种是推车的，推车的品种相对多一些。在街上买蔬菜就要到油盐店，店门口也摆着蔬菜卖。这些蔬菜都是趸来的，途径不一样，出售的价格自然不大一样。

北京郊区供应的蔬菜品种在当时并不算太少。咱们平常讲“青黄不接”，从二三月到四月这一段时间，蔬菜的供应量相对比较少，头一年窖藏的蔬菜已经快卖完了，新的蔬菜还没有上市，所谓“青黄不接”就是这个时节。到四五月以后，各种蔬菜就都长出来了，像一些小白菜、油菜也开始上市了，慢慢地，黄瓜、茄子、柿子椒、豆角也陆续上市了。

到了下半年，10 月底 11 月初基本上就是大白菜、萝卜的市场。白菜和萝卜是比较粗的菜，可以窖藏。菜窖，一般都是农民自己挖的，用来储存一些菜。菜窖又分为死窖和活窖，死窖一般是没有窗子、没有透气孔的；活窖就是有透气、通风的窖藏，所以在冬天一般菜的供应都用窖藏。冬储大白菜的问题是从50年代后期才开始有的，在民国时期没有冬储大白菜一说。咱们一般说大白菜是北方老百姓的看家菜，但不是由各家来储存，都是由卖菜的储存，你储存了你卖，我来买，你不卖我就没得买，你要是想挣钱，你就得做好冬储工作，你储存不好，他储存得好，我买他的就完了。

除了窖藏以外，还有一种是冬天大棚种植，这在民国时代也有。民国管大棚种植的蔬菜叫“洞子货”，就是暖房里面的。民国时代的大棚很小，在温室里面种一些黄瓜，冬天也能吃上，只是价钱很贵。不是有这样的笑话吗，说有钱人家的老爷大冬天的就想吃黄瓜，打发当差的去买。卖的人只拿了两条黄瓜，一问黄瓜怎么卖？一两银子一条。那时候一两银子是什么物价？当差的说，这不是胡扯吗？太贵了不买。卖黄瓜的当时拿起一条黄瓜自己就给吃了，当差的着急说，你别吃了，我们家主人非吃黄瓜不可，你把这条卖给我吧！我给你一两银子。卖黄瓜的不干，一两银子不行，连我吃的这条也归了你了，得二两银子一条。

这当然是个笑话，但是说明洞子货是非常贵的，像黄瓜等，还有一些细菜，如豆苗、小红萝卜、樱桃萝卜，都能培植出来，只是价钱是普通菜价钱的十倍、二十倍，冬天要想吃点洞子货是不容易的，但是那时候蔬菜一概使用有机肥，那个菜确实是香。冬天冷嘛，屋里面都捂得很严实，你要在屋里切一条黄瓜，满屋子都是黄瓜的那种清香，今天你切一盆黄瓜也没有那种味道。

咱们要特别讲到的一个蔬菜就是西红柿，在中国，人们吃西红柿大概也只有一百年的时间，一百年前的中国人不认识西红柿，也没有西红柿。像我祖父就不吃西红柿，后来我们家用了一个厨子叫许文涛，这个厨子变着法儿地把西红柿做成西红柿酱，不让他看见是西红柿，做番茄虾仁，做得很好吃，甜酸口的，我祖父也开始吃了。西红柿从一开始的时候人们不认，到60年代自己做西红柿酱，再到现在成为日常蔬菜，经过了一百年的时间。

由于蔬菜的紧张和蔬菜价格的相对昂贵，就出现了一种行业——蔬菜加工，说白了就是腌酱菜。北京有一家有名的老字号叫六必居，六必居号称是明代就有，那个匾传说是严嵩写的，这个事还待考，但是六必居确实是明代就有了。还有一些比较有名的大酱园，比如说建于同治年间的天源酱园。天源酱园开了很多分号，比如说东天源、西天源，还有后来的天义顺酱园。这些酱园出来的酱菜在什么地方卖呢？一般都在本店卖。大的油盐店一般来说是前店后厂，后面自己也加工一些酱菜，比如说酱萝卜、酱甘露（也有叫酱甘螺）、酱萝卜缨，还有一个非常好吃的东西叫蔓菁（读 mán jing），这就是各种各样的酱菜。小一点的油盐店一般都是趸来的货，自己没有能力做酱菜。大小油盐店一般的酱菜，相比六必居、天源、天义顺卖的就要便宜得多，一般老百姓吃的酱菜都是到油盐店去买。有些比较有钱的大户人家就到特别出名的字号去买。咸菜是很重要的，喝粥要吃咸菜，青黄不接的时候，吃窝头也要就着咸菜。当然腌制菜不是特别健康，但是在旧日的北京生活中确实占有很大的比重。

再说到调味品，调味品也是到油盐店去买，油盐店卖油，卖盐，卖各种酱，比如说甜面酱、黄酱、醋，实际上就是发酵制的一些调味品，远没有今天丰富。除了卖油盐酱醋，还有像韭菜花、卤虾油、辣椒糊、芥末、花椒、桂皮、八角茴香等，这些调味品都是油盐店卖的。有的油盐店也叫“姜店”，卖一些南味的酱菜。那时候酱菜包装很有意思，比较高级一点的就用柳条编的小篓儿，底下是大的，上面一个口，敷上一块某字号的红纸，那个篓儿是不会漏汤的，很结实。还有的用蒲包，就是用蒲草编的包。北京的酱菜比较能够代表北方的腌制菜，跟南方的不太一样。很多地方都出酱菜，比如说扬州也出很多酱菜，相对来说甜度比较高，盐分没那么大。北方的酱菜相对比南方粗糙一点，但是也有有特色的，比方说雪里蕻，在保定叫“春不老”。保定有一个很有名的酱菜园，叫槐茂酱园，咸得不得了。北京的老字号就是六必居，在全国来说都是最好的，外地人到北京都得买点六必居酱菜回去，但是南方人一般不太吃得惯。

二、菜市场的基地

北京在民国时就出现了菜市场，这对于北京人的生活是一个重要的转变。现在都说北京有四大菜市场，比较有名的是东单菜市、西单菜市、朝内菜市和崇文门菜市，后三个我们不讲，因为朝内菜市和西单菜市是 50 年代建的，崇文门菜市是 70 年代初建的，已经很晚了。北京最早出现的菜市是前门外的西河沿菜市，但规模不大，最好的当是东单菜市。

东单菜市很有意思。首先得先讲地名。北京的地名有东单、西单、东四、西四，全都和这里的牌楼有关。为什么叫东四、西四？东四的全称是东四牌楼，西四的全称叫西四牌楼，因为东西南北有四个牌楼。东单牌楼和西单牌楼为什么叫单牌楼？因为只有一个牌楼。东单这个牌楼叫“瞻云”，后来拆了。有东单牌楼的

原坐落在东单十字路口西北角的格言碑，后拆除，在此建东单菜市

那个时代，东西长安街还没有打通，南池子以西还有三座门。后来打通东西长安街的是谁呢？是当时的交通总长朱启钤。打通了东西长安街以后，拆了东单头条的南侧，从东单一直延伸到王府井，1916 年朱启钤在东单建了一座格言碑，很高，很大，估计得有两层楼那么高，底座四面分别写上礼义廉耻四个字，上面是一些古人的格言。这是朱启钤的倡议，出钱的是谁呢？是当时一个大的军火买办，叫雍剑秋。1918 年以前雍剑秋住在北京，1918 年以后就定居在天津了，他跟德国人做军火生意，很有钱。天津现在保留了他的故居，我们家跟他们家父子两代都有来往，他的儿子叫雍鼎臣，我也见过。这个格言碑虽然建好了，但很快就拆了，

拆了以后在那个地方建了一个市场，叫“东市场”，后来人们叫东单菜市场，这个东市场是法国人管理的，除了东市场几个汉字以外，底下有英文，就是 East Market。

为什么还有英文名呢？因为东单那个地方离东交民巷、崇文门内的使馆区近，所以东市场卖的都是西洋的生活用品、肉食、蔬菜，还卖一些锅碗瓢勺等生活用品，甚至一些比较好的化妆品也卖，档次比较高，主要是针对外国人，当然有钱的中国人也去。

1937 年“卢沟桥事变”以后，北京发生很大的变化，尤其是 1941 年太平洋战争爆发以后，外国人纷纷离开中国，因为中国也不安全，北京的外国人越来越少了。于是从 30 年代末开始，东市场就变成了东单菜市场，主要对象就是中国人，这个菜市场可以说是北京历史最悠久、规模最大、设施最好的菜市，后来像朝内菜市、西单菜市和更晚的崇文门菜市，都是比照着东单菜市的规模和经营方式、经营品种去创立的。可惜东单菜市今天早已拆了，淹没在现在的东方新天地里面了。

东单菜市卖各种各样的时新蔬菜、肉食，包括了旧时代的卖菜的菜店、卖各种调味品的油盐店、姜店的东西，还有猪肉杠子、羊肉床子、腊味，你可以买到湖南腊肉、四川腊肉、东阳火腿、广东香肠等等。还卖一些活鲜鸡鸭、海鲜，这些东西全都有，是北京规模最大、档次最高的一个综合性菜市场。

说它综合，是因为过去的菜店是不卖肉的，肉店是不卖菜的。北京卖肉的有两个特别的称呼，卖猪肉的叫“猪肉杠子”，卖牛羊肉的叫“羊肉床子”，这些语言今天已经消失了。汉民那时候叫“大教”，清真就叫“回教”，那时候叫“教门”。卖牛羊肉的一般都是由教门的朵斯提（教友）来经营（当然也有不是教门经营的)。回民买牛羊肉得看上面有没有清真标志，是回民开的，他才去买。猪肉杠子挂着很多猪肉、猪下水，包括猪心、猪肝、猪肠、猪肚、猪腰子等等。东单菜市里面这些都有，但是那里的羊肉床子不是回民开的，所以一般回民也不到那儿去买牛羊肉。“猪肉杠子”“羊肉床子”都是在通衢大街上，不会在胡同里卖，也没有走街串巷卖的，所以一般到猪肉杠子、羊肉床子买肉都要走到大街上去买，基本上没有开在胡同里面的，除了一些特别繁华的胡同。

当时东单菜市场有两个门，一个门是坐北朝南开，开在长安街上，一个门是坐西朝东开，所以通过两个门都可以进入东单菜市，直到60年代都是那样，几十年没有变化。从坐西朝东的门进去是调料，从坐北朝南的门进去是水产，中间卖的是禽类，最靠北边卖的是蔬菜。东单菜市在我的记忆里恍如昨日，印象太深了。我从小就常常跟家人去东单菜市，一直到“文革”前期我都到东单菜市去买东西，那时候我父母住在西郊机关大院里，那里买东西不方便，我就骑个自行车，篮子挎在车上，后面货架子上也有，买大批的食品给他们送过去。有一度我在门头沟268战备医院学习，一年多的时间，都是周一早上在东单菜市那儿上军用汽车，在周六中午再送回东单菜市解散，这一个星期都住在门头沟的山里。

1945年以后，东单菜市对面叫东大地(就是今天的东单体育场、东单体育活动中心的那个地方)，那是一片空场，后来北平解放前夕傅作义在那儿修了一个飞机场，那时候军用机也比较小，长安街也没现在那么宽，一过马路就是。后来美国兵把一些剩余物资弄到东单菜市前面的东大地去卖，尤其是抗战胜利以后来了很多美国兵，这些美国兵也得找点零花钱，就在那里卖军用物资。

倒卖的军用物资无非是两种，一是卖军用大衣，这些军用大衣做得很讲究，里面是毛的，外面是军用布，很结实，也很漂亮，俗称“美国猴儿”。除了卖“美国猴儿”以外，还卖美国军用饭盒、炼乳罐头、三花牌牛奶等。那时候，这些在北京很时髦，这是1947年、1948年的事儿。

美国饭盒是密封的，军绿色的，很大。美国军队的后勤保障做得特别棒，饭盒也做得好吃，里面有若干个格子，有汤料——当然这个汤你要拿开水冲，有沙拉，有红鲑鱼，有猪排肉，有面包，有点心、饼干、巧克力，甚至还有牙签和几根香烟。一个饭盒就是一个美国兵吃的一餐，打开有十几个品种，从荤的、素的到饭后甜点全都有。50年代，我还吃过。

我知道的人里面王世襄特别喜欢逛菜市场，他到哪儿都提着一个菜筐子。那个菜筐子一开始是用草编的，草编的东西坏了，后来变成那种化纤条编的，所以那时候都用菜筐子去买菜。我们家基本上是厨子去买菜，厨子去买菜回来要写账，他那个账单是用一种特殊的记账方法，既不像汉字，又不是罗马数字，反正那个数字我看不懂。他抽烟抽得很厉害，一天能抽两盒，所以他所有的账单子都是把烟盒翻过来，在背面来写，每天拿着菜单子晚上来结账。这些菜单子如果留下来确实是份很好的资料，能反映出那个时候的物价。

三、北京的菜系流变和西餐馆

（一）进京菜系流变史

老北京人的饮食习惯就一般人而言，并不算太讲究。清人的笔记里面也提到，当时做京官的穷旗人，餐桌上偶见羊肉和鸡卵，以为异味，一般者，以蔬菜、葱、蒜、大酱佐食，生活并不是很好。这是做官的人家，一般平民更可想而知。

相对来说，北京人在吃的方面是比较保守的。常常有人问我，北京有没有京菜？从菜系上来讲，我认为所谓京菜实际上是外地饮食到了北京，经过改良后在北京立住脚，所以很难叫作“京菜”。如果非说北京的京味菜，应该说是几种饮食习惯的组合：一个是取自满族人的生活习惯的菜肴，还有取自在京回民的生活习惯的清真菜肴和小吃，再加上最早进京的山东鲁菜，是这样一个综合体。我们今天常常讲川鲁淮粤，但从各地菜系进京的顺序上看，应该是鲁淮川粤。

最早的是清中叶以后进入北京的鲁菜系。鲁菜本身分为三大帮：第一个是济南帮；第二个是聊城帮，聊城水域很丰富，做鱼的菜比较多；第三个就是胶东的福山帮，擅做海味。实际上真正在北京站住脚的是济南帮和福山帮。当时福山帮进入北京以后，在北京原来所谓菜系的基础上，对福山帮的菜式进行了改良。今天北京吃的一些鲁菜馆的菜，你遍找山东各个地方都没有，只有在北京能吃到，这就是所谓的京式鲁菜。

鲁菜有一些特别的做法，比如当时福山帮有一个“偷手”（诀窍）——就是所谓独门秘籍，这个偷手是什么呢？人们发现他们的调味品里面有一个小缸，里面搁着一些灰白色的粉末，在出锅的时候，拿大马勺稍微点一点儿搁到菜里面。清末、民国初年的时候还没有味精，味精是后来从日本传来的，叫“味之素”，主要成分是谷氨酸钠。那个时候没有味精，这小缸里的灰白色粉末是什么呢？是一种海肠粉，海肠是海里面的一种软体动物，把海肠晾干了以后磨成粉末，非常提鲜。

鲁菜第二个“偷手”就是吊汤，用高汤来提菜的味儿。有这么一句话，叫作“戏子的腔，厨子的汤”，唱戏的演员最重要的是声腔要好，厨子最重要的是要会吊汤，所以什么时候都要有高汤。鲁菜以烩的、熘的为最好，没有好汤是不行的，你要是往菜里搁水，这个菜就完了，必须得吊好汤。这个高汤可以用猪骨汤、肉汤、鸡汤、鸡骨汤、鸭汤，在熘、烩菜里面都是要用好汤才能提味儿。

第三个“偷手”是鲁菜的火候。鲁菜有些是必须急火的，比如说爆，像宫保鸡丁、油爆双脆、鸡里蹦等。油爆双脆是拿肜肝和肚仁切上花刀在一块儿爆，从前北京一些鲁菜馆子有这菜，现在都很少了。那完全是火候菜，吃到嘴里面无论是肜肝还是肚仁都是脆的，就是要刚出锅趁热吃，冷了就不好吃了，这是爆的菜。还有比如说炸烹虾，虾段儿裹了薄浆炸，两次炸完了以后烹，烹也是急火。还有一些烩菜，比方说烩两鸡丝，生鸡丝和熏鸡丝各一半，吃到嘴里又绵软又香，关键是吊好汤来烩。

海肠、吊汤、急火，这都是鲁菜的精髓，但是北京的鲁菜和真正在山东吃的鲁菜是有一定差异的。北京的鲁菜适合于北京当时的一些官场需要或者是一些营业性饭馆，非常受欢迎。为什么？因为鲁菜鲜香、解馋，也适口。烤鸭也属于鲁菜系统，“烤鸭”这个词原来是没有的，在40年代以后才开始有“烤鸭”，原来叫“烧鸭子”，烧鸭子的历史有二百多年，但是“烤鸭”这个名字到现在不到一百年，之前是有其实，无其名。

鲁菜之后进入北京并且独领风骚的是淮扬菜，为什么呢？民国以后很多国会议员都是南方人，政界、商界、金融界、教育界的南方人越来越多，他们的生活习惯各方面对北京的饮食也有影响，从民国初年一直到解放初期，淮扬菜都是主流。当然这个淮扬菜是一个大淮扬、泛淮扬的范畴，包括了南方各地的很多菜。相比较而言，在北京，鲁菜适合大饭庄子，而淮扬菜清淡、精致，适合一些比较有独特风格的饭馆子。

到上世纪 50 年代中期开始又有了变化，川、湘菜比较时尚，当时许多老革命都是四川人、湖南人。首先是 1950 年迁京的曲园，后来又开了马凯餐厅。曲园有很多湖南菜，像酸辣肚尖、东安仔鸡、腊味合蒸等。1958 年在陈毅、郭沫若等人倡导之下开的四川饭店，在绒线胡同西口路北，那时北京人才第一次尝到正宗的川菜。在京做川菜最早的是峨嵋酒家，最初在东安市场，后来又开在西单、月坛、北礼士路，但是峨嵋酒家的川菜在一定程度上为适应北京人群做了些改良。四川饭店是完全把四川的东西搬到北京，是特别正宗的成都和重庆两地菜的结合。值得一提的是重庆菜也经过了很多的变革，抗战期间重庆是大后方，各地饮食荟萃，重庆当时的饮食业可以说达到了空前的畸形繁荣，所以重庆的川菜也是一个集大成的川菜。“不辣不革命”，这个时期差不多前后开业的力力餐厅、峨嵋酒家、四川饭店等川菜、湖南菜在北京独领风骚，一直持续到“文革”前。

改革开放以后就变了，改革开放以后是港粤之风北渐，粤菜开始在北京风靡。其实粤菜远远不是改革开放以后才进入北京，最早比较好的粤菜馆叫恩成居，从 30 年代一直经营到“文革”前期。恩成居也搬过很多地方，最早在前门外的陕西巷，最后又搬到了南河沿的文化餐厅，后来谭家菜就在恩成居经营。2014 年，我见到了谭家菜的陈玉亮师傅，陈玉亮是 1933 年生人，受业于谭家菜最后一位传人彭长海，学的是粤菜，50年代因周总理指派调入北京饭店。陈玉亮给我讲了很多当时恩成居的事。谭家菜以做黄焖鱼翅为主，但是从前也有一些非常好的普通菜，比如有个柴把鸭子，就是把鸭条跟冬笋搁一起，拿苔菜捆起来，炸了以后再烧，非常好吃，可是这东西太费工，现在基本上也都不做了。

我小时候在恩成居吃过很多次，记得1965年，那时候我还在上高中，一个人最后一次去吃恩成居，吃得很简单，就要了一个蚝油牛肉，一个鸡茸玉米——现在叫粟米羹，加上米饭，一共一块多钱。到1965年以后就没有恩成居了，它是北京很少的几家粤菜馆之一。

在这期间，1959年新中国成立十年大庆的时候盖好了华侨大厦，把广州的大同酒家迁到了华侨大厦，华侨大厦当时也使北京人耳目一新。因为大同酒家在广州就是一个老字号，所以当年华侨大厦也能吃到很正宗的粤菜和粤式早茶。

粤菜在广东应该分四大系：第一个是传统粤菜，就是像我说的陶陶居、东江饭店、大同酒家，这些属于传统粤菜；后来有了港式粤菜，就是和香港结合的，做得当然也很好；第三个是属于潮汕菜，它的卤水、海鲜是特长；第四个就是客家菜。最早进北京的粤菜像恩成居、大同酒家基本上属于传统粤菜，改革开放以后占领北京的粤菜实际上是以港式粤菜为主，后来客家菜和潮汕菜也有，但是潮汕菜和客家菜在北京不是特别的流行，基本上还是港式粤菜为多。

到了今天，已经没有哪一个菜系能独领风骚、一统天下了。回顾起来，会发现四大菜系在北京的流行，不单纯是人们口味上的好恶，它背后反映的是一个大时代的政治文化背景。

（二）西风东渐说“番菜”

中国人吃西餐从康熙时代就有记录，康熙时宫里就有番菜房做番菜，置办了整套的西餐餐具，包括各种不同的酒杯，喝香槟使什么杯子，喝葡萄酒、喝威士忌酒、喝白酒各使什么样的杯子；什么是鱼刀，什么是黄油刀，什么是餐刀，都分得清楚极了。当然，营业性西餐馆的出现就稍晚了。广州、上海这些城市大概比北京早，比如说上海第一家西餐馆是四马路（今福州路）的一品香番菜馆，1880 年就有了。

北京最早开的番菜馆叫撷英，开业于清光绪年间，在前门外廊房头条东口路南。撷英番菜馆号称是英法大菜，但是都做了很多改良。撷英番菜馆经营的年头不短，开张以后，很多人都觉得很好，一直开到民国时期。除了零点以外，还有份饭，比方说有六毛钱一份的，八毛钱一份的，最好的是一块二一份的。这种份饭包括一个头盘、一个汤、一个主菜、一份甜点，完全按照西洋的程序。还可以打电话点外卖，给你送到家里，从沙拉等冷盘，到红烩鱼和炸猪排、黄油鸡卷、奶汁烤鱼等等都做。还有一家比较早的西餐馆叫二妙堂，开在大栅栏里面。这二妙堂很有意思，二妙堂楼下卖他们自己做的各种西点和冰激凌，楼上是西餐，也号称英法菜。这两家都是从清末开到民国初。

这之后的西餐馆就如雨后春笋一般了，开了很多。比方说西单的福生食堂，崇文门内船板胡同的韩记肠子铺。我父亲在世的时候，老提他小时候去韩记肠子铺，在船板胡同把角，是个两层红楼。那个房子前些年还有，现在没了。韩记肠子铺叫肠子铺，实际上是西餐馆。楼下卖西点、香肠、肉食这些东西，楼上是餐馆。再往南一点是法国面包房，法国面包房也是楼上卖西餐，楼下卖面包什么的。这个叫肠子铺，那个叫面包房，都是西餐，因为崇文门内离使馆区近。在交民巷里还有一家叫西绅公会，中国人也可以去，外国人比较多，西餐非常好。

还有一点今天的人想不到，就是火车站当时也有西餐，东车站、西车站都有，但是以西车站，也就是京汉铁路车站为好。那时候火车是有钱人的交通工具，所以西车站的西餐是不错的，鲁迅曾经在他的日记里面几次提到去西车站吃西餐，两个人花了一块多一点，我记得很清楚。另外很多医院里头也有西餐，比如德国医院、法国医院，做得都很精致，基本上是对内的，但也对外，探望病人的人可以去吃，外头的人你愿意去吃也可以。

40 年代，内务部街有一个比较好一点的西餐馆叫墨蝶林。“墨蝶林”是翻译过来的名字，我的祖母老提墨蝶林，我没赶上。这个墨蝶林的西餐是英法俄式都有。墨蝶林歇业以后，它的厨师到了东华门华宫食堂，叫食堂，实际上是西餐馆。华宫食堂我去了无数次，小时候我祖母、我外祖父母，还有我父母都带我去过。从前当过北平市长的周大文，就是刘长瑜的父亲，在离它不远的地方开了个新月西餐厅，没经营多长时间就关门了，但是华宫一直开着。

我赶上的主要就是 50 年代的一些西餐馆，比如说像东安市场里面的吉士林（不是天津的起士林），还有国强西餐厅，后来换了和平餐厅；以及西单的大地餐厅，大地是纯粹经营俄式西餐的，很大众化。

实际上当时北京的英法式西餐是比较离谱的，为什么呢？

英式的还好说，英国人吃东西非常简单，就爱吃炸鱼、炸薯条什么的。德国人更简单，煮小肘子这些。最离谱的是法式的，那时候凡是浇沙司的都号称是法式。比如说猪排，裹面包渣炸的猪排叫吉林猪排，这是英式的，要是浇上沙司，就是里面搁点胡萝卜丁、豌豆、葡萄干等，就变成法式的了。这种“法式”我在法国根本就没见过。现在一说法式，我们就想到鹅肝、蜗牛、牡蛎，那时候牡蛎、蜗牛这些的中国人不大吃，第一成本很贵，第二中国人不大认，所以中国人当时吃西餐基本上就是这些东西，比较不靠谱。

但是靠谱的是什么呢？是俄式西餐。朱家溍先生跟我说过，我父亲也说过，这一点有共识。早先就是俄式西餐正宗，这跟解放后亲不亲苏没关系。为什么呢？第一，俄式的东西很好吃，和中国人口味接近，既解馋也很丰富。再有一个就是跟白俄有关系，苏俄革命以后，很多俄国贵族流落到中国，身份显耀一点的到上海，其次是到北京、天津，再次一点就留在哈尔滨，因为离远东比较近。他们带过来的西餐，包括一些俄式西餐的用具、西餐的规矩，都很正宗，基本上不离谱。比方说红菜汤和俄式的炸包子，里面是洋白菜、土豆、牛肉咖喱馅儿，外面是发面炸的，非常好吃。还有像鱼子酱、黑加仑酱等。所以俄式西餐从20年代开始就在中国流行，而且做得是西餐里面最靠谱的。

1954—1955年苏联展览馆——就是今天的北京展览馆——建馆以后营业的莫斯科餐厅是当时最好的俄式西餐厅。今天人们回忆的莫斯科餐厅，像王朔他们所说的“老莫”，往往都是“文革”前夕、“文革”中或者改革开放初期的莫斯科餐厅，实际上那个时候的莫斯科餐厅已经不行了。50年代中期的莫斯科餐厅是全盛时代，也没有“老莫”这样的名字。当时他们的男服务员都穿白礼服，打着黑领结；女招待穿着黑裙子，外面罩小白围裙，头上戴着帽花，很漂亮，那是莫斯科餐厅真正有俄国风范的时期。到“文革”时，就是王朔他们记忆中的“老莫”，保留下来的大概只有原来的三分之一，像苹果烤鹅、高加索饺子汤、高加索肉串和格瓦斯饮料等很多东西都不做了。

50 年代最好的西餐馆基本上是三家，一个是东安市场南花园南头的和平餐厅，所谓英法式的；再有就是新侨饭店的西餐厅；接下来就是莫斯科餐厅。像大地、华宫、吉士林这些都是比较低档大众化的，价格也相对便宜一些。

至于西式的茶点、饮料，咱们喝的汽水最早叫“荷兰水”，说是从荷兰来的。荷兰水最早售卖的地方是在西药房。那时候的西药房有制剂室，可以配药，同时可以制作这些汽水，柠檬酸、小苏打做成的汽水都是在药房卖。我手边保存有光绪三十二年到宣统二年的《城市管理法规》，里面非常详细，包括制售汽水条例，一条一条比咱们今天的管理要严格得多。首先，所有化学试剂都必须有厂家的名号，不许用糖精，必须用车糖，就是绵白糖；不许用色素，必须用果实原汁，都是非常严格的。

后来有些饮食店也卖西式茶点，比如中山公园的柏斯馨，还有当时东安市场里有一家叫荣华斋的，前些日子苗子先生的公子黄大刚跟我说起那儿的奶油栗子粉特别好，他跟他父亲常去。荣华斋在东安市场十字街迤南路西的楼上，我记得很清楚，它那儿的奶油栗子粉、奶油蛋糕、香草冰激凌做得都非常好，但 60 年代初就歇业了。

四、大饭庄、小饭馆和二荤铺

曹禺先生的话剧《北京人》里，曾家的女婿叫江泰，这个江泰寄居丈人家，但懂吃，有一段台词就是他口若悬河：“正阳楼的涮羊肉，便宜坊的挂炉鸭，同和居的烤馒头，东兴楼的乌鱼蛋，致美斋的烩鸭条。小地方哪，像灶温的烂肉面，穆柯寨的炒疙瘩，金家楼的汤爆肚，都一处的炸三角，以至于——以至于月盛斋的酱羊肉，六必居的酱菜，王致和的臭豆腐，信远斋的酸梅汤，二妙堂的合碗酪，恩德元的包子，砂锅居的白肉，杏花春的花雕，这些个地方没有一个掌柜的我不熟，没有一个掌灶的、跑堂的、站柜台的我不知道……”他讲的是二三十年代北京的饭馆子。曹禺先生可能有两个地方有点错误，首先，便宜坊的烧鸭子（烤鸭）是焖炉的，不是挂炉烤鸭；其次，“穆柯寨”实际名叫“穆家寨”。

他说这话不算太夸张，因为当时北京饭馆没有那么多，主要集中在东城、西城、崇文、宣武这四个区域，不像今天，数不胜数，没有一个人能说吃遍北京所有的饭馆。那时候到饭馆里吃饭，无非是这么几种情况：婚丧嫁娶、过生日，还有一些朋友聚会，再有就是纯粹为解馋去吃饭。我们今天叫餐馆，可是那个时候，“餐馆”这两个字概括不了北京整个餐饮业的情况。

从高往低说，规模最大的餐馆叫作“饭庄子”，就是今天的老饭庄。饭庄子一般规模非常大，能够有几进的院子或者带跨院的几个院落，有戏台能够唱戏，能够摆百八十桌席的，这个才叫饭庄子。这种饭庄子平时营业面积不太大，散座也接，但是很少，主要是接几十桌或者十几桌的宴席。所以这种饭馆气魄大，有的时候一个月也不见得有几次，对此北京有一句话——“冷饭庄”。

清末的金鱼胡同，路北楼房即著名的福寿堂饭庄

冷饭庄就是说它平常不以散座为主要的经济来源，而以承包宴席为经营业务。一般来说老饭庄都叫什么堂，在北京历史上有名的饭庄，比如说前门外灯草胡同的同兴堂、大栅栏西边观音寺的惠丰堂、西长安街上的忠信堂、东城金鱼胡同的福寿堂、什刹海的会贤堂、地安门的庆丰堂，这些都是比较有名的饭庄子。

饭庄子以下才叫饭馆子，实际上饭馆子的菜一般来说比饭庄子好，饭庄子是讲排场，它有一定的规格和模式，同样的菜每桌都上，菜并不见得好，真正菜好的是后来开的很多饭馆子。北京人爱说什么“八大楼”“八大春”，实际上这个开了那个关，同时存在的并不太多。而且你说这个是“八大”，我说那个是“八大”，也不尽相同。比如拿八大楼来说，当时首屈一指的是开在东安门大街的东兴楼。今天也还有东兴楼，但是这属于“借尸还魂”的。

那个东兴楼在1940年前后就关掉了。歇业以后，它的很多伙计出来又开了一个萃华楼，萃华楼今天还在，但是萃华楼不属于八大楼之一。

此外，还有正阳楼、泰丰楼、致美楼、春华楼等，春华楼关了以后，又有一个春明楼。基本上这些楼都是以鲁菜为主，大多是烟台福山帮的厨子主理。像开在前门外的正阳楼很有意思，正阳楼菜品不怎么样，但是它有两大特色，一个是到秋天的时候吃螃蟹。大多数人在家里吃螃蟹，但是也有到馆子吃的，正阳楼就以螃蟹出名，螃蟹用的都是天津附近的沼泽地盛芳镇的螃蟹。这个螃蟹一般在西河沿菜市趸货，趸来以后他们自己用芝麻喂养，所以螃蟹长得特别肥，然后上大木笼屉蒸。那时一说吃螃蟹到哪儿吃去？正阳楼的螃蟹最好。霜降以后，就是吃涮羊肉，这也是正阳楼的另一特色。

原坐落在东安门大街路北的东兴楼饭庄

再晚一点就是所谓的八大春，八大春也不是同时开的，是陆陆续续，但都挂个“春”字。实际上北京挂“春”名的也不是只有八个，但是这八大春集中在西长安街，就是电报大楼到西单这一带，现在那个地方早就面目全非了。当时比如说像春园、大陆春、新陆春、同春园等等，很多挂春字的饭馆，以淮扬菜居多。

除了这些“春”以外，还有一些饭馆以“居”为名。最早的就是在广安门内北半截胡同的广和居，这是非常有名的一家饭馆，《道咸以来朝野杂记》和《旧京琐记》中都有不少记载。广和居鲁迅去得很多，为什么呢？因为鲁迅到北京买房子之前，住在绍兴会馆，广和居就在绍兴会馆的对面，过一条胡同，抬脚就过去了，所以鲁迅文字中记载到广和居吃饭很多。广和居自清末就有，它里面还有一些白墙，很多人吃饭的时候会在墙上题诗，比如说当时讽喻清廷的腐败，或者是权贵之间的儿女亲家，可以作为中国近代史的一个见证。

广和居第二大特点，是它吸收了很多宅门菜，拿今天的话说叫官府菜。比方说潘鱼，潘鱼是同治时的进士潘炳年家做鱼的方法，吴鱼片就是吴闰生家的鱼片，此外还有江豆腐，就是太史江家的豆腐。很多私房菜、特色菜，都被它网罗，成为它自己的菜品。所以广和居的菜是兼容南北，这里留下了清末翁同龢、谭嗣同等许多名人的足迹。但广和居实际上到20年代末就已经歇业了。

再说同和居，同和居今天还有，也是鲁菜。据说广和居歇业以后，有些广和居的厨师出来以后到了同和居。这些楼，这些居，这些饭馆各有各的特色，各有各的拿手菜。同和居的“三不粘”源于广和居，所谓三不粘就是不粘盘子、不粘筷子、不粘牙，是甜菜，今天大概卖一百多块钱一份，那时候是一分不要，是外敬菜。外敬菜就是吃饭以后白给的。这三不粘怎么做呢？因为鲁菜很多用蛋清来挂糊，用蛋清挂糊以后，那蛋黄干吗用？拿蛋黄跟面用油炒在一起，也是个功夫菜，吃到嘴里又糯、又软、又甜，这个是吃完饭以后，小碟外敬，成为它的特色菜。

除了三不粘，同和居有很多外敬菜都做得非常精致，比方说炝炒掐菜。什么是掐菜？就是绿豆芽两头掐，就剩中间那一节。一爆炒马上就出锅，浇点儿花椒油，一尝又脆又香。多少钱？这不要钱，外敬一小盘。你吃着好，那我再给您上一盘。但是很少，大家又吃完了，一而再，不能再而三，你就不好意思再要了。可是下回你没准儿为这盘炒豆芽，又花钱来吃一顿，就为吃那俩外敬菜。高汤也可以外饶，那时候高汤都是骨头汤，也有是鸡汤加骨头汤，高汤都不要钱，那就是骨头汤加点酱油，上面切点黄瓜片，或者有的搁点榨菜丝、肉丝，是不收钱的，这实际上都是一种经营手段。

还有很多是特色馆子，比如柳泉居，历史就很悠久。再有就是和顺居，说和顺居今天没有人知道，但是你一说砂锅居谁都知道，砂锅居的原名叫和顺居，后来因为它的砂锅做得很有名，所以大家就忘了和顺居这个名，顺势改成砂锅居了。砂锅居也很有特色，因为挨着一个王府很近，王府祭祀的时候剩下的猪，就从后门到它店里了，所以它是做猪肉和猪下水的。砂锅居的砂锅白肉和烧燎白煮都很出名，最好的是能做七十二种烧碟，后来变成三十六种烧碟，比如说烧紫盖、炸卷肝、炸鹿尾、炸鹅脖，所有的东西都是从猪上找，鹅脖不是鹅的脖子，紫盖也是猪身上的，这些菜现在都没有了。但是砂锅居不属于二荤铺，是相对比较高档的。

另外有一些馆子也很有特色，但不属于这里边的，比如说一些教门馆子，像东来顺、南来顺、西来顺，专门吃一些清真菜的。开得晚一点的，像前门外的两宜轩，两宜轩是专门做梨园行的生意，很多梨园行的人拜师就在两宜轩。戏曲界有很多是回民，如像拜师和同业聚会，戏曲界的人都要请。但是这些来宾里边有很多是回民，你要在汉民的馆子里请，很多人就没法儿去了，清真馆子汉民可以去，可是汉民馆子回民不能去，所以这样就扩大了客人的范围。像同兴堂是以办婚礼知名，比如说20年代的时候程砚秋和果素瑛两个人的婚礼，就是在同兴堂办的，很多名人的婚礼，都是在一些这样的馆子办的。

再有特色的比方说烤肉宛和烤肉季，烤肉宛原来没有这个名，这个名是后来齐白石给起的，原来没字号，人家说吃什么呢？就是叫安儿胡同烤肉。烤肉季就是河沿季傻子烤肉，都没有字号，也是有特色的小馆子。

饭馆再往下次一等的，叫二荤铺。什么叫二荤呢？就是猪肉和猪下水，猪身上的两种荤东西。到二荤铺你要吃鸡鸭鱼基本没有，就是二荤，比方说滑熘肉片、焦熘肉片、炸丸子、熘丸子、南煎丸子、四喜丸子、熘肝尖、摊黄菜（摊黄菜就是炒鸡蛋，北京忌讳说这“蛋”字）、炒腰花、爆三样，都是猪身上的，基本上都是属于二荤。二荤铺满街都是，但是也有高下之分，刚才说的砂锅居，虽然也是做这二荤，但是它有自己的特色，所以就不属于二荤铺这个系列。

还有一些特色小馆子，比方说隆福街的白魁，那是清真的。那时候就叫“白魁”两个字，现在叫白魁饭庄。白魁以烧羊肉最为著名，咱们一般说吃羊肉都得霜降以后，秋高羊肥的时节，唯独烧羊肉要夏至前后吃。就是烧羊肉汤下面，浇上烧羊肉汤，再给你敷上一勺炸得酥酥的烧羊肉。

白魁再往东一点，有一个叫灶温的小馆子，非常好，我小时候也常去吃。我最初知道灶温就是因为考古学家陈梦家。陈梦家先生是浙江上虞人，兴趣爱好十分广泛，口味上兼容南北，他那时候住东四钱粮胡同，从他家出来穿过轿子胡同到孙家坑，对面就是灶温，所以是那儿的常客，灶温就是他介绍我们家去吃的。当时隆福寺后面有个很小的剧场叫东四剧场，来了一个河南小地方的豫剧团，每晚轮着上演豫剧传统剧目，有一位主演叫肖素卿，能戏颇多，陈梦家先生非常赞赏，也拉着我们全家去看她的演出，我看豫剧就是那时候开始的。灶温离东四剧场很近，主要是卖面，就是炸酱面、打卤面，还有一窝丝、小碗干炸。小碗干炸的炸酱非常精致，汪着油，里面是肉丁，不是肉末，配面；一窝丝是烙的一种酥的饼，一提溜起来都跟丝状似的。灶温的面食手艺非常好，它也有一些二荤菜，但也不属于二荤铺。

二荤铺以下，大茶馆里头也有一些吃食。你看老舍的《茶馆》，在茶馆里面还买卖人口，要饭的带着闺女，乡下来逃荒的，后来常四爷跟那个伙计说，给他要两碗烂肉面，到门口吃去。一方面他有他的身份，不能够跟要饭的在一个地方吃饭；第二，他也很厚道，给他要两碗烂肉面。而且底下还有一句话："这年头是怎么了？乡下怎么都闹成这样了。"大茶馆有一些茶点也做得不错。茶这个东西去油，你喝了半天茶，喝着喝着饿了怎么办呢？就得要点儿点心吃，所以茶馆里总得预备些点心，这些点心有很多是茶馆后厨自己做的。比如后门的一些茶馆，都是为了满族人开的，所以有很多奶油的东西，像奶油饽饽、奶油镯子、奶油棋

胡同里的馄饨挑子

走街串巷卖“熏鱼儿”的小贩

子，还有烂肉面、自己蒸的小包子、馄饨都有。包括中山公园里面有几家饭馆，像上林春的鸡汤馄饨，长美轩做的藤萝饼——拿藤萝花做馅儿，烤出来的，好吃得不得了；来今雨轩的冬菜包，那也是做得非常好。

大茶馆再往下就是切面铺。这个切面铺不是我们想象的，就是卖挂面或者卖切面、馒头，它也有几个菜。切面铺除了卖一些成品、半成品的面食以外，有时候也蒸点儿什么猪肉大葱馅儿的包子，或者做两三个菜，比方说熘肉片、摊黄菜，此外，炒饼、炒面，这都是切面铺做的。老百姓在切面铺买斤面或者买斤馒头，回家自己吃去，这是一种。还有一种就是到切面铺吃，如拉车的，拉车的一般会到切面铺，买个烧饼、火烧，临时充充饥，吃完还接着拉活儿。或者是穷学生，到那儿吃一份炒饼。再低等的就是大酒缸了——也就是小酒馆，只是喝酒，有些酒菜，但没饭菜吃了，店里把那酒缸倒过来搁在地下，那缸底下小，上头大，上面铺块板子，酒杯就放在那板子上喝，有的站着，或者有高凳坐着，吃点什么熏鱼儿、花生米等下酒菜。

北京物价最便宜的时候，应该说是从 1928 年到 1935 年这几年。便宜到什么程度呢？比如说你要到菜市场办一次年货，一块钱银元或者是法币能够拉一三轮东西回来，包括菜、肉、米、面、油等等零七碎八。那么到营业性餐馆呢，一般的餐馆办席叫便席，便席的价格是多少钱呢？是两块钱一桌。

两块钱的席都有什么呢？四凉碟，比方说熏鸡、小肚、酱肉、熏鱼，四冷荤；四热炒，比方说滑熘肉片、焦熘里脊、炸丸子、熘肝尖，这就是四热炒；还有四大件，四大件是什么呢？比方说炖肉、扣肉、红烧鸡块、红烧鱼块，四大件；一压桌，一大锅整鸡的鸡汤，饭后还有点水果，这就是两块钱的便席。

大饭庄子的席就要贵了，大饭庄子也少有便席，一般来说当时四五块钱一桌的就是海参席，能够吃到海参、干贝、鱼肚。那个海参不是今天菜市场买的黄玉参、灰参，都是大辽参或梅花参。席上鸡鸭鱼肉全有，直到海参、干贝、鱼肚等，这是海参席。到了八块钱一桌的就可以吃到燕翅席，就是燕窝鱼翅、黄焖鱼翅，最后是冰糖燕窝，当然其他菜也都有，这都是属于八块钱的。

前面讲物价的时候讲过，当时一个小学教师的月薪大概二三十块吧，办一桌便席等于占收入的十五分之一，也是一个不小的数字。所以一般人都是因为有事办席，比如办生日或者结婚请客才到这种地方。两块钱一桌便席，你收了很多人家送礼的份子，扣除你请这十桌、二十桌的便席的费用，你还有富余。

当时还有席票，印成宴席的礼单子。这个席票可以外卖，比方说您给我送礼，我送您一桌同兴堂的席，写着是四块的、六块的、八块的。这席票一般来说是礼品，你送我，我又送他，没准儿最后又送回你手里去了。有可能这个饭馆都歇业了，这席票还在市面上流传呢。饭馆子发行这个席票，并不希望人用，他希望发出去以后人们不用，他还赚他的钱。有的人很精明，打个电话，比方说东局 2354 是东兴楼（北京那时候叫东局、西局），说你给我送一桌席来。那时候的人很讲信用，送一桌席，什么席？送一桌海参席到家里来。几个伙计拿着提盒送来一桌席。你不说付席票，也不说付现钱，店家误以为你会付四块钱银元呢。席送到了，最后你出示一张席票给他，他没办法，只得收了这张席票。这个席票真正使用的并不太多，变成了一种转赠的礼品。就跟全聚德、便宜坊卖鸭子票一样，凭一张鸭子票可以领一只鸭子。或者现在有很多打折券，实际上都作废了，你不见得准去吃。

民国以后的餐饮业还是很兴盛的，但是一个饭馆能够经营上百年的非常少。很多饭馆子在30年代就歇业了。为什么？竞争激烈是其一。再有就是30年代，尤其是“卢沟桥事变”以后，民生凋敝，市面开始萧条；还有就是内部的问题，比方说掌柜的苦心经营，到了儿孙这一辈是败家子，把家败了；或者东伙不和，就是东家和经理、伙计不和。还有是东家生病了，没人经营了。总之，什么原因都有。有时一个餐馆散了，伙计出来另找投资人，又开了一家新饭馆，还保持了那一家的特色，这种也很多。

真正经营时间比较长的，应该说是便宜坊和全聚德。便宜坊到底始于什么时候还很难说，原来说是明代嘉靖年间，现在有人追溯到明代永乐年间，这还有待考证。但是便宜坊的历史确实比全聚德长。全聚德是1864年开的，到2014年是一百五十周年，一百五十年没歇过业。杨全仁他们四代经营，到了50年代初，大概1952年就公私合营了，一直经营到今天，没歇过业。同和居从开张到现在也基本没歇过业，萃华楼基本上没歇过业。其他的如东兴楼、庆云楼都是关了又开的。原来的庆云楼早就没有了，今天庆云楼开在什刹海的北岸，说字号是百年，但是跟原来的庆云楼没有什么关系，只是经营的都是鲁菜。北京的很多餐馆都是利用老字号重新又开的。

在清代，北京基本上就是一些老饭庄子或者一些老的饭馆子，由于生活观念与现代不同，绝大部分人是不到饭馆去吃饭的，或者有事才去。到了民国以后，文人吃饭馆非常多，胡适、鲁迅、郁达夫、许地山、徐志摩等等这些人日记里面关于吃饭馆的记载很多。邓云乡写过《鲁迅与北京风土》一书，详细统计了鲁迅日记里记下的吃馆子的情况，到哪个饭馆去了多少次，川鲁淮粤、西餐、日本料理鲁迅都吃过，唯独不去教门馆子，因为鲁迅和周作人都是不吃牛羊肉的，所以他们一个清真馆子也没有去过。

五、堂头、家厨和行厨

（一）堂头的学问

过去的餐饮业，堂头的角色很重要。何冀平写的《天下第一楼》里的常贵就是这样的角色。旧时的全聚德在北京还不算了不起的大馆子，她刻画的这个堂头常贵应该说是集中了彼时许多饭庄子里堂头的形象。

今天有些所谓的民俗其实是伪民俗，比如一些“京味儿”老饭馆，进门一撩帘子，会有服务员高声喊：“两位，里边请。”声音大得吓死人。其实过去并没有这样的事。过去堂头让位都是有目的的，比方说楼上楼下的厅堂，客人要上楼，“二位，楼上请”。是堂头知会楼上的伙计好招待，不是说给其他顾客听的，也不是一种仪式。底下有客人上来，这样楼上的伙计就知道了。

那时候分工也很细，站在门口的叫“瞭高儿的”，也就是在门口单纯负责招呼客人的，“您里边请”，把客人往里让，类似今天领位小姐的工作。而堂头应该说是一个领班，不是一个普通伙计，说是前厅经理也不为过。堂头比普通伙计要更体面，对客人要客气，尤其是老主顾一定要招呼好。好的堂头是个社会学家、心理学家、运筹学家。说是社会学家，他知道来的客人是什么身份，什么地位；你来是纯粹为吃饭的，还是为办事的；是想多花钱还是少花钱，想少花钱的，你得让他既少花钱又撑面子；来了真正的吃主，要会推荐特色菜；座位的调派要合适，让客人满意。

比方说，今天我点了一个烹虾段儿，他会告诉我说："今儿您别要烹虾段儿了，今儿这虾是前儿进的货，不大新鲜，您换一个别的。"他都替客人着想。比方说今天我吃某一个厨子的拿手菜，好的堂头可能会说今天张头儿没在，都是李头儿做，李头儿这道菜不如张头儿，干脆您换一个什么什么，这个他拿手。所以吃馆子的会觉得这个伙计是体己人，经济上也会为你着想。如果你没多少钱，可是又非要做面子，很尴尬，他会给你推荐几个菜，既省钱，可是又把你的面子做足。

好的堂头不会拿着小本去记客人点的菜，你要什么菜，都是完全靠脑子记、心算，你说八个菜，绝对不会给你少上一个。最后你点的什么菜，他一看这盘子："这个六毛四、四毛二、两毛八……得，您给一块五毛二，零头抹了，您给一块五吧。"就是这样，让你很舒服，最后你总会给点儿小费。

这小费很重要，小费给了以后，伙计不能自己揣兜儿里，在前头柜上有一个竹桶或者木桶，上面有个眼儿，底下有个锁，所有客人给的或多或少的小费，都从那个眼儿里放进去。如果发现你贪污小费，你在这儿就甭干了。给两块钱也行，给一块钱、给五毛钱也行，全放在这桶里面，到晚上开了锁，所有的小费伙计平分。现在在国外，一般来说小费就是餐费的5%～10%。给小费在中国也是有传统的，从前或多或少要给点儿小费，解放以后才没有给小费这一说。从前给小费时要唱，比方说"张五爷赏五毛"，都要唱出来，就是让其他人也听见。

堂头实际上是领班，要招呼厅堂中整个局面。伙计是既管算账，又管上菜、收钱。柜上是管账的，多少钱都要记账。所以管账的、堂头、伙计、瞭高儿的，这都是前厅的差事。后厨分红案、白案，就是做菜的和做面食、点心的，那时候没有什么行政总厨这一说。堂头可以去前面迎接，有很多东西他可以跟后厨沟通，比如今天这桌是四位堂客——堂客就是女宾，男宾叫官客。今天坐了四位堂客，菜做淡点儿，或者说是来点儿甜品外敬给女士，都能和后厨沟通。今天咱们服务员是无法和后厨沟通的，你说了我这个菜做淡点儿，没用，你说了以后，他不敢把你这话去跟后厨说，说了可能后厨会骂他。

堂头这个职业后来被别的岗位代替了。今天来说，堂头的工作被前厅经理分走了一部分，服务员分走一部分，领位小姐分走一部分。过去一个好堂头很重要，也能服务于一家餐馆很多年。国外这种情况更多。我在法国见过一些餐厅的老服务员，一问，已在那里工作二十多年，而且很以为自豪。我们现在的情况，一是饭馆都开不长；二是饭馆的领班或服务员能干两年以上的都少。

（二）家厨

现在年轻人动不动叫外卖、下馆子，那时候一天到晚靠着吃馆子过日子的人几乎没有。没钱人是因为吃不起，有钱人呢，因为馆子的东西单调，没什么特色，老吃馆子也不健康，所以都是吃家里的饭。有钱人一般都有家厨。

家厨可以说是自古代以来就有，许多官僚都有家厨，甚至奉调上任都要带着自家的私厨。上世纪五六十年代，中央首长家里面的炊事员，实际上也是家厨。有些著名饭馆的厨师也常被请到一些领导家里去做，像陈玉亮、王义均、艾广富等大厨都是如此。比如说陈玉亮，他工作的单位是北京饭店，但常常被请到中央首长家中，要不然被请到北戴河中央办公厅的招待所。谭家菜最有名的就是黄焖鱼翅，陈玉亮跟我说，他在叶剑英家做黄焖鱼翅，从来要做两份。就是叶剑英晚上吃一份，留一份，留的那份第二天加热，再吃一次。

民国时期，实际上很多大户人家都有家厨，我家基本上是淮扬菜的厨子。我写过一篇《家厨漫忆》，主要是回忆和他们的关系。据我所知，我家最好的厨子叫许文涛，许文涛之前是谁我不知道。许文涛之后的厨子，我写的是冯祺，而忽略了中间的一位。最近北京历史档案馆给我复印了一份我家1947年的户口簿，才知道中间还有一位叫沈寿山，也是江苏淮阴人，他的户口还在我家。从户口簿上看，1947年他58岁，应该是位有经验的厨师了。接下来才是那个在日本饭馆做过饭的厨师冯祺。再后来一个，严格说不是厨子，原来是位裁缝，名叫福建祥，是旗人，也是我母亲乳母的丈夫，因为他喝大酒，喝得动脉硬化以后，手老哆嗦，拿着刀切猪肝，哆哆嗦嗦的，也不知道是猪肝的血还是他的血，很是可怕，但是年头长了也就凑合了。有人劝我祖母换一个厨子，我祖母是一个很疏懒的人，也不愿意换，就这么凑合着，一凑合就是七八年，一直干到“文革”前夕。家厨有的是连早点都做，三顿饭都管，有的就管两顿正餐。也有的人家老换厨子，有的甚至一个家里用两三个厨子，有西餐厨子、中餐厨子，或是不同菜系、不同口味的厨子，这都有。

直到50年代有些人家还有家厨，我到过一些没落的旗人家，虽然有家厨，但家厨只能天天蒸馒头、炒大葱、拌黄瓜，因为经济拮据无菜可做，家厨也没地方可去，无非就是养着这个家厨，他也没有什么施展技艺的机会。一般来说，家里有家厨的都有厨房，厨房都有大灶，大灶上有若干个火眼。灶上永远有个汤罐，这汤罐里永远有热水。

还有一些家厨从主人家出来以后，又自己开了馆子。我们今天讲谭家菜，讲的是谭宗浚、谭篆青父子的谭家菜，这是广东谭家菜。实际上还有一个湖南谭家菜，那就是做过行政院院长的谭延闿家，谭延闿也是辛亥老人，口碑不错。湖南长沙玉楼东等大饭馆的厨子不少是来自谭家。谭延闿家最有名的家厨叫曹荩臣，人称“曹四爷”，这个曹四爷很了不起，可谓是谭府家厨的掌门，后来许多湘菜厨师都是他的门墙桃李。后来还有几个家厨，最后一个家厨叫彭长贵，被陈诚带到台湾去了，因为陈诚是谭延闿的女婿。彭长贵后来做“总统府”的大厨，蒋公逝世以后，这个大厨在美国待了很长时间，90 年代初又回来了，后来在台湾开了一个馆子叫“梁园”，是湖南谭家菜的延续，我在台北时去那儿吃过他做的菜，确实好。

一般人家也有家厨，各有各的拿手菜。我家的家厨在 50 年代跟做过云南省主席的龙云家的家厨是好朋友，他们俩是买菜的时候认识的。龙云那时候是全国政协委员，后来被打成右派，但是生活没怎么变，住在东城北总布胡同那边儿。他们俩一块儿喝个小酒，一来二去成了好朋友，也多交流厨艺，他还送了我们家一个汽锅，那时候在北京吃汽锅鸡的人很少，他们技术交流之后，我们家也开始吃汽锅鸡。

一般的像湖南人就用湖南来的厨子，四川人用四川的厨子。湖南唐生明好吃，他家的厨子就有自己的很多特色菜和绝活，例如曲园的“东安仔鸡”就出自东安唐门，还有“组庵豆腐”是因为谭延闿字组庵而得名。很多名菜都是从家厨菜流传出来的，比方说咱们今天吃的宫保鸡丁，那就是从贵州人丁宝桢家里面出来的，丁宝桢官至太子少保，所以就叫丁宫保。广和居的潘鱼，来自晚清翰林潘炳年家的做法。伊府面，是从大书法家伊秉绶他们家出来的。这个伊府面是鸡蛋和面，炸了以后拿棉纸包上，它会渗油，把油渗出来后用棉纸包好，然后随时吃随时蒸，或煮或炒，伊秉绶做过广东惠州知府，因此粤菜中的伊面就是他家的家厨传授。很多家厨的东西，跟营业性的餐饮也有交流，家厨也从营业性的餐饮里面学了很多东西。

一般大户人家当差的男仆，不管你是回事的，还是打扫卫生，或者干其他杂役的，北京的称呼都是叫“二爷”。但是厨子不能叫二爷，一般叫“头儿”，张头儿、李头儿，当然主人不会这么叫，主人就是叫张厨子、李厨子。家厨在这个家的仆人里面地位是最高的，比一般当差的都高。厨子如果晚上收拾完厨房，捧着个小茶壶出来，往院里一坐，别的男仆都得上前，问一声：“您要不要续点水啊？”为什么家厨地位高呢，一是厨子能跟主人直接交流，知道主人的好恶，喜欢吃什么，不喜欢吃什么；二是主人对他也有一种仰仗，家厨如果“耍叉”（因情绪不好而耍脾气），做得不好，那你这顿饭就吃不舒服了，你也不能因为这点儿小事儿把家厨辞退了，有时候主人还会有赏钱。所以家厨在男仆里面地位应该是最高的，家厨的工资也要比一般男仆、女仆高得多。

但是有一条，买菜这个辛苦活儿必须由厨子自己去做。因为采买什么东西，因材施料，或者因料下材只有他自己知道。从前广东的谭家菜还没有对外营业，就是谭篆青的三姨太赵荔凤经营的时候，她买菜从来都是带着他们家的厨子彭长海，也就是谭家菜的最后一位传人，后来被周恩来调到北京饭店的那个厨子。彭长海买鱼翅什么的，都是到专门的海货店里去买。

有的时候一个家厨能在主人家一待几十年，与主人的感情深厚。谭延闿家的大厨曹荩臣是谭家的旧人，从谭延闿父亲时就在他家，谭延闿死后，曹荩臣还委托湖南名士周鳌山写了一副对子，传颂一时：“趋庭退食忆当年，公子来时，我亦同尝甘苦味；治国烹鲜非两事，先生去矣，谁识调和鼎鼐心。”厨子跟主人的关系写得情真意切。主人知道厨子的手艺，什么东西拿手，厨子知道主人的口味与好尚。我小时候与我家的厨子福建祥关系很好，他还曾带我看戏，这些往事都写在我的《家厨漫忆》中。当代有些人家里也有家厨，或者说你请客，我可能带我家厨子去，给你一块儿帮帮忙，或者也交流交流，这也是有的。

清代袁枚是位美食家，他家的家厨名叫王小余，在他家掌勺近十年，死后袁枚曾为他立传，叫《厨者王小余传》，恐怕这也是唯一一位有传的家厨了。袁枚对王小余的思念，几乎是“每食必泣之”。这样的家厨长期与主家共处，因此也会感情至深。台湾这些年社会也有了不少变化，有些家厨拿月薪，类似家政服务员性质，流动性也很大，但还有不少老派的家厨，像辜振甫家的厨师雷蒙，月薪六万新台币，在台湾名气很大。

（三）行厨

另外还有一种流动的厨子，就是属于“行厨”。这个行厨很有意思，他们不服务于哪一家饭庄、饭馆，有些行厨有自己的堂号，还颇有些名气，但手艺却比较粗糙。他们天天一早儿到茶馆去等活儿，谁家要办一些婚丧嫁娶，然后就到人家家里去（一般来说不是什么大户人家，就是中低人家）。怎么等活儿呢？比方说这家有个白事，得做十桌席面；厨子就问您要什么规格，他说我家里没什么钱，你就照着一块钱一桌。当时一桌便席是两块钱，一块钱一桌就是粗鱼笨肉，也能行。一块钱、两块钱一桌的行厨能做出来，十块钱一桌的燕翅席他就做不出来了。要什么标准，话都要和“承头人”（即大厨本人）说明白。

这约行厨的活儿分为“落作”和“暴抓”。“落作”就是预订，而“暴抓”则是临时找来就做，当然你不能当天就办，一般说提前一天就可以。第二天早上这厨子带着一到两个助手徒弟，五六点钟来，主家负责招待一顿烧饼油条的早点，吃完了就拿黄泥垒灶，这叫行灶，也叫长灶，因为一般人家里头不会有那么大的厨房。垒完灶，那个伙计去采买，鱼、肉、菜等。采买回来，到了九点十点钟开始动手，到十二点钟开饭，两个小时就给你做出十桌来，那叫麻利，那叫快，你说这是本事不是本事？大刀、小刀、白案刀、红案刀、擀面杖、围裙等都拿一个蓝布包包着，夹在胳肢窝底下，来了以后打开包，这些基本的用具全有，当然盘、碗得自己想办法去饭馆子里租借。也有比较有体面的行厨，你家里连盘子、碗都没有，他也能管，能给你开十桌的盘子、碗。行厨的手艺虽不行，但是炒、炖、蒸、炸都行。这行的特点，也不是馆子里的厨子或家厨能够企及的。不过所谓“行厨”，其实是没有这么叫的，这是咱们给他文言了叫行厨，北京话实际上管行厨就叫“口子上的”，这“口子上的”就是等着人雇的厨子。旧时，一般市井穷苦人家办白事、娶媳妇结婚也是叫“口子上的”来，事先讲好价钱，要比到饭馆子里办几桌便席节省不少钱呢。

民国时期的出行

一、铁路

北京是一个和周边要发生很多联系的首善之区。今天中国的交通当然是极其发达的，就铁路来讲，在 2013 年总长度已达十万公里，是仅次于美国的全球第二发达铁路网的国家。近年来，高铁更是提高了铁路的速度，总长度也在逐年增加。中国铁路的历史，始于清代末年，大概在光绪年间，我们已经有了不少的铁路线路，但是大多是外国资金修建的，民国后逐渐赎回路权。就拿北京来说，北京常用的火车客站是三个，一个是东车站，一个是西车站，一个是西直门车站，北京的出口和进口在民国时期也就是这么几个车站。

东西两个车站非常近，就在前门的两侧：西车站稍微往西一点，基本上是现在北京市供电局对面的那个位置，东车站正好把东南角。东车站也叫作京奉铁路车站，从北京到奉天（就是今天的沈阳），北京到天津也在东车站上车。今天保存下来的东车站遗存，就是老前门火车站，现在叫铁路博物馆，是保存了东车站原建的一部分，当然站台什么的都没有了。西边的那一侧，就是今

清末开进北京城的火车

天的前门西大街路南，那个是西站，又叫京汉铁路车站。后来北京改成北平，西站改叫“平汉铁路车站”，东站叫“平奉铁路车站”。当然，京汉铁路不是一开始就能到汉口，京奉铁路也不是一开始就能到奉天。西直门车站是往张家口走的。

我们老说清代如何不发达，实际上在光绪末年，人们远途出行坐火车，已经是比较普遍的了。除了逃荒要饭的，一般穷人远行也开始乘火车了，当然只能买最便宜的车票。当时的火车有普通的三等车，甚至四等车——就是硬板座，也有头等车、二等车和蓝钢车。至于说“花车”，那个时候无非指的是专列，就不是铁路的一个经营项目了。

中国土地上的第一条铁路是英国怡和洋行隐瞒实情、以修马路之名偷着修建的“吴淞铁路”（上海到吴淞口），后来被清政府赎回并拆除了，那是 1876 年。后来一些铁路线建造的时间，几乎是同时并行的，建造比较早的就是京奉铁路。京奉铁路全线贯通的时间基本上是在1912年，是分段修建的，关内最早的一段是1881年修的，叫作唐胥铁路，从唐山到胥各庄，不到一百公里，我估计是与唐山的开滦煤矿有关。1893年向两头延伸，把它连接起来，可以从天津到山海关，也称津榆铁路（因为山海关古称榆关）。当时以山海关为界，山海关以内的铁路，包括唐胥铁路，都是中国自己独立资金建设的。山海关以外，很多是俄国和日本建造的。直到民国元年（1912）收回路权，关内外才真正贯通。

以关外来说，还有一条就是南满铁路，南满铁路可以从沈阳南到大连，往东北走到哈尔滨，这是贯穿整个东北的南满铁路。南满铁路最早是俄国人经营的，叫中东铁路。日俄战争以后，俄国战败了，就由日本来经营，中国人也参与了很多南满铁路的事情，比如说后来被张学良杀掉的常荫槐，和南满铁路就有密切的关系。常荫槐是个非常实干和肯干的人，在维护铁路主权方面也对日本人一点不让步，我的祖父和常的私交甚好。在他兼任京奉铁路局长时，还修建了大虎山至通辽的大通铁路，都能和京奉铁路对接。后来京奉铁路从北京到奉天，实际上是两段铁路的对接，就是说将唐胥铁路往南延伸到北京；往东北是和南满铁路奉天到山海关这一段接上了，这是比较完整的京奉铁路。

再有就是往南，北京到上海怎么走？当时没有京沪线，但是北京到天津有一段铁路——京津铁路。再往南，比较长的一段是津浦线，天津到浦口，浦口今天属南京的一个区，在江北，就是今天长江大桥的北岸，那时候还没有长江大桥。天津到浦口的火车临江而停，不能够再过去了，人们要坐轮渡到南京，从南京下关再重新上火车到上海。所以说这一段路很长。民国初期北京到上海，就是先坐北京到天津的火车，再从天津换乘津浦铁路到浦口；到浦口坐船过去，从下关重新坐一段宁沪铁路，宁就是南京，然后再到上海，整个旅程基本上要走五十来个小时。因为从浦口到南京下关这段水陆换乘，可能在南京等大半天。京沪线上当时修得最好的一段是宁沪铁路，宁沪铁路是宽轨，在抗日战争之前，宁沪铁路从南京到上海只用五个小时就可以，在当时来说速度很快了。

到了 20 年代末，几段铁路线接上，形成了京沪铁路。但所谓京沪贯通，其实还有长江的阻碍，中间到浦口也是断开的，但是可以叫京沪铁路。张恨水有一部中篇小说叫《京沪通车》，就是讲这一路的情况。《京沪通车》写得很有意思，因为这一段路时间比较长，车也是很讲究的车，一个比较傻的上海有钱人，在车上碰到了一个很时髦的女子——漂亮的女白相人（骗子），骗吃骗喝，最后把他的行李、钱全拿走了。你想，《京沪通车》的主人公，从陌生到信任乃至受骗，这需要一个很长的时间。这个状况一直维持到 1968 年南京长江大桥通车。

京沪铁路还没有长江大桥的时期，我走过。我 1966 年到上海去，从北京坐车——那时候不用到天津换乘了——当然路过天津，到达浦口，行李不下车，都锁了，还放在车上，那时候治安也比较好，然后人带着随身的贵重物品下车。下车以后，人车分渡，这一列列车，比方说一共是十二节，那么三节一段，分成四段，然后放在轮渡上依次渡过去，人不能在这个船上，而要坐另外一条船渡过去。这个运车厢的船从浦口到了下关，还需要整理、编序。哪节车还接着哪节车，重新挂换车头，这个过程需要很长时间。有多长？许姬传先生也写过一篇谈南京陵园瓜的文章，说的是他陪着梅兰芳，先在下关吃了顿饭，然后又去中山陵，在陵园买了几个当时最著名的陵园瓜，才缓缓回到车上。我也亲身经历过，浦口下车到南京下关，上船，下船，轮渡来回来去折腾一个多小时。到了下关以后不可能马上就上车，这个车得在铁路站里面重新编组整理，当时人可以在下关玩玩，吃顿馆子，看场电影，足来得及。我就是从浦口到南京下关后，吃了一顿馆子，看了一场纪录片，重新上车，再从南京到上海。从北京到上海整个过程加起来，虽然那时已经提速了，还要近四十个小时。

京汉铁路原来在投资上费了很大的劲，最早中国政府想修卢汉铁路，就是从汉口到卢沟桥、长辛店。中国人自己修了一段，张之洞他们主修的，后来是由盛宣怀负责，但是没地方筹措资金，找英国人、俄国人，费了很大劲。最后他们找了谁呢？比利时人，这个比利时虽然是个小国，但是铁路技术很棒，比利时国内的铁路在国际上也是有名的。所以利用了比利时的技术和一部分资金，把卢汉铁路一直接到北京，就是从卢沟桥到汉口，加了卢沟桥到北京这一段，形成了一条较为完整的京汉铁路。京汉铁路的贯通，完全是因为 1905 年黄河铁桥的建成，也是比利时人设计施工的。

京沪铁路、京汉铁路的技术都是国外的，真正中国人资金独立、技术独立修的只有一条铁路，也是修得很早的，就是我们熟悉的詹天佑修的京张铁路——北京到张家口，后来又从张家口延伸到包头。这一段铁路是中国政府独资，而且技术独立，解决了爬坡，前拉后推，包括换车头、对接这些技术问题。除了京张铁路外，基本上都是外国资金和技术。当时清政府修铁路的思路是希望利用外资，商民参股。津浦铁路有中国资金，也有外国资金；平汉铁路实际上是联合英、俄两国，英、俄两国又拉进来比利时，比利时成为修平汉铁路的一股重要力量。至于关外的铁路，最早是俄国人和日本人经营的。有了这些铁路，从清末光绪时代始，北京和外界的联系就已经越来越紧密了。

和我家联系非常密切的有两条铁路，一条是胶济铁路，从前青岛不叫青岛，叫胶澳，济是济南。我的老祖母经常给我描述这条铁路的情况。还有一条就是他们常走的中东铁路，也就是后来的南满铁路，从哈尔滨到大连，这一段我印象特别深刻，因为我的老祖母经常跟我提起。辛亥以后，最初他们和我的曾伯祖赵尔巽一起住在青岛，因为当时很多遗老都到天津、上海、青岛、旅大的租界里面住着，那时住在青岛的还有康有为，赵尔巽他们这些遗老都跑到青岛去了。我的曾伯祖和袁世凯在清末来往较多，袁对他很尊重。前年，广东王贵忱老还寄给我一些袁世凯给我曾伯祖的信件复印件。袁世凯称帝之前，搞了个“嵩山四友”，汉高祖不是有“商山四皓”吗，袁世凯也仿照汉高祖搞了“嵩山四友”，俨然以帝王自居。“嵩山四友”第一名就是赵尔巽，第二名徐世昌，第三名李经羲，第四名就是张謇，但是这四个人谁都没有接受这个称号。袁世凯对我的曾伯祖优礼有加，派了专车去接他们，走的就是胶济铁路。我的老祖母老说，坐的是“花车”，这两个词在我脑子里印象非常深刻。所谓的花车，也就是有豪华装饰的高级铁路火车车厢，共分三节，由卧室、起坐间和饭厅车厢组成，所有的设施都是西洋式的，红丝绒的沙发和座椅，挂着流苏的幔帐和窗帘，几乎与当时西洋的高等车厢无异。还有一种叫蓝钢车。蓝钢车也是一种客车车厢，不包括车头，里面很宽敞，设施也很好，另外它用的钢材很好，完全是进口的技术，因此叫蓝钢车。所谓花车是蓝钢车里边的一部分独立车厢，布置得更豪华漂亮而已。我祖父祖母跟着他们的伯父赵尔巽从青岛回到北京，坐的就是蓝钢车花车。这是民国初年，大概是袁世凯在位的那几年。

后来，我祖父做了一任黑龙江烟酒事务专卖局局长，这是个肥缺。这时候他们就和东北铁路发生了联系，常常往来于黑龙江和大连之间，也是坐蓝钢车走的中东铁路——后来的南满铁路，就是从哈尔滨到大连，因为我家在大连当时也有别墅，我祖父辞职后就住在大连老虎滩。我的老祖母常给我讲，说这个蓝钢车餐车非常好，除了中餐，也有俄餐，她跟我说一种东西，叫铁路汽水，里面汽很足，每个汽水瓶子里放一个大樱桃。用我祖母的话，说："里面一颗赤红的大樱桃。"樱桃汽水是南满铁路的铁路汽水。我一直到今天都有疑问，这樱桃是怎么放进去的？因为这个瓶子的嘴是细的，里面那颗樱桃是放不进去的，就是勉强放进去了也很难倒出来。我没坐过南满铁路，但对这个南满铁路的樱桃汽水，却是耳熟能详。不过，这也说明了当时的南满铁路还继承了老中东铁路的风格。

我的两位祖母和张作霖的许夫人（也就是张学思将军的生母）及张学良的夫人于凤至的关系很好，常在一起玩儿，有时也一起乘蓝钢车往来于南满铁路沿线，常荫槐家也会参加。她们在蓝钢车上打牌消遣。蓝钢车虽然豪华，但不是"花车"，一般不会有几节车厢。

1927 年，张作霖做海陆空大元帅，从北京往来奉天，来回都是坐蓝钢车，但那就是专列了。他最后在 1928 年 6 月被炸死在皇姑屯，也是在蓝钢车上。当时东北系的将领吴俊升留在奉天，知道张从北京返回，特地到山海关去迎接，是半道儿上去的。吴俊升外号叫吴大舌头。他们一起坐在蓝钢车里打牌，到了凌晨的时候，大家都有点犯困了，牌也不打了，恰好牌局刚散，就在皇姑屯发生了爆炸，吴俊升当场毙命，张作霖坚持了半天也不治而亡。这个爆炸当然今天有各种说法，到底是谁干的？这个不是我们今天讨论的内容。他们当时坐的都是蓝钢车，蓝钢车的车厢非常漂亮，可以有卧室、客厅，有打牌桌，也可以有餐厅、餐桌。

过去铁路的不同段，轨道是不一样的，所以有时候得换车厢。以山西为例，山西境内的火车道一直到40年代都是窄轨，这是因为阎锡山不愿意别人侵占他的利益，别的货车和运兵车到山西全进不去，因为铁轨不能对接，别的车轨是宽轨，山西境内的是窄轨，宽轨上不了窄轨，窄轨也上不了宽轨，轨道对接要一些时间，这个时候他就可以阻击你，不让你进入山西。当然，阎锡山也不需要出去，他只要守住他从晋北到晋东南的那一亩三分地。所以当时轨道是不一样的，包括南满铁路、津浦铁路，后来才统一了对接的铁轨，改成一样的宽度。

当时所谓蓝钢车不具有专列的性质，分一、二、三等座。我查过一个资料，当时从浦口到天津，也就是津浦铁路，一等座车厢的票价是六十四块大洋，相当于小学校长或中学老师一个月的工资，确是很贵很贵了。但是三等票可能就是十几块钱，相差很多。从北京到奉天（沈阳）的最低等票价也只有三四块钱。

北京西车站是一座中式二层砖木结构、悬山屋顶、底层有围栏的简单建筑，入口拱门上书“京汉铁路车站”，非常简陋。它建于1902年，使用到1937年，北京沦陷后，日本人将这里改成专门的货站，不再有客运，客运改在西便门一带，合并入广安门车

北京西站
（京汉铁路车站）

站。直到 1959 年，北京新车站建成，京汉铁路才又搬到新的北京站。因此北京西站留下的资料甚少。只有东车站今天还屹立在正阳门的东侧，见证着历史的沧桑。

二、从骡车到洋车到三轮

清末的北京，城内人们出行的交通工具，主要是两种车：最常见的是骡车，还有一种是马车。出了城，赶脚的多是驴车。私人乘坐马车的不多，据说太监出行喜欢坐马车，很多人不屑于跟太监使用同样的交通工具，因此乘马车的不多。真正使用方便而又可以随时雇用的就属骡车了。骡车很舒服，像一个小房子，或者说像一顶轿子，因而那时也管骡车叫“轿车”，后来小汽车叫“轿车”就是源于此。骡车里面铺着毯子，垫着厚厚的垫子，外面有罩棚，罩棚两侧有小窗户，前面有帘可以挡着，男人坐骡车喜欢撩起车帘儿，女眷则多是放下车帘儿，你能看见外面，可外面却看不到车里面，车内最多能乘坐两三个人。骡车在清代到民国初年流行了很长一段时间。至于骑马和坐轿的在城里并不多，再早确有人骑马行于通衢大道，许多大户人家的门前还有“上马石”，但是清末已经很少有人骑马招摇过市了。轿子亦成为结婚娶媳妇的专用交通工具，在平时的生活中逐渐消失，更不要说“绿呢大轿”，就是所谓的“赏紫禁城二人肩舆”，到了清末，不过是一种名义上的仪注罢了。

骡车分两种，一种属于有钱人家自备的骡车。那个时候，很多大户人家都有车门，这个车门后来用作停汽车，一开始没有汽车，就是停私用骡车的。这个门平常不走人，只入车，主人回来，人走大门（正门）进来，骡车则进车门保养，卸下骡子，该喂喂，该刷刷，该收拾打扫就收拾打扫。然后骡车停在车门的门洞内，什么时候走，套车出去，这是一种私用的骡车。

还有一种是可以雇用的骡车。雇用骡车，你要提前派人去雇，北京有几十家可以雇用骡车的车厂，就像今天的出租汽车公司。

清末民初，出行的重要交通工具——骡车

骡子有时候也不听话，所以需要专业赶骡车的，因此雇骡车是连人带车一起雇，没有单雇骡车的。虽然那时候没有什么驾照，但是赶骡车也必须是有经验的把式。骡车的问题是骡子在马路上到处拉屎，也不卫生，牲口车也不安全、不方便，体积又大。民国以后，骡车还存在了那么三五年，后来就出现了一种洋车。

洋车在全国各地有不同的叫法，在北京叫洋车，现在咱们很多演北京的影视剧里，动不动就是叫“黄包车”，北京从来没有“黄包车”的称呼，只有上海等南方地区叫黄包车。不论黄包车也好，洋车也好，不是仅针对这车，是连人带车的称呼。上海雇车，“喂，黄包车”，黄包车既代表了车，也包括了拉车的人，是一个组合。北京这个组合叫“洋车”，到了广东叫“车仔”，到了天津叫“胶皮”。为什么叫胶皮呢？据说盛宣怀出使日本，带回来一辆洋车，洋车严格意义上应该叫“东洋车”，只有日本才有，后来才发展到中国和东南亚。我去过日本北海道小樽，小樽现在还有这种人力车。最初那两个轱辘是铁轱辘，没有胶皮，后来才有胶皮的轮胎。洋车轱辘上用的胶皮轮胎，全是英国邓禄普公司出产的，有了这个以后，拉起来和地面的摩擦小了，拉车的人也轻快了，车也不怎么颠了，轮胎还可以换，所以有一圈轮胎这个洋车就比较进步了。天津人一看这个东西也很新鲜，干脆连人带车都叫“胶皮”。

鲁迅的短篇《一件小事》，还有老舍的《骆驼祥子》，都是写洋车夫的。一般来说，拉车的最高理想是有一辆属于自己的车，像祥子那样，花了一百二十多块买了一辆属于自己的洋车，他很爱护，也很自豪。最近国家大剧院演《骆驼祥子》的歌剧，约我写了一篇关于洋车的文章，放在节目单的前面。第一场场面非常

人力车（洋车）夫在胡同里等座儿

大，就是一个大场景的咏叹调——“看我这车，这车多么好”，旁边就有众人褒贬附和的合唱，这人说好车，那人说不好；这人说值了，那人说不值，祥子和整个群体互动的情景、心态都表现出来了。

一辆洋车的讲究首先在于车架好、轮胎好，白铜的或黄铜的挡泥板，擦得要倍儿亮——就像今天开汽车的人洗车，舍不得花钱洗就得自己擦；也像从前骑自行车的时候，有自行车的人使劲擦这自行车，擦得倍儿干净。拉洋车的也有个脸，车就是他的脸。这种车有折叠的棚子，夏天的时候是月白色的布棚子，遮阳；雨天有油布棚子，突然变天下起雨来，把这油布棚子支起来，可以防雨，坐在车里面的人自然就淋不了多少雨，但是拉车的人顶多戴个草帽，还是要淋雨。

洋车的铃要清脆悦耳，跑起来，车夫嘴里可能喊着：“靠边靠边，车来了，看车。”手上有打的铃，还有脚踩的铃。洋车的车灯是四面玻璃的煤油灯，也有电池灯。时间长了，玻璃就污了，要拿布把这车灯擦得倍儿干净，倍儿亮。雇车的时候，哪个雇车的主儿都希望挑一辆干净车。这车座套要洗得干干净净，夏天是棉垫子上铺凉席，冬天可能就是棉垫子，垫子要厚实，要干净，夏天是月白色的，冬天可能是深颜色的。

可是绝大部分拉洋车的，生活还是比较困苦的，没有能力买一辆属于自己的洋车。当时一辆新洋车的价钱，是九十块钱到一百二十块钱。作为一个拉洋车的来说，攒一百多块钱绝不是容易的事情，所以绝大部分是在车厂子里租车拉，车厂就像《骆驼祥子》里虎妞她爹刘四爷经营的仁和车厂之类。

租车厂的车，你拉一天车下来，不管挣没挣着钱，都要交车份儿，就跟咱们今天的出租车似的。拉车中途有什么坏了、保养，得车夫花钱。拉洋车的也能挣钱，拉城里的活儿没有那么贵，一般都是在一毛、一毛五、两毛、三毛，在北京四城跑，最多不超过三毛钱，刮风下雨可能坐车的人会多给一点外加的辛苦钱。一天拉个三五趟活，假如能挣一块五到两块就已经了不起了，可能还得交五毛钱或者八毛钱的车份儿钱，剩下的得挣出一家大小吃窝窝头的嚼谷，如果再剩一点钱，就犒劳一下自己。拉车的也心安理得，因为他为一家人挣钱很辛苦，他吃得要比别人好一点。一家人晚饭也许是棒子面窝头，他中饭在外头可能来个酱肉加烧饼，还能喝二两，这是指能遇上些肥活儿，他才能对自己犒赏一下，要是运气不好或是遇上兵荒马乱，这一天就算是白干了。

拉洋车说是一个力气活，实际上也是个技巧活。首先是必须得会干。你要是一松手，后面坐车的仰个回去了，摔着、碰着是你的责任。洋车两个轮子前头有两根长杆，拉着这么跑，拉车的重力一定要掌握得适度，你要是一味使劲往前跑，反而跑不快，这完全需要一种惯性。后面那个坐着的人压着那个车，你这边再按着把，阻力就小。有的洋车跑起来，两脚能离地，就是蹬这么一步，这两脚可能空着再蹬一步，好像腾空而起。拉车的也要跑得“边式”（就是帅气），在这一行里自有他们的标准。

雇车也有学问，雇太年轻的不行，十七八岁，有力气，但是没技术，是愣头青，也不懂躲闪，很容易出危险；而年龄太大的跑不动。一般来说三十岁上下的是最好，有经验，也有力气。那时也有很多人不愿意坐洋车，认为很不人道，你在上面坐着，跷着腿，前面那个人扶着两根杆儿拉着跑，于心不忍，所以不愿坐洋车。

有的富裕人家可能家里有包月车，包月车就是私人家雇着一辆车，固定给一家人拉，有活儿就走，没活儿就闲着，每月挣固定的工资，车是人家主人的，也有带着自己的车拉包月的。拉包月车挣的是一个死钱，却稳定，《骆驼祥子》里的祥子也给人拉过包月。我家从来没有过包月车，因为我的祖父深居简出，外出的时候不多，两位祖母虽常外出，但是胡同口随时都有洋车停靠，十分方便，没有必要养一辆包月车。家里曾一度买了一辆汽车，也雇了个专职司机，但是北平沦陷后，家中生活拮据，也就卖掉了。

到了 30 年代末，生活发生了极大的变化。四五年间，有一个交替，就是街面上既有洋车，也有三轮车。三轮车不叫洋车，洋车不等于三轮车，洋车只有两个轮子，而三轮车是三个轮子。很多人开始愿意选择三轮车坐了，为什么呢？这是一个半机械化的车，不是拉车的在地上跑了。三轮车和洋车交替时，基本上是在30年代末40年代初的敌伪时期，逐渐洋车不见于市面。今天咱们拍的很多影视剧，到40年代末还满街拉洋车呢，那是很不真实的。最后一代洋车夫，大概就是像《四世同堂》里的小崔那样的，那是在北平沦陷初期。

三轮车取代了洋车以后，价钱和洋车所差无几。上海虽然从洋车改成了三轮车，但基本上都叫黄包车；天津叫胶皮，也有叫三轮的；只有北京的叫法泾渭分明。从骡车到洋车，再从洋车到三轮车，这些是北京人在城里出行最常用的交通工具。

我小时候已经没有洋车了，但三轮车坐得很多，我父母他们是新派，出门喜欢坐公共汽车。我的两个祖母出去，一般是雇三轮车。三轮车的闸是在车的横梁上，用手这么往上一拉，车就制动了，我最喜欢看三轮车夫这么一拉，那车就停了。那时候我家住在东城南小街，从那里到东安市场，三四站路，当时的价钱，标准价是一毛五。有时候我祖母觉得车夫挺辛苦，给两毛钱不用找了。

但是遇到刮风下雨，还有兵乱（《骆驼祥子》就描述过这个），情况就会不同。平常从西直门到清华园，可能是三毛五毛，如果遇上兵荒马乱，出不了城了，三轮车就可以漫天要价，结果出西直门到清华园愣要两块钱，这种情况也有。当然这就属于比较黑了。

当时燕京、清华的教授进城，进城以后三件事：一个是逛英文书店或中文书店，中文书店在琉璃厂、隆福寺，几家英文书店在东安市场的丹桂商场，像中原、春明等；第二是吃小馆，清华、燕京那些个地方没有好馆子，解馋要到城里咱们以上说的那些有名的饭馆；还有一个就是听戏。所以一般来说，他们的安排是这样：头天下午从西郊进城，吃顿馆子，晚上听场戏，第二天早上逛逛书店，吃完中饭回燕京、清华。那个时候没有双休日，就是单休一天。那么停留的这一天怎么办呢？不住旅馆，住什么地方呢？当然有亲友的可以住亲友家，没有亲友的，当时燕京和清华在北京内城有很多临时性的招待所。我去过的像骑河楼——原来妇产医院旁边有一所院子，就是清华大学的招待所。这个招待所有专人管理，被褥什么的都是干净的，有人给换。后来有了公共汽车，进城可以坐公共汽车，除非私人有汽车的，但那太少了，基本上就是坐三轮。

内城的三轮跟跑长途的三轮是不一样的。内城三轮，第一车干净，拉车的穿得比较整齐，没有光着脊梁拉车的。30 年代初统一管理以后，发一种号坎，等于工作服，其实就是一个坎肩，夏天可以单穿，冬天套在棉袄外面。有相当一部分拉洋车的不穿号坎，但是得带着，搁座位底下。座位底下是小箱子，那里头都是拉三轮的零七碎八的一些工具什么的，号坎就搁在那里头。或者有的穿着自己的小短褂，号坎在身上搭着。不管穿不穿这号坎，你都得带着。这号坎上面有编号，是你的行车执照，就像咱们现在开车出去，不敢不带驾照，那个号坎就是驾照。

有很多三轮是不出城的，不愿意跑远道，但也有愿意跑远道的。刚才说的这些教授坐三轮从内城坐到西直门，再换专跑远道的，到燕京，到清华园，这车价钱就贵了些。从西直门到清华园，大概在五毛左右，车也没城里的那么干净，跑热了，光着脊梁跑的也有，就不那么规矩了。那时很少有在东四雇个车，一直给拉到燕京大学的，偶尔可能会有，基本上要换乘，就是到了西直门门脸儿，换一个跑长途的。跑内城的和跑长途的是同一个行业中的两个不同分工。

三轮车停靠的地方非常重要，那时候很少有人像现在打出租车一样，站在马路边上招呼三轮的。基本上是车等人，等在什么地方呢？胡同口。但是你别找那都是穷人住的胡同，一般得是有大宅门的胡同。这种人家里面有自己的包月车，可能就不雇外头的车了。但是你别忘了，这种大宅门里头人来客往多，客人走了就要雇车的，还有不少。再说大宅门可能只有一辆车，要是同时从一家子出来，除了那个包月，也可能会再雇几辆拉散座儿的，总会有生意。

除了大的胡同口，还有一些像金鱼胡同东安市场的北门、西单商场的门外，都停着一溜儿洋车或者是三轮车等座儿，总有人叫，甚至待不住。还有一个地方，我记得很清楚，在中山公园的南门，就是今天天安门西边那个门，50年代的时候，我每次和家人去中山公园，那里最少停着十几辆车，多的时候二三十辆车。因为很多人到来今雨轩喝茶什么的，雇车雇到中山公园，这车可能就不走了，停在那儿，等着再出来的人，又是一趟活儿，就像今天出租车到机场，有去有回。

车站都是一些接人的、送客的，所以在前门火车站停靠的三轮车或洋车也非常多。再有就是戏园子，这种车叫拉晚儿的。那时北京晚饭以后，街上的行人就不太多了，拉车的可能就回家休息了。到十点半、十一点再出来，到戏园子门口，比方说金鱼胡同吉祥戏园，东华门真光戏园，珠市口开明戏园，前门外的广和戏院、中和戏院，门口都停着三轮。那时散戏晚，总要到夜里十二点前后，戏一散了，三轮、洋车就都围上来，“要车吗？您上哪儿？”这时的价钱可能就比白天的价钱翻倍。拉晚儿的百分之百能挣着这个钱，起码他不会白去，没有散戏后这一场人都不雇车的，只是有远近之分。

50年代，三轮车生意也还很好的，到处都有三轮车，不存在所谓资产阶级生活方式一说。许多国家干部也会乘坐三轮车。那时候三轮车只是一个很重要的城市交通工具，并没有把它上纲上线到剥削这个程度。公职人员也叫三轮，尤其去看病什么的都坐三轮车。

这种情况一直持续到“文革”，三轮消失了。生了病，最多就弄个平板车，三轮基本上就绝迹了。现在三轮车又重出江湖了，什刹海胡同游什么的都是三轮，但是性质和旧时完全不同。从什刹海到后海转一趟竟能要二百元车费，纯属用于观光。那时候的三轮跟今天的三轮形制也不太一样。今天的三轮都是双人三轮，一个人在前蹬车，后面坐两个人。以前北京的三轮车90%都是单人三轮，比如说两个人一起出去，得雇两辆车，很少有双人座的三轮。但在南方，上海有很多两人座的三轮车，广州的三轮基本上也都是俩人的，当然一个人坐也没问题，并不少收钱。

早年北京，也有出租汽车，民国时代已经有几家出租汽车公司，最大的公司也就有五六辆车，小的可能只有两三辆，多是那种老爷车，价钱可能是洋车的十倍左右，洋车要两毛，出租汽车可能就是两块，所以北京人很少有人雇汽车的，最多结婚弄个花车，所以出租汽车生意并不算好。

50年代，仅有的一家出租汽车公司在东华门大街路南，后来在东四三条又开了一家，也就二十几辆小轿车，电话号码是一个连续的数字，好记。但是叫出租车的也很少，即使生孩子都不坐，而是坐三轮去医院，只有产妇出院怕受风才雇个出租汽车。结婚坐出租汽车，接送病人可能坐出租汽车，那时出租汽车的用途是比较少的。

三、公共交通

说到民国时期北京的市内交通，先有的是公共有轨电车，后来才有的公共汽车。实际上，“庚子事变”以前就有建设有轨电车的动议，也进口了一节车，在马路上铺了铁轨，上面有电线。可当义和团进京后认为这是洋物，就给砸了。后来又搞，却遭到洋车夫的反对，原因是电车票价很低廉，几分钱买张票就上去了，抢他们生意，所以遭到洋车夫们的抵制。

1921 年，成立了北京电车公司。到了 1924 年，北京才有了第一辆真正的有轨电车。第一条有轨电车车程全长大概七八公里，就是从前门到西直门。前门出来经过西单、西四，然后到西直门，这是第一条有轨电车路线，在当时是一件轰动的大事。

从 1924 年通车到 1935 年，尤其是袁良当北平市长的几年，在北京市内公共交通方面做了不少工作，到了 1935 年，北京已经有了六条有轨电车公交车线路，分成白牌、蓝牌、绿牌、黄牌、红牌等，大概有九十多辆车，票价不等，短途二分、五分钱，路途最长的一毛钱。那时候你要雇辆三轮，最低价钱也得一毛、一毛五、两毛，电车价格是人力车价钱的五分之一，甚至十分之一。

1935 年，公共汽车也开始上路了。电车需要轨道，没法修得太远，都是在内城跑。有公共汽车以后，可以跑相对长的路途，比如可以到达清华园（清华大学）、颐和园，最远的已经可以到

1924 年 12 月 17 日开通的第一辆有轨电车

香山。当然，公共汽车的价钱也略贵于有轨电车。全盛时期，北京汽车公司有一百零几辆公共汽车。但是“卢沟桥事变”后，停驶了将近一年时间，沦陷后的敌伪时期又重新恢复。此后公共汽车一直不行，残破得很，到了1949年前夕，虽然汽车公司有将近一百辆公共汽车，但是能上路的大概也就二三十辆。

50年代的电车已经很不错了，我小时候特别喜欢坐电车，那时的电车俗称“铛铛（读成diang diang）车”，我喜欢站在电车司机旁边。这种电车是没有方向盘的，整个操作台非常简单，台上一个把，是管方向的，还有一个是管制动的。电车司机特别有意思，他的屁股后面有一个极小的圆形的椅子，实际上只能靠住臀部。半坐半不坐，臀部也就稍微垫上一点，如果整个人舒舒服服坐在那儿，那电车就不能开了。他的脚下有个直径两寸的铜钉，底下有弹簧，高出车厢底部一点儿，一踩就发出“铛铛”的声音，电车的名称就出自这里。因为经常踩，这个大铜钉被磨得金光闪闪，亮极了。小时候我觉得当电车司机是一件非常了不起的事，司机最大的特权就是可以去踩这个亮闪闪的铜钉。我最大的愿望，就是什么时候自己也能去踩这个。北京内城的主要街道马路上都修了铁轨，铛铛车沿着轨道走，不断发出“铛铛”声。当然这个声音也不是没结没完。为什么呢？因为它的作用是提醒行人躲闪，但街上不会总有人，上下车过了，在途中就听不见了。那时的街上远比今天安静，没什么汽车喇叭声音。铛铛车情景直到今天都历历在目。

有轨电车的线路在马路中间，所以不能靠边停站，上车的人要穿过自行车、三轮车走的慢行道（那时候也没那么多自行车，一般自行车、三轮车走到车站那儿，也要相对减速，让这些上电车的人穿过）。车门打开，下的下了，上的上了，电车再关上门（那时候没有液压启动门，就是那么一个拉门，人上下完了，售票员在车门搭上钩子了事）继续走。有轨电车的一个特点就是慢，它的速度基本上跟骑自行车差不多，没法与今天的交通工具相比，但好处是很少发生交通事故。因为第一它有轨道，第二人们也知道躲闪，听着那个"铛铛"声，就知道电车过来了，而且双向的电车各行其道，不会对撞，车里的人也不多，没有那么拥挤。从50年代后期开始，这六趟有轨电车线路渐渐被取消了，被无轨电车和汽车代替了。最后一趟有轨电车是从前门外到永定门的，1965年也被公共汽车取代了，街道铁轨都扒了，铁轨的槽也垫平了。今天前门一带又恢复了一段有轨电车，不过只是作为旅游观光的一景存在，没有什么实用价值了。

四、自行车

记得小时候的街道上，马路上跑的有自行车、三轮车、汽车，但汽车非常少，除了公交车以外，就是一些机关公用的小轿车。一般来说当时用的车都是苏联的伏尔加牌轿车，最高级的是吉姆车。五六十年代几乎没有私人的小汽车。在50年代末60年代初，有的公共汽车上面还背个大燃气包，一般可以跑十五公里，后来又有了无轨电车。但是我上中学以后，主要的交通工具基本上就是自行车了。

50年代，我家有一辆全北京绝无仅有的自行车。很多人在写回忆我父亲的文章时，几乎无一不提到这辆车。这辆自行车我还有照片，我骑在这辆车上，我母亲坐在车后面的货架子上。

我家的自行车

白化文先生写了一本书叫《人海栖迟》，有一篇专讲自行车的，他没地儿找这车去，跟我借了张照片附在书里面了。这自行车是双梁的，上头一根、下头一根，大把，把是弯的，虽然结实，但也沉得要命，而且它是宽胎、倒轮闸。这车走到哪儿都有人瞧，好多人都围着琢磨这辆车。我的父亲是个不讲时髦的人，这车他骑了许多年。中华书局的李侃先生曾在回忆我父亲的文章中说："我跟守俨先生第一次接触，知道守俨先生是世家出身，再有，他骑着一辆光绪时代的——其实也许不是光绪时代的，也许是宣统时代或者更晚一点的一辆大把、双梁的美国自行车。"李侃先生的说法未免有些夸张，我怀疑那不是真正美国进口的，而是美国的车架子，国内组装的。这辆自行车我父亲骑完之后，我又骑，一直骑到1964年，后来卖给翠微路商场的委托部了，居然还有人要。那车后来也不行了，没地方配胎去，太老了。

当时对自行车的讲究太多了，30年代开始，很多年轻人不坐三轮车，不坐公共汽车，都是骑自行车，就跟今天玩跑车差不多。因为那时候没有国产车，只有进口车，直到50年代才有永久、飞鸽、凤凰等牌子的国产自行车。从30年代一直到70年代，北京最好的自行车是英国产的，牌子的原文是Releigh，中国人叫它"凤头"，上面一个标志真跟凤凰头似的，底下是一个R；还有一种叫汉牌，因为它的原文是Hamburg，很多人误会这个车是德国的，实际上不是德国的，汉牌车也是英国生产的牌子；此外还有三枪和飞利浦，三枪就是三根毛瑟枪支在一块儿那个牌子。

不同的人骑不同的车，就跟今天买宝马的跟买奔驰的意味着不一样的格调是一个道理。骑"凤头"的多是比较讲时髦的人，要的是帅。我后来买的是Hamburg，Hamburg有一个和其他车都不一样的地方，就是双前叉子——从前面下来到前轴的这两根棍是并排着的两根，遇到冲击力它可以保险，不会两根同时折断。一般车你要是车撞了以后，可能整个前叉子就折了，双前叉子顶多折一根，更保险一些。Hamburg、风头、三枪，基本上属于同等级的车，而飞利浦的档次就要低一些了，这些都是英国车。骑Hamburg的是属于比较老派的。

我那个汉牌车是二手车，50年代末60年代初，因为中国跟国外关系比较紧张，没有进口车，很多都是通过各种不同渠道带进来，作为二手车在寄卖行卖的。这种二手车从九成半新——等于全新，一直到四成新都有，价格不等。当时一辆九成新的凤头车，价钱是460—500元人民币，相当高了。那时候一个月的工资大概是四五十块钱，一辆凤头自行车就等于十个月的工资，相当于现在好几万了。不夸张地说，那时有辆全新的凤头车就和现在有辆保时捷或法拉利风头差不多。现在这种凤头车还有，据说更贵。凤头车最好的是有加快轴，这是1950年研制出来的，能够省力，一骑起来，瞧着比别人登的圈数少，车走得却比别人快。我那Hamburg也带加快轴，加快轴有一根线通到后车轴上。但我那个二手车比较便宜，因为实际上没有九成新，充其量七成新。我买的时候是1963年，当时一辆飞鸽自行车的价钱是一百五十块钱左右，我这辆二手六成新的Hamburg买时是二百块钱，就是比国产新车还要贵。飞鸽是天津生产的，凤凰是上海出产的，永久是北京出产的。民国时代有没有国产车呢？有，基本上是私营的组装车，说白了就是攒的，就跟咱们组装的电脑一样，零件买回来自己装，也有牌子。天津组装的牌子好像是“中”字牌，可能就是飞鸽车的前身，而北京在30年代组装的叫铁甲牌或是鹰球牌，没有敢冒牌进口车的。

民国时期还有一些人不喜欢买英国车，那就买东洋车——日本车。日本车最有名的是富士、僧帽、铁锚、菊花这四种。日本车跟英国车比起来比较笨，像铁锚牌的，你听着都够笨重。英国车漂亮、轻巧、流线型，日本车难看，但是结实。整体上说，车身远远比英国车沉，但是结实。要是两车相撞，英国车撞不过它。但它的烤漆比较差，而英国自行车整个车身都是烤漆的，倍儿亮。颜色在黑的之外还有墨绿色的，日本车一般来说很少有墨绿色，都是黑的。所以有些人觉得日本车比较实惠耐用，这跟今天买汽车是相反的。今天买日系车的，觉得比较舒服、漂亮，但是不扛造；德国车虽然是笨一点，瞧着比较厚重一些，但是结实。所以那时玩日本车的玩日本车，玩英国车的玩英国车，各有自己的一好。

爱车的主儿在车上还会加很多花样，有的也是原装的东西，要是原来不带，就自己配。车把上配反光镜，配漂亮的车灯。比方说买凤头可能没车灯，那就配一个原装的凤头的车灯安上。那时候北京的路也比较黑，尤其是在胡同里面，凤头车后头配一个磨电滚，一掰把手，电滚子就和车胎摩擦上了，在行进过程中摩擦就发电了，骑得越快，车灯就越亮。另外车铃得是原装的铃，双响，就是这么一按，两边都响。还有各种的锁，凤头车有一个特别好的地方，就是能锁前叉子，在前叉子上有个横管儿，锁就在那里，瞧着外头没锁，但你推不动。日本车没这个，一般都是大笨锁。

民国时期，都是什么人玩这些车呢？一般是家里比较有钱的大学生，像朱家溍、王世襄他们都是骑自行车的，他们的车我见过，朱先生有一辆老 Hamburge，到后来还骑。那时的车讲究大链套，进口车一般都是大链套。还有一些是跟洋务有点关系的人，比如洋行里做事的，近水楼台，进车也方便，可能比别人价钱还略低廉一点。五六十年代，北京有个单位叫外交人员服务局，外交人员服务局的很多做翻译的人也骑进口车。当然也有一些老工人，一辈子就是喜欢玩车，攒钱买辆英国风头车或者买辆日本车，这种人也大有人在。因为玩车毕竟不是太贵，跟买房子不能比，攒一两年的工资怎么也能买辆好车，一辈子就嗜好玩车，下了班回家就折腾这车，擦得倍儿干净，所有的缝里都拿布条塞进去来回来去地擦。再一种人就是老修车工，他们懂车也玩车，我买那汉牌车就是拉了个老修车工给我参谋的。我认识好几个这样的人，现在早都不在了。

自行车型号分 28 的、26 的，甚至还有 24 的，分男车和坤车。坤车是弯梁，为的是方便穿旗袍、裙子的女士上下车。有些男的也骑坤车，为什么呢？穿长衫骑方便。以前，骑自行车讲究的有两种穿法，一种穿着休闲式的西服，不能打领带——不能穿整身西服骑自行车，那就土了，底下是灯笼裤、长袜、皮鞋，就像马约翰的那身行头，骑着凤头车，而且必须骑男车，这才帅。还有一种骑坤车的，毛料子的长衫，底下是西服裤子、皮鞋。

民国时期，私人汽车极少极少，北京私人汽车不会超过三百辆，都是有数的。跟上海不一样，上海私人汽车比较多，能有一两千辆，北京的私人汽车大概是上海私人汽车的十分之一。

五、童车

除了这些，出行还有一种最原始的交通工具，过去很多人到西山八大处、玉泉山、香山去，就用这种交通工具，即雇脚力——骑驴。骑驴必须有一个人跟着，得有人在旁边给你赶着驴，这就是赶脚的。那时候像傅增湘等去西山，都是有一段要骑驴的。俞平伯曾写过他们到大觉寺去，坐车坐到西直门，从西直门雇赶脚的驴去杏花岭、大觉寺。

还有一种东西就是改装的三轮车，叫儿童车，我小时候也坐过。

童车40年代就有，是送孩子上幼稚园的车——那时候不叫幼儿园，叫幼稚园。到幼稚园坐的儿童车，跟三轮车一样，但是后面体积大，像一个盒子，有小气窗，一般坐四个，也有能坐六个的，面对面坐。儿童车没有现成的卖，一般都是改装的，有一个人专门负责接送，早上挨着门去接孩子。

我还记得当时我上幼儿园的时候，那是1954年吧，拉车的师傅叫老朱，我们住的院子比较深，天天早晨他把车停在门口，进门叫我："上学了！"我就跟着出来，上车，拉到幼儿园。那个车不能干别的，就是早晚两趟拉小孩子，专门干这个营生。不能等孩子上学以后，再拉散座儿，那是不可能的，大人也坐不进去。价钱是按月付，比如说孩子生病了，一个多礼拜没上幼儿园，这钱也得照付。我上的幼儿园叫博氏幼儿园，就在今天商务印书馆旁边的大鹁鸽市胡同里，我家住东四，大概就三站路吧。童车我坐过一年多。我上小学以后，就不再坐那个车了。

从铁路、公路、有轨电车、公交车、出租车，到骡车、洋车、三轮车、自行车，交通出行反映了一个时代的生活。

那个时候车、人都很少，大家也没有感觉交通有什么不方便，因为城市小，人很少，人们也不需要为什么事儿太赶时间，无论到哪儿，谁也没有想着一下就到了，生活比较悠闲，也比较宁静。你看现在街上，尤其是 CBD 地区，满街都是人，忙忙叨叨的，完全是两个世界了。

岁时节令礼俗

一、过年

（一）过年的假期与准备

旧时代岁时节令的礼俗保存到今天的已经不多，我们对很多传统的岁时节令已经很淡漠了。说到旧俗，实际上层社会没有下层社会保留得多，大城市不如一些偏远的地方保留得多。我们家虽是汉军旗人，但是没有旗人的生活习气，再加上又有一些新思想，因此并不太讲究旧礼俗，真正按照旧俗去过的节日并不是很多。

所谓岁时节令包括两个含义，一个是一年四季中所说的二十四节气，还有一个就是一年中的节日，两者实际上是有关联的。一年中最大的节是三节：端午、中秋、过年——就是年节，从前没有“春节”这一说，就是年节。一些特殊行业自有他们自己的节日，比如说挖煤的有窑神节等。我们这里只说一般民众都重视的节。

当然，年节是一年当中跨度最长的，因为它是从头一年的腊月二十三就进入到过年阶段，一直到次年的正月十五才结束。年节是一年当中最重要的时刻，也是一年中人们最期盼的时刻。

旧时北京从腊月初八就开始了过年的准备阶段，用今天的话说就是过年的“预热期”。从初八起就要泡腊八醋，熬腊八粥，很多寺庙道观也熬粥舍粥，庙里熬，道观也熬，甚至藏传佛教的喇嘛庙也熬，热热乎乎的，喝一碗浑身复苏，这就进入过年的准备阶段了。

在清代，延续古代旬休制度（十日一休），没有星期六、星期天。但是三节是有假的，端午、中秋可能放一两天假，其他时间衙门里都得上班。只有过年这假可长了，什么时候放假呢？从腊月二十二、二十三、二十四这三天中挑一天，谁挑呢？由钦天监来定日子。这三天哪一天放，最晚腊月二十四，最早腊月二十二，钦天监说了算。定了之后，吏、户、礼、兵、刑、工六部衙门和其他各政府机关都按择定的日子开始放假，放假之前各部衙门有一个“封印”的仪式，在装印的盒子上打封条，这天开始就不用印了，也就意味着不办公了。这一放假不得了，前门五牌楼外的商机就来了，生意好得不得了，各种买卖，饭馆子、澡堂子、戏园子，甚至是八大胡同的清吟小班都是人满为患，平常没有休息的时间，就从开始放假这天进入过年的高潮。

这个假放到什么时候为止呢？一般是到正月十六、十七、十八这三天里，哪一天也由钦天监定，钦天监定了以后，上班的仪式是各部堂官（首长）到场开印，正式办公，过年才算真正结束，这是官方整个过年的全过程。在这段时间中，只有一个部门不能放假，那就是五城兵马司，他们会更繁忙，要维持地面的治安。

民国元年，民国政府颁布法令取消旧历年，改叫“春节”，正式的新年以公历元旦为标志，有些新派人家也随之响应，例如齐如山先生就写过他家也改过阳历新年的事。但是在民间一般老百姓中，只有旧历新年才是“年”，根本无视这个法令。

进入腊月二十三，整个市面上就热闹得不得了，普通人家开始采办年货。北京有很多民俗，比如说腊月二十以后，哪天要蒸馒头，哪天要贴窗花，哪天要扫房。我们家生活比较简单，从来不遵循这些旧礼俗，至于吃，我们家厨房爱做什么做什么，一切是听厨房的，没有这些“妈妈例儿”。一般人家还有重新糊顶棚这些事儿，但因为我们住的是西式的房子，不用糊顶棚，当然过年也得扫扫房。关于春节礼俗的内容，近年来这方面的文章很多，有抄来抄去的，也有一些是不确实的，这方面就不多加赘述了。

（二）祭祀与摆供

今天的人老说过年没年味儿，为什么？这里有一个重要的问题，因为有一项重要的内容被忽略了，那就是祭祀。没有祭祀，也就没有一个家庭的向心力，同时也就没有了一种仪式感和对先人的崇敬，所以说祭祀其实是非常重要的。南方很多农村都有祠堂，祠堂是一个宗族社会的重要核心。城里面没有这个，但也有祭祀。有的大户人家在外面有自己的家庙祠堂，一般人家就在自己家里面摆供。

今天过年鞭炮齐鸣的高潮，是在除夕午夜交子时。过去不是，过去真正鞭炮最热闹的时候是晚上六七点钟，为什么？因为这个时候开始摆供上祭，所以鞭炮齐鸣。现在因为没有摆供祭祀了，于是都到了交子时作为新旧两年更替交接的时候放鞭炮，从前也有交子时放鞭炮的，但是基本上还是六七点钟鞭炮最热闹。

汉人和旗人的祭祀不太一样。汉人讲究男尊女卑，男性占主导地位。旗人则不一样，旗人只有尊卑长幼之分，没有男女之别。所以《红楼梦》贾府里面的祭祀是贾母主祭，贾赦是长子，贾政是做官的，贾敬还从道观里赶回来，祭祀的时候都要靠后，他们都得听贾母的。旗人妇女地位很高，贾母虽然是女流，但是辈分最高。我们家是半满半汉的习俗，没有这个问题。清代我家的祠堂曾在朝阳门内大街路南，民国后就废弃不用了，一般祭祀都是在家里进行。

过去大户人家的祠堂，可能常年摆着祖宗牌位，但是一般人家祭祀，到过年的时候才在厅堂现摆出祖宗牌位。在我记事的时候，我家祭祀已经很简化了。我家有几十个简易的牌位，底下是一个木头块，上面是一个弯成竖直椭圆头的铅条，黄绫子牌位签可以随时套在铅条上，不知是谁的发明。平常放在木匣子里面，到了祭祀的时候一个个拿出来套在牌位上，我的活儿就是往签条上套黄绫子封套。祭祀完毕，黄绫子封套可以一个一个地抽出来，搁一沓，再放入木匣子里头。黄绫子封套上是列祖列宗的名讳，一般是祭五世以内。我套好后不知道次序，得由我父亲去摆。我家主祭就跟满族不太一样了，是由我父亲主祭，因为他是祖父唯一的儿子。祭桌前有一个青铜的盘作为奠酒的池，父亲手持铜爵，我要用铜壶往铜爵里注酒，然后由父亲举过头顶后在祭池里奠酒。我们家没有什么长房、长孙之说，就这么一个儿子，一个孙子，所以将酒注入爵中就是我的事儿了。

奠酒以后就是行礼，过年是大礼，三拜九叩。怎么做呢？叩下去以后磕三个头站起来肃立，然后再跪下去，磕三个头，再起来肃立，周而复始三次。一般来说都是左腿微屈，先跪右腿，接着左腿再跪下去，磕头不是捣蒜式的磕三个头，是每叩一个头，上身立起来，再叩一个头再上身立起来，这样是三跪九叩。现在许多影视剧中往往在行礼后有个合十的动作，实际上是错误的，对先人的祭祀是不用佛教礼仪的。2014年，是朱家溍先生十年忌辰，在北京正乙祠有个纪念活动，朱家三姊妹行三跪九叩大礼如仪，姿势是基本正确的，看得出来是从小训练有素。

供桌上要有五供，什么叫五供呢？中间是香炉，两边是蜡烛，再两边是花瓶，这叫作五供。五供可以是铜的，也可以是景泰蓝的，也有瓷的，有各种不同的五供，根据家庭的经济情况或者是祖宗传留下来的五供沿用。蜡烛预先点好，然后上香，上香一般来说是三炷香一起点，点燃以后分插三炷。牌位前面都有碗筷，列祖列宗不一定每一个牌位前都有，牌位可能有两层、三层，只是最前一排摆放碗筷，就是个意思而已。上菜是由用人拿着提盒传菜到门口，由女眷来上供，男的一般不管，用人更不能上供，我家是由我的两位祖母和我母亲亲自端菜到供桌上。香烛从开始摆供要持续到撤供，中间不能断，香烛要燃尽时就要及时更换，一直到撤供为止。

所有的节日基本上都和祭祀、祭祖、祭鬼神有关系，但我家从不祭鬼神，我的印象中，连祭灶都没有过。祭祖不能说都是封建迷信，因为祭祀实际上保留了一种仪式，保留了一种对先人的崇敬，也意味着家族的血缘传承和伦理。

我家过年的时候也烧锡箔和黄表纸。北京香蜡铺一年四季都有生意，香蜡铺的黄表纸有的要买回来自己剪，也有剪好了的，我们一般都是买黄表纸，裁八寸宽，对折，剪一个半月形，中间再剪一个方形的小孔，打开就像一枚枚制钱，这个我会剪。然后买一摞一摞的锡箔，有金的，有银的，然后自己叠，叠成一个一个的元宝，中间拿线穿上，穿上以后不能乱，要成一串。祭祀时室外放一个火盆，不能在屋里烧。这个时候鞭炮齐鸣，这是除夕那天，大年初一也有烧的。

有的人家摆供摆到正月十五，我们家摆供很简单，就是腊月三十下午开始摆上，到正月初一吃完中饭以后就撤供，只这么一次。三十晚上摆的菜品基本上是鸡鸭鱼肉这些大件的菜品，没有炒菜。摆供祭祀以后，大家休息聊天什么的，过一个小时左右开始阖家吃年夜饭，供桌上的这些东西撤下后得加热，年夜饭时吃掉。撤供以后到夜里就是供清茶一盏，然后大年初一早上供一顿年糕，中午再供一顿饺子就撤了，这是我家的情况，比较简易。有的人家可能繁琐多了。我的父亲是既有新思想而又注重儒家人文传统的人，他认为祭祀主要不是其形式的隆重与否，而仅是保留对先人的怀念。

北京的饽饽铺（点心铺）有一种东西叫蜜供，是用鸡蛋和面，切成条状过油炸，用饴糖黏合在一起的。下大上小呈宝塔形，每三坨五坨叫一堂。那时候的蜜供能有多高呢？最高的一坨有五六尺高，住在庭院中的人家一般有“天地桌”，蜜供就摆在院子里。过了年以后把它砸碎，穷人家的孩子就去抢着捡了吃，其实也挺好吃的。这是所谓的粗蜜供。精蜜供真是为人吃的，就要精细多了，又酥又脆，饽饽铺里随时都有，但是祭祀用的粗蜜供就要在年前事先预订了。

我记事的时候我们家只有清明上坟、过年祭祀，清明时家中不摆供。端午、中秋小祭，一般来说只祭自己的直系近代祖先，旁系就不祭了。因为我负责插牌位签，太清楚了。过年祭祀要插三四十个，小祭就插我祖父、曾祖父四五个就可以了。祭祀礼仪我家维持了很久，到哪一年开始不祭祀了呢？基本上到1964年。1965年就风声鹤唳了，1966年“文革”，后来就比较淡化了。还有一个祭祀，就是祭祀我祖父的冥寿，即祖父的生辰，比较简单，至于忌日就不祭了。

正月初五北京人叫“破五”，破五就表示真正过年到了一个结束的阶段。一般拜年从大年初二起，也有从初一就开始的，有的地方还有女性正月初二才能回门的习俗，我们家一概没有这些。那时候我母亲身体不太好，很少回娘家，我父亲当然也一定会到我外祖父那边去拜年。后来，我太太在我们家过除夕，但是初一可能连我父母都到她们家聚会一次，这都是很现实的生活方式了，没有那么多的繁文缛节。

从清代到民国，甚至到50年代，过年的礼俗基本没有太大的变化，但总体来说是由繁化简，尤其是祭祀活动的淡化到废除，使得过年的气氛发生了重要的转变。春节礼俗的移易，也从侧面反映了社会生活百年来的断裂和异变。

（三）过年的应景趣味

过年往往有一些应景的东西。比如过年要摆果盒，福建的大漆果盒做得最好，也有大漆剔红的，多的有十几格，少的也有八格、六格，里面摆上各种各样的零食。普通人家一般来说就是红枣、落花生、黑白瓜子、核桃仁，北京的一般人家也会摆放蜜饯杂拌儿，像蜜饯杏脯、桃脯、梨脯、苹果脯、蜜枣这些；有钱人家会用一些南果，比如说福建的大福果、白糖杨梅、橄榄，广东的桂圆、荔枝，还有些南方的精细干果，比如说香榧子、小胡桃之类的。

厂甸的字画摊与香蜡摊

再有一个就是过年的装饰，今天我们过年摆什么花都可以，洋花也行，蝴蝶兰、郁金香、矢车菊等，但有些花过去是不能摆的，比如说杜鹃，因为杜鹃泣血，寓意不好。现在一到过年就卖杜鹃花，我是从不摆杜鹃的。有的花虽然寒素，但就是过年摆的，比如说蜡梅、银柳、绿萼、干枝梅等，还有像迎春、一品红、香橼、佛手，这些都是过年用的。广东人喜欢使用金橘，金橘非常漂亮，彩头也好。过年时最主要的案头清供是水仙，过年不能没有水仙和红豆。我喜欢水仙，从腊月二十四五就开花，依次开到正月十五还没开完，这都是过年摆的东西。过去一到过年，隆福寺和护国寺两寺的花局（即花店）就成了花卉的大卖场，当然比不了羊城的花市，但也是热闹非凡。即使是穷人家也要买盆花回家，屋里总会有一点春意。这是过年必须摆的应景的东西。像我家过年虽然没有那么多老礼，但是这些东西都是必备的。

在我印象中，我家从来不去逛庙会，如果去，则只去厂甸。厂甸主要是古玩业和旧书业，平时店里头卖的，春节就拿出来摆在街的两侧，就等于是店商摆摊儿。一些低档的古玩，不太值钱的也拿出来摆在街道两侧，旧书更是如此。文化人逛厂甸的多，那个时候旧书比较便宜，一部线装书，比方说平时索价是十五块大洋，也许到过年的时候七块大洋就卖了，能在春节里淘上几部心仪而价廉的古籍，也是件乐事。过年以前已经是满街卖年画、卖春联的了，农村人总要买一些，像戏曲故事或者是吉庆有余等各种年画。厂甸还有专卖假画的，居然说是武侯遗墨、张飞亲笔，说来可笑至极。正月十五以前是卖花灯的，乡下人都来了，也能收入不少。香蜡铺是最热闹的，香蜡铺卖各种线香、藏香，卖蜡烛，卖锡箔，卖黄表纸，等等这些祭祀用品，三节香蜡铺能赚上一大笔。

另外，就是过年的时候要给用人分红包。从前用人也最喜欢过年，主人博彩，他们抽头，赢家拿出一些钱来打赏，他们一个年过下来收入不菲。过年事特别多，应景性的东西都要做到，这样一年才算完美。供要摆，祖先要祭，朋友之间要来往，应酬该有的有，仆人也该有打赏。总之，要做到皆大欢喜。

（四）拜年

春节还有一个重要部分就是人际交往——拜年。拜年是中国的一种旧俗，晚清官员之间的拜年很有意思。

清末名士李慈铭在他的《郇学斋日记》里说到，每到拜年头一天就得设计路线，比如说初二出来拜年，先进宣武门上东单，然后到东四牌楼，再去德胜门，从德胜门回到西单，再从西单出宣武门回家，这一趟折腾得选择最科学的路线，不走回头路，不然一天下来走不了几家。比如到东单先拜翁同龢，翁同龢住在哪儿呢？住在东单头条（东单头条解放前就拆了），然后接着再拜别人，顺着来。

当时拜年一般不是真的登堂入室，而是乘着骡车到人家大门口，人坐在骡车里面，挂着棉门帘，当差的跨在车沿上，先下车拿着大红拜帖到门上（拜帖就是类似大名片，都预先写好的），口里道："家老爷谁谁谁给府上老爷拜年。"对方门上的当差就出来了："不敢当，家老爷挡驾。"收了拜帖就算拜完了事。人到帖子到，人不到帖子不到，这一天下来可能十几家全都拜了。一般来说只有同辈之间互相拜年。僚属给长官拜年，长官无须给下级回拜；晚辈给长辈拜年，长辈无须给晚辈拜年。也许你到了人家的门上，他家当差的出来了，说着家老爷挡驾的话，其实主人根本没在家，也出去给别人拜年去了，回家以后也收到一大堆拜帖。一般来说官员拜年的时候，也不送什么礼，拜年只是一个礼数，真正送礼不在这个时候。清代只有一种人家不接受到家来拜年，就是监察御史，也就算是古代的纪检干部吧。一般御史家门口都贴了条，翻译成现在的话就是：本家老爷身在督察衙门，有什么事衙门里说，不接受拜年，避嫌。平民百姓也拜年，就是邻居之间见了面也要互相道贺“新禧新禧！”，这位答称“同禧同禧！”，就算是互相道贺拜年了。

其实，以前做官的人过年是非常累的。你看《那桐日记》《王文韶日记》《许宝蘅日记》都有记载。在晚清的时候高级官员几乎没有守岁的，为什么？因为大年初一凌晨三点就得起床到太和殿朝贺，要是再守岁，人就受不了了，所以这些官员大年三十晚上有的时候八九点钟就睡觉了，当然家眷们该玩儿的玩儿，该守岁的守岁。小官无所谓，没有这个问题，做大官的人就不行了。初一凌晨三点钟就被叫醒，吃点东西，洗脸更衣，穿上袍褂进东华门朝贺，所以说“朝臣待漏五更寒”就是这个意思。五更天就要进东华门，很苦的。到东华门候着，一般早上五六点钟才能进宫。到太和殿朝贺，可能皇上会赏赐一幅“福”“寿”字什么的，实际上也不真是皇上写的，多是如意馆写的，有的可能会是双钩填墨，有的就盖一个御印。赏赐的东西拿回家，只是一种恩典和荣耀。这么一折腾回家就是十点多了。王文韶曾经在日记里写道：“大年初一昏睡不可言。”已经累得打瞌睡，所以草草吃过中饭以后，大年初一下午就得睡觉，这才进入正常的过年阶段。当然像他们这种朝廷重臣，也不需要坐着骡车出去拜年，但是也懒得接受别人拜年，过年愿意在家里静静地休息。不过各家习俗不同，比如那桐家，七大姑八大姨不少，他也出来跟着亲戚们一块玩儿。但是我看王文韶日记，他基本上不参与这些，自己读读书，写写字。有一件事是文人士大夫在初一早上例行的，这叫作“新春开笔”，就是研朱砂，那一天要启用一支新笔。这对于文人来说很重要，我到现在也还保留了这个习惯，正月初一要开笔，例如写一些“新正大吉”之类的吉祥话。

民国初年，南北共和政府议定，明令取消旧历年，袁世凯甚至命令查办不过公历新年和仍过旧历年的政府机关。开始那几年，每到公历新年，袁在中南海怀仁堂举行团拜，这倒省去了旧时拜年的繁文缛节，起码官员在旧历年时不再公开拜年了，但是老百姓不买账，依然偷偷地过旧历年，也少不了拜年活动。在1928年以前，旧历年政府机关不放假，但是公历新年却放三天假。鲁迅在教育部上班时，日记里就明确记载着每年公历新年的一号到三号都是放假的。直到1929年，蒋梦麟他们以日本仍保持传统节日为依据，上书政府才恢复了旧历年的放假制度，但是称为“春节”。

一般老百姓平常没有什么娱乐的机会，过年的时候总要逛逛庙会、拜年、串门、博彩等。我家在过旧历年时很少依旧俗做这些，但是到我们家拜年的人很多，人来客往的也比较多。最有意思的是张君秋，他是我祖父的义子，我祖父在世的时候他怎么来拜年我不清楚，我记得很清楚的是1951年他从香港回到内地后，我祖父已经去世，他来给我的两位祖母拜年的情景。那时候张君秋还有辆汽车，有个司机，当时我两个祖母都在，一个住在东四二条，一个住在东四十条，他就要去两处，每次都是进门拿个垫子，叫声“娘”，磕个头，喝口茶就走，还要再到别处去。因此，我家就有了句歇后语，叫作“张君秋拜年——坐一下就走”。如果偶尔三十晚上没来，他就会在大年初二、三来，那时间就长了些，还会分别带上他的赵氏夫人或吴氏夫人，有时候还带着他双胞胎长子和次子大喜子、二喜子（即学津和学海）一起来。

有些大户人家也会有些博彩，像我家的规定是过年期间，正月十五以前女眷可以博彩，也就是推推牌九，打打麻将。我家男人没有一个会打牌，包括我父亲和我，连扑克牌都不会打，甭说麻将了。我的祖母她们会打麻将，但是平常也从不打牌，除了过年期间可以有几天的娱乐。过年期间，家里的用人也允许他们打打小牌，打打纸牌索胡什么的。

过年除了打牌以外，还有一些哄着孩子玩儿的游戏，今天也没有了，比如说升官图。升官图就是掷骰子，骰子掷多少点你走多少步，看最后谁先到终点。从秀才、举人、进士，然后到官员，这官那官的，最后到宰相，能进紫禁城，这是升官图。还有一种“大观园图”，我小时候也玩过，六个子：有宝玉、黛玉、宝钗、妙玉等等，然后每个人持一个子，依掷骰子的点数往前走，比比谁先到太虚幻境。但是有时候你到终点的过程中会遇到很多困难，比如说持“宝玉”子儿的人，遇到图上画的贾政，就得“罚回怡红院”，前面那十几步都白走，又退回去了。要是遇到刘姥姥带着板儿，就得给板儿买糖钱，这些彩头后面平分给大家，都是哄孩子玩儿的一些东西。

现在我们常讲的很多春节民俗，包括腊月二十几干什么等等，都是过于市井化的民俗，其实在那个时代，有许多人家并不是严格遵守那些俗礼的。另外，北京历来是全国各地人口流动的城市，在京城做官的、经商的都带来了不同地域的过年习俗，并不是完全一样的。我们今天讲的各种春节礼俗，里面市井的东西太多，并不真实。官宦人家实际上过节也很安静，该干什么还干什么。普通人家和京郊地区的人自有他们的礼俗。现在我们老喜欢说吃，其实吃也不见得占了那么大的比重。

二、一年中的节日

（一）正月里的节日

正月初五一过，过年告一小段落，接着就开始了第一个节——正月初七的“人日”。为什么叫人日呢？传说女娲造物，从最低等的往高等的造，顺序就是鸡、狗、猪、羊、牛、马、人，所以大年初一叫鸡日，初二是狗日，初三是猪日，初四是羊日，初五是牛日，初六是马日，传说女娲是初七日造的人，所以初七是人日。初七这一天的节也叫“人胜节”，为什么叫人胜节呢？如果这一天天气晴和，就预示着人身体健康，表示对人有益，民间讲，这几日中哪一天的天气特别好，就主这一年中这一样生物都是顺顺当当的。

这个节今天在北京过的人很少了，甚至许多人不知道还有个“人胜节”。但是在南方的很多地方，人日还是很受重视的，尤其是广东。广东有个作家叫欧阳山，写过一本小说叫作《三家巷》，《三家巷》里面主人公周炳和陈家姊妹一起过人日。人日在广东最主要的一个内容是出游，这个在北方不现实，因为北方正月初七还是天寒地冻的，但是在岭南这样的地方已经是春暖花开，天气晴和，可以呼朋唤友，结伴出行，所以欧阳山在《三家巷》里用了很大的篇幅写了人日出游的情景。北方人日都干什么呢？一般不会在户外活动，有些人家，尤其是家里的一些女眷，喜欢用彩纸、丝帛，或者是软金银剪成小人，贴在窗户上、屏风上点缀过人日。人日这一天也有吃面的，再有就是在外地工作的亲人回家过年，初七以前是不许走的，一定得过了人日才能走，所以初七人日这一天是很重要的日子。

人日第二天就是初八，初八也叫顺星节，据说这一天天上的星宿下凡，尤其是本命星，与自己一年中顺顺当当、身体健康都有很大的关系。顺星这天做什么呢？这一天到了晚上就要点灯，叫作“散灯花”。都是按照星宿来做的灯花，应星宿下凡的景。从前人家都有院子，哪怕是跟人家合住的小四合院也都是有院子的。散灯花放得越杂，分布得越广越好，比如说放在窗台上、灶台上、厨房里、正房里，凡是不会被风吹灭的地方都可以放上。外面专门有卖这种灯的，点上油，安上纸捻点燃就行。有钱人家讲究顺星这一天晚上要点一百零八盏灯，穷人家最少也要点九盏灯，所以叫作散灯花。要是用今天的话说，顺星节就是一个“烛光晚会”——当然没有晚会了。那个时候如果有鸟瞰的设备，可以想见初八这一晚上的北京，家家处处是灯，在冬天的寒夜里，星罗棋布的一定非常漂亮。

过了顺星节，接着就到了正月十五元宵节，也叫上元节。实际上元宵节从十二、十三就开始上灯了，一般到正月十六、十七灯才撤，元宵节也告结束。上元节前后就跟过年时候一样，时间跨度比较大。上元节很重要，可是为什么没在三大节里面呢？因为正月十五上元节已经囊括在整个年节之中了。真正的过年什么时候开始？有人说腊月初八开始，那是一个准备阶段，腊月

正月十五上元节前夕的街头灯市

二十三的小年就正式地进入过年的起点，它的终点落在正月十六，所以这么大的一个跨度都属于过年。

清代，正月十五满街都放花灯，有的是政府行为，市民都出去看灯。吏、户、礼、兵、刑、工六部都有灯，哪个部的灯最好呢？要数工部的灯最好，因为工部是管匠人的，近水楼台，得天独厚，大家都争先恐后地去看工部的灯。北京有一个地名叫“灯市口”，灯市口那是明朝的事，清朝灯市口已经没有灯了，基本上上元节看灯都是到六部口——今天的长安街，还有前门大街五牌楼商家放的灯。六部是政府放的灯，前门五牌楼是商家放的灯，一街两巷都是灯。上元花灯有琉璃灯、羊角灯、绢灯、纱灯，能工巧匠做的，一般没有什么纸糊的灯。街上卖的那种带穗子的纸灯都是北京郊区农民担担子上来卖的，是为给普通人家和孩子玩儿的，但也很有意思。我最喜欢的就是走马灯，走马灯是借着蜡烛里面的热气发生的物理作用让灯里的人物形象转起来，灯里面比如说有《三国演义》里的人，《水浒传》里的人，或者《西厢记》里的人，每一个人在旋转时都透过小窗口，一会儿出来了，一会又进去了。走马灯有方的，有圆的，是纸糊的。高级一点的是绢的和纱的，绢的价格就贵多了。一般绢灯和纱灯可以保留下来到第二年再用，虽然贵，但能使两三年。纸糊的一般过了正月十五就不要了，扔掉了，第二年再买新的。还有一种孩子玩儿的提灯，做成动物形状，小孩子提着在院子和胡同中玩耍。

一般从正月十三、十四就开始放灯了，结束是到正月十六，基本上是三四天，高潮是正月十五，所以整个北京城人山人海，非常热闹，以至于丢孩子的也有，像《红楼梦》里甄士隐家的女儿就是看花灯时挤丢的，放灯也容易出现火灾事故。因为灯有灯棚，有的是专门弄一个棚，比方说前门外瑞蚨祥有专用灯棚，是瑞蚨祥放的灯；正阳楼的灯，或者是某个商号的灯，都有灯棚。弄不好也有灯棚着火的时候，这一天有水会（即救火会）值班，那时候不叫消防队，叫水会，水会这天很忙，也很警觉。

过了止月十五，年节就算结束了。但正月里还有些节日，现在基本上不过了，那就是正月二十五的填仓节。填仓节分大填仓、小填仓。小填仓的日子有两种说法，有的人说正月二十是小填仓，有的人说正月二十三是小填仓，但是大填仓毫无疑问就是正月二十五，也有的把大填仓、小填仓合并为一天过的。填仓是什么意思呢？就是这一天预示着一年仓廪足，什么人更重视呢？商家，尤其是粮商非常重视填仓节。这个时候年节的假期基本上过完了，商家开始要上货补充仓廪。老百姓家呢，米、面、油过年也吃得差不多了，从正月二十三开始也要不断地补充新的。填仓节预示着一年丰足，有什么风俗呢？一般人家就要吃盒子菜，所谓盒子菜就是从熟食铺买来的一些酱肉、熏鱼、小肚、酱鸭等等。盒子菜铺这天生意最好，有名的比如说西城天福号、东城普云楼、南城福云楼，四城卖盒子菜的地方不一样，都是买回家吃。对于商家这一天就更重要了，东家要请所有的伙计大吃大喝一顿，也是让他们下一年好好工作，预示新的一年开始，买卖兴隆。

到了“文革”的时候，有一个说法叫“过革命化的春节”。“过革命化的春节”就是说不过春节，那一天甚至不放假，照样上班，甚至是增加劳动强度，去挖渠、修路。只不过每家凭副食本多供应点东西：半斤花生，半斤瓜子，多给二两香油，然后买点带鱼。一户给五斤好米——二毛五分的和二毛一分三一斤的米是当时最好的米，这个数字我记得最清楚了。过年每一户给五斤富强粉，多给半斤肉。富强粉是真正的好面粉，又叫八一粉，去糠去得多，又白又有劲儿，包饺子最好了。有那么两三年的时间提倡过革命化的春节，不放假，大概在1971年左右又恢复放假了，这些事儿今天的年轻人都不知道了。当时要破“四旧”，什么叫四旧？就是旧思想、旧文化、旧风俗、旧习惯，过春节算是一种旧风俗，当然是要破掉的。但是这种旧风俗在老百姓中根深蒂固，民国初年废止了十几年都没废了，弹性非常大，慢慢都恢复了。不过，今天在现代化的城市生活中，旧的风俗和礼仪也在和新的生活方式发生着冲撞，有许多东西不用人为地破和立，是会很自然地消亡的。

（二）消失了的上巳节和寒食节

到了二月，今天人都知道，二月二龙抬头，龙抬头要吃龙鳞或者龙须，就是吃饼或者吃面，饼就是龙鳞，面就是龙须，实际上二月二龙抬头是跟农业社会有关系，它不是节。还有二月二前不剃头等这些规矩，但我家从来没这些俗礼。你看《红楼梦》也很有意思，《红楼梦》对三节有很多描述，但像顺星、填仓这些节，《红楼梦》里从不描写，这说明当时许多官宦人家对这些民俗不太重视。

二月还有一个很重要的节，就是二月初一中和节。这个节的历史不是很长，是从唐代开始的，在中国节日里就不算是历史太悠久了。中和节这一天也叫作“太阳节”，讲究祭日，就是祭祀太阳。从前有一句话叫作“男不拜月，女不祭日”，是说二月初一中和节祭日没有女人什么事，八月十五拜月没男人什么事。这一天没有什么太多的仪节，但每到二月初一这天早上，北京的大街小巷叫卖太阳饼，所以这个生意基本上只做一天，二月初二就不卖了。太阳饼也叫太阳糕，米面做的饼，五个一摞，上面拿竹签插上一个纸剪的小公鸡——鸡形的小纸片。台湾的唐鲁孙先生曾经写过老北京东直门内一家太阳糕做得好。今天台湾还做太阳饼，这个太阳饼已经不仅是二月初一吃了，而是像凤梨酥一样，成了一年四季卖的台湾特产。

到了三月事情就多了。三月在古代有几个节，首先就是三月初三上巳节。上巳节是很古老的节日，风俗实际上就是祓禊。王羲之《兰亭序》里写“永和九年，岁在癸丑，暮春之初，会于会稽山阴之兰亭，修禊事也”，就是三月初三。在什么地方祓禊呢？必须在水边，所以流觞曲水什么的也都是在水边，《论语》里说“暮春者，春服既成，冠者五六人，童子六七人，浴乎沂，风乎舞雩，咏而归”，等于是春游、换春装都搁在一起。天气热了，瘟疫都出来了，在水边做祓禊，可以袪除一年的疾患。

后来就发生了许多演变。三月初三再过去一两天，就是寒食节。寒食节是为了纪念春秋时晋国的介子推，介子推与晋文公重耳流亡列国，割自己的大腿肉供重耳充饥。重耳复国以后，介子推就归隐了，重耳好心想让介子推出山，辅佐他治天下，最后用了一个笨主意就是烧山，火焚绵山想把他赶出来，没有想到把介子推烧死在绵山里。重耳很懊悔，从此这天全国不举火。唐人韩翃也有诗：“春城无处不飞花，寒食东风御柳斜。日暮汉宫传蜡烛，轻烟散入五侯家。”

寒食节和清明节相隔一至二日，清明本身是二十四节气之一，二十四节气中成为节日的只有两个，清明是一个，冬至是一个。清明前后，栽瓜点豆，正是种植开始，寒食、清明、上巳，这三个节都是说明春天到了。但实际上从宋代以后，基本上就三节合一了，到清代，上巳节、寒食节就消失了，重视的是清明，但清明本身又包括了一部分上巳的内容，清明节就更丰富了。

“清明时节雨纷纷，路上行人欲断魂”，清明从古以来就是祭奠先人的日子。近百年来北京也是很重视过清明的，清明都要上坟，城里面不可能有坟地，祭奠先人都要出城。上坟要拿着提盒，除了香烛纸马这些摆供的东西以外，还有很多祭奠的吃食。祭奠完了，这些上供的东西大家在坟上就吃了，基本上就是冷着吃，这跟寒食的内容又合并在一起了。吃掉以后顺带着在郊外踏青。清明踏青的习俗从唐代开始就有了，甚至踏青郊游的成分多于祭奠祖先的成分。清明正是春光明媚的时候，除了上坟，还有像荡秋千、放风筝、插柳——新的柳枝折下来以后插在坟上等这些活动。

但百年来，祭祀是清明节的主要内容——“慎终追远，民德归厚矣”，实际上祭奠先人的内容从来没有衰微过。清明祭祀真正被破坏，应该是在“文革”。我还记得 1967 年清明节我独自去北京西郊福田公墓的情景，当时经过丙午浩劫，墓地一片萧条，墓碑几乎都被砸倒，一片凄凉景象。那时只许祭奠革命先烈（革命先烈中许多人也成了“牛鬼蛇神”），不提倡祭奠先人，认为是封建迷信。有的人祖先可能是资本家、地主或者是北洋政府的官僚、国民党的官僚，这样，“阶级立场”就发生了问题，大家都避讳这个。因此到了 1967 年，清明祭祀习俗几乎丧失殆尽。

（三）中元节放河灯

五月初五端午节，也叫重五节、五月节、端阳节，这是一年

端午节北京街头卖粽子的小贩

三节中的大节。端午开始进入夏季，那个时候北京人少，荒地也多，有五毒，就是蛇、蟾蜍、蝎子、蜈蚣、壁虎——其实壁虎无毒，今天城市里这五毒基本上都不大见了，可是那时候怕五毒叮咬伤害，所以就要驱除五毒。端午节风俗是很多的，大家都知道《白蛇传》的故事，白娘子喝了雄黄酒现原形，于是许仙被吓到，白娘子去盗仙草。端午节要喝雄黄酒。雄黄是一种药，雄黄酒一点都不好喝，只不过是一种点缀而已，只喝一点点，觉得雄黄可以驱除身体内的毒，因此还喜欢蘸着雄黄酒在孩子额头上画一个"王"字，取义老虎。过去端午也有纸码儿，纸码儿就是中间一只虎，四周围着蛇、蝎子、蜈蚣、蟾蜍、壁虎五毒，这是最通常的端午纸码儿。

端午节为了辟邪，要在门上插菖蒲和艾草。再有就是吃粽子，这又与祭奠屈原的历史故事联系在一起了，所以满街都是卖粽子的小贩。北京人生活比较简单，吃粽子无非吃黄米小枣、江米豆沙、江米红豆等。说实话，北方的粽子质量远远赶不上南方，既

端午节悬挂菖蒲、艾叶的院门

赶不上浙江嘉兴，更赶不上广东，但是要应这个景。端午节也卖五毒饼，就是普通的枣泥饼，上面刻上花，有蛇、蝎子，寓意将五毒吃掉。除了吃粽子，端午节还要缠丝线的小粽子，我们小时候都弄过，连男孩有时候都跟着玩儿，但主要是女孩子缠，把纸壳折成一个粽子形，拿各种不同颜色的丝线缠绕，每个粽子之间用一个小珠子做间隔，底下有穗子，可以戴在身上，挂在房中，这是应端午节的景儿。端午节戏院里会演出《金花娘娘捉五毒》这样的戏，这不是多么了不起的戏，平常也不会演这个，就是热闹。有一些名演员反串，像梅兰芳、尚小云等也演合作戏，分饰这个精、那个精的。

端午节是一年中的第一个大节，端午、中秋、年节中间差的时间几乎不太多，过去一般来说三节结账，所以端午节是一年中第一个结账日。到了这时候，商家就到你门上来了，平常你到他那儿买东西，拿小折子记账，从前人大都规矩，绝对不会虚记：你没买而说你买了，你买了一斤告诉你买了二斤，不会干这种事。三节中，过年结账人们知道的比较多，咱们看过茅盾的《林家铺子》，过年就是躲债，叫年关，对穷人来说是一个关。一些中等人家在这个时候也要拿出钱来应付要账的，大户人家也要预留出一笔钱来，等着一年结账，因为你白拿了人家一年东西，欠账总是要还的。要账的也不好要，拿着小折子满街跑，但是还不能得罪这些主顾，因为他还有节后或来年的生意。

接下来六月里没有什么节，到了七月有两个重要的节，一个就是七夕，也叫乞巧节，又叫女儿节，女孩子要比女红（音gong，一声），看谁家女儿手巧。另外还要吃一些彩羹，七个颜色的羹；另外乞巧节有乞巧糕，后来叫枣糕，就是中间一个心，四边都是花瓣，现在还都有，原名叫乞巧糕。七夕，乞巧是一个内容，后来又增加了一个内容就是牛郎织女《天河配》的故事。秦观的《鹊桥仙》“两情若是久长时，又岂在朝朝暮暮”，把这个故事的思想境界和含义升华了。这一天，戏园子里面必唱的是牛郎织女《天河配》，也是应景儿的戏，平常不见得唱。

再往下就是仅次于三大节的七月十五中元节，也有人把它叫作鬼节，一般和先人有关系的三大节，第一个是清明节，第二个是中元节，第三个是十月初一寒衣节。其中七月十五既有宗教内容，又有祭祀先人的内容，一般要做法事。平时做法事佛道是殊途的，佛教是佛教，道教是道教，只有中元这一天盂兰盆会是佛道两家都要做。盂兰盆会来自于佛教故事“目连僧救母”。目连僧是释迦牟尼的十个弟子之一，他的母亲刘青提生前做了一些不好的事情，死了以后下了地狱。后来目连看到他的母亲在地狱里受罪，把这件事告诉了释迦牟尼，释迦牟尼也觉得应该让鬼也能尽快超脱，所以这一天就要给他们照路、引路。在北京，一直到50年代末都有放河灯的活动，放河灯和烧法船是佛家超度亡灵最重要的法事，所以叫盂兰盆会。盂兰盆会这一天，基本上是半个北京城的水域都在放河灯——北边从德胜门水关开始，顺着护城河一直到今天的建国门外东便门，一般老百姓放的灯居多。还有北海，从南边的双虹榭一直到北面的五龙亭，整个太液池里全是密密麻麻的河灯。中元节的头一天就会在北海五龙亭前面糊上一只硕大的法船，那纸活儿可不得了，好多层，糊得精致极了。法船上有灯，灯火通明。然后和尚都来五龙亭岸上念经，午夜时念到最高潮，然后一把火把法船烧掉，十丈高的火焰，整个一条船烧得干干净净。这个船的意义是去接引、超度亡灵的。

和尚在这边吹吹打打念经，那边满河都是河灯，这些我在50年代都赶上了。中元这天街上满街卖河灯，我小时候跟着老祖母去买几盏河灯，然后到河里去放，实际上小孩也不懂那些道理，就是去玩儿。河灯底下一个托儿，托儿上一根小蜡，把蜡点着了，水上稍微有点微风都吹不灭，顺着河漂。有的河灯自己就着了，着了也没关系，在水面上不会有危险。中元节放河灯，极为壮观，整个北海、什刹海星罗棋布，今天的人很难想象那个场面。但是北海、什刹海也有区别，北海这边基本上是佛事，什刹海那边很多是道家的法事，为什么呢？什刹海、地安门那儿有一个庙，今天又重新修复了，叫作火德真君庙，老百姓叫火神庙。火神庙的后面就临着什刹海，什刹海那边就没有法船，但是有道士做法事，有吹吹打打的响器。什刹海也放河灯，什刹海放的河灯基本上是街上买的，也有很多是火德真君庙放出来的。几十年来，我一直再没有看到放河灯的，直到2008年的中元节，我在湖南凤凰古城里，才看到沱江放河灯的景象，不禁也买了两盏河灯放了。

（四）中秋拜月与重阳登高

中秋节是一年中第二个大节日。今天有人把中秋节叫作月饼节，只剩下月饼了，真是大煞风景。实际上中秋有很多很多的活动。过去中秋节也要摆供，祭天地，祭祖先，同时女子要拜月，也有供兔儿爷的。《四世同堂》里边，就连沦陷敌伪时期，老百姓也要过中秋节的，祁家老太爷带着小孙子在街上买兔儿爷。护国寺、隆福寺这些庙会上都开始卖兔儿爷、兔儿奶奶，所有饽饽铺都卖月饼。此外，中秋还要喝桂花酒。

中秋拜月的旧俗仅限于妇女，那时每到中秋，都要到香蜡铺中请一张拜月光神码儿，那神码儿是木刻套色水印的，分为上下两截，上半截印的是太阴星君，下半截印的是月公和兔儿爷。一到晚上，在中庭摆上供桌，用秫秸将月光神码儿糊上，插在供桌后面。案子上摆上月饼、瓜果和香烛，花瓶里分别插上鸡冠花和带枝的毛豆，女人们依次叩拜许愿。如果是星明月朗，桂子飘香，更会富有中秋节的味道。

九月，最重要的就是九月初九重阳节。王维的《九月九日忆山东兄弟》："独在异乡为异客，每逢佳节倍思亲。遥知兄弟登高处，遍插茱萸少一人。"茱萸是重阳很重要的一种东西，茱萸就是吴茱萸，是南方的一种花，身上要佩戴吴茱萸。另外，这个时候菊花盛开，有钱一点的人家会培养一点好品种，如柳线垂金等，整个院子里都摆上菊花。到了重阳节，大街上也是黄菊、紫菊等各种菊花。重阳一般来说要赏菊登高，不管你是做官的还是做生意的，大家都是希望生活节节高。北京没有那么多登高的地方，景山是制高点，但景山公园的菊花开得比较晚，那个时候没有去景山的。一般来说登高在哪儿呢？清末民初的时候，登高一般在南城的天宁寺，天宁寺地势比较高，可以俯瞰北京。还有的去陶然亭，陶然亭也是登高的地方，所谓“与君一醉一陶然”。

重阳节吃的东西主要是花糕，普通的花糕就是蒸的饼，两三层，中间加上枣，上面插上红红绿绿的小旗子，为的是上供用。北京有名的饽饽铺（点心铺），比如说八条的瑞芳斋、前门外的正明斋、东四的聚庆斋都做优质的花糕，酥皮枣泥馅儿两三块儿一叠，中间加上青梅、瓜条、山楂、葡萄干，现在传统点心铺还卖重阳一季。花糕一般一进入阴历九月初就开始卖，卖到大概九月十一、十二就没了。

到了十月初一叫作寒衣节，就是给先人送寒衣，今天还有，经常斯时见到街上满街烧纸，烧衣包，现在就是烧纸送钱了，衣裳大概都到阴间成衣铺买去了。从前都是拿纸糊成的衣服裤子，糊成若干以后，外头拿一个纸包包上，这叫衣包。也有在这个时候上坟的，什么人上坟？新丧，比如说这一年三月去世的、五月去世的，十月初一要上坟，不是新丧一般十月初一不上坟。

阴历十一月比较消停，但有冬至节。冬至古代是个大节，几乎等同过年。但近代降等了，北方不太过，南方比较重视。接着就进入腊月了，过了年节，一年又周而复始。

实际上节日的内容一直在变，这百年节日的风俗跟清代不太一样，清代与唐代、宋代也不完全一样，民俗都是在原来的基础上演变，加入了不同时代的内容。为什么今天很多节日习俗消失了呢？客观上讲，因为这些节日基本上产生于农业社会，农业社会的东西你愣是放在一个现代化的城市里面，就会出现这样那样的问题。那个时候节日的繁华，不是今天我们能想象的，但是那种繁华在今天也没有办法恢复，只能是“可待成追忆”了。

三、民国以来的婚礼

（一）占主流的旧式婚礼

婚礼自古以来是人的一生中非常重要的大事。春秋以来，即确立了包括吉礼、凶礼、宾礼、军礼、嘉礼五礼。在五礼中，婚礼就作为嘉礼之一。在历史发展的过程中，婚礼的形式也在逐渐变化，但是许多古礼的因素仍然存在于婚礼之中。民国以后，尽管知识界、文化界开始比较多的自由恋爱式婚姻，但旧式包办婚姻还是占多数。从婚礼的形式上讲，西式婚礼在文化知识界已不鲜见，但旧式婚礼在整个市井社会层面基本还是主流。

民国以后的婚礼，逐渐由繁入简是最大的一个特点，但是一些程序还都是有的。这些程序在今天，可能已经不再有同样的称谓，但是许多实际内容，基本上还包括在这个程序之中。

第一个程序是提亲。也就是说男女双方互相不认识，总要有一个婚姻介绍，这就是提亲。从前有专门做这个的媒婆，可是也有很多不是通过媒婆，而是通过介绍人。介绍人一般是男女双方其中之一的亲友，根据双方的家世背景和年龄，希望他们能够结亲，不管什么形式，得通过介绍人提出，这就是提亲。

提亲以后，就有一件重要的事情——合婚。

在当今社会，这个程序基本没有了，即使有些人还相信这些，也不再作为现代婚姻中的形式。合婚实际上就是要合一合双方的属相、八字是否相配。在过去有很多迷信的说法，夫妻两人属相不能犯相，什么叫犯相呢？比如说“白马犯青牛，鸡猴不到头”等，也就是属相相克。另外还要换帖，交换八字，就是你家的孩子批过八字，我家的孩子也批过八字，两个人要互换八字，不是内行人还真合不了，必须要找专门干这个的去合，这就叫合婚。

经过合婚，就开始相亲了。一般来说是男方到女方家去，没有女方到男方家去的。相亲，一是看看对方的相貌。旧时代没出嫁的女孩儿叫没出阁，平时看到没出阁的女孩儿是不容易的，没出阁的闺女不能出门让人看，但是开明人家也有女方到场的情况。主要是女方审查男方，如相貌、人品、学问。再有通过到家里去，也看看这个人家的经济状况。这就是相亲。

相亲以后，下一个程序叫放小定。放小定实际上也是男方先小规模地送一些聘礼，一般来说有比较简单的金银首饰、衣料，还有一些平常的水礼，多为食品，这叫放小定。合婚和相亲后放了小定，基本上两个人结婚就没有太大问题了，放小定已经进入肯定的阶段。

放小定以后，再下面一个程序就是择日，就是选择一个结婚的时间。把日子定了以后，就开始要放大定，男方将比较多的礼物送到女方家去，内容与放小定差不多，但是品种和规模就大得多了。放大定以后，就是女方向男方过嫁妆（妆奁），这是一件很隆重的事，实际上也是一种炫耀。过嫁妆要有过嫁妆的队伍，要招摇过市。至于多少抬，根据女方家的经济实力而定，但必须是双数，少则四抬、八抬，多则十六抬、二十四抬，甚至更多。过嫁妆一般来说就是日常用品，比方说家具、箱笼、服装衣料、生活用品，包括铜脸盆、暖壶、痰桶……都要成双成对，上面都要贴上红纸。当时富裕人家的嫁妆箱子多用红色大漆描金的羊皮箱子，箱口用铜活儿，各地都有专卖店，这种羊皮大漆描金箱子是专为妆奁使用的，就是百年以上也不会朽坏。

过嫁妆时，街上总有人围观，看看女方家是不是富有，陪嫁的东西有多少。特别富豪的人家，有陪送古玩珍宝、土地和店铺的。陪送土地怎么陪送呢？就是用礼盒抬着地契，里面放几块地上的土坯。要是送店铺呢，就把这个店铺的匾额临时摘下来，也随着过嫁妆的队伍送到男方家去，或奢或俭，或贫或富，是不一样的。

送完嫁妆以后就该迎娶（正确的名称叫亲迎）了，迎娶就是男方到女方家去接新娘子。迎娶队伍很隆重，由男方这边抬着花轿，娶亲太太（非近支已婚女性亲眷）要跟着，一般来说娶亲太太要找“全和人”。什么叫全和人呢？上有父母，有丈夫，膝下有儿女，这样的才叫全和人，图一个吉利。亲迎队伍有骑马的，也有乘车的，吹吹打打，热闹非凡。娶亲的时候，还应该抱着白鹅，这个鹅代替的是鸿雁，古人认为鸿雁是从一而终的，但鸿雁难找，就以鹅来代替，所以鹅在婚礼中是一个吉祥物。民国时的婚礼，新娘穿着上袄下裙，坐轿子；新郎呢，头戴呢帽，身着袍子、马褂，十字披红骑马。

把新娘接到男方家里以后，就要拜天地。唐朝时，男方娶亲，在娶亲的地方要临时搭一种帐篷，叫青庐。夫妻双方在青庐喝合卺酒，洞房也是在青庐之中。民国时的婚礼，男方家里要搭席棚，拜天地当然都是在男方家里了。

现在我们影视剧中的拜天地最常见的一幕就是父母端坐在桌子两侧，然后傧相高喊：“一拜天地，二拜高堂，夫妻对拜，送入

民国时期的旧式婚礼

洞房。”其实根本没有这样的事情，这是将几件事同时进行了。拜天地是宋代以后才有的事，是男女两个人一起拜天地，亲友宾客在场，但是没有男方的父母参加，不拜父母。什么时候拜父母？第二天早上起来才拜父母。杜甫三吏三别的《新婚别》，说的是两人还没有行合卺礼，丈夫就被抓去当兵打仗，所以新婚妻子说“妾身未分明，何以拜姑嫜”，意思是我们还没来得及举行合卺礼呢，我怎么能在你走之后，去侍奉你的父母、你的兄弟、大姑子、小姑子、妯娌？充分说明拜姑嫜是在行合卺礼之后。

送入洞房后的第二天就要“分大小”。分大小的第一件事是做什么？宋代以前是男女双方各自拜自家的祖先，以后是女方要拜男方家祖宗的祠堂，就是男方家的祖先。拜祠堂之后，再拜男方的父母，认公婆。认公婆之后，是认男方家的大小，比如说男方的兄弟、妯娌，或者是姊妹，总之就是比较近支的七大姑八大姨，向新娘子介绍自己的一家人。

这样结婚以后，再就是隔多少天，男女双方家里的人在一起聚会一次，这个各地习俗不一样，叫“会亲”。最后的一个程序，是“回门”，即女方结婚嫁到男方家以后，再次回到娘家，女婿跟着去，这叫回门，这才完成了整个的婚礼。至于回门的时间，不同民族和地域习惯不同。

提亲、合婚、相亲、放小定、择日、放大定、过嫁妆、迎娶、拜天地、坐帐（入洞房）、分大小、会亲、回门，这是完成了一整套的旧式婚礼，实际上，近代的这些程序是对中古婚礼中的纳采、问名、纳吉、纳征、请期、亲迎、催妆、障车、青庐、撒帐、却扇、合髻、拜堂、拜舅姑（公婆）等仪节的承继与简化。有许多仪注和讲究在民间或有更多，各地不一，如跨火盆、撒帐、吃子孙饽饽等俗礼在某些农村和民族中至今都存在。

从清末到民国中期，基本上都是这样一套程序。这一套程序下来有的时候多则半年，少则几个月。但是民国以后，这种程序逐渐在改变，尤其是民国时期具有新思想的知识阶层，没有这么多的繁文缛节。应该说，民国时期旧式婚礼、新式婚礼、集体婚礼是并行不悖的，各种各样的情况都有。讲旧式婚俗有两本书应该说是写得最细致的，这两本书都是80年代末由我经手出版的：一部是民俗学家常人春先生的《旧京婚丧礼俗》，后来我给起了个通俗的名字叫《红白喜事》，常人春讲的是市井的旧式婚丧礼俗，所述甚为翔实全面。再有一部就是爱新觉罗·瀛生先生的，讲满族人的婚礼，也真实可信。如果想了解满汉两种婚礼，不妨看一看瀛生先生的和常人春先生的这两部著作。

（二）新式婚俗的兴盛

民国以后，实际上很多东西在逐渐地变化，新的思想和一些外国的结婚礼仪都渗透到中国。北京不太明显，上海、南京这些新式的城市信奉天主教、基督教的人比较多，采取教堂婚礼的也很多。还有就是民国时期的“新生活运动”已经提倡去奢求俭，新式的婚礼，既节俭，但是又不失于隆重。比如说1935年，上海市政府出面举办的集体婚礼，非常隆重。当时参加集体婚礼的有五十七对新人，都穿着西式的礼服，打着领结，新娘子穿着婚纱。当时在全国有轰动效应，上海市市长吴铁城，上海社会局局长吴醒亚，上海闻人杜月笙、王晓籁等都参加了这个婚礼，在社会上反响非常大。

接着在1936年，在国民政府首都南京，又举办了一个三十三对新人的集体婚礼，在南京的励志社举行。1936年已经是抗日战争的前夜，是反日爱国情绪十分高涨的时候，这个婚礼最突出的特点是要求所有新人的服装、用品全部使用国货，而不用进口货，这个婚礼也非常隆重。北平的集体婚礼是直到敌伪时期才有——1941年，北京那时候又不叫北平了，伪华北政务委员会改为“北京”，当时由“北京市政府”出面，在中南海公园的怀仁堂（那时候中南海已经对外开放了），举办了几十对新人的结婚典礼，当时也是北京伪市长参加了这个婚礼，所以集体婚礼当时已经是很流行了。

民国后期，许多文化人就已经不是按照旧的仪节举行婚礼了。比如说1926年，徐志摩和陆小曼在北京北海公园的婚礼，简单而隆重，生面别开，当时有一百多位文化界、知识界的名人（今天来说都是了不得的泰斗级人物）参加，真是郎才女貌，轰动一时。再有一个是1929年冰心和吴文藻的婚礼，我看到有些材料说他们的婚礼是在京西大觉寺举行的，大觉寺还有一张他们在寺里的照片，我也看到过。但实际上他们的婚礼不是在大觉寺，而是在燕

冰心与吴文藻的婚礼，后排中立者为司徒雷登

京大学的临湖轩举行的，证婚人是司徒雷登。据说，他们的婚礼非常简朴，婚礼所费仅三十四元法币。当时在燕京给他们盖了一座两层的小楼，尚未竣工，他们的婚礼结束以后没地方住，司徒雷登就派汽车将他们送到了京西大觉寺。他们租了京西大觉寺的客房当新婚洞房，十分简单朴素。吴文藻和冰心还没有卸去新郎、新娘的装束，就坐着汽车和一些特别亲近的朋友一起到了大觉寺。所以他们的洞房在大觉寺，婚礼却是在临湖轩，当然也是很西式的婚礼了。

至于我家，我父母完全是自由恋爱，包括我的外祖父和我祖父，都是具有新思想的人物，他们没有过提亲的这个过程，也没有合婚的旧俗，他们没批过八字，没换过帖，这些都没有。他们也没有什么放定、过嫁妆——我母亲确实是有陪嫁的，但是也没有过嫁妆的程式。

他们的婚礼是在东城南河沿的欧美同学会举行的，大概是在下午 4 点举行，婚礼很隆重，这些老照片都还在。欧美同学会的婚礼主要是亲朋好友、同学等等，大概有近二百人参加，晚饭是在欧美同学会吃的简单西式自助餐。婚礼上他们穿的是西式的结婚礼服（白色婚纱和大礼服）。他们没有第二天拜公婆什么的这些繁文缛节，但是晚上回家以后，我母亲就换上软缎旗袍、绣花鞋，父亲换上袍子、马褂，这是 1947 年的秋天。

从前二婚婚礼一般来说不大操大办，但是北大的校长蒋梦麟先生的再婚婚礼却很有名。蒋梦麟第二次婚姻，娶的就是他老师高仁山的太太。高仁山是北大哲学系教授，因为思想激进，1927 年被张作霖枪毙了。高仁山是蒋梦麟的老师和挚友，蒋梦麟对高的遗孀陶曾谷照顾十分周到，直到 1936 年，才和陶曾谷正式结婚。照理是二婚，但是他们的婚礼依然非常隆重，胡适也参加了这次婚礼，当然也是新式婚礼。蒋梦麟在婚礼上的讲话也很诙谐。他说，我受我老师的影响，一生爱我老师所爱，我老师挚爱教育事业，我要终生为之献身，我老师最爱的人就是我最爱的人。这番话当时也带来了很多舆论上的压力和非议。

以婚俗来讲，农村和城市不同，民国初年和民国中叶又不同，总的来说是由繁入简。简自然容易，没有多少事，一般都是在一些酒楼、饭庄举行，晚上婚礼以后吃顿饭。北京的很多大饭庄，像什么同兴堂、福寿堂，这些地方都可以承接这些大型婚宴。今天也多是采取婚宴的办法，但是婚礼更为多样化了，什么稀奇古怪的都有，更追求婚礼的浪漫，有什么草坪婚礼、游艇婚礼，我觉得这样非常好。其实结婚只是两个人新生活的开始，那种旧式的婚俗弄得人很疲劳，而且花费很大。花费大在哪儿呢？你要去花轿铺雇轿子，要雇执事，前面要有戴着荷叶帽、穿红长袍、戴金花的执事队伍，后面是花轿，队伍非常庞大，其实是劳民伤财，完全没有必要。

自古以来，婚礼举行的时间应该是在晚上，古代“婚”与“昏”同，结婚的婚与黄昏的昏是同一个字。北京和东北地区现在婚礼多是在中午之前举行，其实都不传统。反而离北京不远的天津，乃至南方，都是晚上结婚，这才是正确的。从前还有一个不成文的规矩，叫作“正不娶，腊不定”。什么叫“正不娶，腊不定”呢？就是正月不举行婚礼，腊月不定亲，因为正月里头很忙，一直到正月十五都有节；腊月里头也很忙，所以就不定亲。这时候一些其他节日的喜庆气氛，会把你这个婚礼冲淡了。

一百年来，婚俗也是在不断演变。到了上世纪 50 年代，婚礼就很简单了，有一个说法是：50 年代一张床，60 年代一包糖，70 年代红宝书，80 年代三转一响。三转一响是哪些东西？自行车、手表、缝纫机，这是三转，一响则是收音机。到了 90 年代以后，生活水平有了极大的提高，于是婚礼就更加多样化、个性化了，婚俗的变迁也反映了一个时代的政治背景和社会的变迁。

四、备极哀荣：丧俗的演变

丧俗的繁文缛节远远超过了婚俗，因为在中国历来以死者为大，人们把办丧事视为极重要的一件大事，所谓死后哀荣备极，也就是这个道理。直到民国时期和 50 年代初，北京城的丧事都是基本按照旧礼俗办理，有些农村直到今天还保留了一部分这样的旧俗。

过去的人为什么特别重视丧俗？因为丧俗里边有很多重要的政治背景，所谓的政治不仅仅是国家政治，也包括了家庭政治。丧俗的仪节体现了每个成员在家庭中的地位，和死者远近亲疏的关系。以孝服为例，就有斩衰（音 cui）、齐（音 zi）衰、大功、小功、缌麻之别，也就是所谓的“五服”。为父亲服斩衰最重，丧服是不敛边的，毛茬儿都露在外边。一般而言，越是亲近的人丧服越粗糙。丧俗繁冗，可谓杂糅了中国儒释道三家，而且丧俗的一些程序、仪节极其繁复。当然，不同阶层人的丧俗有简有奢，也大相径庭。

（一）发丧与接三

人去世了以后，家属首先要做的就是发丧，也叫报丧。报丧就是家里面分送丧帖，首先就要通知有关的部门、亲友，家里当差的或者有其他亲友能帮忙的，都要去四城分送报丧帖子。报丧帖子为白色，总是先说什么时间、什么地点，某府君谁谁谁于什么时间溘然仙逝，底下落款：孤（哀）子或孤（哀）女泣血稽颡。

报丧是第一步工作，和报丧并行不悖的是家里开始一切丧事的准备。首先要找总提调人，总提调人熟悉办丧事的过程，非常干练。这个事非常重要，为什么要找这么个人？因为那时，家里人很悲痛，又要接待亲友来吊丧等，很忙，没有那么多精力和时间协调所有的事，总得有一个跟他们家里关系不错、身体好又能干、熟悉丧葬事宜的人来担当。这人和北京四城各种有关行业非常熟悉，这就是总提调人。

总提调人底下还得有一个办事班子，有一些能够被他差遣的人。首先要联系几个行业，一个是棚铺，一个是杠房，再有一个就是寿材铺。一般来说，丧礼中不会有这个寿材铺的事，除了急病而逝，通常家有老人都是早准备好棺材，有的人在五十多岁时就备好了棺木，停在家里闲房中，每年要上两道漆，最讲究的要上一百多道漆。但也有的人家二十年中败落了，棺材没睡成。曹禺写的《北京人》里曾家老太爷，人没死就家道败落，棺材也抬出去卖了，这是很悲凉的事情。所以一般来说寿材是早先预备好的，不用再去临时买棺材。

棚铺是干什么的呢？就是搭丧礼上的席棚，可以遮风挡雨雪，有一个活动空间。搭棚以示隆重，有很多事情都在棚里头举行。从前不管是满族还是汉族，大户人家平常亲友来往也不是特别多，有这么一句话，叫作“咱们棚里见”。指的就是席棚，也就是说往往办丧事的时候才能见到多年不见的亲戚朋友，席棚成了一个聚会的场所，所以席棚很重要。这个棚比我们以前讲的院子里搭的“天棚”要稍微费点时间，往往要花个一天、一天半的时间。有席棚，有布棚，一般是一种蓝布棚，有的还有诵经的棚。

杠房实际上是一条龙的服务，包括抬杠的，执事房的，甚至杠房会帮你联系冥衣铺，就是糊纸活的。一般来说分为两种，一种叫松活，一种叫纸活。松活是用松树枝扎的。比方说牌楼，拿松枝扎的，还有一些匾，要用松枝做周围的装饰，也包括整个灵堂的装饰，拿松枝扎一些松人、松字。松表示松柏常青，这叫松活。松活的用途有时候高于纸活。扎纸活的又是另一行。纸人、纸马，楼堂馆所、院落、车马、动物、童男童女，全都用纸糊，惟妙惟肖，跟真的似的。

人死以三天为度，三天的时候叫接三，也叫送三，是一个很重要的仪式。接三的时候人还没入殓，人可能还在停着呢，就要放焰口、诵经。接三是说人要往阴间去的路上，会遇到很多恶鬼，怕恶鬼来吃这个亡人，怎么办呢？就要给恶鬼吃一些东西。所以一般人家要到馒头铺去买各种各样的馒头，回来掰碎，再一把一把撒馒头渣子或者大米。更讲究的富裕人家用一些蒸食，蒸成小馒头、小饼，伴随着响器的吹打和诵经，在经棚里漫撒。我小时候，邻家许多丧事还都有接三这一环节。

（二）入殓与点主

丧事送礼送什么呢？除了礼金外，一般来说都送帐子，其实不是搭好的帐子，是够搭一个帐子的白布，这叫送帐子。这个帐子到主人家怎么用呢？丧礼过了一年半载的，不能都穿白布啊，就拿到染坊里去染，染成灰的、黑的、蓝的，然后大家做日常衣服穿。

除了送帐子以外，还有送经的，送经按棚计算，有和尚经、道士经、尼姑经，甚至喇嘛经。比方说张三爷送往生咒一棚，叫送“一棚经”，一棚就是在棚下面的一组和尚、道士念的经。比如说你送的是广济寺的，我送的是法源寺的，他送的是广化寺的，或是送通教寺的，不一样。这家办丧事，咱们有交情，我送一棚经，然后就轮番念，你方唱罢我登场，我送的这一棚经念完了，接着你那棚上，佛、道教以七为计，在七七四十九天里，天天有经不断。有的停一七，有的停三七，最多是七七四十九天，要一直念着。这是大户人家。一般的平民百姓，也有念自己找的一棚经、两棚经。旧时丧事有一个特别大的特点，就是思想混乱、宗教庞杂，中国人把丧事当喜事办，吹吹打打，看热闹的人也是络绎不绝，与西方天主教和基督教有着极大的不同。

接下来就是大殓。大殓是亡人入棺，亡人入棺以后钉上棺盖，那么就涉及棺材。棺材最好的是金丝楠的棺材，然后是阴沉木，也就是乌木的棺材，最次的棺材也是柏木棺材。在棺材内要用陀罗经被，这在清代康熙以后本来是皇家的礼仪，后来也渐渐进入到民间，就是黄色或白色的丝织品，上印梵文经文和经塔等。入殓实际上是亲人和亡人最后的诀别。

入殓以后，就是停灵，然后是开始吊祭。吊祭的时候有一件重要的事，叫点主。什么叫点主呢？牌位上有逝者的名字，如“某府君某某某之神主”或“灵主”，其中重要的几笔要找人点写，如神主的“主”字上面的一点，“神”字旁边的一直线等。点主在一开始就得准备，想着找什么人点主。

有钱、有地位或者是耗财买脸的人，点主官必须要请社会的名流、大官，或者是进士，最好是中过状元的来点主。但是有一条，就是进士及第或进士出身，官再大，如做过总督、巡抚，做过刑部大堂，如刑部尚书、侍郎，就是官再大也不请。为什么呢？因为只要当过地方官的、做过刑部的，都执掌过生杀大权，做过秋决，杀过人，这支笔不干净，必须没做过外官的，没做过刑部的，其他各部堂官，没有带过兵的，没有杀过人的，同时必须是进士及第或是进士出身，点过翰林的更好。

点主前，要送点主官一笔非常丰厚的润笔。清末最后一科状元叫刘春霖，后来就废除科举了。前几科状元的名气都非常大，比方说南通的张謇、常熟的翁同龢，还有洪钧，都是了不起的状元。但他们太忙，虽也偶有这种事由，但是不多，有的他们也不应承，得看什么人家。入民国以后，刘春霖收入、生活生计都成问题，他虽然懂得金石学，但是其学问和政治号召力都远不能和前面那些人相比，民国后更没事干了。入民国以后一桩很重要的事，就是有人请他来点主。刘春霖点一次，需现大洋五百块，能买一所小房了。这可以说是支撑刘春霖后来生活来源相当大的一笔收入。他是进士及第，中过状元，没当过外官，所以请他的人极多。

点主怎么点？请来以后好吃好喝招待，由礼宾、傧相陪着，家里的孝子和重要的亲属都要给他下跪磕头——拜点主官，仪式非常隆重。然后开一支从来没用过的新笔，严格讲应该是用孝子的血去点这“主”字。一般来说是将孝子左手中指刺破，挤出血来，用这支新笔蘸着孝子的血，来点这个“灵主”“神主”的“主”字，并在“神”或“灵”字那里画一条直杠。后来也多用朱砂来点主。点主是一件非常重要的事儿。点主以后，整个丧礼开吊。

（三）出殡的仪式

过了头七（也有停几七的）再往后就是出殡，这就是大事了。出殡得由杠房抬起棺材，即使再阔的人家，大门也不是很大，所以就要先抬棺出街门。一般来说，没有像我们在影视剧中看到的裸露着棺材出殡的，而是要有一个棺罩，然后再抬着出发。最大的杠是一百零八杠，一百零八人抬，只有皇帝能用。中间要换肩两次，最多的有三组，就是三百二十四人，轮流抬这个杠；亲王是八十人杠，这些都是一般人不许用的。官宦和老百姓最多六十四杠，叫六十四人大杠。但是不管你房子再大，也不可能在起灵时就六十四人上肩，因此要先用“小抬”移出宅院，到了街上再换大杠。小抬也可能有十六人的，也可能有三十二人的，都叫小抬。要是六十四人的大杠，最多也有一百九十二人三班倒，每班穿的衣服不一样，袍子有绿底金花的，有蓝底的，有白底的，三种不同的颜色，以示几次换杠了。

在抬杠期间，必须有一个指挥，就跟我们乐队似的。用一个梆子，是硬木做的，打起来清脆悦耳，叫“响尺”，所有杠夫顺着这个梆子点儿走。就是嗒—嗒嗒、嗒—嗒嗒、嗒—嗒嗒，永远是这么一个点儿，所有迈步按这个点儿走，抬左脚就都抬左脚，抬右脚就都抬右脚。

换杠的时候，这六十四个人下，那六十四个人上，齐刷刷在瞬间完成，讲究一碗水放在抬起的棺材上也纹丝不动，没任何的颠簸。这叫换肩，倒下这班再换那一班。六十四个人抬一口棺材是讲排场，不是人少了抬不动（虽然也够沉的，因为它不是只有一口棺材，外头有内外棺罩，跟个车似的，上面还有顶盖），主要是要显排场，要体面。

旧时北京的百姓特别爱看出殡，一般出殡头一天就要晾杠，就是这杠要预先在外边撂着，人们饶有兴致地去数。“哎哟，这可是大殡，六十四人杠啊！”“这是三十二人杠，也是不小的出殡了。”再看棺罩是什么样的，棺罩全是软缎绣的，大红百子图、松鹤万寿图。棺罩底下有底托，然后才放进棺材去，棺材搁在棺衣的里头，跟个小房子似的。

杠房是一种特殊的职业，北京有几十家大的杠房，像最有名的日升杠房，就曾应承过许多皇家大殡，1925 年孙中山的出殡大杠也是日升办的。杠房还承担全套的满汉执事，也就是出殡队伍的仪仗队伍，如满族是用鹰犬、骆驼等；汉族用金瓜钺斧朝天镫、紫金棍等，至于门蠹、雪柳则是满汉都有的。这些都可以通过杠房代办，当时生意极为兴隆。到了 50 年代初，提倡丧事从简，杠房就陆续关张了，后来改用汽车运送灵柩，不再有招摇过市的那种出殡了。

出殡队伍中还有一个讲究，就是撒纸钱。纸钱都是预备好的，剪好的白纸的纸钱，往空中漫撒。北京二三十年代有一个非常有名的撒纸钱的，因为脸上有一个地方长着一撮黑毛，因而人称“一撮毛”，他还有着几个徒弟，徒弟的手艺也很高超。他有一个定例，不到多少斤的纸钱不撒，小门小户你请他，就是给他钱他也不撒。

撒的时候，一叠纸钱揉弄以后，撒上去，冲天一柱，然后慢慢慢慢地飘落下来，会在空中有一个停留。为什么他能撒得高而落得慢呢？因为在出殡的队伍中，会焚烧一些东西，有火的热气，热气往上一冲，这纸钱就停留在半空中。因此他撒得非常直，上

民国时期出殡的雪柳执事

去以后纷纷而落，再加上底下燃烧的东西的热气蒸腾，它一直飘在空中，这需要有较高的技术含量。像老舍的《茶馆》最后一幕，常四爷跟王掌柜他们撒纸钱，挎个小篮，扔一点，什么“本家赏二十吊”等，就是一般小门小户撒纸钱了。这“一撮毛”给很多大丧撒过纸钱，只要有他参加的出殡，便可知准是大殡，会引来满街的围观。

整个出殡的过程，极其繁复，讲究极多，超出婚礼数十倍。满汉不太一样，汉执事叫五半堂，以半堂执事为度，最高级的用五个半堂的执事，也就是仪仗的庞大。执事队伍中还有飞龙旗、飞虎旗、飞豹旗、飞凤旗等旗锣伞盖。再后面就是响器的，吹吹打打。然后是雪柳和松活、纸活，像纸人、纸马等，中间部分是影亭。什么叫影亭？就是亡人生前的写真画像，或者是照片，放在一个松扎的亭子里边，也由杠房的人抬着，周边有松活陪衬。影亭之后才是灵柩，最长的队伍能绵延一里多地。

在出殡的过程中，与亡人家有关系的商家、店铺、好友，甚至是政府机关，都会在路上设“路祭”，一般都是在自家商号的门前或是出殡所经的途中。比如这是同仁堂的祭棚，那是瑞蚨祥的祭棚，都是搭棚设祭。有些政治要人出殡，沿途的政府机关也会设路祭，表达对亡人的哀悼。1939 年吴佩孚去世，大殡震动京城。这个殡的规模虽然不是多么豪奢，或者有多么庞大的仪仗，但是万人空巷给他送殡，沿街都是祭棚。

旧时丧俗的全过程，远不是这里所讲到的，这只是个大概的情况，实际要比我讲的繁复得多。民国以后，颁布了一个《民国服制》。《服制》规定，在政府丧葬的场合，不披麻戴孝了，女的胸前佩戴黑纱盘的花，男子是臂上缠黑纱。这个《服制》虽在民国初年就颁布了，但是仅限于官场，对于民间来说没有任何约束力，老百姓不买账，民间是该怎么办丧事就怎么办。丧事从简是后来的事，尤其是 50 年代以后，在北京城里这种大规模办丧事的越来越少了。

五、民国时期的大殡

清末最重要的两次出殡，就要数慈禧和光绪的大殡了。民国后，清室虽然退位，但隆裕太后的葬礼，也还是仿照清代“国丧”的旧例，规模却要差多了。民国中后期有过两次大殡，几十年来一直为人津津乐道：一个是吴佩孚的大殡，一个是杨小楼的大殡，前后相隔近两年。

（一）吴佩孚的大殡

吴佩孚，字子玉，清末秀才出身，是直系军阀，虽然镇压过“二七”工人罢工，又比较守旧顽固，但实际上是一个很有气节的人。吴佩孚一生崇拜关羽、岳飞，以这两个人为楷模，且洁身自好，以“四不”自律，即不贪财、不好色、不纳妾、不嫖娼，在那个时代的军阀中，应该说是非常难能可贵的。在北洋军阀里，人品、生活作风最好的两个人，一个是段祺瑞，一个是吴佩孚。吴佩孚去世后，不但国民政府对他有很高的褒奖，就是在重庆的中共代表董必武，也曾经对他有过很高的评价。

吴佩孚晚节很好。1939 年前后，他住在北平东城的什锦花园。北平那时已经沦陷，日本人一直想让吴佩孚出山，主持华北伪政权。因为当时伪华北政务委员会虽都是北洋政府旧人，比如王克敏、王揖唐等，但资历都比较浅，跟吴佩孚没法比，所以日本人想利用吴佩孚。吴佩孚坚决不与日本人合作，一直闭门谢客，吃斋念佛，写字画画，跟社会交往也不是太多。1939 年，日本人几次到他家里动员他出山，吴佩孚坚决不干。是年 11 月，他突然患牙疼，本来服几服中药已经见效，后又感风寒，加重了牙龈发炎，疼痛不止。当时日本人执意给他举荐了日本大夫，到他家去治牙。按一般常识，在牙龈发炎继发感染期间是不能施行手术的，但这个日本牙医却硬是给他开刀排脓，于是加重感染。两天后，吴佩孚就死了。当时北平社会上一直流传，吴佩孚是被日本人害死的。

吴佩孚 1939 年 12 月 4 日逝世，直至 1940 年 1 月 21 日移灵发引，点主大礼是由清末翰林傅增湘完成。他的大殡的确震动京城，也可以说是民国以来北京城最为轰动的一次大出殡。

吴佩孚入殓并没有多么豪华，棺内陪葬除了勋章绶带等之外，没有任何金银财物。虽用的是金丝楠木的棺材，仪仗排场并不很大，但是出殡之日，北京城万人空巷给他送殡。这是为什么？因为这不仅是对吴子玉将军民族气节的肯定，也是老百姓对日本人

吴佩孚出殡队伍经过天安门前

无言的示威。这个大殡走的路线非常长，从东城什锦花园出来，走东四北大街、东四南大街，到东单上长安街，经过天安门到西单，到西四，再到北城，整个转一圈，沿途有机关、学校的大型祭棚十一座，至于路祭的祭桌可谓是鳞次栉比，沿街排列，绵延不断，都给吴佩孚送殡。当然，每一次出大殡，老百姓以看热闹为主流，但是这次给吴佩孚送殡却是表达了北平老百姓的一种情绪，有着很浓厚的政治原因。

吴佩孚出殡以后，并没有发引到墓地，而是抬往北城的拈花寺暂厝。拈花寺在旧鼓楼大街，这一暂厝，暂厝了七年，到了1946年抗日战争胜利了才归葬在玉泉山，也就是说抗战不胜利，吴佩孚不下葬。

（二）杨小楼出殡轰动京城

在吴佩孚之前，轰动北平城的还有一次大出殡，这就是京剧武生泰斗杨小楼。杨小楼是个了不起的武生演员，武生界多少人都是学杨小楼的，他在梨园界的地位无人可比。杨小楼是1938年的正月十五去世的，他一辈子没有儿子，就一个女儿，女婿叫刘砚芳，因为半儿半婿，刘砚芳执孝子礼。

杨小楼的这个大殡，突出的是奢华。他用的是四块独板金丝楠的棺材，这口棺材如果按今天来算大概上千万了。为什么说金丝楠独板贵重？因为金丝楠木很难出来独板，独板就是整板，中间没有拼接。里面是几层宫里用的陀罗经被，就是杏黄的经被，上面印着红色的梵文经文和经塔，过去只有皇家能用，但民国后很多人都用陀罗经被，我祖父去世也用陀罗经被。这个殡用的是五半堂的汉执事，他家里住的胡同比较窄小，在前门外笤帚胡同，从笤帚胡同出殡，用的是三十二人的小抬，到了胡同口换六十四人大杠。头一天，在琉璃厂海王村晾杠，人们就知道要出殡了。

当时因为杨小楼技艺非凡，而且为人急公好义，在北京人心目中地位极高，所以社会局、交通局都为他的大殡提供方便，整个海王村——就是今天琉璃厂中国书店那个地方给他作为停车场。坐汽车来的，坐骡车来的，坐三轮来的，骑自行车来的，各式各色的人来看出殡。当时他这个大殡，政界、军界、商界、文化界，尤其是梨园界，送的匾极多。出殡时佛教、道教，满族的、汉族的，宫廷的、民间的很多东西杂糅，都用在了他这个大殡上。杨小楼晚年笃信道教，还到白云观去挂过道士，所以不论入殓还是出殡，也掺杂了很多道家的东西。

大殡的队伍绵延二三里路，从新华街到虎坊桥京华印刷厂那个地方拐弯进宣武门，然后一直到西单，从西单出去以后直接抬到墓地，葬在西山。虽说是四九的天气，杨小楼的大殡也是万人空巷，一是因对杨小楼的敬仰、惋惜，但也有很大的看热闹成分。出殡头两天，沿途的饭馆、酒楼、茶楼就被预订一空，多少人早上起来忙的就是这事——看杨小楼大殡。所以沿途看出殡的人，达到一两万人。

（三）梅兰芳和载沣的出殡

1949 年以后比较大的殡，就是 1961 年梅兰芳的出殡。梅兰芳也用的是金丝楠的棺材，梅兰芳的追悼会在北京首都剧场举行。1961 年我十三岁，也和家人去了，当时由郭沫若主持，周恩来总理出席，陈毅讲话。从首都剧场起灵以后，经过王府井，到长安街，再经过天安门，到西单。可以说 50 年代以后，大出殡经过天安门广场的只有两个人，一个是梅兰芳，一个是 1976 年周恩来总理的灵车，人们在天安门前送殡。给梅兰芳先生送殡的来自各界：政界、文化艺术界、梨园界，但最主要的是普通老百姓。因为梅先生在人们心中，几乎是一个完人，他的艺术极好，他的人品也极好，做人非常厚道。他的民族气节也好，在日本占领期间蓄须明志不唱戏，因此得到人们的景仰。主动出来给梅兰芳送殡的人非常多，沿途达数万人，也是轰动北京的。梅兰芳的大殡也是北京最后一次以棺木出殡的大场面，此后基本上没有大规模的棺木出殡，都采取了火葬和追悼会的办法。

1949 年以后还有一次出殡也很有意思，就是摄政王载沣出殡。他活到 1952 年，他的墓在福田公墓，就在我家墓地的后面，我家几代人的墓都在福田。但是下葬时载沣的墓并不在现在这里，而是在福田的东北角，“文革”中被砸了，这是后来移过来的。

载沣出殡虽已经是 1952 年了，但还有六十四人的大杠，到了城外换了三十二人杠，在墓地附近下了马道，再换十六人小杠到公墓。他的棺罩用的还是皇家礼制，是明黄色的棺罩，因为色上明黄的只有王爷才能用，虽然规模赶不上前清了，但是从标志上，一看就知道是王爷。当时他的醇亲王府早已卖掉，寄居在张自忠路的侄子家里，也是在那儿去世的。

载沣的墓原来很大，两边有柱子，跟一个小亭子似的，“文革”时被整个砸掉了。砸掉的时候是1966年的8月，转过年来的清明节，我去了福田公墓，一片萧疏。所有的墓碑全部被砸毁了，没有人再敢去扫墓，只有我一个人在福田公墓中寻找我家的墓。当时很难找，因为所有墓碑全运走砌房基、砌猪圈去了，没人管，整个公墓荒芜一片。当时只有一个看坟的，叫老杨，住在西头一间小房里，这老杨还跟我聊天，他想看溥仪的《我的前半生》，“文革”前已经出版，次年再去时，我送了他一部。

（四）停灵与暂厝

过去大户人家，停灵一般要有四十九天的时间，这是一段较长的日子了。例如1937年7月，陈寅恪先生的父亲陈三立（散原）已经病笃，“七七事变”后，日本人进入北京，散原老人极其悲愤，竟五天五夜不食，终于体力不支，病逝于北平。他去世后也是停灵“七七”的。当时北平已经被日本占领，陈寅恪先生在“忠孝不能两全”的抉择下，刚满“七七”就举家南下，取道长沙到重庆。“七七”之后的出殡大礼则是在陈寅恪的五兄陈隆恪主持下完成的。

前面讲到吴佩孚的棺材暂厝在拈花寺七年，就谈谈暂厝的问题。

民国时北京很多人家在郊区都有坟地，从城里出殡以后，到棺材下葬的这段时间，棺材或放在家中，或寄存在庙里，这就叫“暂厝”。当时没有正式的殡仪馆，不像上海有龙华殡仪馆、万国殡仪馆这些地方，当时北京没有。但是北京有寺庙，北京有一百多座寺庙，在这一百多座寺庙，其中的 80% 都有暂厝业务。为什么都在寺庙暂厝呢？因为寺庙是清净之地，再有一个，寺庙还可以随时超度亡灵，这是寺庙的一个重要业务。对于寺庙来说，暂厝收入是除了香火、田亩收入以外的一笔大收入。暂厝是以日计费的。

当时北京有一些重要的寺庙都有暂厝，像东城区米市大街的贤良寺、北城旧鼓楼大街的拈花寺、厂桥的嘉兴寺。南城也有专门给梨园界人士暂厝的，叫松柏庵，还有雍和宫那边的柏林寺，都是暂厝的地方。尤其是嘉兴寺，后面有一个菜园子，这菜园子后来整个变成专门暂厝灵柩的地方。嘉兴寺就是今天地安门外北海宾馆的位置，但是棺木是要从西边的旌勇里胡同进出，不能走正门，直接到后面的菜园子，这是专门停灵的场所。

在没有八宝山革命公墓之前，嘉兴寺就是北京市唯一的殡仪馆。1950 年任弼时逝世，也是棺材土葬，就是在嘉兴寺暂厝，后移至太庙举行的追悼大会。几乎所有的中央领导都到了嘉兴寺，在太庙起灵的时候，发引执拂——就是拉出去一个带子，表示移灵，周恩来和刘少奇是左右两边第一个执拂的。高岗自杀以后，棺材也是暂厝在嘉兴寺。齐白石、萧龙友等等这些名人逝世以后，棺材都暂厝在嘉兴寺。我祖父去世，也暂厝了很短的一段时间，是在东城的贤良寺。

按照古礼，暂厝的时候，棺材不能着土，不能放在地上，而要离地三寸，底下要垫上石灰。时间长的要用石灰覆盖，因此暂厝七年也不会腐朽。暂厝得有专人照看，打扫卫生，要轰猫狗，因为毕竟略有异味，不能让猫狗去践踏。暂厝期间的诵经就在庙里面，庙里面给他做往生咒和各种超度，经或是有人送的，也有家里订的，现在庙里还有这个业务。因为是庙里的大收入，所以他们都有记录，你花多少钱，诵什么经，为谁诵的经，等等；诵经的时候，家人可以到场。

暂厝有停七天到四十九天下葬的，也有更长的时间，一年半载不下葬的并不鲜见。不下葬是为什么呢？一是家里人没到齐，尤其是抗战期间，很多人家因交通阻隔，家人聚不齐，因此一时不能下葬。有的是茔地没有勘测好，或者是茔地的方位还有些问题，都要暂厝在寺庙之中。再有就是灵柩要移往外地，比如说孙中山就暂厝在香山碧云寺，因为南京的中山陵尚在修缮中，后来修好了以后，有一个奉安大典——起灵移送到南京去，当时北京各个高校的学生都到前门火车站送殡，这也是暂厝。但这是暂厝在郊外，而不是城里的寺庙，一般暂厝多是在城里的寺庙。还有抗日时期，兵荒马乱，城外都不安全，或者城外净打仗，时局乱，只好暂厝。

50年代末暂厝基本上消失了，后来很多寺庙本身就拆了，像贤良寺就没有了，拈花寺也没有了，就剩一个嘉兴寺，所以后来嘉兴寺索性就专干这个，变成殡仪馆了。

出殡是在中国丧俗里面一个极重要的事情，包括倒头、诵经、放焰口，讲究极多，以至丧俗比婚俗内容多多了。整个丧礼真正悲痛的是三个阶段，第一个悲痛阶段是亲人咽气；第二个悲痛阶段是入殓，钉上棺材盖，从此见不到面；第三个悲痛阶段是下葬，就是入土，也就是说阴阳两隔。真正与亲人的诀别无非这三个阶段，其他的实际上都是一种应酬。那种忙碌、各种事务的打理、对排场的讲究，都是远胜于哀痛了。丧礼也属于慎终追远，是生活中的一件大事，丧礼本身也是一种文化。但由于现代城市生活的变迁，这种东西现在基本上都已绝迹，顶多是比较大型的遗体告别。当然丧礼文化中，有好的部分，也有糟粕的部分，比如说莫名其妙的僧道杂糅，包括耗人耗力烧各种纸活、松活等，都是不宜提倡的旧俗。

办丧事也确实是一笔不小的支出，甚至还有那种卖富办丧事的。民国时期中，北城有一富户叫“锺杨家”，祖上是内府旗人，非常有钱，后辈杨云五是一纨绔子弟。这杨云五给他一个特别钟爱的姨太太办丧事，就是极尽铺张。人家烧冥币，烧纸活儿，他却烧真的法币，成捆成捆地烧，十几万法币就那么烧了，还从瑞蚨祥买了各色成衣来烧，包括陪送的木器家具等，就是在当时也引为笑谈。后来他的儿子杨厚安一代穷得生活无着，孙女杨慧敏还在我家做过帮工，曾几何时，家道败落如此。因此，那种铺张浪费的丧事是极不可取的。

公共视野

民国时期的教育

一、北京的大学

教育，严格来说属于文化史范畴，但学生和教师的生存状态毋庸置疑也是社会生活史的一个组成部分。从前北京有这么一句话，叫作“北大老，师大穷，清华燕京可通融”。这话后来被很多人误解，好像是说北大这个学校太老了，北师大太穷了，燕京和清华考学容易，可以通融通融，其实完全不是这样的。这是针对当时北京年轻知识女性的择偶标准而言的。北大老，是说在北大上学的人年龄偏大，很多是结了婚的；师大穷是说上师大的学生当时基本上是寒门子弟，因为师大不要学费，所以是师大穷；清华燕京可通融，就是说上清华和燕京的是不错的择偶对象，家世比较好，学校也好，可以考虑。这“通融”两个字完全不是说学分不够可以通融一下的意思。

不过北大也的确是老。老北大的校址就是在今天的沙滩红楼，虽然名气很大，但校舍各方面都比较陈旧。北大的前身就是京师大学堂，戊戌变法前，梁启超等已经上条陈，现代大学的规划被采纳，也开始筹办京师大学堂，当时由学部大臣张百熙主持。戊戌变法失败，很多新政都没有得以推行，唯独保留下来的就是兴办京师大学堂。民国元年，京师大学堂的第一任校长是严复，时间很短，不到一年的时间。

后来的北京大学，最鼎盛有这么几个阶段，一个就是 1916 年蔡元培以国民政府教育部长的身份担任北京大学校长，一直到 1927 年张作霖到北京前夕，差不多十年的时间，人才济济，名教授云集，可谓开一代学风。第二个辉煌时期自 1930 年蒋梦麟主持北大始。蒋梦麟上台以后主要用了两个人，一个是胡适，一个是傅斯年。这个阶段吐故纳新，淘汰了一批庸才教授，引进了很多英才，很多人才的选拔都是傅斯年做的。傅斯年是山东聊城人，非常耿直，却是不大容易跟人相处的一个人。当时傅斯年到北大以后，发现北大一部分留洋回来的教授——拿今天的话讲叫“海归”，水平并不是都很高，很多人的授课讲义用的是他们在海外留学时候的课堂笔记。傅斯年一看就急了，认为这样的人不能用，于是裁撤了一部分“海归”教授，增补了很多有真才实学的人进北大。可以说，从 1930 年到 1937 年抗战爆发前夕，北大进入了第二个辉煌阶段。

西郊的清华大学原是清代的园林，很漂亮。“清华园”三个字是清末军机大臣那桐写的，今天这个匾还挂在清华西门，“文革”的时候给砸了，后来又恢复了。清华大学是当时国立大学中比较特殊的。庚子赔款，中国赔给美国三千二百多万两白银，折合两千四百多万美元，后来美国退还了 30% 的庚子赔款，指定这笔退还经费只能用于教育，因此，1911 年春由外务部和学部在西郊清华园筹办了“清华留美预备学校”，选派人才留学美国，后来叫“清华留美预科”，1925 年才改名叫清华学堂。同年最了不起的一件事是成立了清华国学院，大家耳熟能详的梁启超、王国维、陈寅恪、赵元任是该院的四大导师，掌管教务的是吴宓先生，还有考古学的李济先生也是国学院的导师之一。可惜1927年王国维先生就先去了。

1928年正式成立“国立清华大学”，第一任校长就是梅贻琦。清华不是后来我们印象中的理工科清华，而是文理并重的，清华当时的教育制度更多参照欧美，所以在当时是一所比较新式的大学，很多人之所以选清华，就是认为清华更有朝气。

再算有影响的就是燕京大学。燕京大学是教会大学，1919年开始筹办，最早是在崇文门内的船板胡同，这个地方的原址在1959年建北京站的时候已经全都拆光了。燕京很有特点，它是好几家教会合办的，如美国长老会，美以美教会、公理会，美国女公会，英国伦敦公会等若干教会合办的。后来合并为燕京大学，就是由以船板胡同的汇文大学为主体，还有通县协和大学，以及灯市口同福夹道的华北协和女子大学，由三所大学合并而成。

谈燕京大学历史必须涉及一个在中国教育史上有着非常重要地位的人物——司徒雷登。司徒雷登在中国出生，不但是中国通，而且认同中国的传统文化，但是由于种种原因，我们对他的评价一直不太公允。司徒雷登收购了清末很多王公的赐园，以淑春园旧址为燕京的中心，同时收购了明代米万钟家的勺园旧址（当时是陕西督军陈树藩的私产）、载涛的朗润园，1931年又买下了张学良购置的蔚秀园（至于张伯驹的承泽园、徐世昌的镜春园则是后来并入北大的）。司徒雷登又找了一个美国的设计师墨菲，在园林基础上以中式建筑为主体，参照了西式建筑，建造了燕京大学。当时的燕京大学不要说在中国，在世界上也是教学最现代化、教

司徒雷登亲自为燕京大学悬挂牌匾

育质量最高、设备最完整、校园最美丽的大学之一。1952 年院系合并以后燕京大学的校名不复存在，与北大合校，用的仍是燕京的校址。燕京有塔（这个塔并非是古塔，而是供水的水塔，为了和园景一体，仿照中国古塔的形制而建，取名“博雅塔”）和未名湖，有一个现代图书馆，所以常被称作“一塔湖图”，即一座塔，一片湖，一个图书馆。

司徒雷登离开中国是 1948 年 8 月，他离开燕京要稍早，后来他去南京，成了美国驻华大使，美国人让他做驻华大使就和国民政府派胡适去做驻美大使一样，实际上就因为这两个人在中国和美国的文化界影响太大了。司徒雷登是一个非常有亲和力的人，我这里有一张照片，就是燕京大学刚刚建校挂牌时拍的，在今天北大西门“北京大学”四个字的位置，是司徒雷亲自登着梯子上去挂的匾，也没有什么仪式，下面有一些军警扶着梯子，怕他掉下来。学生的体育运动会，司徒雷登也都积极参加，筹办燕京大学的时候他正年富力强，人也很帅。如果他不做这个美国大使，也不会有《别了，司徒雷登》。

除了燕京，教会大学里最年轻的学校应该是辅仁大学，它在整个北京的大学里面也是最年轻的，但是它筹办的时间很久。民国初年，当时天主教在中国的领袖人物马相伯和英敛之一直想办一所天主教的一流大学。这两个人不但是天主教徒，也是好朋友，他们在 1912 年就上书罗马教廷，这封信叫《上教宗求中国兴学事》，教宗就是指的罗马教廷，也得到了罗马教廷的认可，后来他们就开始筹办，中间的过程很艰难。马相伯有办学的经验，他在上海就办了震旦大学（今天复旦的前身），辅仁大学就是仿照上海震旦大学建的一所天主教大学。

那个时期北京的很多大学选址都跟清代王府有关系，比如后来中国大学的校舍是清代的郑王府，中央音乐学院是在老醇亲王府。马相伯他们当时就看中了定阜大街的庆王府和涛贝勒府，就把这两所府邸改建成了辅仁大学，而且把恭王府作为辅仁大学的女院——就是女生部。辅仁大学创立以后，英敛之做了第一任校长，英敛之的儿子英千里后来是辅仁大学的秘书长兼教务长，一直协助父亲办大学。英千里是英若诚的父亲，也就是英达的祖父。英家是旗人，隶属满洲正红旗。辅仁大学正式办起来是在 1929 年前后，在北京已经是很年轻的大学了。

辅仁大学当时也分成好几个学院，有文学院、理学院、教育学院。教育学院有两个系都很不错，一个是教育系，一个是心理学系，我母亲就是辅仁大学教育学院教育系毕业的。当时辅仁也有很多很有名的教授，像陈援庵先生（后来的校长），沈兼士先生，余嘉锡、余逊父子，顾随先生，溥雪斋先生，等等。辅仁大学的条件还算不错，但是赶不上燕京，住校学生并不多，主要是走读的。我父母都在辅仁上学，我母亲是教育系，我父亲是经济系。课并不紧张，有必修课和选修课。他们两个人因为家住得比较近，都是骑自行车去上学。他们的家都在今天中国社科院那个地方，骑车到定阜大街三四十分钟，因此他们中午经常约着在什刹海、后海一带吃个小馆儿，然后在什刹海坐一坐，聊聊天。但是上学是分开的，我父亲在庆王府那边，我母亲在恭王府女校那边。

辅仁的家政系也很突出。家政系属于教育学院，毕业的出路是两个：一个是做太太，能够治家、教育子女；另一个出路就是做营养师，中国很多营养学的专家都出自这里，比如说营养学家索颖，现在就住在我家对面不远，今年也九十多岁了，身体还很好，她是中国有名的营养学专家。还有解放军医院几个少将级的老太太，都是辅仁大学家政系毕业的。

辅仁大学是1937年以后敌伪时期能够继续办学的为数不多的大学之一，北大、清华这些大学都南迁了，包括傅斯年、胡适他们都走了，留下来的就是走不了的，老幼病残或者是其他种种原因不能走的。后来日本人接管了北平的大学，唯独辅仁大学没有被接管。罗马教皇驻华代表是德国人，1936年辅仁大学的教务长是德国人雷冕，这是辅仁得以在沦陷期存在的原因。但到了1941年也受到了日本人的冲击，辅仁大学的师生一直在抗争，其中也包括外籍教师。当时外籍教授的比例，协和医科大是最多的，外籍教授占50%以上，燕京的教授里外籍教授占30%左右，辅仁也有15%左右是外籍教授。1941年太平洋战争爆发以后，不仅仅是中国的教师，许多外籍教师也受到迫害。1946年以后，辅仁大学是唯一没有被视为“敌伪大学”的。

敌伪时期很多教授走不了，教授们到处兼课，也到所谓的“伪北大”——当时敌伪时期的北大——那里去兼课。凡是这样的人，1946 年南迁高校再度回来以后，一概开除或者不聘用，这是傅斯年的决定。这件事他做得欠妥当。比如刚才提到的余逊先生，余逊先生是余嘉锡先生的哲嗣，也是我父亲的老师，死得较早。余逊先生的学问非常好，抗战胜利以后不得志，傅斯年不用他，甚至有的人说他是汉奸教授，其实他没有担任过伪职，只不过在日伪时期的北大兼过课。今天的大学教授，一般隶属于某个大学，在这个学校任课。当时的教授和今天不一样，很多教授是兼课的，最多的能在三四所大学兼课，很多有名的教授，在北大、燕京两个学校穿插兼课，有的是因声名学问而应聘，也有的是为生计所迫。

民国时期的大学，基本上分成三类：公立或者叫国立大学，比如北大、清华、北师大、女师大等都属于国立大学，资金是教育部拨给的，清华是利用一部分庚子赔款，但都属于国立大学；一类是教会大学，燕京和辅仁是教会大学；还有一类是私立大学和半公立半私立大学，像中国大学、中法大学。有一所比较突出的、兴办时间也非常早的朝阳大学（名为大学，实际上只是学院），在东直门内海运仓，1912 年创办的，实际上是民国时期中国法律人才的摇篮。朝阳大学虽然不能和北大、清华这些大学比肩，但也是一个很不错的法律学院。1952 年院系调整的时候，一部分并入了中国人民大学，一部分成为中国政法大学的基础。

1928 年以后，虽然政治中心南迁了，但是作为教育中心、文化中心，北京仍然是老大，北京的大学数量在全国排第一，大学教育的水平在全国也是排第一的。

二、学生生活与毕业出路

那时不像我们今天有统一高考，科举制废除之后建立的各大学是分开招生的，各个学校命题、招生侧重点也不一样，没有教育部统一考试这一说。报考哪个学校，首先要交报名费，然后是领表，填履历，如哪个小学、哪个中学毕业，报名以后才能参加考试。家里有钱有势但分数不够的，是绝对进不了北大、清华、燕京的，可以通融的是什么学校呢？像中国大学、中法大学、民国大学一般可以通融。

当时大学报名费是三块钱到五块钱大洋或者是法币，录取与否都不退。当时的学费是多少呢？像北大、清华等公立大学，基本上一个学年是在二十块钱到三十块钱，不包括住宿费（北大是不再加收住宿费的）和饭钱。像朝阳大学、中国大学、中法大学等这些私立大学，费用就要高一些。加上吃住等，这笔费用也是不太小的。但是教会大学就大不一样了，以燕京和辅仁为例，当时燕京大学在一开始的学费是一百六十二块钱，辅仁大学是一百六十块钱，这两所大学差不多。而北师大和女师大则分文不要，而且管吃管住，连饭费也全免了，吃得还不错，六菜一汤，教师、高级职员、学生在北师大是在同一个食堂用餐，所以当时有人把师范大学戏称为“吃饭大学”。基本上考师范的都是穷苦人家的子弟，而且毕业后前途相对来说有保证，起码能当个中小学老师。

大学生来自全国各地，好的大学基本都有宿舍。不过北京大学的宿舍极少，在北大红楼后面，条件也差，八个人一间宿舍，冬天

燕京大学女生宿舍的公用休息室

冷得不得了，没有暖气，要生煤球炉子，总之很艰苦。北大的学生多数家在外地，家在北京的学子不多。家境稍微好一点的学生考到北大，很多不住学校，因此景山东街、沙滩一带的民房民居很多变成了学生公寓，就跟今天798那一带都变成了北漂艺术家的宿舍一样。电影《青春之歌》里的林道静、余永泽住的都是在学校附近自己租的房子，学校不管。租了房子，自己可以做饭吃，在那里结了婚、生孩子的也有。今天景山东街、沙滩一直到黄化门一带，当时有很多出租给北大学生的房子，有些今天还在。

清华在西郊，周围都是农村，民居很少，清华的学生绝大多数是住校的，清华的住宿条件相对比北大好得多。燕京就更不一样了，燕京的校舍当时是一流的，一般是二至四个人一个房间，有活动室和会客室，有电话，有工友，用单独的卫生间，有洗澡间，有暖气——那个时候叫水汀，暖气的温度烧得很高。据说燕京大学、清华大学的暖气当时烧得比北京饭店还热，冬天非常舒服。燕京的宿舍一层楼里面还有一个公用的小厨房。2005年，我在法国巴黎住在国际大学城，它已有近百年的历史，主楼那间一居室的宿舍就很像当年燕京的宿舍，也有个三户公用的厨房，还有个三户公用的卫生间。可见当时燕京的学生宿舍是参考了当时国外学生宿舍的格局。因此可以说燕京、清华的学生宿舍条件是最好的。像中国大学、中法大学也跟北大的情况差不多，因为在城里，没有什么宿舍，基本上是家在北京走读的学生多，实在没辙了，就在学校附近租房子。

上一个大学，一个学年连吃带住得拿出百十块钱。吃住相对比较省钱，一个学期的饭费有个十几块钱就差不多了，住宿也不贵，景山东街那一带学生租房子，按年租最好的房子一年大概是七八块钱，低的也有四五块钱的，当然条件不是很好。一个学期百十块钱的银元或者 1935 年以前的法币，对于有钱人家不算什么，但是对于一般的小地主、小业主人家来说，这是一笔相当大的开支。一个小业主一年的收入二三百块钱，要是拿出百十块钱来供一个大学生的话，这就是他全年收入的一半。所以很多家里不是太宽绰的人就选择读师范。却也有很多克勤克俭的，从牙缝里省出钱来，也要培养孩子念清华，念北大，但是念燕京、辅仁就困难了。

像燕京、清华这些在郊区的大学，学生的活动基本上是在校园之内，集体活动比较多，比如说学校里的剧社、音乐会、舞会、各种球类活动，他们的生活比较丰富。像在城里面的北大、师大的学生，他们的活动空间就比较大了，可以逛东安市场，逛书店，可以到平安电影院或者是真光电影院去看新上映的电影。因为那个时候除了读书，没有什么其他的事。

民国初期大学生毕业后谋职，压力不算太大，但战乱年代也面临毕业即失业的境况。各专业的就业情况有所差别。学工科的基本上还能找到工作，比如说建筑、土木工程、钢铁锻造，找工作比较容易。理科学基础数学、物理学的，相对来说就难一点。学基础数学的，你学得拔尖了，可以出国深造留学，在国内基本上就是留下当助教，当讲师。像我的堂兄学的是物理，曾是司徒雷登的秘书，后来留在辅仁，之后从辅仁大学调整到北师大，三十五岁就评上副教授了，是一个年轻有为的物理系教授。结果就因为做过司徒雷登的秘书，在“文革”中自杀了。学文史哲的，找工作更难。那个时候没有多少研究机构，研究所也不是什么人都能进，一般来说，最好的出路就是中学教师，或者做一些文秘工作。法律系、经济系本来在全世界都是热门，但这两个专业在 1949 年后出路就成了问题。尤其是经济系的成本核算，在过去十分热门，1949 年以后从市场经济变成了计划经济，所学也就用不上了。学法律的也有问题，我们在很长一段时间没有什么律师职业，只有公检法，旧时那套法学也用不上了。学社会学的则更惨，50 年代后期，这个学科几乎没有了。

三、中学教育和美国学校

民国初年的中学教育是在清末中学的基础上发展起来的，初为四年，到了 1922 年，教育部在北京召开会议，最后通过了《学校系统改革案》，最大的改革是将原来的“七四制”（小学七年，中学四年）改为了“六三三”学制（即小学六年，初中三年，高中三年），也可以说由此奠定了我国真正的初、中等教育的基础。当时小学的语文被称为“国语”，而中学语文被称为“国文”。新学制颁布以后，上海成为教科书的出版基地。开明书店、中华书局和世界书局是教科书的三大出版社，仅语文书就有三十余种。

民国时期，北京的中学也分公立（市立）中学、私立中学、教会中学三类。当时的公立中学确实有很多是不错的，有的好中学一直延续到今天，比如说男四中（就是现在的四中）。四中创办得很早，在清末的时候就有了，叫作“顺天学堂”。东城的二中也很好，它的前身是满洲八旗的左翼宗学。还有当时在北新桥细管胡同的市立第五中学，这些都是很好的学校。私立中学很有名的像崇实中学、志诚中学、孔德中学。孔德中学在 20 世纪 50 年代以后叫二十七中，位于东华门大街路北，原址是清代的宗人府，孔德的名誉校长是蔡元培。那时的中学一般是男女学生分校，像育英中学、汇文中学（后来汇文大学部并到燕京，汇文中学部留下了）等都是男校。我刚才提到的崇实中学，也是教会学校。北京的圣心学堂是最早的女子学校，很多名媛都是出自“圣心”，例如像徐志摩的第二任妻子陆小曼，就是圣心有名的校花。教会办的女子学校相对比较宽松，除了常规文化教育之外，像钢琴、绘画等艺术教育十分突出，而入学的基本上是贵族小姐。其他女校还有非常有名的贝满女中、慕贞女中——就是后来的女十二中和女十三中，都是当时有名的教会女子中学。

那个时候，不同中学的学生在作风和派头儿上也有所不同，像四中、二中的学生都比较用功，生活也相对简朴。而像育英的学生，一般家境都比较好，追求时尚，课余时间玩儿的花样也多，如球类运动、滑冰、游泳、歌咏、听戏唱戏、乐器、集邮等无所不能，在衣着上也比较讲究时尚，一望而知是育英学生的做派。贝满和慕贞的女生也相对有些大小姐派头。但毕竟是教会中学，不会出格，更没有化妆和佩戴首饰的女生。

北京东西城都有一些不错的中学，当时中学的师资水平是非常高的，有很多中学的老师后来到了大学，比如说启功先生就教过中学。当时整个北京城有多少所中学呢？（我讲的北京城，不是今天的概念）整个内外城里面大概有五六十所中学，在民国前期和后期有一些变化，但基本上是这个数字，从 1922 年开始，北京城所有的中学一律改成了“三三”制，于是有了初小、高小、初中、高中这样的称谓。而一年中的考试时间也都在每年的寒暑假前夕，能否升入下一个年级主要是根据暑假前的考试成绩。那个时候的考试较严格，成绩不好，考试不过关，可以补

慕贞女校校门

考，再不过，留级是没有商量的。即便是富家子弟，想花钱变通也是不可能的事。

民国时候读大学不算太难，但是读中学就非常困难了，中学学费多少钱？普遍来说，私立和公立的中学一个学年二十块到三十块钱的学费，和北大、清华基本上平行。教会中学还要多些，四五十块钱一个学年。在北京的孩子读中学不算太难，难的是外地或者郊区的学生到北京来读中学，其费用不亚于读大学。除了四中、二中等，绝大多数中学是没有宿舍的，吃住都成问题。

北京还有一些特殊的学校，比如说干面胡同的美国学校，这个美国学校是美国人办的，就叫“北京美国学校”，不少人都念过这个学校，好像杨宪益也念过，王世襄是念完了十年，我父亲也是美国学校出来的。它是小学、中学一贯制，十年毕业，教学很好，但是没有正规文凭。我父亲没有念完十年，念到 1941 年太平洋战争爆发，美日矛盾升级，日本人就把这所学校封了。1943 年敌伪时期，我父亲报考辅仁大学，结果美国学校的学历辅仁不承认，美国学校的文凭北平教育局也不承认，于是他就等于小学文凭、中学文凭都没有，怎么办呢，最后辅仁通融了一下，让我父亲念一年辅仁大学预科，要参加考试。王世襄也存在跟我父亲同样的问题，最后他是以同等学力考进燕京大学的，他大概是 1935 年、1936 年的时候就考进燕京了，比我父亲要早七八年。

美国学校的教学全部用英文，没有中文，我父亲的英文非常好，比我母亲正经搞外文的还要好，口语能说得跟美国人一样。要考进美国学校的话，英文不会怎么进去呢？我父亲进美国学校的时候是八岁，但是他已经学了一两年的英文，他的英文是请一个爱尔兰老太太在家里教的。

四、旧时的家教

民国以后，除了北京周围的农村还有少量的私塾，完全依靠家教完成学业的几乎绝迹，但是在家里延聘教师对孩子进行传统文化教育的也还有。我的祖父虽然思想很新，但仍然希望我的父亲在家中接受系统的经史教育。

我父亲读的是美国学校，但是从回家后却是另一套教育方式，完全是中国式的教育，最多时有三四个老师，有讲训诂和音韵学的，有讲《诗经》《礼记》《左传》《尚书》等经学的，也有讲文赋诗词的，所以他白天在学校里念“洋”书，晚上回家念中国传统的东西，对于他来说，受益终生的还是中国的文化。

这种旧式教育在当时的北京城已经很少了。有一些很有学问的老先生，也没到大学去当教授，就是给人家当西席——家庭教师。我父亲和启功共同受业过一个老师，那就是戴绥之先生。戴先生号姜福，从前做过我曾祖父的幕僚，经学和小学讲得极好。当时戴先生还到别人家去讲课，启先生当时家境不好，就到那个人家听戴先生的课，虽然我父亲年龄比他小十来岁，但是启先生总管我父亲叫“学长兄”，就是这个缘故。

还有一位瞿润缗先生，也是经学极好的，瞿先生是我父亲和周一良先生共同的老师。我在一篇文章里面讲到瞿润缗先生，我写错了，写成了“瞿润缙”，周一良先生特地给我来了一封信纠正，说这是他和我父亲共同的老师，不叫“瞿润缙”，而是“瞿润缗”。瞿润缗先生还在天津教过书，那个时候北京一有什么风吹草动，大家就往天津跑，我们家也是一样。闹日本人的时候，因为北京没有保护区，没有租界，所以我家就跑到天津租界里面去躲避日本人，周家也是这种情况。在天津短住的时候，瞿润缗既到周家，也到我们家，分别来教周一良先生和我的父亲。

家庭教师和私塾的冬烘先生水平是天壤之别，在延聘前都会遴选和考察。一些大户人家的家庭教师基本上都是饱学之士，水平相当高，可能一生中没有留下多少著述，但是有讲义。我家里现在还有戴姜福先生的讲义。讲什么呢？讲小学，可惜剩得不多了。启先生就曾亲口对我讲，戴先生的小学讲义非常好，如果完整的话，是一本很了不起的训诂学著作。

他们这一辈人里面，像我父亲那种情况确有，但不多（当然老一辈的会有，可能情况我不太了解），杨宪益好像也是这种情况，但是我对杨宪益不太熟悉。我所知的两个人是属于这么教育出来的，一个是我父亲，一个是周一良先生。王世襄先生也大致如此。启功先生不能算，启先生小的时候受的是私塾教育，可能上过小学，然后就是到别人家去旁听，后来又上了正规的中学，所以他的最高学历是中学，故而启先生在他的《自传墓志铭》里说自己是“中学生，副教授”。他也曾经教过中学，后来是陈援庵先生把他请到辅仁去当助教，所以启先生一辈子都感念陈援庵先生。启功先生虽然没有上过大学，但是他的学问却远胜于一般的大学教授。我的父亲年龄比起以上几位要小十余岁，他应该是一个特例，也是最后一代受过这种双重教育的人。

五、正规小学教育

北京民国时期小学的数量与中学差不多，在 1949 年以前，北京城内的小学有四五十所。当时北京郊区的小学和城内的小学有一个不同，出了北京城，小学分初小和高小两个部分，初小是四年，一至四年级；高小是两年，多个五、六年级。初小和高小两部分加在一起，才算是完整的小学，那时称为“完小”。民国时期，北京城内已经都是完小，不存在初小和高小的问题。但是所谓的“国民小学”是讲的初小，只有“中心国民小学”才是所谓的完小。那时一个完小毕业的人，就算不错的小知识分子了，出来以后，能够找份事做个店员了，起码珠算没有问题，记个账、写点东西都可以胜任。

这四五十所小学也分私立、公立和教会三种。到了40年代，绝大多数的教会小学都已经归为市属的公立小学了。不管哪种性质，绝大部分小学是以所在的道路、胡同命名的，比如说船板胡同小学、史家胡同小学。一部分教会小学不用地名，如比较有名的教会小学像育英小学、培元小学等。小学的学费比较便宜，一个学年低的三四块钱，高的五六块钱。

教会小学很多是男女分校的，最典型的如在东城的育英小学和培元小学，培元小学是女校，育英小学是男校。其他小学男女分校的不多，一般是男女混校的。到了中学，中学生处于青春期，怕出问题，所以基本上是男女分校的。

育英小学出来的学生，比较好的大部分上育英中学，培元小学出来的比较好的大部分上贝满中学。我是培元小学毕业的，培元是女校，我为什么会是女校毕业的呢？说起来有意思，我那一届是男女合并之后第三届，我上学是1956年，所以在我上小学一年级的时候，从四至六年级还全部都是女生，只有我和我上面的两个年级是男女生都有。当时我家里觉得我比较老实，怕受欺负，就去上女校吧，所以我就上的是培元小学。那时在许多人的观念里，培元还是女校，所以刚一上培元小学，人家就会问，你怎么上女校呢？其实他们不知道培元已经男女合校两年了。

民国时期的小学教材经过了数次改革，早在民国元年就废止了小学的读经课，但是在袁世凯主政时期又一度恢复，不久又行废止，并改“修身”为“社会”，充分体现了新的教育思想。没有读经课，并不等于不学习古文，在民国小学教材中，古文占了很大比重，比如说像《岳阳楼记》《赤壁赋》《病梅馆记》《秋声赋》和许多选自《史记》《左传》的篇章，现在是在中学课本中才能读到的，有的甚至要在高中语文中才能看到，但是在民国的小学教材中却都已经选用了。在民初的小学教材中，已经加入了“自然”和“常识”课，给小学生以更多的基础科学知识。原来小学里的音乐、图画、手工属于选修课，但在民国以后都改为了必修课，充分体现了让孩子全面发展的思想理念。

近年来，有不少收藏爱好者收集民国教材和小学学生的习作，这确实是有文献价值的材料，于当时的普及教育情况可见一斑。从最近发现的一些广东、四川小学生作文中，我们可以看到，无论是用文言或是白话文写的作文，用词之准确，文辞之典雅，行文之流畅，对于一个小学生而言都是令人叹为观止的。

我上的培元小学原来是教会小学，教学质量非常高。学校除了校长李荣德和庶务周老师，都是女老师，有些是没有结过婚的基督教徒或者天主教徒。我太太和我是一个小学，她们班的班主任就是基督教徒。那时李校长是40年代的育英小学的校长，1947年从育英调到了培元，我的小学毕业证书上印的还是他的签名。周老师脸上有麻子，只管庶务——即收学费之类的杂事，他戴一副深度近视眼镜，有些驼背，是典型的庶务形象。直到我上四年

1949年培元小学部分教职员（后排左一为校长李荣德，前排左一为我的班主任武育贞，后排右一为庶务周老师）

级时，才从师范分配来两个刚毕业的男性老师，一个教体育，一个在我们班上做见习辅导老师。这是培元小学有史以来第一次有男老师，简直变成了稀有动物。那时一个小学一般是每个年级两个班，教师队伍在二十至三十人，校长、教师，还有庶务，都在这二三十人中。

培元小学的漂亮小孩儿多，所以那个时候到机场欢迎外宾献花什么的，常常是从我们学校挑选。当年在机场迎接尼赫鲁、吴努、伏罗希洛夫、蒙哥马利、赫鲁晓夫来华，都是从我们小学选拔的。培元也出过几个童星。有一部电影叫《祖国的花朵》（1955年拍摄），说《祖国的花朵》可能没人知道，但是一说它的插曲《让我们荡起双桨》，大家都知道。《让我们荡起双桨》里面的女主角，就是瞿弦和的夫人张筠英，也是培元小学毕业的，我上一年级的时候，她上五年级。后来还有一部中法合拍的电影叫《风筝》，我们小学有一个男生叫刘沛，就是那里面的主角。

六、幼稚园学前教育

民国时期，早在 1922 年就确立了幼稚园教育制度。1929 年，陈鹤琴等专家受教育部委托拟定了《幼稚园课程暂行标准》，1932 年正式公布了《幼稚园课程标准》。这是中国第一个学前教育的标准课程规范，确实是很了不起。1929 年，全国有符合学前教育标准的幼稚园八百多所，到了 1936 年，发展为近一千三百所。抗战期间遭到很大破坏，但是到战后的 1947 年，又恢复到战前数字。如同中小学一样，幼稚园也分公立、私立和教会所办。

我上的幼儿园原来也是教会幼儿园，原址曾经是 1864 年女传教士贝满夫人创办的贝满女子小学，后来贝满夫人去世，由美国传教士麦美德博士接办，他是那时同福夹道的协和女子大学、贝满中学和贝满女子小学三校的校长。后来协和女子大学并入了燕京，中学向南推进到灯市口，小学改名为培元，迁往王府大街（旁边就是救世军大楼），这个地方就留给了博氏幼儿园。实际上这几所学校原来和贝满都是一体。博氏的全部教师都是基督教徒。我上幼儿园的时间是 1954 年左右，1951、1952 年的时候北京的幼儿园还叫幼稚园，但在我上幼儿园那会儿已经基本上改为幼儿园了。我上的那个幼儿园就叫博氏幼儿园。这个幼儿园的建筑到今天还保留着，就在今天商务印书馆旁边的大鹁鸽市胡同里。鹁鸽是一种禽类，实际上就是鸽子，清代叫鹁鸽市，是卖鸽子的地方。那是座两层的西洋式小灰楼，灰楼上布满了常春藤——爬墙虎。每个年级——就是所谓的大中小班——有两个班。我们的园长姓全，是基督教徒。我们班老师姓朱，她是北京有名的牙医朱砚农的侄女，也是基督教徒。

我还记得我们去幼儿园的时候，要从家里带一双布鞋，放在学校进门大厅的鞋洞里面，进教室要换上布鞋，因为都是打蜡的地板。到幼儿园的第一件事是跟着老师的钢琴，大家走圈，弹钢琴的老师姓张。那时一般幼儿园用的是风琴，而博氏却是钢琴，张老师的钢琴弹得很好。幼儿园也有食堂，但我很少在那里吃饭。

最特殊的一点，是直到 1955 年的时候我们还过圣诞节，留给我的印象很深。过圣诞节最好玩的是围着那棵大圣诞树，大家一起走圈唱歌。还有就是交换礼物，不论家庭贫富，大家都要拿出一件礼物，有的孩子家可能花了很高的价钱买了一辆漂亮的小汽车，外面拿着花纸包好了，或者是买了一个最便宜的小玩意儿，也要拿个盒子用花纸包好，到了幼儿园以后，都交给老师，老师放在一起，最后每个人抽签，由圣诞老人发给大家。孩子们对交换回来的礼物贵贱并不在意，一般情况下是不会把自己的东西又抽回来的，这是我们圣诞节必做的一件事情。

民国时期，幼稚园在北京数量不多，远比不上上海。穷苦人家一生就是一堆孩子，一般观念认为“一个羊也是赶，两个羊也是放”，所以不肯花那个钱去上幼儿园，觉得没有必要，在街上玩就可以了。太有钱的人家心疼孩子，娇生惯养，认为把孩子送到幼儿园过集体生活是受罪，尤其是那种比较顽固的旧式人家也不会把孩子送幼儿园。只有比较新派的人家，愿意让孩子接受集体

香山慈幼院蒙养园

生活教育，会送孩子去幼儿园。再有就是父母都有工作，无暇照顾孩子。像我们家纯粹是为了让我接受集体生活，其实我在家里完全有人带，家里当时有好几个用人，也有空间玩，我母亲也不上班，完全可以自己带。为什么要送到幼儿园去？就是为了接受集体生活观念。平日我只上半天，一般中午不吃饭就回来了。那个时候在幼儿园并不教太高于孩子智力的东西，只有图画、体操、简单的算术，再有就是讲讲童话，看看幻灯片——那个时候没有电影。那个幼儿园的条件非常好，买的都是当时刚刚出版的儿童书，当时还有很多是俄罗斯的连环画，我记得有《东郭先生》《大闹天宫》《白雪公主》《玛莎和熊》《狐狸列那的故事》等等，这种彩色方本的连环画还是挺讲究的。大家看看书、做做操，学的歌歌词也都极其简单，就那么两三句。有一首歌至今仍记得：“天上多少星星，亮晶晶，我要问你明天天可晴？”一般来说，孩子没有太爱上幼儿园的，只不过是不得已的“随班行礼”罢了。幼儿园大幅增加是在50年代以后。

在谈到幼稚园教育时，必得提的是香山慈幼院，这是中国教育事业发展中很了不起的创举。

1917年，北京、河北地区发生极大的洪水灾害，一百零三个县被淹，许多家庭流离失所，上千儿童无家可归。当时的督办和赈济水灾的熊希龄先生收容了流落儿童近千人，后来部分被认领，但是还有二百多无人领养，再加上京畿附近贫民孤儿，又接收了千人，于是熊希龄就请徐世昌大总统和已经退位的清室内务府商量，拨出原皇家的静宜园，兴办了香山慈幼院。在香山公园里，今天还有一部分建筑保留了下来，如蒙养园等地。熊希龄曾经做过民国国务总理，他的内阁被称为“第一流人才内阁”。熊希龄字秉三，是湖南凤凰人，人品非常好。香山慈幼院一开始是接受孤儿教育的，但后来也招收了一些非孤儿，分别设有婴儿部、幼儿部、小学部和中学部。后来许多人认为它的教育非常完整，师资力量非常强，幼儿教育的教材十分规范，吸收了很多欧美幼儿教育的成果，而且培养儿童的动手能力，比如大一点的孩子开始做木工，包括教育孩子对世界的认知，对于语言文字的掌握，香山慈幼院都可以作为一个教育示范。于是许多人愿意将孩子送到那里去接受教育，已经不再囿于孤儿的范围了。但是有钱人家的子女送到香山慈幼院是要自费的，身份只能算是“附生”，只有孤儿才算是“正生”，慈幼院对正生和附生是一视同仁的。当时有美国记者前往参观后写到，其教育的先进就是和欧美相比，也可算是有过之而无不及。很多国内的知名人士，如蒋梦麟、胡适、李大钊、张伯苓等都去参观过，并给予极高的评价。香山慈幼院是一个很了不起的事情，在中国教育史上也是一个不可以遗忘的创举。

七、私塾与技术学校

北京民国时期的教育还包括一个部分，周边地区农村的私塾。民国后，在北京城区基本没有私塾教育了，但是在郊区，包括顺义、怀柔、平谷，甚至通县这些地方，私塾还是相当多的。不过这时的私塾教育也吸收了一部分现代教育理念，与旧式私塾不完全一样了。私塾里面除了教授传统的古文、经学和蒙学之外，也有算术等科目，私塾的性质逐渐发生变化，更接近于私立初小——到不了完小。当时一般小学的课程，就是语文、算术、地理、历史、自然、动物、植物，加上音乐、体操、图画、手工等，而私塾里绝对没有这样全面。私塾的教材不像现代学校变化较多，一般是几年甚至十几年都是一样的教材，所以有些穷苦人家的孩子使用的都是前面学生用过的旧课本，这样可以省去一点课本的费用。民国初年私塾教师基本没有考核制度，水平参差不齐。私塾的绝迹应该是在 50 年代初。

1922 年，北洋政府颁布了学制教育制度，俗称为“壬戌学制”，这个学制规范了中等教育的体制，也更突出了职业教育的特色。当时的职业教育分为高等职业教育和中等职业教育，在中等职业教育中，又分为工业、农业、商业和其他专科。例如船舶学校、财会学校、畜牧学校、护士学校等等，都属于专科职业学校。台湾作家唐鲁孙先生是旗人，民国后家道中落，于是就考取财会学校，成为学以致用、自食其力的青年。

北京虽然是一个历史悠久的文化古城，相对传统和保守，但是在民国时期，在教育上还是越来越和世界接轨，越来越现代化，越来越接受新的教育模式。就人口和学校的比例来说，北京在全国是领先的，除了当时的首都南京和上海，其他城市是不能相比的。

北京的医院

一、旧北京的医院与医学体系门派之争

（一）清末到民国的医院

中国医疗的社会化是从清代末年开始的。旧时北京宫里自然有太医院，太医院之外也有私人开业的医师悬壶济世，为一般民众就医提供了很大的方便。光绪末年，出现了公立医院的雏形——官医院，只是当时没有“公立医院”这个名称。北京的内城和外城大概有三四家官医院，其中还有一家是回民医院。官医院可谓是“公费医疗”的前身，因为在官医院看病是不收费的，一般老百姓，包括城区和城关的市民就医看病都不收费，个别的如回民医院还有住院处，但伙食费要自己掏，诊疗费、药费、住院费都不用花钱。我查过一个统计数字，光绪末年到辛亥以前，北京的这三四家官医院，每年就诊人次达二十九万，而当时北京城区和城郊的人口合起来只有一百多万。

民国以后，官医院还保留了两三年。官医院的任务除了给穷苦民众看病外，再就是履行防疫职能。京城如果发生疫情，及早控制疫情是官医院的事情，因此官医院归警察厅管辖，当时警察

厅管得宽，很多民事都归警察厅管。民国后，官医院每年的开销由政府拨给，后来由于经费的缘故，官医院改成了公立医院，改为公立医院后由免费改为收费，不过诊疗金比较便宜，一般人也还支付得起。公立医院一般是简单的现代医学诊治，中医仍是个人开业。民国后又增加了几所公立医院，但是从公立医院整体来说，由于它是公益性的事业，资金不足，医务人员待遇不高，好的医护人员也不愿进入，所以一般来说医疗水平、医疗器械、设备都比较差。

除了公立医院外，还有教会医院。清代末年已经有教会医院，如今天北京安定门内交道口北的第六医院，我小时候经常到那边玩儿，因此比较熟悉。这个医院的前身是1885年美国基督教长老会办的妇婴医院，长老会还在附近办了一所男子医院，1912年两所医院合并，开始定名为“道济医院”，1952年改为第六医院。道

北京德国医院旧貌（今北京医院）

济医院在当时的教会医院中已经是很大的医院了，分科较细，科目也多，病床已有一百二十多张，盖了洋楼，还有医护人员宿舍，规模相当大。

其实外国人开的医院并不都是教会医院，这一点人们常常误会。有的医院对社会也开放，比如说崇文门内的同仁医院，创办者具体的名字没人知道，只知道被人们称为“蓝大夫”者，擅长眼科，所以同仁医院早期最擅长的是眼科和耳鼻喉科，并不是综合性的医院，到后来才发展为综合性医院。同仁医院就是外国人开的医院，但不是教会医院。

再就是位于东交民巷的德国医院和法国医院，开始是为在京的使馆人员服务的。德国医院就是今天北京医院的前身，所在地址也在今天的北京医院；法国医院在 1949 年以后没有了，当时是为法国人服务的。后来这两家医院也接受中国人就医，但由于诊金费用昂贵，基本上没有普通民众去看病。但在北京的上层社会，德国医院和法国医院可以说在民国一代最为著名，不但可以占据病房小病大养，甚至成为政治避难所。

（二）中西医之争和西医门派之争

除了公立、私立和教会医院之外，最多的就是私人诊所。私人诊所有传统的中医，也有西医。今天我们把西医称为现代医学，中医称为传统医学。民国后，中西医之争日趋尖锐。就拿公立医院来说，最早是以中医为主，西医为辅，后引入了 X 光的检查手段，西医的力量逐渐加大，中医影响力渐渐削弱。私人开业的医生也由原来以中医居多，逐渐变成西医居上。人们开始认为西医更科学，更现代，而中医就相对落伍。大概是 1912 年的时候，当时的教育总长汪大燮提出取缔中医的主张，遭到很多人反对，最后没有推行。但是到了1929年，全国统一，南京国民政府由汪精卫任行政院院长，汪精卫颁布政令明文取消中医，引起轩然大波，全国各地的中医派出代表团到南京请愿。北京的请愿代表领袖是四大名医之一的孔伯华。后来京沪两地的中医联手，在京沪多次联合行动，上海的中医界代表就有后来写过《银元时代》的陈存仁。这件事闹得沸沸扬扬，全国震惊，最后的结果是以中医胜利告终，汪精卫不得不废除了这个政令，中西医可以并行，同时严格了中医的考试制度。

还有一个论争就是西医内部之争，这个争端不亚于中西医之争。民国初年在西医界已经开始了德日派和英美派之争。这个争执不仅在医务界，也波及患者，我家人的观点也有德日派和英美派的分歧。所谓的德日派，是清末到日本留学学习西医的留学生，日本在明治维新以前是传统的和医（日本医学），明治维新之后到德国学习西医，所以中国留学生基本上是学习日本人从德国引进的现代医学。也就是说，中国留日的学生多是在日本学习的现代医学，真正留德学医的不多。因此可以说是舶来的“二手西医”，这一派被称为“德日派”。英美派认为德日派学习的是日本学德国的余唾，不够先进。但是那时候德日派是主流，英美派很少。德日派在民国初期的影响非常大，举个例子，我们看过《雷雨》，周朴园动不动就请一个叫“克大夫”的给繁漪看病，这个克大夫无论是哪国人，肯定是个德日派，民国初期的大官僚和实业家家里请的基本上都是德日派大夫。具体到我家，我祖父在东北黑龙江住过一段时间，给我祖母接生的就是日本医生，据说是两口子，姓伊藤，专门以产科为业。早期来我们家看病的也都是德日派医生。德日派和英美派的举止、做派都不一样，就跟吃菜似的，北方菜和南方菜一目了然。

英美派基本上分两类，第一类是直接去英美学习医学的留学生，还有一类是在像协和医学院、燕京医学院学习的毕业生，甚至从这些学校毕业以后再到英美去深造。也有少数留法或其他国家，比如著名的内分泌专家邝安堃，就是留学法国的。但多数是以英美为主，例如林巧稚大夫，就是先后在英美两国深造的。20年代初发生的英美派与德日派的两派之争，牵扯到20年代以后出现了“在朝”和“在野”的状况。（西医的“在朝”与“在野”是我个人的观点，当然没有这样的称呼。）意思是说，在20年代以后，能够进入公立医院、外国医院或者大医院的主流西医基本都是英美派，而私人开业的西医基本上都是德日派。

鲁迅和周作人在早期绝对是德日派的拥趸，他们在北京常去看病的一家医院叫山本医院，兄弟俩都很相信这家医院。直到有一天，周作人的女儿被山本医院误诊致死，周作人打算起诉山本医院，鲁迅持反对态度，这也是造成兄弟俩失和的原因之一。《鲁迅日记》里屡见鲁迅到山本医院看病、检查、拿药，甚至1926年还有住进山本医院的记录。山本医院在什么地方呢，就在西单以北的第二条胡同内。当时一个普遍的现象是社会阶层比较高一点的人都是信服外国医院的。1926年“三一八”之后鲁迅也开始避难，3月到5月有两个月时间住在医院，先是在山本医院短暂住了几天，后来分别在德国医院和法国医院住院。这两家医院都有八九十张病床，那时候，一些下野的政客、军阀也都会在这两所医院住院。直到40年代末，我母亲还常常住德国医院和法国医院，小病大养，检查、治疗、疗养兼而有之。其中法国医院的西餐非常好，是出了名的。

（三）协和医院

实际上英美派西医真正在北京占绝对地位的是协和医院。协和应该说是先有学校而后有医院，开始叫协和医学堂，后来改为协和医学院。协和医院在民国时期属于外国私立医院。协和医学院和协和医院，后来成为一体。协和医学院的教授百分之五十以上是外国人，是所有高校中外国教师最多的。协和医院的大夫也有外国人，但不是太多。

1917 年，美国洛克菲勒集团仿照美国霍普金斯医院的形制，开始筹建协和医院，1921 年正式接诊。当时还有其他美国人开的小型医院，比如通县（现称通州）的潞河医院。潞河医院是教会医院，当时通县的教会非常发达，不仅有教会医院，还有教会中学，比如潞河中学，刘绍棠就是那所中学毕业的。

协和医院筹建的时候买下了当时的清豫王府。有一张照片拍的是 1918 年协和医院的工地刚开工，还有残存的大殿，三四年时间，建成了既有西式装修，又有外观中式琉璃瓦大屋顶的协和医院大楼。1921 年协和医院开业，当时北京较大的道济医院有一百二十张病床已经相当不错了，但协和一开办就是二百五十张床，内外妇儿各科齐备，是一家综合性医院，设施一流，检查手段、化验手段在当时是非常先进的，而且有一流的好医生。协和建成之后就成了北京最重要的医院。其他医院误诊之后都送到协和医院，最典型的就是梁启超，他在德国医院误诊后被送到协和医院，详细检查后，迁延了一段时间，发现是肾癌，最后死在了协和。可以说，协和医院留下了中国现当代史上无数名人的足迹。

在旧豫王府址兴建的协和医院工地

协和医院最大的一个特点是从建院以来所有的病历到今天都保存着。我出生在协和医院，林巧稚医生接生，我出生的小脚丫印子在我的病历里面还保留着。90 年代协和医院曾经抽样 1947 年、1948 年在协和出生的人进行体检，给了我自民国三十七年我出生到后来的完整病历。我出生后一个月，协和医院寄来的卡介苗预防接种通知单，我现在都保留着。

我母亲生我前后曾经几次住在协和医院。1949 年 1 月中旬，母亲生我之后仍在住院治疗，正好赶上了军统特务刺杀何思源。何思源主张和共产党和平谈判，他们家当时住在王府井锡拉胡同，军统扔炸弹把他的一个女儿——也就是何鲁丽的妹妹何鲁美——炸死了。她们的母亲是法国人，也受了伤，我母亲当时已经从产科病房转出，还住在妇科单间病房。为了防止特务的再度迫害，院方就和我母亲商量，能不能让她在我母亲病房躲一躲，我母亲当时就同意了。于是何鲁丽的母亲就在我母亲的病房住了一夜。

老协和医院医护人员的素养绝对是一流的。“文革”后期我得了哮喘，多次到协和医院急诊观察室输液，我躺在那儿输液，没事就看他们工作，一晚上能来一二十个危重病人，外科的、内科的、心脑血管的、心脏骤停的各种各样，两三个值班医生有条不紊，七八个护士操作麻利，让人叹为观止。当时医护人员的素质和水平让人敬佩，协和之所以成为全国最让人信赖的医院，绝对不是浪得虚名。

（四）肺结核与盘尼西林

过去西医看病的流程和今天差不多。自从有了官医院后就有了挂号制度，去官医院看病要先挂号，然后按顺序就诊。官医院开药绝对没有贵重药，但一年下来，几个官医院开支也得几千两银子。过去挂号费很低廉，可能就一毛钱。但是检查费就贵了。那时的检查手段顶多有 X 光、血常规、大小便常规。那时候医院确实是比较简单，除了诊室、化验室，只有换药室、注射室，基本上就是看病、吃药、打针。中医私人诊所看病不用挂号，就付诊金；西医私人诊所看病一般没有药房，但医生会自备一些常用药，那些药名一般不会让患者知道，价格总会比公立医院贵得多。除了中医医院有药房，其他开业的中医包括四大名医，都没有自备药房。患者要到指定的药铺去抓药。

中国用西药的历史很久，西药进入中国可溯源自明末，其间，传教士起到了很大的作用。有清一代，也会用到西药，康熙平定准噶尔的时候，已经开始使用金鸡纳霜治疗军中疾疫。

有些病在过去是要命的病，比如肺结核，就如同今天的癌症似的。那时候肺结核的检查手段很简单，查血沉——现在都没这项了，查痰——有没有结核菌，再一个是X光胸部透视。那时一般X光结果不出片子，出片子就了不起了，一直到50年代都是只照透视，写上肺里未见异常就完了，少数出片子的透视就算是很深入的检查了，现在出张片子至多一刻钟，那时候得第二天才能拿到。如果照出肺里有阴影，边缘清晰或是有空洞，那就意味着无药可治了，所以当时肺结核是很可怕的。直到40年代发明了链霉素和雷米封，给了肺结核病人最大的福音，结核不再是可怕的病了。自从用了青霉素——盘尼西林之后，很多感染性的疾病得到了控制，所以“二战”时期的盘尼西林几乎和黄金等价，也出现了很多药品走私生意。

二、民国时期的医生

（一）中医四大名医

中国人爱说几大，将人和事物归纳为四大、八大之类。民国时期，北京城有“四大名医”之说，这“四大名医”指的是中医。按一般说法，“四大名医”是指萧龙友、孔伯华、施今墨、汪逢春四位。还有一种说法是萧龙友、孔伯华、汪逢春、杨浩如。这五位名医除了孔伯华是山东曲阜人，其他四位都是南方人。汪逢春是江苏苏州人，施今墨是浙江萧山人，萧龙友是四川三台人，杨浩如是江苏淮阴人。不管“四大”也好，“五大”也好，民国时代北京中医最有名的就是这五个人。

北京的四大名医（左起依次为萧龙友、孔伯华、汪逢春、施今墨）

1929年，南京国民政府取缔中医的政策遭到强烈的抵制和反对，只得收回成命，但是提出了一点，就是必须对中医师的资质进行考核，按今天的话说，必须持证上岗。于是北平成立了一个考评委员会，萧龙友、孔伯华、施今墨、汪逢春四人正是考评委员会的成员，这里没有杨浩如，因为那时杨浩如的身体已经不大好了。但杨浩如是北平第一个中医医院的创始人，也就是按现代医院的形式创立的中医院。北平最早的中医教育是北平国医学院，孔伯华等人也都有参与，但是没有办下去，后来施今墨又开办了华北国医学院，培养了不少中医人才。这个学院不能拿今天的概念去理解，他们一年招收的学生只有几十人，少的时候也就二十人，但华北国医学院后来确实出了不少人才。

虽然北京的中医很多，但是无论是就诊的人数，还是医生的生活状态，中医和中医之间是大相径庭的。有的混不上饭吃只能到药店坐堂，或者自己开个小诊所，能维持生活就已不易。但是这五大名医家里却是门庭若市，每天应诊要排队，而且他们轻易不出诊。诊金也很贵，20年代初到30年代初，一般看一次病诊金是一块银元。一块银元什么概念？我们以前讲过，20年代末，

华北国医学院校门

一块银元差不多够过年置办一三轮车的年货。我家抗战期间支出的日常全部费用不过是一天一块银元，一般穷苦人家一块银元可能用十天半个月，这费用就相当高了。不过那些胡同里头不太知名的中医大夫，诊费就差远了。另外说到药材，当时的药材不贵，丸散膏丹也不贵，一般饮片（就是汤药的组成部分）就更便宜了。除了用贵重药材，都是比较便宜的。小儿高烧不退要用一种药——紫雪，里面有羚羊角，这就要贵些了。我小时候，平时消化不良什么的常常吃至宝锭，只有几分钱。我们住东四的时候，胡同里穷苦人家的小孩生病了，也不去看医生，自己买点药吃吃就好了。

四大名医各有各的特长。比如说孔伯华擅治温热病，他最爱用石膏，因为石膏是凉性的，他开方子用很多石膏，能用一两到二两，所以孔伯华有个绰号叫“孔石膏”。汪逢春也善治温病，他的很多著作是讲治温病的。这四人里活得最久的是施今墨，活到1980年，其他几位，萧龙友活到1960年，杨浩如活到1940年，孔伯华活到1955年，汪逢春活到1949年。

我家人生病虽也看中医，但不是太多，找中医看病时找孔伯华最多，据说我小时候也找萧龙友看过。那时候看病很少到医院，一般是请医生到家里来，但找萧龙友就要去他家了，他是轻易不出诊的。后来因为气管炎也到施今墨家看过病。

除了这几位，北平还有一些专科非常棒的医生，比如说皮科——那时也叫疡科，疡科最有名的有两个人，一个是哈锐川，还有一个是赵炳南，他们都是回民。赵炳南也受聘于华北国医学院，是那儿的教授。哈锐川在八面槽开业。另外还有针灸大夫，例如金针王乐亭，从前将针灸叫金针。这些都是专科的大夫。

以前中医有三种，一是仕医，中国以前常讲“不为良相则为良医”，仕医就是本来是做官的，由仕途转为行医，典型的是萧龙友。萧龙友参加过科举，也做过官，甚至民国以后还做过官，后来觉得这世道治也治不了，就由治世改为治人吧！还有一种叫“儒医”，儒医是真正从师学习出来的，旧学根底很好，潜心于医，通经典，重经方，这叫儒医。还有一种叫“斗医”，斗医是药工出身的，装药的抽屉叫药斗，在实践中老给别人抓方子，对医生的方子很熟，但是在辨证施治上要差一点，这就是斗医。中医讲究望闻问切四诊合参的，通过望闻问切后再行辨证施治，知道病人的阴阳气血，虚实寒热辨证，才能够知道不同的人不同病因。中国医学博大精深，无论是辨证施治还是天人合一，都是很好的传统，有些中医说“病家不用开口，只是号脉便知虚实症候”，其实都是胡扯。民国时代有人之所以看不起中医，也是由于有些江湖中医把自己的行市做坏了。

（二）药铺与仿单

同仁堂的传说现在已经有很多了，人们对同仁堂的信誉和药品质量都有许多的了解。北京当时的药铺除了同仁堂，还有乐仁堂、鹤年堂、永安堂等，药铺一般就是卖药的，无论丸散膏丹还是饮片都有。但是是否货真价实，这是个问题。一般好的大夫都对自己的处方有指定的药铺。有一个小故事发生在民国时代，说某位大夫喜欢用麻黄，一般来说麻黄在一剂药中只能使用几分，最多不过一钱。这位大夫开始开了一钱麻黄，病人吃了以后还是不发汗，大夫加大到两钱，依然不发汗，开到三钱，已经到极限，还是不行。这大夫觉得病人必须发汗，就把麻黄开到五钱，这已经超乎用量了，过去在医院这样加大剂量的用药都是要双签字的。恰恰这服药就出了医疗事故，病人出大汗不止，乃至虚脱而死。后来家属告到官府，法院就对此进行调查，问他这药是哪儿抓的，病人家属说一钱到三钱是在某某小药铺抓的，最后五钱的方子是到同仁堂抓的。麻黄这药，就像一根根小草棍似的，在小药铺抓的是假的，他们是将炕席铰成了小段，看上去和麻黄一样，像这种“麻黄”就是吃一两都不会发汗。而同仁堂的货真价实，抓药的不愿意抓，觉得麻黄量太大了，但大夫开的方子在那儿，又有大夫的双签字，也就给抓了真的麻黄，才致病人死亡。所以这不能怪同仁堂，也不能怪那位大夫，最后法院把那卖假药的药铺老板抓进了大牢。

同仁堂是药铺中最有名的，也给清宫供药，主要供宫里的太医院，宫里有医药局，但有的丸散膏丹和饮片也要到同仁堂药铺采买，尤其是一些贵重药品如参茸犀角等，结账一般是一两年结一次。一入民国，清室退位，清宫的预算也大大缩减了，所以后来有一笔账，大概是一万多两白银的药费，主要是人参、鹿茸、羚羊角这些贵重药品，退位小朝廷无钱偿付，民国政府也不给偿还，因此同仁堂赔了一大笔钱。

那时候抓药很好玩儿，都有仿单，比方说一剂药里用了二十二味药，每一味药都有一张小方片纸，一般是白底红字，上面有药用植物的小图，画着根、茎、叶，文字说明有药性温凉寒热与升降浮沉，还标明用途功效，如果你常吃药，能攒很多的小仿单，就像一部小本草，服药间也能长很多医药知识。我小时候就攒了很多小仿单玩儿，一摞一摞的，都是药铺给的。仿单有什么作用呢？第一有普及作用，第二知道里面开了什么药，全不全？有没有漏儿味药？比如说大夫开了二十二味药，回来你数这单子，看是不是有二十二个仿单，甚至像甘草这种有它不多、无它不少的药，都有仿单，一核对就知道了。当然也不见得你能核对出来，但药工是能检验出来的。那时候一些大药铺像永安堂、鹤年堂、乐仁堂等都有自己印的仿单，这种小仿单今天都成为文物了。

（三）“出马”的西医

当时北京有名的中医和西医，基本上都是自己家里有开业的诊所，因此 50 年代初给医生定的成分是“自由职业者”。那时候的医生和今天情况完全不一样，既可以应聘于一两家医院，还可以自己开着私人诊所，同时还应承着出诊的义务。那时候好的医生特别体面，收入也相当高。

西医有很多私人开业的医生。从我个人记忆来说，我小的时候基本没怎么上过医院，大部分是请医生来家里出诊。那时候医生出诊叫“出马”，出马有出马金，这比医院的收费要贵得多。许多有名的西医大夫都有私人汽车，我印象中50年代到我家来的大夫很多都有私人汽车。印象很深的是当时小儿科的大夫吴瑞平（协和名医吴阶平的哥哥，吴阶平之所以学医也受哥哥影响，他们家兄弟四人都是学医的，老大吴瑞平，吴阶平是老二，吴蔚然是老三，吴安然是老四）。吴瑞平人很帅气，气宇轩昂。当时西医大夫有个特点，都西服革履，西服穿得非常讲究，领带打得极为得体。有的带助手，有的不带助手，拎着个大皮包，大皮包有两个扣，上部椭圆，底下是方的，一看就是西医大夫。

出诊大夫的包里装了什么？真是取之不尽，用之不竭。我小时候对这个很好奇，包里都有什么呢？有血压表、听诊器、压舌板、诊查锤、体温表等，一般大夫都会打针，我印象中也有一两位是带私人护士的，所以也有腰形盒：里面有消好毒的针头、棉签儿、酒精之类的东西，还有随身带的常用药。那箱子真是万宝囊，其实常用药也就是阿司匹林、黄连素、阿托品什么的，没什么新鲜的。一些常用的抗生素之类的也有，成人看病还有治心脏的药。那时候，有钱人家的太太们都要保养，医生常开什么呢，就是开荷尔蒙和维生素 B_{12}，他会建议你用，到药房买，像我祖母她们都经常打这个，一个红色的，一个白色的，两个混合在一起打。我们家谁打呢？是我父亲打。我从小都会打针，包括怎么给针头消毒，消毒棉球怎么用——要从里往外擦，越画圈越大。怎么打针？打针的时候，先推针管，把针剂挤出来一点，排出气泡。这些我从小就会。医生也会教一点，但用什么药他们不会说，很神秘。比方说失眠，用鲁米那（Lumina），这是商品名，学名是苯巴比妥。每个西药都有化学名称和商品名称，但是医生只跟你说是鲁米那，不跟你说是苯巴比妥，实际上去西药房买要便宜很多。西医一般都是满嘴英文，他告诉你是Lumina，但他给你开方子的时候写的却是苯巴比妥的拉丁文。

我印象最深的还有一位大夫是后来的儿童医院院长诸福棠，现在很多儿科泰斗都是诸福棠的门墙桃李。我小时候特别喜欢诸福棠，他和蔼可亲，我管他叫“诸大大”。诸福棠和吴瑞平都有一个特点，他们的出诊包里都会带些巧克力糖啊、小玩具啊什么的，小孩子怕打针，给块糖什么的就会就范了。因为他们都是给小孩儿看病，我老祖母管他们叫“吃小孩儿的”。

给我母亲看病的大夫叫陆观仁，是协和的，住炒豆胡同，也有自己的诊所，给我的印象很深刻。那时候协和医院的大夫一边在协和应诊，一边家里开着诊所，也出马。还有一位大夫大概叫汪国铮，50年代我母亲身体不好，这两位大夫都来我家。我祖母不一样了，我祖母还是对德日派念旧，她找得最多的一位大夫叫郑和先。郑和先是大人、小孩的病都看，他在北大当过校医，当然这也是兼职。当时北大没有几个人有汽车，一是蒋梦麟有汽车，一是胡适，还有一个就是郑和先。郑和先是“吃宅门”的，宅门里请他他都去，一天到晚坐着汽车忙得很，要预约。我就记得郑和先的谱儿很大，我们家不大喝咖啡，什么时候闻见咖啡味儿，就是郑和先要来家里看病。他来之前要预先煮好咖啡，买点儿西点什么的。郑和先长得较矮，眉毛很长，鹰钩鼻子，西服革履，我小时候的印象就是他的手很凉，一摸我肚子，我就很害怕。郑和先总是会误诊，有的人家小孩子分明是盲肠炎，他非说是消化不良，耽误了治疗时机。不过，尽管如此，找他的人还是不少。

郑和先的诊金相当高，出马一次要五块钱，50年代的五块钱是什么概念？郑和先也经常给梅兰芳家看病，80年代，许姬传先生生前还和我聊过他。许姬传管梅兰芳叫梅大爷，于是许姬传就说："那时候梅大爷最喜欢找郑和先，等于梅家的私人医生。"我们家他也常跑，但我母亲却相信陆观仁。

中医也有私人开业的，我母亲带我经常看的一个女中医叫王禄坤，王禄坤上午半天在东安市场西门内的西鹤年堂坐堂，下午在家应诊，偶尔也出诊。一家人都靠她养活。她住在灯市口椿树胡同（今柏树胡同东口路南），丈夫一表人才，但是被称为"家庭妇男"，只在家料理家务，像教育孩子什么的都是她丈夫的事。

有些病是无法请大夫到家出诊的，比如说口腔科的疾患、眼科的疾患、耳鼻喉科的疾患等，这就要去他们的私人诊所或家中，比如西总布胡同的牙科张辅臣，还有后来的同仁医院院长、耳鼻喉科的徐荫祥等，都要靠医疗器械诊查，是很难出诊的。

我小时候没有去医院的印象，最后给我看病的大夫叫周济民，是东北人，一直到60年代初，都是他到我家看病。同院的小孩有时候生病让周济民大夫看看，周济民也给看，吃点药什么的，分文不收。周大夫这人非常好。他当时在东四联合医院，因为后来不允许私人开业了，许多私人开业的医生都聚集在那里。1966年"文革"开始，因为他在国军当过军医，所以满大街都是他的大字报，家也被抄了。那个时候，我还偷偷去他家里看过他，给他送过吃的。很多医生后来就不出马了，像诸福棠和吴瑞平等开了儿童医院，后来也无偿捐给国家了。

北京的公园

一、北京最早的公园——中山公园往事

北京的公园中很重要的是中山公园。因为从小在那儿玩儿，中山公园对我而言是非常亲切的。中山公园邻近故宫，中国古代讲究左祖右社，中山公园的位置是原来的社稷坛。中山公园是北京第一个开放的公园，2014 年刚好是它开放一百年。它是从 1913 年酝酿并开始清理修缮，1914 年 10 月 10 日正式对外开放的。

（一）朱启钤与中山公园

说到中山公园必须要提到一个人，这就是做过北京政府的交通总长并代理过国务总理的朱启钤先生。朱启钤先生字桂辛，贵州开阳人，他是民国很有名的政治家、实业家和古建筑学家。同时，他也是个具有两面性的人。一个方面他是筹安会成员，拥戴袁世凯称帝的积极分子，洪宪称帝失败后曾被通缉；另一个方面他同时又具有先进的民主和民生思想。他积极主张旧时的皇家园林对外开放，让老百姓享受到城市的园林生活，是他提出了“公园开放运动”。他懂古建筑，营造学社就是他创建的。他有一个思

想，就是要把城市的一部分山水园林化，中山公园就是在他的这种思想下实现的第一个公园。1914 年公园刚开放时不叫中山公园，而是叫中央公园。1928 年北伐成功后，当时第一任北平市市长何其巩将中央公园改为中山公园，敌伪时期短期又改原名，1945 年光复以后再改为中山公园。

开放前的中山公园十分凋敝，杂草丛生，除了社稷坛之外，里面没有我们今天看到的那么多东西。一进门便是大片的空地，进了戟门就是社稷坛，后面是拜殿，其他建筑很少。中山公园自开放以来最大的特色是从外面陆续移来了很多建筑。1914 年开放后，1915 年，按照朱启钤的思想在它的西南部设计了水榭，周围有假山，前面有个很小的湖，这是中山公园原来没有的，也是朱启钤城市园林化的体现。后来又建了中西合璧的唐花坞，展览四时花卉，这也是典型的民国建筑。此外就是圆明园在焚毁后，遗留的兰亭八柱被整体搬迁过来，也是在它的西南部。再有就是把兵部街鸿胪寺里的习礼亭拆了落架，整体搬迁到中山公园靠中轴线西南一点的地方。朱启钤还一度在北部的大殿建立了图书阅览室。

（二）“公理战胜”坊的来历

今天一进中山公园南门，就会看到一座汉白玉的牌坊，这座石头牌坊是很有来历的。它原来在东单大街的西总布胡同路口，叫“克林德碑”或者叫“克林德坊”。1900 年“庚子事变”时，德国驻中国公使克林德坐着轿子经过东单，遭到清军虎神营的射击，他从轿子里对外开枪，结果被虎神营开枪当场打死。克林德这人在八国联军中很重要，也很跋扈，他曾下令开枪射杀了一些团民，

由雍剑秋出资捐建的格言亭，原在中山公园南门内，后移至中山公园东门内

与义和团结了仇。虎神营敢于对他开枪也是受到当时端王载漪、辅国公载澜、大学士徐桐这些极端顽固派的指使。当时两派的斗争很激烈，像朱祖谋等就非常反对这种极端而违犯国际公约的做法。由于拳乱的原因，八国联军公然践踏中国主权，这当然是一种侵略。但是在进行外交交涉中，对公使开枪也是违反国际惯例的。这一事件轰动世界。射杀克林德以后，八国联军尤其是德国在赔偿要求之外，提出建一座克林德纪念坊，上面题字就是“克林德坊”，建成后当时的醇亲王载沣（当时还没有摄政）亲自到克林德坊致祭、谢罪。

从 1901 年到 1918 年，克林德坊在东单北大街上立了十七年。1918 年第一次世界大战（我祖母总称为“欧洲战事”）结束，德国战败，立在中国的这块碑自然成了中国人的耻辱，刚好中山公园开放，就把克林德坊移到了中山公园一进门处。那么上面还有“克林德坊”四个字怎么办呢？第一次世界大战我们中国也派华工参战了，也算战胜国，于是就把那四个字换成了“公理战胜”。

把这个牌坊移到哪儿呢？必须腾一个地方出来。1914 年中山公园刚开放的时候，这个牌坊的位置有个大理石的亭子，这也不是原来社稷坛有的，而是朱启钤建的，上面刻有格言。这种格言碑或亭，本来准备在北京建八个，但后来只建了两个，一个我们前面提到了，就在东单菜市前面，第二个是 1914 年建在中山公园南门处，也是军火买办、实业家雍剑秋出资建的。这个格言亭是八角形的，完全是仿西洋式建筑，最能体现民国初期的风格和朱启钤的建筑理念。1918 年要给“公理战胜”坊腾地方，格言亭放哪儿呢？于是就整个搬到了中山音乐堂的后面，如今中山公园的东北部，进东门不远就能看到，这个格言亭还在。但是在“文革”

中把格言亭的八条格言都磨去了，八条格言有孔子的、孟子的、岳飞的、王阳明的等等。中山音乐堂是沦陷时期唯一建设的剧场（1941 年）。敌伪时期日本的一些歌舞，伪华北政务委员会的一些活动，都在中山公园的音乐堂举办。

中山公园的水榭建成后，经常在那里举办画展，比如 1935 年举办张大千个人画展，那正是张大千意气风发的时候，也刚娶了姨太太杨宛君，他的作品在北京的画坛引起很大轰动。后来水榭一年到头不断举办画展，湖社、松风画会、齐白石、徐燕孙、陈师曾……1947 年还在那儿举办了一次北京画家的联合画展。

1949 年以后，那儿还经常举办画展，我小时候经常在那儿看画展，不但有中国画，也有西洋画。“文革”前夕，水榭举办的最后一次画展是在 1966 年 3 月，是“德国五百年名画展”，其中还有丢勒的作品，我记得特别清楚。我那会儿上高中，中午在中山公园瑞珍厚吃了饭，一个人去看画展。3 月中旬春寒料峭，中山公园一个人也没有，水榭没有暖气，冷得不得了，寒气袭人，正像当时的政治环境，也是山雨欲来之时，印象非常深刻。

（三）小“国务院”——来今雨轩

中山公园有四处重要茶座，东南部最著名的是来今雨轩。为何叫来今雨轩，用的典故是杜甫的《秋述》“旧雨来，今雨不来”的典故，今雨喻义新朋也。来今雨轩是典型的民国式建筑，红砖房，歇山瓦顶，有廊柱，周围有廊子，房内有地板和护墙板，半中半西。来今雨轩是 1915 年开的，匾额由徐世昌撰写，署名“水竹邨人”。一开始做成饭馆，分中西餐，中餐是淮扬菜，西餐是英法菜，但西餐生意不行，大家谁也不会专门到中山公园去吃西餐，

中山公园的来今雨轩茶社

中餐生意却还好。最著名的是中山公园的茶座儿，在半中半西建筑外面搭了很大的罩棚，罩棚底下能放几十张茶座儿。

如果说民国时期北京有一个地方是各个领域的名人都留下过足迹的，那就是来今雨轩了。民国的大总统，国务总理，各部总长、次长等军界政界人物；无数文化界、金融界、实业界人物，只要来过北京的，几乎无不到过来今雨轩。陈独秀、李大钊、鲁迅、钱玄同、郁达夫、徐志摩，包括到中国访问的泰戈尔等无一例外都到过来今雨轩。30 年代末沦陷时期，北京有一个不太出名的京味儿小说家叫耿小的（耿小的一米八五的个子，很高，秃头，我在 1988 年还见过他），说过一句话，他说来今雨轩是什么？那是国务院，真是一语破的。在来今雨轩可以讨论国是，可以谈论艺术。张恨水的小说《啼笑因缘》基本上是在来今雨轩完成的，鲁迅翻译《小约翰》也是在来今雨轩完成的。

来今雨轩从二三十年代到五六十年代基本保持了一个格局。一般下层社会老百姓不会去来今雨轩，倒不是去不起，因为那儿并没有太贵，一壶香片，两毛钱，外带四个免费的小碟儿，平民老百姓不去，主要是观念上觉得那儿不适合自己。

上午那里比较清静，下午一两点钟到傍晚就人满为患了，但是不会太嘈杂。我从50年代到60年代中常去来今雨轩。那时候年龄小，跟着家人去，非常喜欢。光喝茶会饿，也可以在那里吃饭。来今雨轩经营的是川黔菜，也有淮扬菜，直到80年代初，我还在那里吃过几次饭。那时下午两三点，喝茶喝得饿了，来今雨轩就有包子卖。最有名的是冬菜包子。冬菜用的是川冬菜，冬菜和肉馅儿都是煸过的，有点淡淡的甜味儿，面发得也很好，不捏褶，像馒头一样，很多人都记得来今雨轩的冬菜包。夕阳西下，茶喝得意兴阑珊，要一份冬菜包，有的还要打包带回去一份，给家里人吃。尤其是春末夏初，人们可以半闭着眼，在藤椅上假寐片刻，夏天听树上蝉鸣，非常惬意。茶没味儿了可以换，藤桌藤椅非常舒服，后来藤桌不用了，用铁桌子，但还是藤椅。

在那儿经常可以遇见熟人，时不时就见有人起来握手寒暄，有时也能碰见多时未见的老朋友。来今雨轩的人最庞杂，旧派新派，政界、金融界、艺术界各方面，老中青都有，保守的、时尚的融为一体。它怎么就成为大家都去的地方呢？一个原因是那时候游览的地方没那么多，中山公园又是所有公园中开放最早的，而且从位置来说是城市的中心。当时中山公园南门、西门、东门都可以进，去那儿坐三轮车的多，东门和南门外停的车尤其多。我小时候去中山公园都是坐三轮，坐在我祖母旁边。来今雨轩的茶座是春夏秋三季，没有周六日之分，永远红火，但到冬天就撤了。

（四）中山公园的“三代”茶馆

在中山公园的沿西墙一溜儿，从南到北依次有三家可以喝茶的地方。民俗掌故家常人春先生戏称这三家是“三代茶馆”，即“爷爷茶馆”“儿子茶馆”和“孙子茶馆”。

捋着西墙靠南第一家叫作“春明馆”，春明指的就是北京。春明馆开设的时间比较早，去春明馆的，一般都是长袍马褂，留着胡子，拄着拐杖的老年人居多，守旧的老派人更多。我们说来今雨轩是什么人都去，这三家却是泾渭分明。老人到那儿下下棋，品品茶，赏赏花，尤其到春末，芍药、牡丹次第开花，姚黄魏紫相映生辉，到春明馆的一般也不携家带口，一般一个人或者呼朋唤友，饿了春明馆也有汤面和点心。

从南向北第二家是长美轩。这个长美轩相对来说中年人为多，说儿子茶馆有点牵强，长美轩顾客的构成其实和来今雨轩差不多，也是金融界、文化界、实业界各界精英，穿长衫的，穿西服的，还有带着太太并携儿带女的。长美轩屋子里有茶座，露天没有遮阳棚，但也是藤桌藤椅，占地面积比春明馆还大一点。也有点心，馄饨啊，汤面啊，做得一般，长美轩最好吃的东西是藤萝饼。它们家前面有很大一架紫藤，藤萝开花的一季，藤萝花拿糖腌着做馅儿，外面的皮是烤出来的，每天下午少量做一点，一年里就紫藤花季前后卖二十多天，做得极好，这是大家最喜欢的美食了。长美轩的小碟和来今雨轩差不多，黑瓜子、白瓜子、玫瑰小枣等。长美轩的玫瑰小枣做得很好，用山东乐陵的小枣煮了以后，拿玫瑰蜜和桂花、蜂蜜调汁熬制，用牙签扎上，枣黏得都拉丝儿，很甜。客人一般以喝香片为多，北京人都讲究喝花茶，一般是三种，一是花大方，二是香片，三是珠兰。当然清茶也有，但比较少。

再往北有一家叫柏斯馨，这一家就是所谓的孙子咖啡馆。没有人喝茶，喝什么呢？荷兰水儿——就是汽水，苏打水。40年代抗战胜利以后有了可口可乐。这里也卖西点，奶油蛋糕、咖喱角、三明治，那儿的咖喱角做得最好。柏斯馨以时尚青年男女居多，没有穿长衫的，一般的大中学生去的居多。

这三个茶馆和来今雨轩差不多，基本上也是春夏秋三季，冬季萧条。虽然中山公园冬季萧条，但中山公园河沿的滑冰场是北京开放最早的冰场。公园北部临着紫禁城外的筒子河，拿席子围成冰场，到了冬天可以在这儿滑冰，我从50年代末到60年代都在那儿滑冰。

色香味会有永久的记忆。我印象很深的是，冰场的换鞋大棚内要生火炉子，也要烧水，包括做热饮的红果汤，都要用火烧，是从公园捡了柏树枝烧火，整个后河都弥漫着烧柏树枝的香味儿。夏天，河沿有的时候也有茶座，但是临时性的，只有夏天才有，那个到底是长美轩的买卖还是春明馆的买卖就不得而知了，也许是这几家增设的茶座。后河沿的清晨又是一景，吊嗓子的、练功的都在古柏下，当时形意拳的掌门人王芗斋就在中山公园后河沿授徒练功。

冬天，园子里比较萧条了，但吃饭的地方还有。春明馆能吃饭，长美轩也能吃饭，长美轩后来没有了，50年代后期，搬进去一个瑞珍厚。瑞珍厚是个清真馆子，小碗煨牛肉做得最好，瑞珍厚就开在原来中山公园董事会所在的位置。中山公园自开放起就有一个董事会，董事长就是朱桂老（启钤），我小的时候在那里见到过很多遗老耆旧。我的曾伯祖次珊公自然被朱桂老视为前辈，他的哲嗣朱海北（乳名老铁）与我家更是往来不断，其文孙朱文相曾是中国戏曲学院的院长，与我更是非常熟悉，文相夫人宋丹菊也是熟人。前时在故宫参加纪念朱家溍先生的会，又见到了文相的公子，我们家和朱家可以说四代的交谊。

中山公园的花卉很好，春天赏芍药、牡丹、藤萝、丁香，秋天有菊花，唐花坞里更是奇花异草常新。今天中山公园是以郁金香为盛。原来的西南角还有几十盆金鱼，彼时一进门必是首先去看金鱼的。故宫的那一侧是太庙，相对于中山公园，太庙就显得冷清了。太庙开放时间比中山公园晚了整整十年，因为太庙曾划归故宫博物院，故宫也是1925年溥仪出宫之后才开放的。太庙人气旺一点儿的也就是后河沿的那几个茶座，其他地方基本上没有人去，两个公园虽然一左一右，但却是一热一冷。

二、北京的公园和郊游

（一）内城公园之北海、中南海与什刹海

除了中山公园外，内城第二个热门的公园是北海。北海是大家非常愿意去的地方，50年代才在北海之外加上了“公园”两字。北海太液池水面比较大，中山公园的后河就是个筒子河，面积很小。所以北京人要划船，主要是在北海、中南海和什刹海。

北海1925年才开放，比中山公园晚了十一年。北海的很多古迹和辽、金都有关系，主体是琼华岛，也包括它的北岸和南岸。北海从南门进来首先要跨过一座汉白玉大桥才能到琼华岛，正确的名称应该叫堆云积翠桥，因为连接着琼华岛上的永安寺，因此都叫它永安桥。在琼华岛的南侧有一家茶馆叫“双虹榭”。双虹榭的匾额是傅增湘题写的，“文革”被毁，现在变成了舒乙写的“北京小吃”

四字。为什么叫“双虹榭”？就是因为坐在这里能够遥望着眼前的两座桥——一座是北海内堆云积翠桥，另一座就是分隔北海与中南海的金鳌玉蝀桥，两座桥如飞虹横亘，尽收眼底，故谓之双虹。

一般去双虹榭喝茶的以新人物为多，像徐志摩这样的常会光顾。双虹榭地方不大，临着石栏能摆放二十来个茶座，隔着水面能看见对面金鳌玉蝀桥两头的牌坊与行人车马。应该说双虹榭在北海是个很阳光的茶座，每到周日，许多洋派的教授也喜欢携家带口的在此小憩。这里不卖饭菜只卖茶，也有些零食。

双虹榭在北海并不太出名，北海真正出名的是北岸的茶座，在九龙壁的前面，松坡图书馆的东侧，华藏界的西面有一片空地，1925 年在那儿建了一个仿膳茶社，是由在清宫当过差的赵仁斋召集了曾在御膳房的厨师孙绍然、王玉山等做些清宫茶点和简单的饭菜，例如有名的“清宫四大抓”就是王玉山的传授。豌豆黄、芸豆卷等也都是御膳房的点心。仿膳当时并不在今天的琼华岛上，而是在北岸。当时公园茶社的小吃以中山公园来今雨轩的冬菜包子、长美轩的藤萝饼和北海仿膳的肉末烧饼、芸豆糕、芸豆卷儿、豌豆黄、小窝头等最为出名。仿膳的茶座在饭馆的前面，要是吃饭则要到后面不大的室内，但喝茶的总是远远多于吃饭的。这个茶社也是一个大茶棚，仿膳的茶座也是我小时候常去的，感情特别深。下午喝茶后也常在那里吃饭。在那里我见过很多旧京耆宿，比如说傅增湘、叶恭绰、袁克定、夏枝巢等。那时文史馆就在隔壁的静心斋，所以这个茶座老人比较多，50 年代普通民众也去，周日会人满为患。仿膳也是藤椅铁桌，上面的席棚没有来今雨轩搭得好，一下雨就会漏，上面有卷窗，下雨赶紧拉上。夏天用来遮阳非常风凉，听着蛙鸣蝉唱，享受着习习清风，十分惬意。

北海不像中山公园，没有什么民国建筑，顶多修缮一些被八国联军毁坏的地方，比如松坡图书馆是蔡锷将军捐赠修建的图书馆，那地方原来是镌刻快雪时晴帖的快雪堂的一部分。北海的西侧基本没人去，主要活动区域是琼华岛和东岸、北岸。东岸两个地方非常幽静，一个是画舫斋，北平松风画会常在画舫斋活动。还有一个地方是乾隆歇伏听鼓曲的地方，叫“濠濮间”，是取《世说新语》“会心处不必在远，翳然林水，便有濠濮间想也”之遗意。东岸在50年代盖了一个少年儿童水电站，是很小型的水电站，其实没有什么实际的作用，就是给少年儿童增长科学知识的。前几年，有人将它拆了改会所，大家都有意见，因为很多人对那里都有儿时的记忆，我这个年纪的人，小时候都戴着红领巾到那儿参观过。

北海自从1925年开放之后也是在陆续修缮。八国联军进入时破坏很严重，西北的小西天完全被焚毁了，只剩下了骨架和石座。那时的五龙亭是没有汉白玉护栏的。

北海自1925年一直开放，但是到了1971年在没有任何布告通知的情况下突然就关门了。“文革”中是不开放的，被“四人帮”占据着，变成只有中央领导才能去的地方，直到1978年3月才重新开放。北海公园和景山公园几乎同时关闭同时开放。重新开放的时候，北海五龙亭突然加上了汉白玉护栏。这是在闭园时期添加的。护栏原来光绪的时候就有，八国联军时候被毁。

内城第三大公园是中南海，中南海整体是1928年才正式开放，但是到1946年以后就不开放了。1928年以前是北洋政府在那儿不开放，1946年以后是国民党的行辕在那儿也不开放。所以中南海的开放时间很短，也就是1928—1946年这十八年。但是中南海在1977年之后到1985年，又开放过几年的时间，包括里面的

民国初年的什刹海会贤堂

30年代对外开放的中南海

瀛台、紫光阁、万字廊、流水音都是开放的。过去万字廊也有茶座，可以喝茶小憩，也是当时北平人休闲的好去处。基本上内城休闲就是这三处公园，这三处都是要收门票的。

内城还有什刹海，什刹海不收门票，可以说是最平民化的休闲场所，西侧有个荷花市场，夏季最热闹。荷花市场基本上是劳动阶级去的地方，除了消夏，听曲艺，看杂耍，还卖各种便宜实惠的小吃。夏天卖冰碗儿，什么叫冰碗儿呢，就是将湖鲜——鸡头米、菱角，还有柿饼、果子干等，搅在一起拿冰一镇，清凉解暑。此外还有扒糕、凉糕、灌肠、切糕、褡裢火烧等，烟气蒸腾的，是春秋休闲、夏日逭暑的好去处。什刹海河沿上也有一些茶座，但是远比前面提到的那几处公园的茶座价钱便宜多了。

（二）外城和郊区的休闲：天坛、陶然亭和颐和园

具体到外城，须先说天坛。天坛在“庚子事变”时是八国联军司令部所在，那时不但不开放，且在圜丘上架大炮，严重威胁和侵犯了中国主权。天坛 1918 年才对外开放，但去的人不多，当时的北京人认为去天坛是出了城了，因为它是在内城之外。大家去天坛不过是好奇看看皇家祭天的地方，真要作为休闲公园，天坛是比较荒凉的。其他公园有人管理，有花匠，有游乐设施，像中山公园有很大一个金鱼展览，我小时候去中山公园看金鱼是个重要项目，所以一而再、再而三地反复去的只能是北海、中南海、什刹海，尤其是中山公园这些地方。天坛没有这些设施，虽然也被开放成公园，但去一次看看祈年殿、回音壁也就差不多了。再说日坛、月坛等地，那时候更是荒芜得很，就是留了些建筑，也不是公园，到 50 年代才慢慢发展出来。以上三个坛，只有天坛是

在外城内，其他都在郊区，这个“郊区”的概念是以原来北京城垣的区划来分别的。

外城还有一个地方是陶然亭。陶然亭是清乾隆时文人江藻所建，园子的西北有龙树寺，东北有香冢、鹦鹉冢、赛金花墓等。陶然亭早先不是公园，也不要门票，在清代中叶是文人雅集的地方，宣南诗社基本上是在陶然亭活动。1952 年，陶然亭辟为公园，当时是以窑台为中心。格局类似于什刹海，但是没有什刹海好，因为对北京人来说，陶然亭也是城外了。“与君一醉一陶然”，有点类似于西安灞亭折柳这样的地方，其中的云绘楼是 1954 年从中南海搬迁至此的，后来也陆续移来一些外来建筑，比如说把前门大街的五牌楼拆了复建到陶然亭。1952 年开辟为公园后，也建了一些现代娱乐设施。北京梨园界的人喜欢到陶然亭，清晨在窑台吊嗓子。

到了城外——不是外城，主要的游览胜地是北京西郊的颐和园。颐和园的票价在北京公园中是最贵的，一开始是八毛，后来也到过一块银元，生活不富裕的人是不会去的。颐和园开放的时间是 1924 年，开放的区域很大，有些地方不错，有些地方很荒芜。好点的地方是仁寿殿、德和园、乐寿堂、宜芸馆这些，接着就到长廊，从乐寿堂一直到石舫。长廊当时还保留了清代的油漆彩画，到现代已经是多少次重绘了。颐和园是仿照西湖的形制，所以它在排云殿两侧分别有两个敞轩。西面那个敞轩叫鱼藻轩，就是 1927 年初夏王国维先生投湖的地方。

当时颐和园的前山还不错，但后山就不能看了。后山包括智慧海，以及后河两岸的苏州街整个都被八国联军焚毁了，所以基本上没有人到后山去。东北侧有个谐趣园，谐趣园当时也有茶座，也可以吃饭，但是为时不长，我还记得那里的番茄虾仁做得很不错。排云殿两侧的敞轩、石舫也有茶座，但是 1949 年以前颐和园人不是很多。游人进入颐和园以后基本上是沿仁寿殿、德和园、乐寿堂、宜芸馆前行，接着就到长廊，这是一般的游览路线。沿东墙可以走到十七孔桥，桥头有铜牛，桥如长虹卧波，直通到南湖岛。南湖岛上有个龙王庙，但很残破。

1960 年前后我们家常去颐和园的南湖岛上小住，那儿有个南湖饭店，后来公园里面不许开饭店了，也就撤掉了，但那房子还在。南湖饭店住不了几户人，它的西侧，面对面可以住四家人；玩月楼下面有带客厅带卧室的房子，可以住一家人；它的对面有一个阳光非常好、窗户邻水的房间，被一个外国老太太长期包下来，所以整个南湖饭店大概最多住七八户人家。当时我们住的房价是一天六块、八块，玩月楼的房间以及另一个临水面的房间房价是十四块钱。有一次，我父母拿了稿费，奢侈了一下，住了玩月楼。当时颐和园南湖也可以划船，从南湖岛再往前走就更荒芜了，有一个地方叫凤凰墩，十天半个月也没有游人到那儿，残破不堪，也是颐和园的最南端。我们住在南湖饭店的时候，曾经在午夜里通过十七孔桥，到铜牛，沿东岸一直走到排云殿，一路再走回来。整个颐和园一个人也没有，月光如皎，那情景永远留在我的记忆中。

（三）西郊更远的游览去处

从颐和园向西行约二十里，就到了香山的静宜园。民国时代，香山原则上也未辟为公园。香山知名的一个是双清别墅，是清代乾隆时松坞山庄旧址，后来熊希龄建为私人别墅，1949 年初，毛泽东刚进北京时也曾在那儿住过。还有就是离眼镜湖不远的香山慈幼院。那时候去香山的人不多，因为去趟香山就被认为路程是很远很远的了。

比香山近一点的是玉泉山。玉泉山民国时候就辟为公园了，和颐和园是同步的。但是到 1949 年之后就不开放了。玉泉山里有两个塔，一个是密宗的妙高塔，一个是禅宗的玉峰塔。禅宗的塔前有个小庙，叫海藏寺，下面的石窟有非常精美的摩崖造像。玉泉山也有茶座可以休息，面积不大。去玉泉山的人不多，因为后来是中央禁苑，就更少有人去过。朱德一度住在那里。

更远的地方是从房山的上方山开始到北面的鹫峰，包括西山八大处，统称为“西山”。这种地方不可能当天去、当天回。因此那些地方建了不少私人别墅，包括百花山到鹫峰都有一些私人别墅。当时西山比较兴盛的庙宇，有八大处、潭柘寺、戒台寺等。

30 年代的玉泉山玉峰塔与海藏寺

所谓八大处包括一处长安寺、二处灵光寺、三处三山庵、四处大悲寺、五处龙泉庵、六处香界寺、七处宝珠洞、八处证果寺，一般来说在八大处可以住香界寺，但是住的人不多，条件也不是很好。除了八大处，住得比较多的是戒台寺、潭柘寺和大觉寺。大觉寺、戒台寺、潭柘寺我都住过。

戒台寺和大觉寺是北京西山两个辽代的寺院，一般庙门都是坐北朝南，唯独戒台寺和大觉寺是坐西朝东，因为辽代是契丹，契丹是向日的部族，这是很独特的一点。戒台寺有个牡丹园，“辛酉政变”以后醇亲王得势而恭亲王失势，恭亲王长期隐居西山韬光养晦，就住在戒台寺的牡丹园。恭亲王的孙子溥心畬（溥儒）也长时间住在戒台寺和大觉寺，大觉寺的四宜堂至今还保留溥心畬的题壁诗，一首五言《丙子观花留题》，一首《瑞鹧鸪》词，原来的墨迹犹在粉墙上，现在加了玻璃框，字被保留下来了。我曾多事，还和了一首五言律诗。最后两句是“粉墙题壁在，谁忆旧王孙”。“旧王孙”是溥心畬的一方印，故有此言。现在开会啊，朋友相聚啊，等等，一年之中我总要去大觉寺住几天。

大觉寺的建筑固然很好，但旧时更吸引人的地方是每年暮春可以到大觉寺附近的管家岭赏杏花。北京不像苏州光福邓尉那地方有香雪海，可在春节前后看漫山遍野的梅花一饱眼福，但是管家岭春天却也有漫山遍野的杏花。管家岭的杏花更名重于大觉寺，到管家岭赏花可附带一游大觉寺，并在大觉寺小住，这是那个时代人们的休闲生活之一。

那时候，也常常有人去西山歇伏小住，我家曾有几张旧照片，但是现在找不到了。照片里有我的祖父、我的七伯祖、梅兰芳、姜妙香、姚玉芙，还有中国银行总裁冯六爷（耿光，字幼伟），是他们一起在山坡上拍的，几个人错落有致，有的随意靠在树上，有的坐在石头上，穿夏布长衫，但这张照片现在找不到了。

西山一带，从西南到西北，都属太行山余脉，但是可能这边叫百花山，那边叫上方山，北面还有阳台山、凤凰岭。上方山去的人更少。30 年代有一本《上方山游记汇编》，是我的外祖父王毓霖先生在 1937 年春天主持编写的。《上方山游记汇编》前有两篇序言，一篇是我外祖父写的，一篇是傅增湘先生写的，收入了很多前人游上方山的文章，这本书最好的地方是附了上方山游览图和两张上方山云水洞地区的等高线图。王毓霖在房山曾实地踏勘，考察过周口店、上方山这些地方，活动区域就是上方山云水洞那一带。他在序言中不但建言重新修复上方山，对现代旅游业有着真知灼见，而且还身体力行，完全由自己捐资修筑了通往上方山的几华里的公路。

门头沟妙峰山也有些外国人修的别墅。前年剑桥大学汉学家麦大维教授来北京，我们同在大觉寺小住，其间他很想看看庄士敦的故居。庄士敦是溥仪的老师，曾经写过《紫禁城的落日》。我知道庄士敦的故居是在门头沟樱桃谷入口处，于是带他们从大觉寺驱车前往，参观了庄士敦已经残破不堪的旧居。那墙垣已经坍塌了，房顶也没有了，后来成为养牲口的地方。这次荣新江、陆扬和麦大维诸教授都一起去了，麦大维看完以后很失望，因为原来的房子很小，只有三五间北房。虽然塌了，仍能看出来原来的格局。妙峰山一带盛产京白梨，临走时，门头沟文委老主任张广林给我们搬上来几箱绝好的京白梨，那味道和山路沿途卖的大相径庭，是几十年来没有吃到过的。在返回大觉寺的途中，麦大维、荣新江伉俪、陆扬、朱玉麒、史睿等洗都不洗，大快朵颐。车还未到大觉寺，已然半箱告罄。

民国时的北京画坛

说到中国近现代美术，人们常常喜欢把中国不同的地域分成不同的流派，从大的区域而言，像金陵画派、海上画派和岭南画派等，至于西南画派和长安画派的形成基本是1949年以后的事。所谓的“北派”就是其中一个。民国时期的北派也可以叫作京津画派，也就是指北京、天津地区的画家群体。但是北派画家不一定都是北方人，也有很多是南方人。谈到民国时期的北派，一定要提到创建于1919年的一个绘画组织——湖社。

一、湖社

湖社最早的主持人是金城，字拱北，号北楼，当时住在北京东城的钱粮胡同，就是后来刘伯承住的那所房子。当时的房子很大，由几所院落组成，后门在马大人胡同。那时一提到金北楼，一提到钱粮胡同金家，旧北京几乎尽人皆知。金北楼早年学戴熙，画风颇有古意。他在民国初年做过国务秘书、国会议员。1910年，利用部分日本退还的庚子赔款创建了中国画研究会，而湖社正是在中国画研究会的基础上创办的。湖社在1919年正式成立，得到

部分湖社会员合影

大总统徐世昌的支持，金北楼被推举为会长，周肇祥为副会长。当时湖社基本上是由两大部分人构成的，一部分是当时精于书画的官僚士大夫，一部分是专业画家。

今天我们一提起当时在北京的画家，肯定会提到齐白石，实际上在1935年之前，齐白石还没有真正登上北京的画坛。当时北京画坛地位很高的画家有这样一些人，首先是金北楼，可以说是彼时画界的领袖，可惜他在1926年就病逝了，只活了四十八岁。金北楼是浙江吴兴人，也是王世襄的舅舅，他的妹妹叫金章，也就是王世襄先生的母亲，画金鱼特别有名。王世襄的另外两个舅舅是搞竹刻的，一个即金东溪，一个叫金西厓，不但擅长竹刻，也精于书画。湖社成员中，官僚士大夫的代表人物有叶恭绰和周肇祥等人，周肇祥号养庵，人称“周大胡子”；叶恭绰号誉虎，在民国时期做过交通总长。此外还有一些重要人物，如陈半丁、萧谦中、胡佩衡、吴镜汀、汪慎生、徐燕孙及金北楼的弟子陈少梅、祁井西等。我的祖父和外祖父与陈半丁很熟，至今我还有几幅陈半丁的画作，都是他送给我祖父和外祖父的，包括我母亲结婚时陈半丁题款的“景南小姐于归之喜”，画作是一幅荷花，题为“同心多子图”。当时名气很大的还有吴镜汀、胡佩衡、萧谦中、汪慎生，都是北派中的代表人物，此外天津还有一些比较有名的画家如颜伯龙，稍晚一点的秦仲文、画工笔人物的徐燕孙等，都属于北派画家。

湖社最大一个艺术特点是什么？他们是主张以清代“四王”入手，直追宋元，这是他们的宗旨，因此，后来就被南派的画家和一些新派的画家奚落为泥古不化。其实在我看来，元代无疑是中国绘画的一个转折点，明末清初“四王”在此基础上发挥了元人的笔墨气韵意境，形成了自己的风格。实际上，“四王”并不是很好学的，“四王”的东西也并不是说完全泥古，所以说“四王”在中国画的一些基本功和笔墨的运用方面是影响了有清一代人的。以“四王”入手并没有错，北派画家继承“四王”应该说是功不可没，但是他们确实也有比较呆板的一面，重皴擦而少渲染，缺乏一定的活力。而近现代南派画家的风格也是借鉴了前人的技法，从徐渭到吴昌硕对他们都有较大的影响。

我母亲从十二岁就开始学习国画，当时家里给她请的老师就是徐北汀先生，也算是北派画家。她的画后来跟吴祖光等“非专业画家”一起在福建展览过，我现在还保存着她的一些绘画，很能看出绝对是受到这样的影响。母亲一辈子也没想要成为画家，绘画对她来说，只是作为一种陶冶身心的修养而已。

二、松风画会

比湖社晚一些的是1925年成立的松风画会。松风画会是清代宗室间形成的一个以书画相切磋的松散组织，不像湖社，应该说是属于自娱自乐、怡情消闲的文人雅集形式。发起人是溥雪斋。溥雪斋名溥伒，字南石，号雪斋，别号松风主人，松风画会就是以溥雪斋的号为社名。除了溥伒，早期还有在上海的红豆馆主溥侗，后来被尊为“南张北溥”的溥心畬。这二人虽为松风画会的会员，但或因远在上海，又早逝，或因其他因素，与松风画会的关系并不十分密切。成员还有像溥僩（毅斋）、溥佺（松窗）和惠孝同、祁井西、叶仰曦、关和镛等。因为是宗室子弟发起，因此许多晚清耆旧也参加其中，如陈宝琛、罗振玉、宝熙、袁励准等。松风画会的主张和风格与湖社差不多，也是学习“四王”，师法宋元笔意。

再晚一点的还包括了溥佐和启功先生，当时都很年轻。他们名字中间都有一个松字，例如溥雪斋叫松风、溥佺叫松窗、恩棣叫松房、叶仰曦叫松阴、启功叫松壑。我有一把当时松风画会几个人合作的山水成扇，启功补“桥柯远岫”，当时启先生才19岁。松风画会和湖社之间的人员互有穿插，有的人既是湖社的会员，也是松风画会的会员。当时很重要的北派画家还有于非闇、王梦白等，王梦白的绘画作品很好，诗词也俱佳，这些人都是北派的代表人物。

湖社在金北楼去世后一直延续着，直到今天，还有湖社的名称，但是与原来的湖社已经完全不是一种性质了。松风画会于1925年成立，一直活动到60年代初，但是松风画会始终是一个比较松散的雅集形式，50年代后活动的地点就在北海的画舫斋，这些人我都见过。

民国时期的绘画远不像我们今天想象的那样有很好的市场，可以说，从民国初年直到60年代中，中国画是没有太大市场的，尤其是北派画家的作品，更是卖不上价钱。例如松风画会中较晚的溥佐，号庸斋，是道光一系的宗室子孙，还是赵家比较远的女婿。他有八九个子女，没有正式工作，靠卖画为生根本不可能养家，因此50年代时生活还十分艰难。直到60年代初到天津美院工作，成为他人生的转折点。那个时候没有今天这样的收藏热，就是像吴镜汀、陈半丁这样的画家，一张画也就卖十几块钱。

三、齐白石在北京

在北京的画家中，齐白石可谓异军突起。齐白石第一次到北京来是在1907年，陪着湖南夏寿田一起来的，停留的时间很短。民国以后，1917年再度到北京，才正式居停。到京后，齐白石得到樊樊山和郭葆生等人的帮助，又结识了陈师曾、姚茫父、陈半丁等人，诸人名气当时都远在齐白石之上。陈师曾是使齐白石得到赏识和提携的一个重要人物，对他后来的成功起到了决定性的作用。而齐到北京以后，画风也在逐渐变化。经陈师曾的介绍，他的画在日本展览，得到日本画界的极力推崇，在北京也名气日隆。齐白石真正在北京得到认可，实际上是在1935年前后，那时张大千也来到北京，认识了齐白石，他们都在中山公园的水榭办过展览，后来被称为“南张北齐”，奠定了齐白石在北京画坛上的地位。

那时候画家都有润格和笔单，也就是画作每一尺多少钱，齐白石润格最低的是花鸟，花鸟以上是人物，人物以上是山水，但是在写意的花卉或果实上加一个工笔的草虫，价格就要加高许多。因为草虫画得很细，是工笔，什么蝈蝈、蚂蚱之类的，每加一个草虫加几块钱，所以说有草虫的那种册页或者条幅价钱会很贵。不久前，我在浙江桐乡的钱君匋艺术馆保管部看到过一本钱君匋所藏极为精美的24开齐白石册页，内中一幅画有数十只草虫，并夹有一份齐白石当时的笔单，明确写着各种作品的价格。齐白石刚到北京的润格差不多两块大洋一尺，但是到1935年以后就在十几块钱一尺了。齐白石虽然住在北京，但是不能算是北派画家，只能说是独成一派。1919年，齐白石纳了胡宝珠为侧室，就是如夫人。后来他的原配妻子死了，就把胡宝珠扶正，为此还举行了扶正的仪式，这也是在他最得意之时。

30年代初，陈半丁的画作价钱远在齐白石之上，可是后来逐渐齐白石就超过了陈半丁。1949年以后北京有几个画店，像琉璃厂的荣宝斋，王府井的北京画店、和平画店，买一幅齐白石的小品，一般在十五块钱左右，有的甚至只有十块钱，条幅裱好也不过二三十块钱。

50年代以后，北派画家实际一直都处于低潮，像胡佩衡、吴镜汀等，都不太被认可，相对来说金陵画派、海上画派风头更健，像傅抱石、钱松喦、唐云、谢稚柳，境况都比他们要强。

湖社和松风画会的很多成员在50年代就到了北京画院，开始叫中国画院，后来周恩来改称为北京画院，第一任院长是叶恭绰，以后是王雪涛主持，所以湖社和松风画会的成员都是后来北京画院的骨干力量，这些人活到六七十年代甚至80年代的都有。

这批画家可以说是民国时期京津画派的代表，可惜的是有的人很年轻就去世了，像很有才华的陈少梅。他的东西很清雅，但是和金陵海上相比，泥古的东西比较多，创造性的笔法相对来说少一点。尽管如此，我觉得也不能完全抹杀他们的艺术成就，尤其是民国时期他们在继承传统和传统技法方面做出了不可磨灭的贡献，像吴镜汀、胡佩衡、陈半丁、王梦白等都有很高造诣。黄宾虹三四十年代也来到北京，为北京的艺术教育做出了很大的贡献。很多篆刻艺术家都到过北京，像王福厂、陈汉第、高心泉、童大年等也都对北京的篆刻艺术有很大的影响。因此可以说，民国的北京画坛是很包容的。

四、扬南抑北的五六十年代

1949年之后，买画的人很少，解放区来的一批干部，例如说康生、陈伯达、萧劲光、田家英、邓拓等，他们也不大买当代人的画，所谓当代就是指民国时代的画家。他们也去追古人的东西，但是不太推崇“四王”和文人绘画，喜欢扬州八怪这类的风格。田家英比较有文化底蕴，趣味较高，又不像康生、陈伯达等利用职权巧取豪夺地压低古画的价格，我看过他的小莽苍苍斋在“文革”后举办的一次展览，买的东西都是价格不贵的小品或是文人画，在那时也就几块钱、十几块钱，一些明清人的东西名头不算太大，但都是精品。

1949年以后生活方式发生了改变，一些中国传统绘画，甚至西洋油画并不符合那时简约的生活方式，买画的人很少了，所以即使像徐悲鸿这样比较红的画家，画作也不是卖得很好。一般人谈不到收藏，即使买也只为装饰。不过相比之下，金陵、海上和岭南画派要稍好一些，尤其是在全国美术展览中，南派画家都显得十分突出。像岭南的关山月，金陵的傅抱石，西安的石鲁、赵望云等，都是那个时代比较突出的画家。艺术评论也是抨击北派画家的风格。过去艺术流通不是那么大，五六十年代的和平画店、北京画店，一个星期能卖出几张画就不错了，所以在北京，中国画的价钱都不太高。有些老派画家比较惨，尤其是后来在 1957 年被打成“右派”的一些画家，例如陈半丁、吴镜汀等。陈半丁有一张作品是给政府机关的，画的是荷花，有白的，有红的，上面题了一首诗：“红白莲花开满堂，两般颜色一般香。犹如汉殿三千女，半是浓妆半淡妆。”据说当时有人看到了，就说诗的内容很反动，红的、白的两种颜色一个样，就是寓意国民党、共产党都没有什么不同，所以给他扣的帽子很多，一直到 1970 年去世他都很不得意，他的作品当然也就更是不行了。

五六十年代的中国画市场，实际上可以说是扬南抑北。当时欣赏的是大写意的作品，另外一些新的笔法更是生面别开，例如石鲁、赵望云、潘天寿、李可染、傅抱石等。人们喜欢一种别开生面的新意，喜欢奔放、新派的东西，这样的作品受到人们重视，那种遵循传统的东西越来越没有市场。我记得，60 年代初有人向我的祖母借了四百块钱，后来无力偿还，就给了她四十张约三尺的、没有装裱的王雪涛花卉抵债，就是折合十块钱一张，可惜早在“文革”中被抄走，于此可见当时王雪涛作品是什么价格了。在三四十年代，我祖父主要收藏绘画，但他很保守，根本不要当代人的东西，无论是南派、北派都不要，怎么着也得要清人的作品，而且像扬州八怪这类的也是不会收藏的。实际上这也是错误的，当代人的东西何尝没有好的？没有精品？因此不能一概而论，但这也可见当时某些藏家的一种心态。前些时候在网上偶见一张陈少梅的山水，居然有我祖父的鉴赏印，实在令我不解。

其实，用“南派”“北派”来区分民国时期的画家并不科学，所谓的北派画家多数也是南方人，只是当时寓居北京，受到更为传统画风的影响而已。而很多南派的画家在北京也有居住和教学的历史，他们之间也有一些交融。如张大千到北京，张大千一些工笔的仕女，临摹敦煌壁画的画稿，还有他一些山水画，在中山公园水榭展出，也令北京画坛耳目一新，于是才有后来的所谓“南张北齐”之称。“南张北齐”这个说法在旧北京并不是所有人都认同，一般来说，在30年代到40年代，北京画坛已经是异彩纷呈的时代了。非常可惜的就是陈师曾去世得太早，以至于在今天并没有得到应有的重视。但陈师曾恰恰是在民国绘画、教育等各方面有着突出贡献的一个人。

陈师曾也在日本举办过多次画展，在中日绘画的交流方面，陈师曾和周肇祥应该说都起到了很大的作用。周肇祥这人一直有争议，一是他在人品上有一些欠缺，再有就是他在敌伪时期做过伪华北方面政务委员会的伪职，做过一些中日文化交流方面的事，因此，对周肇祥历来有不同的评价。但是周肇祥从最早的中国画学研究会到1918年艺专的创办，诸多方面做了很多贡献，这也是事实。

陈师曾作品主要是花鸟，实际上他也打破了传统，受到吴昌硕很多的影响，再远了说，像徐渭、八怪对他来说都有一些影响，

陈师曾（衡恪）先生

可见陈师曾也是擅于兼收并蓄的人。他学画较晚，却非常聪明，笔墨确实好。中国绘画实际上与中国的传统文化有密切的关系，陈师曾是晚清湖南巡抚陈宝箴的孙子，陈三立的儿子，史学家陈寅恪的哥哥，所以说，陈师曾家学渊源，他的绘画成就和他的文化底蕴是分不开的。

余音绕梁

民国以来剧场与舞台的变迁

如果要溯源的话，室内的剧场舞台应该说缘起于宋代的瓦舍勾栏，在清代也有很多的变化，这里我们主要谈的是民国以来的剧场舞台。

民国时期的剧场和清代相比，在辛亥革命前后并没有明显的分野，民国初年还都是沿用清代的剧场舞台。

一、民国初年剧场的形式和状况

这些剧场和舞台大体可以分为以下几类：首先是宫廷的舞台，比如说故宫现存最大的宁寿宫畅音阁大戏台、倦勤斋戏台、重华宫东侧的漱芳斋内外戏台、体元殿后的长春宫戏台等四五处。还有颐和园的德和园大戏台，已经损毁的圆明园内的同乐园大戏台和中南海内的两座戏台等。第二类是高门贵第家里的戏台，建筑规格要比宫廷里的小得多，但也是不错的。比较典型的，例如北京鼓楼东大街宝钞胡同内的那王府（那彦图府邸）的戏台，还有恭王府的戏台，现在还保留着。过去那家花园这样的宅邸中也有戏台。第三类是会馆和同业公会里的戏台，前者如我们今天保留

王府内的戏台

下来的湖广会馆、阳平会馆、安徽会馆的戏台。后者比较有名的像崇文门外三里河的织云公所戏台，这是北京纺织业公会的戏台，今天早就荡然无存了。再有一个是和平门全聚德烤鸭店后面的正乙祠戏台，它是银号同业公会的戏台，今天还保留着。类似这样的同业公会戏台还有，但是有很多已经不可考了。再有就是大型饭庄子里的戏台，例如同兴堂、福寿堂、会贤堂等。上面说的这些戏台在民国时期都还存在。

这些戏台演出机会不是太多。宫廷戏台为什么也放在民国里面谈呢，实际上辛亥以后至 1925 年以前，溥仪小朝廷还存在，宫里还照样演戏。此外像王府和同业公会、饭庄子里的戏台也还有一些演出。

今天我们重点谈的是民国时期的营业性剧场和舞台。清代没有剧场、戏园、戏院这样的称谓，演出的地方就叫“茶园”，或者就叫“茶楼”，本来是以喝茶为主，看戏为辅，这样形成一个喝茶兼看戏的形式。这种茶园的舞台形式有几个特点：首先都是倒“品”字形的舞台：三面环绕，前面两侧有台柱子，一般两根台柱子上镌刻有对联。舞台三面有护栏，舞台离地的距离大概一米五到两米高。这一般是茶园形式舞台的普遍规格，大同小异。

观众席则和今天完全不一样，所有的观众都是侧对着舞台的，桌子是一长溜一长溜地摆放，观众是相互对坐，可以喝茶，可以看戏。但是所有桌子和舞台都是呈直角，因此所有位置看戏都得扭着头看。舞台正对面的是正池座，可以看个演员的正脸，两旁的侧面是侧池座，那就只能看到演员的侧脸了。除了池座以外，还有包厢，包厢也是三面环绕舞台，包厢需要预订，也有被人长期包下来的，是不再卖票的。最便宜的座位叫作廊座，就是贴着两侧的墙有一溜廊檐，它的视线没有池座好。这种茶园式舞台从清代到民国初年一直沿用，几乎没有变化。

清代以来，内城原则上不许汉人居住，不设商业区，而且康、雍两朝几次颁布上谕，不许旗籍百姓看戏，因此内城没有演戏的营业性茶园，顶多是过生日、办喜庆堂会时在大饭庄里演戏。演出戏剧的茶园基本上集中在外城，也就是从前门、崇文门、宣武门外到永定门内之间。但实际上法令形同虚设，旗人极好听戏，变着法子地去听戏，去外城看戏实际上也是屡禁不止。民国初年和清代差不多，剧场舞台也还是集中在这个地区，比如大栅栏、珠市口、鲜鱼口、肉市、粮食店等。阜成门内有个阜城园，算是特例了，民国后不久就歇业了。

（一）前门外的茶园

大栅栏里最出名的茶园必须要提的有这样几个：一个是庆乐园，在大栅栏路北，很多著名演员都在那儿演过。一个是三庆园，有人误会三庆园和乾隆年间徽班进京的三庆班有关，实际上只是借用“三庆”这个名字，并没有什么关系；还有一家在大栅栏里的门框胡同内，叫同乐园，后来发现这个名字和圆明园大戏台“同乐园”重了，因此改名“同乐轩”。这几个茶园都不算大。

大栅栏再往里走，比这三个更著名的是广德楼。广德楼因为后来屡经翻建，所以是这几个茶园里修得比较好的，很多清末民初的名演员都在里面唱过戏。大栅栏外面重要的几个茶园，首先是在粮食店街上的中和园，已经有近二百年的历史，演出一直延续到80年代末。50年代后改名叫“中和剧场”。中和园建得比较好，是两层砖木结构的剧场，很多名角都在那儿唱过戏。“九一八”事变的晚上，张学良正是在中和园看梅兰芳唱《宇宙锋》，后来听副官来报沈阳北大营出大事了。

还有一个更好的茶园是位于前门大街肉市里的广和楼。广和楼的历史比上面谈到的所有茶楼都要早，它最早建于明代，叫“查楼”，到清代建了广和楼。因为它位置好，剧场大，容纳的人也多，虽然是老园子，但条件比其他几个都好一点。再有一个就是鲜鱼口里面坐南朝北的天乐园。天乐园今天又翻建了，位置可能更稍靠东一点。民国后转手叫“华乐戏院”，50年代以后改名为“大众剧场”。“天乐”“华乐”时代，很多名伶都在那里演出，比如昆曲名演员韩世昌是在那儿发迹的，高庆奎也在那里成名。1949年以后梅兰芳从上海回到北京的第一次演出也是在华乐。华乐在40年代曾遭到过一场大火。它隔壁有个药店叫长春堂，长春堂不知道炮制什么药失慎，引起大火，殃及华乐被烧，后来才再度复建。

以上说的这些剧场，最早的建于嘉庆道光年间，同光时期又经历过几次翻修，但都没有什么大变革，座位是条凳式的。这些剧场最大的特点是不卖票，以茶资代戏票。你进去后，有茶房（服务员）收茶钱，沏好茶，给你一张不大的戏单，上面有当天的剧目和饰演演员，坐在那儿边喝茶边看戏。这时茶房就比较重要了，比方说你给茶房五毛钱的茶资，再额外赏他一毛钱小费，他就会带你到比较好的位置坐。什么叫好的位置？首先，倒“品”字形舞台两边有台柱子，很多位子视线不好，给了小费，茶房会带你到避开台柱、视线比较好的位子上。木头条凳比较硬，茶房还会多给你一个蓝布棉垫。

茶房除了领座，还有一项绝活——递手巾板儿。这是有专职茶房的，不是所有领位茶房都能胜任。递手巾板儿，就是热毛巾拧干了以后——当然消毒什么的很差了，只是瞧着是白的——再洒上花露水，热气腾腾的，用托盘儿托着，递给有需要的人。比方你隔着三四张桌子，向那边招呼要手巾板儿，递手巾板儿的就会隔着七八人的脑袋，“嗖”地就扔过来了，直接扔到这边茶房的手里，再递给顾客，因为飞着的手巾板儿，顾客是接不住的。所以，扔手巾板儿的要干净、利落，姿势讲究边式、帅。戏院里常见的是给演员喊好，有了这两下子，茶房也能要下好来。这有很多技巧，有的叫“苏秦背剑”——手巾从背后扔过去；还有叫“张飞骗马”，抬起腿来，手巾板儿从腿下扔过去。热闹的时候，在几百人的剧场有七八块手巾板儿飞来飞去。茶园里面可以吸旱烟，吸水烟，抽烟卷，烟气腾腾，卖香烟、卖零食的来回不断，嗑瓜子的，聊天的，闹闹攘攘，演出环境非常糟糕。

那时候演出时间很长，开戏一般是从中午演到傍晚天黑以前。清代没有夜戏，晚上不开戏，主要是宵禁以及其他安全因素形成的习惯，不仅仅是照明设备的原因，因为清代后来也有舞台灯光。民国以后有了夜戏，民国时期的夜戏如同现在，一般是晚上六七点钟开场，但是持续时间很长，往往要演到午夜一点才结束，演出五个多小时。前面的戏基本上没多少人看，从一开场进去看到散场，这样的人几乎没有。一般来说，为了看角儿都是八九点钟、九十点钟才到剧场。看什么呢？看中轴、压轴、大轴。今天我们以为压轴是最后一出戏，实际上压轴是倒数第二，大轴才是倒数第一。像梅兰芳、杨小楼、余叔岩这样最有名的演员一般是演大轴。从中轴开始看，戏就不错了，也有人从压轴开始看，所以来得就很晚。他们不怕没有好位子，在这些园子里通常都有自己的包厢，或是有预订包厢，所以刚开戏时包厢都是空着的，到了晚上八九点钟才陆续上人。

过去茶园要演什么戏，头一天就把砌末（布景道具）摆在茶园门口了。比如说第二天演《青石山》，头天就把布糊的山形片子放在门口。如果山片子旁边再放一杆尖头的枪，是《三国》里赵云使的，那第二天演的大概就是《长坂坡》；一看是扁头儿的枪，那便是高宠使的，准是要上演《挑滑车》，剧中人兵器是不一样的。如果说演《空城计》，就把城片子也晾在门口；演《八大锤》，有的时候也将大锤晾在门口。

后来逐渐有了水牌子，就在茶园门口的红漆牌子上用大白粉写上要演什么戏，演员名字和剧目名称。写法上很有讲究，演员姓名的写法有“立着的”“坐着的”“躺着的”。“立着的”就是名字竖着写，基本上是次要演员，主要演员是“坐着的”。三个字的名字，“坐着的”分两层写，姓在上头，名字从右往左写在下面。还有就是“躺着的”，是从右往左横着写。直到50年代末，东安市场北门两侧，吉祥戏院的水牌子还是这样挂在那儿，我经常在下学后去看看，琢磨着看什么戏，因此印象极深。

民国初年仍延续清代付茶资看戏的惯例，直到上个世纪20年代前都是这样。遇上名角演出，茶资要往上提。当时是班社制，一个班社一般来说和一个茶园签约，在一个茶园长期演出。有的是中短期演出，签一个演出季，长则一个月、两个月，短则十天半月。所以看不同班社要到不同的茶园。

既然茶资具有戏票的性质，那么不同茶资，不同位置，喝的茶也不同。比如买的廊子底下那排廊座，可能喝的就是高末儿了，是比较次的茶。包厢的茶就要好很多，还附带有点心、水果之类。

（二）第一舞台的出现

真正现代化的剧场出现在1914年，划时代的剧场是珠市口大街路北的第一舞台。位置就是今天珠市口惠丰饭店的斜对面，大约丰泽园饭庄稍往东的那个地方。

第一舞台是京剧武生名家杨小楼创办，联合了几个商人出资修建，可谓当时最好的剧场。过去，茶园没有休息厅，进门以后就是池座、廊座、包厢，第一舞台则不同。进门后，修建了一个很大的铁罩棚，铁罩棚下是休息室，休息室有桌子可以休息，里面卖花生、瓜子儿什么的，但是不预备茶水。经过铁罩棚才到剧场。

第一舞台有三层楼，能容纳两千八百人左右的观众，规模相当大。像广和、中和、天乐算是大茶园，多则是八九百人的剧场，像三庆、庆乐、同乐轩也就是五六百人，或者三四百人，还有更小的。第一舞台的舞台从倒“品”字形舞台改成了椭圆形镜框式舞台，没有了旧式舞台的柱子，台唇是个椭圆形，等于是从“品”字形舞台到今天镜框式舞台的过渡。另外它是旋转舞台，台面作磨盘形，下面有旋转机关，变换场景时，能直接推出另一场景。而且有了良好的照明灯光，有聚光灯，这在当时已经很先进了。剧场由高到低，有了坡度，观众席和四周的包厢也是呈椭圆形面向舞台。

第一舞台开业伊始，杨小楼虽然很有出世的念头，常住在潭柘寺，自己并不经常演出，但所邀的演员却是名角云集。如王瑶卿、王凤卿昆仲，龚云甫、路三宝、李连仲等均已签约，据说谭鑫培也在开业一个月后登台。至于京城观众，更是趋之若鹜。那些旧时的茶园一时自觉有极大的危机感，莫不凛凛自危。天乐园老板甚至亲往梅兰芳家磕头哭诉，要求能给留碗饭吃。

第一舞台其实也不是没有缺点，最大的问题是剧场通常是票卖不满，能卖七八成座儿就不错了，即使一些名角也不一定能卖满堂，所以剧场给人过于空旷的感觉。另外就是剧场过大，音响效果差。一开始京剧演出没有麦克风，都是真嗓子，虽然后来也用了麦克风，但音响效果依然不是很好。

第一舞台从开业以来，就以着火著名。开业第一天就着火了，估计是人为的纵火，最大的原因可能是地面儿上没打点到。所幸影响不大，观众虽然受了一点惊吓，但还是把戏演完了。第二次是时隔两年以后，休息厅的铁棚着火，把休息室和旁边的食品店引着了，剧场没有大碍。最后的灭顶之灾是 1937 年春天的一场大

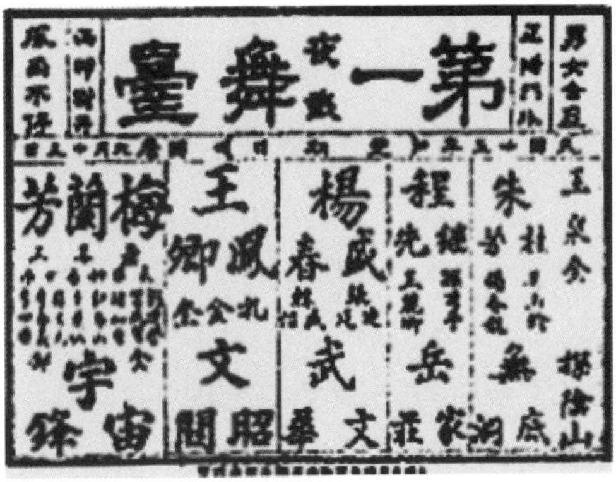

第一舞台戏报

火，几乎把整个第一舞台烧完了。本来杨小楼想集资重建，但接着 7 月份就发生了“卢沟桥事变”，北平沦陷，第一舞台始终没有恢复，所以到 1937 年，第一舞台就寿终正寝了。

北京过去进茶园观剧不叫“看戏”，而是叫“听戏”，大家都是扭着脖子看，但是第一舞台不再是茶园式的桌凳，而是新式的一排排的座位。第一舞台可谓北京第一个现代化的舞台，它是茶园过渡到新式剧场时期的标志。

二、民国中叶的剧场和戏院

清代末年和民国初期的北京茶园、戏院都非常简陋，在建筑格局上，最突出的特点是戏院的入口前都有一条非常窄小的窄巷子，大约有十几米长短，通过这条小巷子才能进入剧场，这是因为茶园、戏院虽然开在繁华地段，但是这些地方寸土寸金，不可能占据宽大的门面，这也是当时戏院没有前厅的重要原因。

（一）真光和开明

北京真正现代意义上的剧场是建于 1921 年的真光戏院，它的原址就在今天东华门大街的中国儿童剧场，这里还基本保存了真光的雏形。虽然真光戏院的容量远没有第一舞台大，只能容纳千人左右，但始建就完全仿巴洛克式建筑，镜框式舞台，软座，楼上也有包厢。很接近西洋式的剧场。从开业伊始，就采取了新式的服务：剧场内不卖茶，对号入座。有预售票制度，可以在一周前预售戏票，票上写着预订的座位排数和座位号，戏院里有领位员。第一舞台的池座当时还不是对号入座的，早去的挑好座，晚去的差一点，到了真光戏院已经非常现代了。

真光戏院从开业以来就以邀请名角演出为特色，十分红火，但因北京演艺场所的传统多选择外城，真光地处内城区，上座的情况并不是太好。因此从 30 年代初就改名为真光电影院，基本上不演戏了，改演电影。当时一部新电影在北京上映分若干轮，真光电影院是头轮影院。40 年代好莱坞的新片子，如《出水芙蓉》《魂断蓝桥》《鸳梦重温》等都是在真光电影院首演的。1949 年以后，真光电影院又恢复了剧场演出，改名为“北京剧场”，当时人艺还没建首都剧场，老舍的话剧《龙须沟》首演就是在北京剧场，也就是真光戏院。后来“北京剧场”为中国儿童艺术剧院长期使用，我小时候在那里看过《马兰花》的首演。

还有一家比真光戏院略晚的，是 1922 年在珠市口大街路南建的开明大戏院，开明大戏院和真光戏院规模、形制差不多，也是巴洛克式建筑，也搞预售，对号入座。而且这两个剧场有一个相同的特点，就是完全的镜框式舞台，舞台面积宽敞了，大台唇基

1922年修建的开明大戏院（1949年以后改为民主剧场，后为珠市口电影院）

本消失了，舞台是面对观众席的，观众席略呈椭圆形，有一定的坡度，楼上是半圆形的包厢。

这两个剧场容纳人数规模也相近，可容纳一千二百人左右，克服了第一舞台那种过大的缺点，大小比较合适。由于开明大戏院建在传统演出区域，因此上座率好于内城的真光。当时凡是有一流演员演出，基本上都能卖满座。而且它在建设的时候就运用了一些现代技术，音响效果好，剧场设计也很拢音。这两个剧场建成以后，可谓开北京新式戏院之先河，很多名角都到那儿演出。开明是梅兰芳先生最喜欢的戏院，开业首演的时间定在梅兰芳赴香港演出前夕，甚至油漆未干就赶着首演。打炮戏是梅先生的《贵妃醉酒》。开明大戏院在1949年后改名叫民主剧场，后来演戏逐渐少了，到了60年代就不再演戏而只演电影，改名叫珠市口电影院。

1924年左右，在西单路口西北建了一个哈尔飞剧场。哈尔飞既不像满文又不像英文，为什么叫这样一个奇怪名字呢？有人说，原来起名叫happy，后来翻译写错了，成了这样一个似是而非的名字。其实并不是这样的，当时北京通英文的人很多，是不会发生这样的错误的。实际上真正的英文原名是“heart feel”，是“扣人心弦”的意思，经音译，就是大概的“哈尔飞”。哈尔飞是一个不太大的镜框式舞台的新式戏院，50年代后，哈尔飞改名为西单剧场，变成了北京曲艺团的剧场。20年代北京就建了这样三个新式的剧场。

（二）旧茶园的改造

民国时，还有一些新改造的茶园，虽然沿袭了清代的茶园，但是比原来的茶园条件更好。比如辛亥以后建的文明茶园，在珠市口大街路北，比第一舞台更往西，文明茶园建成的年代，第一舞台也还在，当时很多名角也在文明茶园演出，比如当时和梅兰芳齐名的男旦王慧芳，所谓的梅、王“兰惠齐芳”时代，就是在文明茶园形成的。

清代很多茶园在民国时期已经荡然无存了。在清代，内城是不允许建茶园游乐场所的，但是晚清末年已经发生了变化。尤其是在东安市场形成以后，在东安市场内出现了三个茶园：靠北一点的是吉祥茶园，后来变成了吉祥戏院，几经改造，也逐渐成了新式的剧场。但是吉祥的大门还是开在东安市场内，后来还盘下一座歇业的饭馆子改造成了休息厅。市场内靠南一点的是中华茶园和丹桂茶园。这两个茶园也是清末民初建得比较好的茶园，都可以一边看戏一边喝茶，但不幸的是，这两个茶园在东安市场的一场大火中烧毁了。丹桂茶园后来重修了一次，重修之后也没有经营太久，保留下来的就只有吉祥戏院，这是内城仅有的三个著名的营业性戏院。

实际上，民国初年名角演出的重要剧场已经由旧式的茶园向新式的茶园发展，例如吉祥茶园、文明茶园都有大牌演员演出，但是不少班社仍然集中在广和、中和、天乐、广德、庆乐这些地方演出。第一舞台、真光、开明等建成之后，名角的演出逐渐转移到新式的剧场，而不少老式的茶园也在民国中期逐渐被改造。

1937 年，又有两个现代剧院建成，虽然在表面上并不像真光和开明那样是巴洛克式的西洋建筑，但是剧场里面设备还是不错的，1937 年，在西长安街上建了两个戏院，都在西单附近。一个是西单路口东南的长安大戏院（不是今天建国门内长安大戏院的位置），还有一个再往东，也是在长安街上，叫新新大戏院。新新大戏院是马连良等人集资建的戏院，开业第一天是马连良在那儿打炮演出。这两个戏院都是在“卢沟桥事变”之前开业的，1937 年以后就逐渐凋敝了。新新大戏院在敌伪时期被日本人强行征用，胜利后被当作逆产没收，50 年代改为专门上映宽银幕影片的“首都电影院”。此外，1932 年内城的灯市口还有一个“瀛寰戏院”，场子不大，在这个时期的北京剧场中没有太重要的地位。沦陷时期，北京几乎没有建新的戏院，唯一一个在这段时间修建的剧场就是中山公园音乐堂，是个只有舞台而无屋顶的露天式剧场。

（三）城南游艺园

有一个大型的游乐场所不得不提，那就是建于 1918 年的城南游艺园，今天已经荡然无存了。城南游艺园在城南香厂路，也就是今天友谊医院一带，当时是想仿照上海大世界建的一个综合性大型

香厂“新世界”游乐场

游乐场。一开始，在它的不远处还建有一个叫“新世界”的游乐场，演戏，演杂耍，甚至也有西洋音乐，是仿照上海大世界的形式建造的，但存在时间非常短，败于和城南游艺园的竞争。城南游艺园比新世界晚建了一年多时间，但是城南游艺园一建成，市民便趋之若鹜。城南游艺园内有台球馆、保龄球馆，有文明戏（话剧）、京戏、评戏，有曲艺、魔术、木偶戏等，也有电影院，里面还有很多吃饭的地方。就京剧而言，其最大的特色是以坤班为号召，坤班所有的演员都是坤角（女演员），甚至包括武生、武丑也是坤伶。因此城南游艺园出了很多不错的女演员，比如李桂芬、金少梅，包括雪艳琴和梅兰芳太太福芝芳等，幼年时都在城南游艺园演出过。可是北京真正看戏的人基本上是不去城南游艺园的。

由于建造时间短促，城南游艺园整个就是个豆腐渣工程，一年多时间就建成开业了，开业那天就出了问题，杉篙扎的彩牌坊被大风吹倒了，砸坏了好几辆三轮车，北京市社会局出面维持秩序，还登了报纸。不过开业后，城南游艺园依然红火了十来年，只不过因为它地处偏远，新鲜劲儿一过，终究还是慢慢不行了。最后导致它结束的，是发生了摔死人的事件。北京当时有一个所谓名媛叫燕三小姐，在城南游艺园楼上看戏时，突然楼板坍塌，燕三小姐掉下来摔死了，后来警察局介入，就将城南游艺园封了。城南游艺园从此一蹶不振，再后来就逐渐夷为平地，到今天，一点影子都看不到了。

（四）街南街北 两个世界

开明戏院地处珠市口街南，属于把边儿的戏院，虽然地处街南，但还是属于街北的范畴。在北京，以珠市口大街为分界线，街南街北（也称“道南”“道北”）是个分水岭。珠市口以北，包括大栅栏、鲜鱼口、肉市的茶园，以及第一舞台、文明茶园等都是街北的戏院，街南只有一个特例，就是开明大戏院，除了开明，再往南就快到天桥了。所谓街南就是天桥地区。

天桥地区的剧场，通常上演评剧，当时叫“蹦蹦”，还有曲艺、杂耍，也有一些水平比较差的京剧演出，从街南能到街北的演员几乎没有，但是从街北沦落到街南却是有的，那些生活无着、嗓子塌中、年老色衰，或者因为抽大烟潦倒的演员都有，因此街南向被视为下等的演出区域。街南街北的分隔直到50年代初也是这样。能从街南上升到街北的，唯一一个特例，就是评剧演员新凤霞了。

天桥的演员有许多不是科班出身，只有少数坐过科的。很多都是临时凑的草台班，票价极其低廉。就像有个相声叫《三通鼓》

说的，开戏不卖票收钱，咚咚咚，收钱了，咚咚咚，收钱了，拿着笸箩收钱，中间换戏了也收钱。虽然相声听着夸张，但反映了当时的真实情况。街北看戏可能票价八毛，街南呢，票价便宜，可能二分钱就进去了，进去以后再收各种钱，下来也得两三毛，看着便宜实际上也不便宜。街南演的都是小戏，演不了大戏，该上四个龙套可能就上俩，戏装也很肮脏破旧。另外就是街南的戏脏口（下流话）比较多，所以当时像谦祥益、瑞蚨祥、便宜坊这样有身份的铺子，招伙计签铺保的时候都有一条——不许到街南看戏，认为去南城看戏，伙计会学坏了甘居下流。

（五）演出剧目和戏院氛围

戏曲演出戏码儿顺序很有讲究。最开始的是“帽儿戏”，就是一开场的戏。过年过节，或者给人家唱堂会，办满月、结婚、做寿，要加一些吉祥的帽儿戏，比如说《天官赐福》《跳财神》《跳加官》等等。后面是一两个人的小戏，如《拾玉镯》《武文华》《连升店》《打面缸》等。到中轴才演一些大戏，到压轴和大轴就是名角担纲，这里没有什么文戏、武戏之分，但是文戏、武戏、旦角戏、老生戏一般都是穿插的，你连着看两出老生戏就会觉得乏味，老生戏后排一个旦角戏，旦角戏完了再排一个武生戏，或者再来一个武生、老生和旦角同演的戏。这是戏行的一个规矩。

另一个规矩是：同样的一个长篇故事你不能把次序排错了，比如一场演两出三国的折子戏，《长坂坡》肯定要排在《空城计》的前面，而《空城计》就不能排在《长坂坡》的前面。不能说诸葛亮都快死了，后面又来《长坂坡》了，因此在时间顺序上有严格的规定，得有懂戏的人安排。负责这些事务的人叫戏提调。一个剧团里有提调，私人组织的演出，比如堂会，都必须有一个戏提调。这人得会约戏班，和演员熟悉，懂戏码儿，懂得剧情，懂得各种场面（乐队）上的活儿。

从清末到民国时代，戏园子里从来没有鼓掌一说，我们许多影视剧的表现都是错误的。那时看戏历来不鼓掌，只喊好。内行的观众在演员表演的精彩之处高声喊好，也是激励演员，这种齐声喊好会形成“满堂彩”，也会使得台上的演员更“铆上”，形成舞台上下的互动，有很好的效果。那一声“好”，声音不约而同，非常齐，甚至声震屋瓦。北京人喊好不是拉长腔，声音是短而促的，是“嗷”的声音。有的观众特别懂戏，裉节儿上喊一声，特别能激励演员。演员的某些动作或表演的精彩细微之处，也会要下“好”来。但是有的演员为了要“好”过分地卖力，行话里叫“洒狗血”，懂行的观众也是不买账的，观众是在节骨眼儿上喊好。甚至还有给胡琴喊好的，胡琴在拉过门的时候有很多花腔，但是又不能喧宾夺主，里面的讲究很多。后来“喊好”逐渐被鼓掌代替，但鼓掌的问题是没有那么及时，而且持续的时间比较长。

与之相对应的是喊“倒好”，这叫打“嗵”，倒好就是“嗵”那么一下子。80年代我碰到过几次，印象最深刻的一次，是《四郎探母》见娘一场，演四郎的演员一上场，竟忘记戴髯口（胡子），刚一出来台底下就打“嗵”了，一打“嗵”，演员就察觉自己出纰漏了，一看下巴颏儿是光的，赶紧回后台，戴了髯口重新上场。有时是因为嗓子没上去，“呲了”，或者是唱错了词儿，或者偷工减料，底下都会打“嗵”。打“嗵”会影响演员的情绪，打了“嗵”以后，演员就不知所措了，后面的戏都处于一种慌乱的状态。打“嗵”究竟好不好？80年代在《北京晚报》上曾经有过一个星期的讨论，打“嗵”是戏曲文化延续下来形成的剧场气氛，到底如何看待，不能一概而论，也是个值得探讨的问题。

早期茶园的演出，台下嗑瓜子儿的，聊天儿的，舞台上照演，忘词儿什么的也时有发生。因为清末民初从班社制过渡到明星制，次要演员主要是陪衬，那时候一些好的班社，像马连良的扶风社，梅兰芳的剧团都比较严格，要求演员整齐，这叫“一棵菜”。一些穷的班社，主要演员的行头是自己置办的，配角演员的行头是班社里的。班社里的行头又脏又破，领口、水袖发黑，彩裤也不整齐，龙套演员在冷天可能穿着棉裤就上台了，因为也没人看他，观众看的是“角儿”。

旧时剧场里面有许多陋习，喝茶、吃东西、抽烟比比皆是，空气污浊，烟雾缭绕。剧场里禁止吸烟是50年代以后，外地的剧场可能更要晚一些。80年代中期我去西安，有人请我们看戏，一进剧场就是烟雾腾腾，一开始我还挺高兴，因为我也是抽烟的。但是看了大概半小时就受不了了，眼睛都熏得直流眼泪，于是赶紧逃跑了。以前剧场里不文明的陋习有很多，吸烟的，擤鼻涕的，或者你正在聚精会神看台上演出，忽然这边是“张飞骗马”，那边是“苏秦背剑”，手巾板儿飞来飞去，就这个技艺，在场子里也居然能要上个“好”来，岂不可笑。旧茶园、戏院的混乱，是今天的人很难想象的。民国以来剧场的进化是逐步的，从民国中叶开始剧场的气氛才越来越好。

三、1949年以后的北京剧场

1949年以后，北京建了很多剧场，其中最值得一提的是1954

年建成的首都剧场。首都剧场是专门演出话剧的剧场，直到今天依然是看话剧效果最好的一个剧场。虽然它容纳人数不多，楼下只有二十排座位，楼上的正座和两厢座位也不算多，总共只能容纳一千多人，但是它的灯光、音响效果、演出空间和非演出空间的设计都是令人赞叹的。它的非演出空间远远大于演出空间，这是和西方接轨的。像我去过的法国歌剧院、维也纳金色大厅，除了演出场地很恢宏，非演出空间也很大，有图书馆、陈列馆，有两廊硕大的休息厅和后台。首都剧场虽然从规模上没法和法国歌剧院等相比，但它的休息室，包括楼上的工作室、办公室，总面积比演出空间要大很多。

首都剧场当时吸收了苏俄剧场的特点，大理石建筑有一种端庄的华丽，演出开始前响起钟声，灯光渐渐熄灭，这都是从建成开始到今天一直保持的传统。首都剧场演出是不用麦克风的，音响非常好，音响设备是从东德进口的，达到了东欧顶级的德累斯顿水平。观众看演出像与演员面对面，有一种特殊的亲切感，这是其他很多剧场不具备的。

首都剧场留给我极深刻的记忆，我的青少年时代，很多美好时光是在首都剧场度过的，所以我对那里有极深的感情。培元小学就在王府大街，离首都剧场不足百米之遥，我上学天天从剧场路过。我还记得当年首都剧场左右两侧有两个巨大的水泥广告栏，中间的广告牌是可以更换的，总写着即将上演的剧目，我每天上下学路过都会看看剧场的广告牌子，看看有什么新上演的话剧。有时候放学不回家，就在首都剧场的大门前玩一会儿。门前有两个大灯柱的高台，我和同学比赛从上面往下跳，看谁胆子大。时至今日，每当我去首都剧场看话剧时，往那高台上一站，都心里发颤，觉得怎么这么高，如果今天再从这里往下跳，肯定得摔骨折了。

小时候，老去人艺看话剧，也闹了不少笑话。有一次我看到新立出的两块广告牌，这边写的是莫里哀的《悭吝人》，那边是郭沫若的《蔡文姬》，我那时候上二三年级，字还没认全，结果就把《悭吝人》读成了“怪客人”，《蔡文姬》给读成了“察文姬”。我回家和爸爸说，我对《察文姬》兴趣不是太大，但一定要看《怪客人》，这个名字很吸引人。我爸爸当时就纠正了我，说肯定不是“察文姬”，那是“蔡文姬”，至于“怪客人”，爸爸也百思不得其解，当时正是肃反时期，艺术创作和政治运动结合得很紧密，于是爸爸就说“怪客人”大概是个反特的话剧。那个“怪客人”一定是个潜伏的不速之客——特务。

那些年，人艺演出的所有话剧我都是在首都剧场看的。可以说，人艺的话剧我几乎一场没落，包括极左年代老舍不成功的几部作品，像《女店员》《红大院》，配合“三反五反”的《西望长安》，其他还有郭沫若的《虎符》《胆剑篇》，田汉的《关汉卿》，小说《林海雪原》改编的《智取威虎山》，等等。我还记得，看《智取威虎山》的时候我正上小学二年级，那天入场很早，大幕还没有拉上，林海雪原的布景让人坐在那里觉得特别冷。《茶馆》上演的时间比较晚，像《骆驼祥子》《雷雨》《日出》《北京人》都是“文革”前人艺的经典剧目。还有“文革”后曹禺的《王昭君》。外国经典话剧也看，像《悭吝人》《伊索》《智者千虑 必有一失》等，还有短剧《群猴》《三块钱国币》《名优之死》之类的。90 年代后有了小剧场的话剧演出，我看得不算太多，但也看过高行健的《绝对信号》、孟京辉的《恋爱的犀牛》、邹静之的《我爱桃花》

等等。

我在首都剧场不仅看过话剧，也看过其他戏剧和演出，我记得带儿子第一次看京剧就是在首都剧场。日本的歌舞伎也是在首都剧场看的。50 年代末，日本歌舞伎大家河原崎长十郎先生来北京演出《劝进账》《忠臣藏》，我印象中，当时舞台上搭了一块板子，直通观众席，剧中人物就从观众身边走过。

上个世纪 50 年代北京新建了很多剧场，演出戏曲，这些新型剧场的音响效果没有首都剧场那么好，例如东长安街上的青年宫，是青艺的演出剧场，这是在旧时的平安电影院基础上改建的，以演出话剧为主，我在那里看过《沙恭达罗》《娜拉》《万尼亚舅舅》《风雪夜归人》等。演出戏曲的剧场也新建了许多，比如说虎坊桥的北京市工人俱乐部、护国寺的人民剧场，还有专门演出歌剧、舞剧和芭蕾舞的天桥剧场，我在那里看歌剧《费加罗的婚礼》、舞剧《宝莲灯》、天津舞剧院的《海侠》等。1959 年十年大庆，又建成了民族宫剧场，还有二七剧场，这些都是后来建的剧场。这些剧场中最突出的就是首都剧场，直到今天都不落伍。

京剧的流派与明星

过去人们的文娱生活不像今天这样丰富多彩，可以看球赛、听演唱会、看电影等等，听戏是很长一段时间以来人们最主要的娱乐方式。我们讲了茶园、戏园子以及剧院中人们曾经度过的休闲时光，下面我们就聊聊近一百年来北京人休闲生活中很重要的活动——听戏（主要是京剧）。

一、从班社制到明星制

自清代嘉道年间逐渐形成皮黄（即西皮与二黄，那个时候还不叫京剧）以后，就有了很多皮黄兼演的班社，比如早期的四大徽班三庆、四喜、春台、和春等，也有昆弋合流的班社和皮黄、梆子“两下锅”的班社，后来有了更专业的皮黄班社。当时每个班都有每个班的特色。在徽班时期就有了“三庆的轴子”，就是三庆的大戏好看；“四喜的曲子”，曲子是指唱功戏；“春台的孩子”，孩子是童伶；“和春的把子”，把子就是武戏。每个班社都有各自的看家本领，每个班社都有自己的本戏，每个班社里面都有一些好演员，也就是台柱子演员，但是好演员的分量并没有重过班社的整体。这是清代中叶到清末的情况，到了清末情况就发生了变化。

最有代表性的就是沈容圃画的《同光十三绝》，里面画了十三个同治、光绪时代最优秀的名伶，包括程长庚、卢胜奎、张胜奎、杨月楼、谭鑫培、徐小香、梅巧玲、余紫云、时小福、刘赶三、郝蓝田、朱莲芬、杨鸣玉各种行当十三人。虽然这十三个人并不能囊括当时全部名演员，但是说明了一个问题，那就是在同光时期，明星的分量已经超过了班社，只是当时还不是那么突出。而到了清末民初，明星制就远远超过了班社制，人们去看戏不仅仅是看某一个班社的整体演出，而是特地去看一个“角儿”，就是一个著名的、受欢迎的演员。比如说像当时生行的谭鑫培。

谭鑫培时代被誉为“满城争说叫天儿”，谭鑫培的绰号叫“小叫天”，是因为他的父亲谭志道是唱老旦的，绰号“叫天儿”，他叫“小叫天”，但名声却远远超过他的父亲。当时捧名伶也就跟我们今天追星是一样的狂热，谭鑫培的艺术甚至日常起居都成了全社会关注的焦点。除了生行的谭鑫培和孙菊仙、汪桂芬，还有旦行的演员，像青衣行的陈德霖，比陈德霖稍晚一点的王瑶卿；武旦行的路三宝、“九阵风”阎岚秋；又如花旦行的田际云，老旦行的龚云甫；净行的金秀山、裘桂仙；武生行的俞菊笙；小生行的王楞仙、程继仙，都是清末到民国初年非常具有代表性的明星，自这批人开始，班社制已经过渡到明星制。观众竞相追逐的是演员，班社处于次要的地位。演员自己可以搭班，也可以组班，搭班就是搭别人的班，组班就是自己领衔去组成一个班社，班社以主要演员，也就是以“角儿”为主体，形成了一个明星制的时代。

二、流派的形成

从近代到现代，京剧的明星制具有非常重要的地位，就是说人们形成了一个习惯，喜欢京剧实际上是为了欣赏某个人的声腔和表演，在这样的基础上形成了流派。我编辑过京剧史，发现有一个非常突出的问题，就是皮黄的早中期可讲的内容很丰富，到了清末民国以后就变成了完全以演员为主体的内容。演员的特长、擅长的演出剧目就代表了京剧的发展。而由于有明星制，也就形成了每个人的特色和流派。比如说谭鑫培的谭派，后来老生行余叔岩的余派，再晚一点，后四大须生中的马连良马派、谭富英的后谭派等等。青衣的王瑶卿王派，再后来就是他的弟子梅兰芳梅派，同时还有尚、程、荀派，称为“四大名旦”。武生有杨小楼杨派。20 年代，以梅（兰芳）、杨（小楼）、余（叔岩）为代表的三足鼎立，使皮黄戏进入了前所未有的辉煌时期。

不同的流派各有千秋，也各有拥趸，名演员在戏迷眼中有着不同评价。就老生这个行当来说，从前有人这样评论当时的老生行演员：说余叔岩是鸡清汤，就是纯度最好的，又有味，又富营养；说马连良是红菜汤，红菜汤你说好喝不好喝？好喝，但是它是舶来的东西，马连良是一个喜欢创新的人，本身兼收并蓄，而且自创了很多声腔，所以马连良的唱腔非常委婉动听。马连良嗓音天赋并不是最好的，调门也不是很高，但是他能够扬长避短，并有所发展，“帅”而有韵味，你说他正宗不正宗？他不是那种鸡清汤，他好喝不好喝？好喝，所以他是红菜汤。谭富英是什么呢？——高汤，高汤的底子是好汤，搁点酱油，撒点葱花儿，有味道，但是无法和鸡清汤相比。至于其他的老生演员，就说是白开水了，这是当时的高标准、严要求。

三、消失的流派——“金霸王”

从民国以来到20世纪五六十年代，有两大流派已经在舞台上完全消失了，我觉得是非常遗憾的事情。首先说净行。我们今天可以说是“无净不裘”，净行都是裘盛戎裘派，其实净行在民国时期是金、郝、侯三大流派。首先是金少山金派，其次是郝寿臣郝派，侯喜瑞侯派。郝派花脸是铜锤、架子两门抱，就是行当中不同角色能兼应。郝派还算是有一些继承人，郝寿臣传了袁世海，袁世海是富连成世字辈，实际上后来他又发展了郝派，形成了自己的袁派。而侯派后来没有得到很好的继承，原因很多，最主要的是后来的演员都想成名，但是侯派花脸基本上是架子花，架子花单挑主角的戏不太多，谁都愿意学成了以后去做第一主演，不愿意去给别人当陪衬，所以专门学侯派的人很少。侯派较好的传人就是袁国林，现在也去世了。

净行最大的遗憾是金派的消失。金派花脸没有继承下来，这里有一个天赋上的原因。可以说自从有皮黄净行以来，没有人在嗓音上能够超越金少山。裘盛戎当时被戏称为“袖珍花脸”，就是说他的个子比较矮小，嗓音非常细腻，不那么粗犷，声腔虽然非常委婉好听，但是缺乏一种力度。我想，对金少山金派的继承是非不为也，实不能也，因为再也没有人拥有像金少山那样黄钟大吕的嗓音。花脸最主要讲究龙虎风雷四音，就是要有龙音、虎音、风音、雷音。实际上龙音、虎音在裘盛戎身上还能听到，但是真正的风音、雷音在裘派上表现得比较少，这是天赋的问题。所以金少山的金派花脸迄今为止没有传人，虽有私淑弟子学金派的，也远没有达到他的水平。没有天赋的好嗓子是唱不了金派的。

金少山的绰号叫“金霸王”，有两个含义，一个是他当时常演《霸王别姬》里的楚霸王项羽，另一个原因是他表演的“十全大净”确实有一种霸气。金少山是 1948 年去世的，他去世的时候生活已经非常潦倒了。他好生活享受，有钱就花，又有抽大烟的嗜好。我没有赶上看金少山，但是我听金派的录音、唱片是非常多的，他的《盗御马》《锁五龙》《白良关》《牧虎关》等，这些戏听着真是痛快淋漓，余音绕梁，今天已经没有人能继承了。

四、无人能学的筱翠花

还有一个无人继承的是旦行的筱派，筱派的艺术成就其实是非常高的。筱派就是筱翠花，这是他的艺名，本名叫于连泉，也是坐科富连成，连字辈，是一个非常特殊的人物。筱翠花能唱正旦，比方说他的《贵妃醉酒》，跟梅兰芳先生演出的《贵妃醉酒》风格迥异。他更擅长一些泼辣旦、刺杀旦的戏，那真是一绝。筱翠花的跷功极好，就是在脚上绑上跷，表现古代妇女的三寸金莲，踩着跷能够跑圆场，身上的功夫了得。他有一些戏都是打油脸——就是粉彩上再抹油，戏曲程式上就是表现那种淫荡、凶煞的形象。他的花旦戏里面，有像《打樱桃》《一匹布》之类，都是花旦的玩笑戏。他最具特色的还是《马思远》《双钉记》《祥梅寺》《翠屏山》《坐楼杀惜》《大劈棺》等戏。很不幸的是，他的很多戏在 1949 年以后由于内容问题不能上演了。

实际上在50年代中期以后筱翠花基本上就很少演戏了，因为50年代以后他的剧目绝大部分都被禁了，很少有登台的机会。50年代初禁演的传统剧目大概有一百多出，有种种不能上演的原因，比方说淫秽的、宣扬因果报应的、诬蔑农民起义的等等。像梅兰芳的《贞娥刺虎》、程砚秋的《费宫人》，以及《宁武关》等，牵扯到农民起义的问题，还有所谓诬蔑太平天国的《铁公鸡》，都属于当时禁演的戏。

1957年的5月，在新侨饭店礼堂，由张伯驹组织了一场恢复传统戏的演出，其中有筱翠花息影舞台很多年的《马思远》，这也是筱翠花晚年最后一次演《马思远》。这一场戏后来引起很大的政治波澜，罪名没扣在筱翠花身上，而是扣在了张伯驹的身上，说"张伯驹逼迫旧艺人演出《马思远》这样的坏戏"。1957年7月开始反右，张伯驹就被打成了"右派"。这场演出虽然是内部演出，但是非常轰动，可惜那时候我才九岁，戏的内容又不适合我看，没看成这场戏。但是在此前后我还是看了筱翠花的几出戏，比如说他的《梅玉配》，印象不是特别深。给我留下深刻印象的一次就是1958年7月在长安大戏院为戏曲学校的学生募捐演的一场义务戏（演员不拿报酬）。那时候长安大戏院还在西单，这出义务戏我记得最前面好像是一场武戏《大泗州城》，中间的戏是萧长华、姜妙香的《连升店》，最后的大轴才是筱翠花和雷喜福的《坐楼杀惜》带《活捉》，两人都是当时作为戏校老师的示范演出。

以前我曾看过筱翠花和马连良的《坐楼杀惜》，精妙绝伦，但是那天晚上不是和马连良，而是和雷喜福。雷喜福是富连成大"喜"字科的，也是早不登台了，他是马连良的大师兄，年龄也比较大了。从扮演宋江的精彩程度和嗓音上讲，雷喜福是不如马连良的，但是确实也是难得一见。最了不起的是筱翠花，《坐楼》一折的惊恐、刁钻、邪佞表现得极其到位，尤其是后头《活捉》一场，时至今天我脑子里边都还能清楚地记得：筱翠花演阎婆惜鬼魂踩跷，一身的雪白，那个魂步的圆场走得像完全在舞台上飘起来了，你看不出他是怎么走的。而活捉三郎时的那种凶狠、阴煞之气，已经到了无人企及的境界。据说，很少有人能和他配戏，他那双眼睛使人不寒而栗。筱派后来有几个传人，如毛世来、陈永玲等，但是和真正筱老板的艺术较之，相去甚远了。

梨园行过去在每年临近年关时都要唱上一台义务戏，由梨园行公会发起，目的是接济贫苦同行回家过年，也叫“窝窝头会”，名伶只出力而不拿分文报酬。义务戏里会有一些反串戏，这都属于过年过节一些非正式的玩笑戏。反串就是以平时不是本行当的演员去演其行当的角色，也有的是接近这个行当的，比如让老生马连良唱个旦角，或者说唱个武生，这都算是反串；或者武生演员演个旦角，就更是反串了。演出的角色和他自己本功相去甚远。所以反串戏基本上都属于玩笑戏，谁也不会拿本功的标准去要求一个反串演员，大家就是图一个高兴，一个乐呵。

反串戏也有非常精彩的。比方刚说到的筱翠花，在《八蜡庙》中饰演的角色是张妈，这张妈本工应该是丑角扮演的，但筱翠花是演花旦的，因此，筱翠花演的这个张妈很特殊，是以彩旦反串。说到筱老板，他的这双眼睛不得了，我看筱翠花戏的时候，他已经将近五十岁了，但这双眼睛还是很漂亮，极有神，会说话，却又有股子邪劲儿，他的戏全在一对眸子里。他反串张妈，就这么几句台词，几个上下场，演得活灵活现，几乎不是反串，等于是应功——就是演本功角色。筱翠花在《战宛城》中扮演的邹氏更是一绝，“闹耗子”一场将一个思春的少妇演得精妙绝伦，后来我也看过不少花旦演此剧，身段表演都还说得过去，差的就是什么？我看就是那双眼神，那对眸子。

有没有人跨行当唱得都好？很少，或者说接近行当能胜任，比如说老生就分三类，叫作安工、衰派和靠把，能兼者或者叫文武老生，就是既能唱文戏，也能唱一些武老生戏。但是既能唱老生也能唱武生，两门都行的情况不多。从前有一句话，叫“南麒北马关外唐”，南麒就是南方的麒麟童周信芳，北马是指北方的马连良，关外唐就是东北的唐韵笙。实际上，唐韵笙的艺术跟马连良和周信芳是没法相比的，但是在关外他很知名，他就是老生、武生两门都行，有些戏也是他独创的剧目。

京剧科班、堂会与票友

一、京剧人才教育——科班

京剧人才从哪儿来？这就要谈到传统的京剧教育——科班。从有皮黄开始就有科班，近百年来，历史最长的科班没有能超过富连成的。富连成创办于清末1904年，最早投资创办者是关外商人牛子厚，当时不叫富连成，而是叫喜连升，不久改为喜连成，所以它的第一科的学员都是喜字辈，分两科，叫大“喜”字科（仅有六个学生）和小“喜”字科，实际上相差了一年多时间，比较著名的像雷喜福、陆喜才等六人就是大“喜”字科，而侯喜瑞、陈喜星、王喜秀、钟喜久等则是小“喜”字科了。

牛子厚办了一科以后，经营并不景气，可能因为资金或者什么出了一些问题，1912年就由外馆沈家接办。这个外馆沈家以做“草地生意”起家，外馆就在北京安定门外。外馆沈家也是北大教授白化文先生的外祖家，白先生与我家是世交，我们经常聊到外馆沈家与富连成的旧事。因此近年许多关于富连成的书都是由白先生审定的。所谓的“草地生意”就是专做蒙古、俄罗斯人生意的，后来家道殷实，广置田产、商号，“草地生意”也就不做了。沈家接手以后就改叫富连成。富连成的第二科是1906年招收的“连”字辈，“连”字辈出了不少名演员，像马连良、于连泉（筱翠花）、刘连荣、骆连祥等等。再接下来的一科是“富”字辈，出的好演员就更多了，比如说谭富英、马富禄、茹富兰、茹富慧、陈富瑞、尚富霞，都是“富”字辈坐科出来的。再接下来就是“盛”字辈，像叶盛兰、裘盛戎、叶盛章、杨盛春、高盛麟、陈盛荪、李盛藻等都是“盛”字辈。“盛”字辈以下是“世”字辈，像李世芳、袁世海、阎世善、毛世来、江世玉、艾世菊等。再后面是“元”字辈，像谭元寿、黄元庆、茹元俊等等。然后是“韵”字辈，如关韵华、冀韵兰等等。也就是在四十多年时间中出了“喜、连、富、盛、世、元、韵”七科。到40年代中，富连成报散之前，又招了一科“庆”字辈，“庆”字辈刚入学，科班就散了，实际上从喜连成、富连成开始到“韵”字辈一共是七科，延续了四十多年。这七科学生后来成为20世纪30年代初到60年代中期京剧舞台的中坚力量，这是了不得的，对中国京剧的贡献实在是太大了。七科中有父子、叔侄、兄弟，比方说于连泉和比他晚两科的儿子于世文；谭富英和比他晚两科的儿子谭元寿；同科的叶盛章、叶盛兰兄弟等，都是父子、兄弟前后坐科出来的。

富连成的科班属于旧式科班，学生一般来说七八岁就入学，有的甚至更小一点，到出科的时候还不到二十岁。科班管吃管住，当然条件比较差。还发衣服，小长袍，小帽头，也学一些文化知识。富连成是非常艰苦的，那时候叫打戏，就是说，学生做不好，老师会用打的形式体罚，戏是打出来的。学生通常在早上4点钟就起床，4点半吃早点，因为富连成在南城，5点钟就到城墙根去喊嗓子，回来接着练功，不管哪个行当，都要学习武把子和毯子功这些基本课程。下午就是教师分门别类地按不同行当说戏。那时候京剧大多没有什么剧本，只有总讲和锣经，总讲就是一个戏曲的梗概，锣经就是场面，基本上所有的戏都是靠师父口传心授，师父怎么教徒弟怎么学。

演员在科班里面除学唱念做打等基本功以外，也要有演出实践。演出实践在什么地方呢？就是前门外肉市的广和楼，那是富连成一个演出实践的场所。彼时已经有夜戏了，夜戏都是比较卖座的，所以科班不能占据人家晚上演夜戏的舞台。于是，富连成学生就只演日场，下午 1 点钟开锣，演到 5 点钟结束。因此中午之前这些小孩子们就戴着小帽头，穿着小棉袍，排着队到广和楼那里扮戏准备演出。

一个学生当时在科班里学的戏能有一百多出，教师因材施教。这里面每一科都会出不少尖子，也会淘汰不少人，也有些人坐科的时候就已经红了，在社会上有知名度了，这种叫“科里红”，像马连良、杨盛春、李世芳、袁世海等都是坐科时就小有名声。有的人临将毕业已经有班社来约角儿，那就面临很好的出路了。

富连成有自己的本子，许多戏都是久经排演在舞台上打磨出来的。学生又有很好的演出实践，所以会的戏很多，出师后，他们还要为科班做一定的贡献。但也有的因嗓音失润或其他原因，像倒仓（变声）等情况，或从此一蹶不振，或者改行，比方说唱老生不行了，改唱文丑，文丑不行改场面（乐队），最后什么都不行而退学的也有，所以一科里面只能出二十来个尖子学生。

由于富连成的教学方式是因材施教，小演员选什么行当，要看你自身的条件，有很多人一开始是唱老生，后来觉得这孩子不错，小嗓也好，后来改小生的也有，也有小生改老生的；也有的是嗓子不行了，身上功夫不错就改武生。富连成有许多教师自身虽然不登台，但是能戏极多，腹笥甚宽，仍可以教学，这是富连成最大的特点。

再说办班，无论牛子厚出资也好，还是后来外馆沈家出资也好，只是东家而已，不真正管理校务和教学。演出的收入东家并不提取，完全用于科班发展教育投资。说到富连成不能不提到叶家，也就是富连成的真正班主叶春善家。叶春善和他的儿子叶龙章两代都跟富连成有着密不可分的关系，可以说是殚精竭虑，为富连成贡献了毕生的精力，叶龙章的兄弟叶盛章、叶盛兰、叶世长等也都在科班里坐科。肖长华先生为富连成贡献了几十年，德高望重，他不但是教师，也相当于当时的教务长。肖长华与叶家又是儿女亲家，他的儿子肖盛萱也一样坐科富连成。当时除了皮黄名宿在富连成教习授课，像秦腔、昆腔也是必修的科目，也延请了不少名师。

富连成在师资方面是精选的，他们不但精选一些专职的教师，还遴选了一些当时社会上已经唱红了的角儿到这里来授课，这些已经红了的角儿不论是不是富连成出身，富连成都延请来授课。另外，或是把一两个优秀学生拜在某些当红名角的门下，也到人家去学戏，这些都足以证明富连成没有门户之见的开明。

除了富连成外，当时还有很多旧式科班，比如说像尚小云的荣春社。尚小云是非常重视京剧教育的，他曾变卖了很多家产创办了荣春社，荣春社时间虽然不是很长，但在旧式科班中也是颇有影响的，培养出不少学生，比如像杨荣环、李荣威、尚长春、徐荣奎等。

到了 1930 年，北平出现了一个新式科班，这就是中华戏曲专科学校，简称中华戏校。中华戏校完全是新式教育的科班学校，共培养出了“德、和、金、玉、永”五科学生。中华戏校的教育方法和富连成是迥然不同的，学生不穿长袍，不戴帽头，而是穿立领的学生装；不拜祖师爷，完全采取新式教育，学语文、算术、自然、常识，甚至学英语，请新式教师。比如著名导演焦菊隐和戏曲教育家金仲荪，曾先后任中华戏校校长，他们都是中华戏校的创始人。中华戏校培养了很多的人才，比方说“德”字辈的像傅德威、宋德珠、李德彬等；“和”字辈像李和曾、王和霖、周和桐等；“金”字辈像王金璐、李金泉、李金鸿、储金鹏等。“玉”字辈就更多了，当时很有名的“中华戏校四块玉”——侯玉兰、李玉茹、白玉薇、李玉芝四个女生，以及吴玉蕴（吴素秋）、米玉文、王玉让等好演员。到了“永”字辈入学不久，也就报散了，但还是有像陈永玲这样的佼佼者。中华戏校也外请许多名师，也让学生拜师，如傅德威拜尚和玉，再如40年代王和霖、王金璐在长安饭店拜马连良。拜师时不像旧式科班那样行叩头大礼，而是行新式的三鞠躬礼，一时传为佳话。

富连成只招男生，甭管是哪个行当都是男生，不招女生，所有的旦角都是乾旦。中华戏校从“玉”字辈起就是男女兼收，所以也出了很多很好的女演员。在此之前，坤科班不是没有，但是都不见经传，很少有人讲到。当时的坤伶一般来说都是在家跟父母学戏，很少有坤科班出身的；也有的是从小跟着父母在坤班长大，边演出边学习，坤伶相对来说更苦一点，当时像梅兰芳夫人福芝芳等，孟小冬情况特殊一点，她们都是当时坤班里出来的。坤班能出来的人不是很多，有的是昙花一现，孟小冬是其中的佼佼者。

坐科出来的演员都受过完整的戏曲教育，和没坐过科的大相径庭。80 年代，我与中华戏校的何金海先生很熟，经常一起聊天，他虽然名气不大，当了一辈子的“里子”（配角），但可谓是“戏包袱”，各个行当都熟悉通透，因此向他问艺的演员很多。

富连成和中华戏校这两个科班培养了众多的京剧人才。到今天为止，像“盛”字辈的基本上都不在了，“世”字和“元”字辈的也就硕果仅存几个。像“德和金玉”里的，就是现在还在，也是九十多岁的人了，相对年轻的“四块玉”也都没了，这些都成了科班往事。

二、精英荟萃的演出——堂会戏

说到堂会戏，由来已久，可以说从明代就有，高门贵第、富商大贾家里面经常设堂会演出。由家里养的戏班，或是从外面请来的戏班演出，谓之堂会。如果家里有条件、有戏台可以在家里演出，家里没有条件可以在外面租场地演出，比方说大饭庄或者一些其他的半公共场所。堂会不对外营业，不卖票，只邀亲朋好友来观看，可能也有一些和主人家有关系的人，也有机会来观看。

堂会戏都是邀最好的角儿来演出。直到今天大家仍津津乐道的，可以说有史以来最大的一次堂会，就是 1931 年上海闻人杜月笙的杜氏宗祠落成，连唱三天大戏不停。这一次在杜公馆三天的堂会网罗了京津沪三地所有的名角，除了余叔岩因为身体情况不能来参加演出以外，四大名旦和当时著名的须生、武生都到齐了，包括老一辈的杨小楼、陈德霖、王瑶卿、龚云甫、谭小培都参加了。这是前无古人、后无来者的一次大聚会。除了这样的堂会以外，就北京而言，一些官僚或者是富人家也经常组织一些堂会演出，都是网罗当时最有名的角儿。

1924年，关外张作霖五十大寿也在奉天举办过一次大规模的堂会，连演三天，演出地点在奉天的会仙大舞台。我的七伯祖父世基作为赵尔巽的代表躬逢其盛，梅兰芳等也正是通过他的关系约至关外。那几天的好戏有杨小楼和梅兰芳的《霸王别姬》、余叔岩的《击鼓骂曹》、程砚秋的《红拂传》等，马连良、谭富英、尚小云、言菊朋等悉数拿出本戏参演，也可谓是盛况空前。

还有一个堂会被说得很多，这就是张伯驹过四十岁生日，在隆福寺的福全馆举办的一场大型堂会演出，大轴是《空城计》，张伯驹自演诸葛亮，当时是杨小楼配演马谡，余叔岩配演王平，程继仙配演马岱，王凤卿配演赵云，所以被称为“此曲只应天上有，人间能得几回闻”。杨小楼、余叔岩、程继仙、王凤卿等都是平常单挑班的了不起的大佬，或是息影舞台多年的名角，这四个人给张伯驹配演四将，都是因为和张伯驹的交情，是绝无仅有的盛况。当时张伯驹用8毫米的胶片录了影，后来他将胶片捐献给艺术研究院，结果艺术研究院在“文革”中给毁掉了，非常可惜。虽然张伯驹自己只是玩儿票，但是实际上这场堂会确是可以载入戏曲史册的。很多堂会，老一辈演员因身体不好，不经常演出的，为了给主人面子也会出来露演一次，这可能成为他一生的绝响。

堂会在1949年以前很兴盛。堂会演出最大的特点第一是名角荟萃；第二是平常不大露演或者吃功力的一些戏会在堂会上挖掘演出；第三是堂会演出相对比剧场显得宽松，女眷也可以随便看戏。只要跟主人家有交情的客人都可以看演出，所以北京有一批人专门追逐堂会演出，凡是有堂会的，不管跟主人家有没有关系，都变着法儿地混进去。有时候，遇上这家里主人过生日等喜庆事，这是要送礼的，于是混堂会的人也包一个红包，里头只放一毛钱，人家也不知道他和主人的关系，又不好意思当着面就把红包拆开，他用这一毛钱的红包就混进去了，就等于买票了。

所以，有些堂会就总是人满为患，挤都挤不下，秩序混乱，于是不得不在演出中间停下来，诡称停电了，不能继续演出了，这样老不来电，主人和一些关系密切的至亲好友找个地方吃点夜宵什么的，其他人一看停电了，没戏了，就可能散去，大概能走三分之一的人。但是也有人知道这伎俩，硬是不走，等着来电，结果等电来了再重新开锣。

民国时，北京每逢有堂会演出，市面上的营业性演出就会受到影响，假如这天晚上很多名角和好的配角都不见了，准是都到堂会演出去了。比方说请杨小楼演出，像钱金福、范宝亭、迟月亭、王长林等这些著名的配角演员也会跟着走，市面上的演出会大受影响。

京剧演员参加一些票友的演出，这种情况也有。堂会演出里面贴戏报；或者是有些票友参加堂会演出，戏报上名字就多加一个“君”字，比方说余叔岩演某个角色，张伯驹也参加这个堂会，就不能写“张伯驹”，而是写“张君伯驹”，在姓氏下加“君”字。堂会演出是戏曲史上不得不提的重要方面，好多可以载入戏曲史册。合作戏许多也是在堂会演出中，平常凑不到一块的角儿，也会由于主人家的这种需要而凑在一起，平常可能你挑你的班，我挑我的班，像堂会这样把不同班社的好演员集中起来演出，是极其难得的。而且这种堂会演出中大家又不好过分地计较谁演中轴，谁演压轴，谁演大轴，谁给谁配戏，有一种比较宽

民国初年梅兰芳在比利时公会俱乐部的堂会演出

松的氛围。

我家里在30年代到40年代也搞过几次堂会演出，自家人参与，粉墨登场。那时演过《四郎探母》，我祖父好像没有参演，只是积极的组织者。我家的账房管事先生叫郭采章，老生唱得很不错，他演“见弟”“见娘”里的杨四郎，张君秋因为是祖父的义子，演前部的铁镜公主，我的祖母演“回令”的铁镜公主，姑父演六郎，老祖母演“巡营”的杨宗保，她的那个“杨宗保在马上”的西皮扯四门非常高亢，颇得好评，直到她晚年，我还听她唱过。当时的堂会也请了很多亲友和专业演员一起演出。

那时堂会在北京非常盛行，一些票友和外国人参与的堂会也很多，有时也在一些外国在华机构举办堂会。比如说梅兰芳在比利时公会俱乐部的演出，也是堂会性质，外国人懂戏的也非常起劲而跟着看。北京的最后一场堂会演出是在1949年底，那是名医萧龙友过七十大寿时举办的。50年代以后北京就再没有堂会演出了。

三、戏曲爱好者的自娱自乐——票友

票友实际上就是非专业的戏曲爱好者，这些人嗜戏如痴，不但热衷观剧，更要身体力行。为什么叫票友？在清代，旗人和包括汉人在内的官员是不允许粉墨登场的，后来让他们在一些特定时间玩玩儿，发给一个凭证，这凭证就叫“龙票”，有这个龙票以后才能够去唱戏。在民国初年一个很有名的票房叫作“春阳友会”，是名票樊棣生在崇文门外浙慈会馆成立的，许多名家都是春阳友会的票友。当时票友也分很多类。一类属于高门贵第里面的官宦人家，甭管是知识分子、做官的，还是政府职员，都是爱戏如命，自己置办行头，找老师，找场面，然后自己出钱租场地演出，当时有一句话叫“耗财买脸”，就是所指。如袁寒云、红豆馆主溥侗、贝勒载涛、张伯驹等，都是这一类。还有一类就是很洋派的人，像协和医院、清华大学都有票社，就是业余剧团，水平相当高。协和医院的票友非常棒，许多留过洋的医学专家，内科、外科的大夫，都有参加。

有些票友很有天赋，又得过一些名师指点，水平不在专业演员之下。但是票友存在一个问题，就是没有坐过科，缺乏基本功的训练，像富连成那样早上四五点钟起床，天天耗腿、练功、吊嗓子是办不到的。票友身上的功夫不行，一上台就不是那么一回事儿，有句行话叫“趟水”，就是指在台上步履纷乱，身法手眼步都不对，一看就是外行在台上，也就是说身上的功夫不行，唱功虽能超出某些专业演员，但是一看身上就不灵了。

还有一类，票友票戏非常好，也接近专业演员了，后来由于生活所迫等各方面的原因，从业余演员变成了专业演员，这叫作“票友下海”，像这样的也大有人在，比如说“前四大须生”里面的言菊朋，就是票友下海，言菊朋是言慧珠的父亲，原来是蒙藏院的职员，他是蒙古族，不是满族，后来一方面是出于爱好，一方面也是生活比较困难，就干脆“下海”了，这就是很典型的“票友下海”。被誉为“汉口梅兰芳”的南铁生也是票友下海的青衣。

像老生、青衣这些行当都有票友下海的，唯独武生很难有票友下海的，因为没有从小的基本功训练。但是也有人确实功夫了得，却不屑于或不能下海的，比方说贝勒载涛。这位涛七爷会的武戏极多，且文武昆乱不挡。当时杨小楼演《安天会》(即《大闹天宫》)，那是猴戏，也是武生戏，杨小楼演这出戏时很多地方都要请教涛贝勒。

也有的人从来不喜欢“票友”之称，比方说朱家溍朱先生，就特别反感“票友”这名字，他是一个真正的京剧研究家，但是也能够粉墨登场。他的武生是学杨小楼的，作为一个票友能唱武生的很少，朱先生算是一个。他看的戏太多了，跟名演员的接触也多，他经范福泰开蒙，虽然没能直接向杨老板问艺，但是跟杨小楼的女婿刘砚芳学过杨派，杨小楼的一些上下手如迟月亭、王福山、钱宝森等，都曾得到过他的指导，所以后来不少行内人都程门立雪去向朱先生请教。但朱先生就不赞成别人叫他票友。此外还有刘曾复先生，刘曾复先生的老生戏韵味非常好，但是由于嗓子和其他条件的限制，达不到专业演员的水平。今天很多中年演员嗓子天赋非常好，扮相也不差，但是从韵味来说真是远不及刘曾复先生那样炉火纯青。所谓票友情况都不同，像红豆馆主溥侗、袁寒云等都可谓是其中佼佼者。总体来说都是一些对京剧痴迷的非专业演员，他们是内行，且懂戏，能够身体力行，痴迷到非上台不可的人。

袁寒云（克文）戏装照

我的听戏时光

一、我和戏园子的不解之缘

我从五六岁进戏园子，可以说几乎是在戏园子里泡大的。最早是五岁的时候跟着我两个祖母看戏，我父母工作很忙，那时候很少进剧场。我祖母她们爱看旦角戏，咿咿呀呀的，我不喜欢，当时我只爱看一些长靠武生戏和短打武生戏，也喜欢老生戏。对历史剧尤其情有独钟，最爱三国戏，因为那时候已经知道很多三国故事了。这是我的戏曲启蒙时期。

第二个阶段是我上学以后。我家有个厨师，特别喜欢看戏，每逢看戏就带我去，只是这个阶段看夜戏很少，因为晚上他要做饭，不可能我们吃完晚餐之后他再去看戏。中午是他空闲的时间，于是就带我到朝阳门外的剧场，比如说什么群声剧场、朝外剧场等。午场下午 1 点半开始，4 点半就结束，也不耽误他做晚饭。那里的票价都很便宜，我记得大概在两到三毛之间。这些剧场的戏当然都是二三流演员的演出，但也会有不少好戏，我还记得在那里看过徐东明、徐东来、徐东霞姐妹的戏。一度李万春和他的儿子，武生、老生都能应工的李小春，以及弟弟武丑庆春等也在

50年代初的长安大戏院

那里演出，十分精彩。

当时像吉祥、长安、人民剧场的戏，只要不是大名角，票价大概是八毛钱；但要有马连良、谭富英、裘盛戎、张君秋这样的名角，是一块钱；如果两个著名演员合作则是一块二；马谭张裘合作的戏如《秦香莲》《赵氏孤儿》等，那就要一块八到两元一张了；如果是在中山公园音乐堂、人民剧院的一些大型的合作演出，或者梅兰芳的戏，总是三块钱一张。

我看戏的第三个阶段是自己买票看戏。大约是在1958年到1964年，那些年是我最如鱼得水的时候，因为可以选择我自己喜欢的看。比如一些故事情节曲折的戏、平常不常上演的戏，总是不会放过。那时马连良的戏看得最多，也非常爱看，像他的《胭脂宝褶》《十老安刘》《春秋笔》《四进士》《十道本》《清风亭》《火牛阵》《白蟒台》《苏武牧羊》等。张君秋每演新戏，必然送票来，如他的新戏《望江亭》《状元媒》等。我家离护国寺人民剧场稍远，但是李少春、叶盛兰、袁世海、李盛藻和花脸“三奎”（王泉奎、娄敬奎、赵文奎）在护国寺演的戏也看了很多，尤其是他们排演的新戏如《九江口》《响马传》《野猪林》等。那时候还不懂得看流派，只看剧情。后来发展到看流派，我家里唱片多，常琢磨唱腔再和舞台表演对照，逐渐就迷上了戏曲。我自己看戏的这个阶段一直延续到1964年，在1964年以前是都可以看传统戏的。

第四个阶段是改革开放后恢复传统戏，也就是从80年代初到90年代初，这是我疯狂看戏的一个阶段。当时很多著名演员恢复演出，包括外地剧团进京演出、交流。看戏能多到什么程度？一年三百六十五天几乎要看二百场戏。那时候劲头儿也很大，彼时哪有什么汽车？骑着个自行车，冒着西北风，到虎坊桥的工人俱乐部、护国寺的人民剧场，甚至更远，到陶然亭的戏校排演场去看戏，真是不辞劳苦，而今天就是有车来接我也未必去了。

我对戏曲的喜爱涉猎也很广，主要喜欢京剧，对昆曲更是只要有则必看，情有独钟。无论是上昆、浙昆、苏昆，还是湘昆、北昆，我都看。再有就是我的父母很喜欢看川剧，我也跟着看。我小时候觉得川剧很神奇，比如吐火啊，变脸啊，还有金山寺中二郎神的“踢慧眼”，都觉得神奇无比。再有就是在陈梦家先生的带动下，我也看豫剧，陈伯伯捧的角儿叫肖素卿，当时只能在很冷僻的东四剧场演出。肖素卿这个人我过去写文章说她是河南豫剧团的，最近查了资料，才发现她是河北邯郸地区曲周豫剧团的，今天已经很少有人知道这个演员了。当时在东四剧场，她一个周期演两个月之久，我和陈梦家伯伯大概看了将近二十场。肖素卿能戏很多，如《大祭桩》《对花枪》《三上轿》等，而且能一个月不翻头（就是不重复演出）。我也看河北梆子、山西梆子、秦腔、粤剧，包括莆仙戏、婺剧等，门类非常杂。

我有幸看过不少名家的戏，那种回忆常被心底涌出的旋律勾起。

梅先生最后一次演出是在1960年，第二年他就去世了。我最后一次看他的戏是《穆桂英挂帅》。《穆桂英挂帅》是他在1959年从马金凤的豫剧演出本移植过来的，也是他的最后一出戏。姜妙香在梅兰芳去世后曾经写过一篇非常感人的文章——《我与梅兰芳》，他说我和畹华（梅兰芳字）第一次同台演出，演的是《穆柯寨》，当时他演的是年轻的穆桂英，我演的是年轻的杨宗保。我们最后一场演出是在中国科学院礼堂演的《穆桂英挂帅》，他演的是年老的穆桂英，我演的是年老的杨宗保（梅兰芳《穆桂英挂帅》中的杨宗保是小生应工），没有想到我和畹华的一生都落在了穆桂英与杨宗保的身上。看了让人潸然泪下。

程砚秋到晚年胖得不得了，演旦角，一上台下面都乐，甚至是哄堂大笑，十分钟以后整个剧场就静了，他那委婉的唱腔、漂亮的身段，完全抓住了观众，让人忘了他舞台上的形象和年龄，这就是艺术的魅力。程砚秋在1949年之后演出不算太多，50年代初到50年代中叶还是有些演出的，也拍过电影《荒山泪》。因为我家是“梅党”，因此看程戏很少。而且那时候年纪小，需要家人带着去看戏，所以很可惜，四大名旦里唯一没有看过的是程砚秋的戏。

小时候对旦角戏兴趣不是太大，如果说我真正主动去看旦角戏，那就是看尚小云的戏，因为尚小云的武戏多，多演巾帼英雄，带开打，对这个我有兴趣。一般来说我家也不看尚派戏，像他的

《双阳公主》等，都是我独自去看的。我家从我的七伯祖、我祖父到我两个祖母都是梅党。当时梅党很多，其中的主要支持者有人们现在常常提到的齐如山，其实除了齐如山之外，真正给予梅兰芳经济财力、文化见识等各方面支持最大的则是中国银行总裁冯耿光先生。冯耿光字幼伟，我的祖母们不叫他冯耿光，都叫他冯幼伟或冯六爷。尤其是我的七伯祖和祖父，与梅兰芳、冯耿光的交谊都很深厚。

五六十年代，张君秋每排新戏，比如说《望江亭》《赵氏孤儿》《状元媒》的首场演出都要送票来，请全家人去观看。

我祖父很喜欢张君秋，张君秋成名也跟我祖父有很密切的关系，他甚至一度住在我们家。祖父当时对他生活上多有接济和资助，还给他写剧本，如《凤双栖》等，在他身上花了很大的功夫。张君秋拜过很多人为师，博采众长，最早开蒙的老师是李凌枫，后来拜过王瑶卿，也拜过梅兰芳，他能兼收并蓄，创造了很多新的唱腔。我听我父亲说，张君秋曾对我祖父说：“干爹啊，我就老想着这么件事儿，您看我能不能够把很多流行歌曲的腔糅到京剧里边去？”30年代初，流行歌曲非常盛行，这对张君秋很有启发，于是才有了这样的念头。我的祖父很传统，当然是不以为然，持反对意见了。但张君秋脑筋很灵活，总是喜欢创出新腔，一直在创新、改良，因此后来形成自己的艺术风格，也就不奇怪了。

我从不隐瞒自己的观点，我是很赞成男旦的。男旦也称乾旦，是历史形成的，也是京剧艺术的特色，完全不同于现在某些歌星忸怩作态，用假嗓模仿女声的表演。男旦的音域宽广醇厚，高低音区都很美，甚至超过坤旦。除了“四大名旦”，徐碧云、黄桂秋、筱翠花、芙蓉草等男旦也都有自己的艺术风格，只是我们这几十年抑制男旦的发展，许多男旦得不到演出的机会，像张派大弟子吴吟秋和温如华等在盛年时就凋谢了，殊为可惜。这些年我们有像王佩瑜这样的优秀坤生，为什么就不能给乾旦一席之地？

对于京剧的改良，我特别赞成梅先生的观点。梅先生在50年代初就提出一个观点，就是“移步不换形”，我觉得这是对于京剧改良最得体、最合适的一个提法。结果在当时甚至近年都有人批判。“移步”是时代发展的必然，而“换形”，就不是京剧了。要想真正原汁原味地保留京剧，可以不断地去进行适当的改良，但是不能做那种要了命的手术。在骨子老戏濒于失传的时候，却去排演许多动用大乐队、大布景，唱腔不伦不类的新戏，实在是得不偿失。有次开会，张学津就曾对我说过，旧时梅先生排出新戏，收入能买所无量大人胡同的宅子；马先生排出新戏，收入能置办两箱新行头，可现在要是排出新戏，还要花很多钱租地方存放布景道具。

排演新戏不是不可以，60年代初，中国戏曲学院第一批学生演出的《杨门女将》就是非常成功的范例，这些刚出科的学生都是很好的人才，不但出了戏，也出了人，杨秋玲、王晶华、毕英琦、吴钰章、李嘉林、郭锦华等都是这时出现的尖子。

那时候中国京剧院和北京京剧团也联合演出，最著名的一次是演《赤壁之战》，就是将原来的《群英会》《借东风》《华容道》合编为一出，里面加了很多戏，比如说叶盛兰和裘盛戎合演的《壮别》是原来所没有的。还加了几个原来没有的人物，像刘备、张昭等，所以使用了当时很多名老生，像马连良、谭富英、李少春、李和曾等，但是原来“群借华”的精华也都保存了下来。

这出合作戏当时票价是三块钱，我那时候上小学吧，家里说得考好了才能让我去看戏，为看这出戏我还真努力，考得很好。但是没想到，票买了以后突然发高烧，为了能看这场戏，我偷偷吃了四片 APC，吃得浑身打哆嗦，冒冷汗，愣告诉我爸妈说是不发烧了。临去看戏之前还拿体温表夹着试了一下，一看才 36℃，实际上早上可能还 38℃多、39℃呢，为了看这场演出顾不得了。说也奇怪，这场《赤壁之战》四个小时，看下来之后，一身冷汗居然好了，小时候就有那么大戏瘾！

像这种北京京剧团和中国京剧院联合演出的情况不太多。当时也有一些义务戏与合作戏，印象最深的是我刚刚开始看戏时，赶上的一次盛会，即 1956 年北京市戏剧工作者联合会成立，在中山公园音乐堂演出一场大型合作戏。前面是《锁五龙》，后面是《大四郎探母》，有五个杨四郎，前头“坐宫”的杨四郎是李和曾，“过关”的杨四郎是陈少霖，“见弟”的杨四郎是奚啸伯，“见娘”的杨四郎是谭富英，“回令”的杨四郎是马连良；前头的铁镜公主是张君秋，后头的铁镜公主是吴素秋，佘太君是李多奎，萧太后是尚小云，杨宗保是姜妙香，两个国舅分别是肖长华和马富禄。我当时只有八岁多，是跟家里人一起去的，那次演出四个半小时，结束时都快十二点了，可谓盛况空前。

说到陈少霖，我很喜欢他，陈少霖是号称“老夫子”的陈德霖的公子，也是余叔岩的内弟。从前皮黄戏里的次要老生叫“里子老生”，或者叫“二路老生”，属于唱配角的老生，或者是在主要演员歇工的时候，也主演一些正戏。严格来说陈少霖就属于这样的演员，他也能主演一些戏，例如他和李毓芳合演的《红鬃烈马》，他演整出的薛平贵，非常出彩。陈少霖的老生是中规中矩，不温不火，基本功极好，能戏颇多，人缘也很好，他一辈子可以说从来没火过，但确是真正的“硬里子”，现在这样的好须生也已经不多了。陈少霖演“过关”之后，演“见弟”的就是四大须生之一的奚啸伯。当时四大须生中除了杨宝森在天津，其他几个都参与了。谭富英演“见娘”是非常合适的，因为“见娘”那种痛快淋漓的流水板非常适合谭富英。后面“回令”的马连良也安排得很好，所以这五个杨四郎的安排都是十分得体，当时这种义务戏能集中很多好角，因为好角都在一个台上同场献艺，也都会“铆上”。

那时候几乎每天晚上都有戏可看，反正下午放学也比较早。我那时候学习、看戏什么也没耽误，虽然数学一直不算好，但是语文还是不错的，下午把功课做完，晚上就看戏。50 年代以前的舞台我没有经历过，但是听家人说得很多，很多演员虽然没有看过，但是都听过他们的唱片，高亭、蓓开、胜利、百代、长城几家公司都灌过他们的唱段。

那时候没事儿在家里就开戏单子，就是这些已经不在了的演员，我也把他们都凑在一起去编一出戏，上课的时候不好好听讲，也干这个。有一次上英语课，英语老师发现我不认真听课在那里开戏单，他什么也不说，就把我开的戏单子给没收了。下课以后，叫我到教研室去，我想这回捅娄子了，上课不认真听讲，准得挨骂了。结果他居然一句关于上课不认真听讲的事儿都没提，却把我开的这张戏单拿出来，指着上面说道：“这儿写得不对，这俩人碰不到一块，岁数还差十几年呢！这俩人没同时搭过班，就不能凑一出戏。还有，这位从来没唱过双出（就是一个人在同一个晚上唱两出戏），这两出老生戏不能挨在一块儿，你总得让人歇歇吧？中间得垫一出青衣戏，你这就外行了。再有，这个戏码排得也有问题，前后位置不对。”敢情小戏迷碰上一个老戏迷！

改革开放以后，硕果仅存的老演员已经非常非常少，能够演出的也已经不是原来的水平了。但 80 年代中有很多老演员重登舞台，这对戏迷来说也是一件很兴奋的事。那时候张君秋重登舞台，关肃霜从云南来，高盛麟从武汉回来，厉慧良从天津也常来，梁慧超、新艳秋从南京来，毕谷云从东北来，李鸣盛从宁夏来。还有江西来的一个女老生何玉蓉，演一出《哭祖庙》，老太太七十多了，饰北地王刘堪，一百多句唱词连着下来，实在是不容易。我看过年龄最大的九十多岁登台，那就是李洪春。李洪春演红生，就是专门演关老爷的，那叫红生戏，我现在还保留一张照片，就是我和李洪春在后台的合影，当时他已经添了头。这年他九十二岁，最后一次登台，只演《走麦城》里的刮骨疗毒一场。

二、北京的京剧“十三团”

当时看京剧，演出效果较好，而且求其近（离我住的地方比较方便）的是吉祥戏院和人民剧场，这两个剧院去得比较多。80 年代到 90 年代百废俱兴，人们对传统戏的恢复趋之若鹜，可谓一票难求，很多名角的演出都是要彻夜排队的。我又受不了那个辛苦，于是就认识了当时北京买票的一个松散的“群众组织”，这个“组织”中的一些人直到今天还会偶尔聚一聚，回忆当年买票看戏的盛况。

这批人都是真心爱好戏曲的热心观众，因买戏票而在剧场门口相识。原来北京的有关部门还特地调查过这个事，为什么呢？因为当时有人称他们是京剧“十三团”，这“十三团”其实根本不是什么组织，其由来是因当时北京有中国京剧院四个团，北京京剧院四个团，还有实验京剧团、战友京剧团、风雷京剧团等等，反正北京一共有十二个京剧团，因此以“十三团”戏称。被称为“十三团”的这些人，懂戏，好戏，对戏曲如醉如痴，因为票难买，就组织起来彻夜排队买票。但他们绝对不倒票，不当“黄牛”，买票只是为自己和家人欣赏。买到票之后，大家“论功行赏”，出力最多的拿最好的票。其中有个工人叫娄纯敬，永远是一排一号，因为买票时他常常是最辛苦，理当占有最好的位置。这个人现在已经去世了。我为了看戏，也与他们很熟悉，但是一般得不到特别好的票，往往是三四排或者稍微把边儿点的，但也很满足，因为不劳而获嘛！“十三团”中的不少人今天已经作古，健在的也有几位今天挺有名气的人物，例如中国新闻工作者协会党组书记、原《光明日报》副总编辑翟惠生，喜欢戏，自己也能唱小生，那时候他刚大学毕业参加工作不久，现在已是快六十岁的人了。还有一个画脸谱的田有亮，是翁偶虹先生的入室弟子，对脸谱艺术颇有造诣。“十三团”里有教授，有普通工人，有医生、干部、教师，也有文化人。我当时算是“十三团”的外围吧，但也是受益者。这十年是我疯狂看戏的十年 ，有好戏，有好角儿是必看的。

当然，什么时候也有看“蹭戏”的，民国时期尤甚。旧时的茶园，也包括后来的新式剧场，最后一排叫弹压席，那是为警察预备的。警察由于特殊身份，也带家属看戏，一般就坐在后面的“弹压席”。关于蹭戏，侯宝林说的相声一点儿不夸张，比方说买碗馄饨，顶多一毛钱，跟着名角后面，一般人家演员都不进前门，都是直接进后台，像马连良他们这样的名角当时演出都是带好几个人，有跟包（拿行头的）、化装师等，小孩子托着一碗馄饨，跟着人就混进去了，人家还以为是演员要的夜宵呢。进去以后，找个没人注意的地方把馄饨吃了，接着在台帘后面看戏，谁也不知道你是怎么进来的，也没人问。还有就是用很便宜的价钱买廊座的票，看池座没人就偷偷溜到池座看戏。“十三团”的时代，这样看蹭戏的也不是没有。

三、帷幕落下后的回声

戏单也叫戏报，印着当天演出的戏码儿和剧中人与饰演者的名单。茶园时代这种戏单是不收费的，包含在茶资内，但是印制十分粗糙，错别字也很多。上个世纪 50 年代以后卖几分钱一张，后来涨到一两毛钱，内容也很简单。时至今日，戏单越来越精美，越来越豪华，有的甚至几十元一份。我收藏了一些戏单，大约有一千张，“文革”前的当然都没了，基本上都是改革开放以后的。我曾经写过一篇文章，叫《帷幕落下后的回声》，舞台上的演出虽然结束了，那些声腔乐曲渐渐远去，但是凭着一张戏单还可以唤起深刻的记忆，包括剧情、剧目、演员，以及哪天在哪儿演出，这些戏报绝大多数是我自己看过的戏的。

我收藏的戏单远不是最好的，北京有很多人都收藏戏单。前面说过的那位工人娄纯敬，还有一位“十三团”的杨蒲生，都有很丰富的戏单收藏，杨蒲生在去世前，还把收藏的戏单悉数捐给了中国戏曲学院。北京人艺有一个负责拉幕的老人，叫杜广沛，后来也在剧中饰演一些小角色，他收藏的戏单也很多，曾经全部带到我的办公室，希望印刷出版。首都图书馆也藏了很多清代以来的老戏单，这都是很好的戏剧史料。

京城音乐之声

一、京城乐声

我们可能会觉得民国时代北京人主要的艺术享受是戏曲，其实也不尽然。民国以后直到三四十年代，应该说民族音乐处在发展时期，因为这个时候有很多新的元素进入民族音乐之中，比如西洋音乐开始进入中国。虽然中国和西洋很多交流在清代就已经开始，但在音乐上的启蒙却在民国时期。

当时蔡元培等人在北京大学搞了一个中国音乐传习所，也凝聚了很多关注音乐的人，比如说像后来清华国学院四大导师之一的赵元任，清华毕业后来又留学美国学习音乐的黄自等。尤其是萧友梅，可谓中国现代民族音乐的一代宗师。萧友梅是广东中山人，曾做过孙中山的秘书，民国初年到北京，在北大的音乐传习所做了很多工作，后来在国立艺专做音乐系系主任。我们今天一说国立艺专就认为是 1946 年徐悲鸿复建的国立艺专，实际上 1918 年就开始有了国立艺专，而且培养了很多美术界和音乐界的人才，虽然它的音乐系不是太出名，以民乐为主，但是像萧友梅等也介绍了很多西方的音乐知识，因此萧友梅也被称为“中国现

北京大学管弦乐队

代音乐教育之父”。

萧友梅曾经指挥过乐队，他指挥的最好的一个乐队是民国初年海关的管弦乐队。在旧中国，有几个行业是待遇优厚的铁饭碗，员工文化层次相对较高，收入稳定，生活也比较优越，这就是铁路、邮政、银行和海关。这几个行业的工资待遇比一般的国家公务员都高得多，所以业余生活相对丰富，像北京的铁路、邮政、海关系统都有它们自己的剧社、乐队，当时比较好的管弦乐队就是海关的乐队，萧友梅就曾经指挥过这个乐队演奏一些西方的名曲。 这几个机构都有一些外国人，但中国职员的素质也非常高。铁路、邮政更别说了。在清末赫德时期就是海关代办邮政，后来才有了大清邮政以及民国后的中华邮政。铁路也有外国职员。这些机关都在一定程度上受到西方文化影响。

萧友梅后来在 20 年代中期又到了上海，1927 年与蔡元培在上海创办了中国第一所音乐专科学校。在民乐方面，应该说有很大贡献的是刘天华，他是刘半农和刘北茂的兄弟，1922 年到北京，1932 年去世，去世的时候才三十七岁，是得猩红热去世的，实在是太可惜了。他在北京待了十年，好多重要的二胡独奏曲都是在北京创作的。《良宵》是在南方创作，在北京修改完成的。他的由古曲改编的《悲歌》，还有《病中吟》等，都是在北京创作的。

另外还有一些大学或比较有名的中学也都有一些小型的乐队。像北京大学、清华大学和后来的燕京大学都有自己的乐队，清华的乐队尤其好，在30年代以后，清华的乐队能够演奏舒伯特的第八未完成交响曲，演奏贝多芬、莫扎特的钢琴协奏曲。资中筠先生在40年代末是读燕京的，后来她从燕京转到清华，她在清华时期就演奏过莫扎特或是贝多芬的钢琴协奏曲，担任钢琴主奏。资先生的钢琴弹得很好，她是天津耀华中学毕业的，资家姐妹都有艺术细胞，她的妹妹资华筠是舞蹈家，小妹资民筠是搞比较艺术科研的。以当时的水平而言，资先生能够在管弦乐队的协奏下主奏这样的大型乐曲，已经很了不起了。

当时也演出过有音乐伴奏的抒情诗剧，例如1924年泰戈尔到中国访问期间，新月社为了欢迎泰戈尔，为他庆生，就在协和医院礼堂演出了一场叫《齐德拉》的配乐抒情诗剧，这也是泰戈尔的作品。林徽因扮演主人公——齐德拉公主，徐志摩演爱神玛纳达，布景是梁思成绘制的，演出的主持是胡适，鲁迅和梅兰芳都参加了这次盛会，这在1924年的中国也可谓盛况。

民国时期也整理了很多古琴曲，管平湖、查阜西、溥雪斋这些人都是在30年代到50年代的古琴大家。溥雪斋是著名画家，也是古琴大家，他在“文革”中带着小女儿和一张心爱的古琴出走了，不知所终，有人说是往清西陵方向走了，有人说饿死在半道上了，一直到今天，溥雪斋究竟死在哪里也没有人知道。当时他们这些人恢复了很多古曲，像广陵派、虞山派，都有发展，整理了很多古曲。

那个时候相对来说是比较开放的，也很能接受外来事物，从对西洋音乐的接受方面讲，这个阶段北京虽然远不及上海，但并不很保守，很多东西能够兼收并蓄。当时北京有七架大的管风琴，管风琴很了不起，是一种大型的键盘乐器，这七架管风琴有六架都在教堂里，这当然是顺理成章的，因为教堂里唱诗需要有管风琴，而另一架非常好的管风琴则是在北京协和医院礼堂，协和医院也有自己的乐队。据说今天这架管风琴还扔在协和医院的库房里，恐怕早就不能用了，这架管风琴当时真是发挥过很大的作用。我们知道的北京耆旧夏仁虎（枝巢）先生，他的儿子夏承楹的婚礼就是在协和医院礼堂里举行的，儿媳就是写过《城南旧事》的林海音。夏仁虎虽然是中式的耆旧，但他的儿子、儿媳的婚礼却很洋派，这个婚礼上曾经演奏过大型的音乐会，由钢琴家老志诚来弹奏管风琴，关紫翔演奏小提琴，雷振邦演奏大提琴——在那个年代是北京最好的音乐家和音乐演奏家了。

二、民国时期的音乐家和作曲家

说起民国时期的音乐家，今天大概只有八十五岁以上的人才知道有个老志诚，可是我从小就常常听别人说起他的名字，一说到那时的音乐家我的脑子里灌输的都是老志诚，我父亲就常常和我提老志诚的钢琴弹得好，有一次我和启功先生偶然聊到老志诚，启先生还没说话，就向我伸出个大拇指。老志诚是钢琴家，也会作曲，他写的《牧童之乐》是西洋的钢琴乐曲和民族音乐的完美结合。可以说他是旧中国、旧北京钢琴音乐的拓荒者和启蒙人。老志诚还是第一个为王洛宾蒐集的新疆乐曲编写合唱并配以钢琴伴奏，并推荐到北京的。他自己也创作过钢琴曲和其他乐曲。他参加过北大的音乐研究会，活跃在北京和天津等地。同时还在很多中学里普及西洋音乐，甚至参加过音乐课程的撰写，包括北大、清华都有他的音乐课。老志诚是广东顺德人，清末民初广东那边南洋过来的音乐家很多，他或许是受到这样的影响。但他后来一直生活在北京，活到2006年，遗憾的是，50年代以后，老志诚的名字就已经没有什么人知道了。

关紫翔也是一个西洋音乐的拓荒者。他的儿子关乃忠也很有名，是指挥家，今年七十多岁了，曾先后执棒于中国香港、台湾等地，以及加拿大的乐队，现在还健在。关紫翔民国初年就拉小提琴，小提琴拉得相当好。老志诚是广东人，而关紫翔和后面我要说到的雷振邦都是纯粹的北京人，而且还都是旗人。雷振邦也出生在北京，他的女儿就是作曲家雷蕾。雷振邦作品的影响很大，他是留学日本学习音乐的，也受到日本音乐的影响，曾经在“满洲映画”工作过。五六十年代很多电影都是雷振邦作曲的，像《冰山上的来客》《五朵金花》这些电影插曲都是他作的。雷振邦也会拉胡琴，也喜欢京戏。那时有很多会拉小提琴的也会拉胡琴，会拉二胡的也会拉京胡，因为都是弦乐嘛，有点异曲同工之妙。最典型的一个就是四大须生之一杨宝森的堂兄杨宝忠，杨宝忠还曾举行过小提琴演奏会，但是他的专业是拉京胡。那时常说到杨宝森的“三绝”，即杨宝森的唱、杭子和的鼓和杨宝忠的胡琴。在当时，也有人认为杨宝忠的胡琴是洋胡琴，颇有微词，又说他拉小提琴有拉京胡的味儿，拉京胡有小提琴的味儿，因此有人排斥他，戏称为“化学胡琴”，这当然是玩笑话，但说明这两件迥然不同的乐器也有着交融和贯通。

当时中国人了解西洋音乐和中国人学习德国医学很有相似之处，就是大多是通过日本学来的，最早是由很多留日学生开始接触西洋音乐的。谈及西洋音乐知识的普及工作，有一个人应该谈到，那就是丰子恺先生，他写过一本普及西洋音乐基础知识的书，也讲到很多音乐家，我的西洋音乐方面的知识和启蒙教育就是来自于丰子恺先生的书，丰子恺也是留日的。

还有一个音乐家一生受到很多不公正的待遇，但是我觉得也是我们不应该忘记的，那就是江文也。这个人我是见过的，而且还见过很多次。江文也是台湾籍的音乐家，他在台湾淡水出生，台湾长大，在日本学习音乐。他是 1938 年到北京的，因为 1938 年正是北京沦陷时期，所以有人说他是“汉奸音乐家”。他的《台湾舞曲》和《十六首断章小品》分别于 1934 年和 1936 年在国际上获奖，可以说是中国在西洋获奖很早的音乐家。在今天，中国人的西洋音乐在国际上获奖并不新鲜，但在那个时代，确实是很了不起的事。50 年代，我与江文也的儿子江小工是同学，他家好像住在钱粮胡同，一个小院的几间北房。江小工常上我家来玩儿，我也常去他家。江文也一生很坎坷，受到很多不公平的待遇，1945 年就曾以汉奸罪名入狱，1957 年又成了“右派”，“文革”期间的遭遇就可想而知了。我见到江文也的印象是，一看就是艺术家，很帅，很漂亮，清癯而文雅，头发略长，但不像现在许多音乐家那样的长头发。他创作过《台湾舞曲》等很多乐曲。诚然，他的创作盛年的确是在敌伪时期，但是他的作品并没有亲日的政治倾向。他的音乐是介乎于东方音乐和西方音乐之间，对民族音乐和西洋音乐进行了结合的尝试，很有特色。江文也的一生几乎大部分时间是在逆境中度过的，直到晚年才得到平反。他在最后的时光里还创作了未完成的《阿里山的歌声》交响曲。今天不要说圈外人，就是圈内知道江文也这个名字的人也不多。和他同时的还有一些音乐家，这些人不像聂耳、冼星海、贺绿汀那样是激进的或是在解放区培养出来的，他们只活跃在民国时代的城市，因此后来很少有人知道。

三、我听音乐的记忆

那时候北京没有音乐学院，只是在艺专有音乐系。也没有正规的乐队和乐团，听音乐会在什么地方呢？一个是大学、中学、基督教青年会（就是在今天的米市大街协和医院门诊楼的位置）。还有一些像刚才我说到的协和医院、邮电、铁路、海关这些比较大的部门和机关的乐队。营业性的音乐会不能说绝对没有，但是很少。之前我们讲剧场的时候曾提到敌伪时期建的一个剧场——中山公园音乐堂，音乐堂曾经有过一些小型音乐会，但都不太像样子。直到60年代才有了音乐厅，它的前身就是六部口的中央电影院，我在那里看过电影，后来在那儿听过音乐会。1949年以后，对外交流比较多了，所以我们能够听到较多的音乐会，但基本上是所谓社会主义国家的。一般来说，能到中国来演出的比较好的乐团是东德和苏联的。我小时候听的很多音乐会基本上是这些国家的乐团。我在“文革”前听的最后一场音乐会是在1966年4月，是在二七剧场的一个国外来访的弦乐四重奏，演奏的是海顿和舒曼的室内乐，这是“文革”前的最后一场外国音乐会，听众并不很多。从那以后一直到“文革”中，就没有听到过西洋古典音乐。70年代中期，小泽征尔来了，我弄不到票，当时家里也没有电视机，我是在朋友家自己攒的示波器上看的现场演出，屏幕只有五寸，整个画面都是蓝绿色的。

“文革”前我曾买过很多唱片。我听西洋音乐的启蒙人就是原来中国火柴大王刘鸿生的儿子刘念信。刘鸿生的儿子很多，刘念信是其中之一。他的夫人陈小曼当时在商务印书馆工作，那时，他们住在东城的八面槽烧酒胡同。他们有很多密纹唱片，也就是33转的唱片，在那时候是很高级的了。我和父母常去他们家听唱片。我们听过很多外国音乐，包括莫扎特的《圣母颂》和贝多芬的三、五、六、九交响乐，即《英雄》《命运》《田园》《合唱》，一直到德彪西的《云》《大海》，也包括勃拉姆斯、德沃夏克、格里格的等等。后来我家自己买了个“电转”（就是电唱机），也是四速的。四速是四个速度，从前我们的唱机是手摇的，就一个速度，只能听78转的。前面我提到那些京剧演员的唱片，全部都是胶木的78转，就是每分钟能转78圈，转速越小的唱片容量越大，延续的时间越长，于是后来就有了45转、33转，甚至是16转的，叫作密纹唱片。45转和16转的不多，不是特别流行，苏俄没有，只有东德有，不是很普及。比较普及的则是33转的，当时只有在外文书店才能买到。

我那时几乎每周六的下午都去外文书店“买”唱片，说是“买”，不如说是听，一下午能听很多世界名曲。但是光听也不能不买啊，但是那时候唱片很贵，一张唱片五六块钱，一个人的工资才多少钱？所以最多也就买一张。但是你可以在那儿换着听一下午。那里的店员都会点儿外语，也懂点儿音乐，他们会不厌其烦地为你拿不同的音乐唱片试听。多数是不等听完就再换一张，假装是很懂行地听听它的音色、音质，其实就是在那里听不花钱的音乐。一张 33 转的唱片可以听 20 分钟到 25 分钟，要是 78 转的最多三四分钟就听完了，同样大小的，转速不同，时间也就大相径庭了。那时候我常在八面槽的外文书店听唱片，当然也买了不少唱片，回到家里再仔细听，一直到“文革”中。因为家里没有受到太大的冲击，就是“文革”中，我还偷偷地在听这些古典音乐的密纹唱片。电唱机自身没有扬声器，扬声器是通过一根线接在收音机上，通过收音机放送出来的。收音机上的扬声器是可以调控的，声音可大可小，我会把音量调到非常非常小，生怕外面听见。那时我喜欢比较古典一些的音乐，像巴赫、亨德尔，再晚一点的像贝多芬、莫扎特、舒曼、门德尔松、舒伯特、肖邦、李斯特、勃拉姆斯到德沃夏克，这些唱片我在“文革”中还都保留着，但后来也都没有了。“文革”前夕我还从委托店、信托商行买过人家处理的成包的唱片，那就要便宜多了，我曾经花十块钱买了十张外国出品的密纹唱片，相当于一块钱一张，其中包括海顿的交响诗，还有舒曼的一些弦乐四重奏、舒伯特的《鳟鱼五重奏》，还有威尔第的两张歌剧，真是觉得太值了。

50 年代一些西洋音乐开始在中国比较普及了，后来成立了中央乐团，当时在中央乐团演奏小提琴的有杨秉荪、韦贤章等，上海有李明强，还有一位非常好的女钢琴家顾圣婴，在“文革”中自杀了，他们的钢琴、小提琴演奏也都灌过唱片。那时中国已经可以生产质量很好的密纹唱片，是中国唱片公司出品，有西洋音乐的，也有京剧的，但是大部分是音乐类的密纹唱片。我收藏的《天鹅湖》就有两种，一种是莫斯科芭蕾舞团乐队演奏的，一种就是中央歌剧舞剧院演奏的，由黎国荃指挥。《天鹅湖》唱片的封面设计得很好，是油画作品。中国设计的唱片套很有特色，尤其是民族音乐，很有自己的风格。有一次见到黄苗子和郁风两位前辈，我还和郁风阿姨提到她设计的唱片封套，我说："那时候您还设计过唱片封套呢。"郁风阿姨想了半天，自己都不记得了，苗子先生猛然想起说："你忘记了，我还记得，你想想自己还设计过什么东西没有？"郁风是搞美术设计的，曾设计过好几个唱片封面，非常漂亮清雅。那时包括一些民乐像《渔舟唱晚》《春江花月夜》等，也都出了密纹唱片。

今天，那种胶木唱片已经绝迹了，但是许多老唱片还是发挥了极大的资料作用，上个世纪末，开始了戏曲的"音配像"的工作，除了上世纪五六十年代少量的录音带之外，绝大部分利用的还是老唱片，在整理时，用现代科学的办法去掉了由于年代久远和唱针旋转产生的杂音，尽最大可能保存了较好的音质，真正发挥了老唱片的历史价值。应该说，留声机和唱片虽然离开了现代生活，但是却给我们留下了永难磨灭的声音。

新旧更替

北京的时尚中心——东安市场和王府井

任何一个城市都有引领潮流的时尚中心，不同时代有不同的时尚区域。以旧日的上海来说，一般认为上海最热闹的地方是南京路，其实并不是这样，南京路虽然热闹，但不是时尚之区，时尚之区是哪里？应该是旧时的霞飞路，也就是今天的淮海中路。北京和上海是完全不同的城市，上海洋化的程度要比北京高得多，北京相对来说还是比较保守的，但是北京也有时尚中心。旧时人们常说北京最热闹的地方是“东四、西单、鼓楼前”，尤其是前门外大栅栏是最代表北京商业繁华的地区。实际上民国以后这一百年来，时尚区域并不在前门大栅栏，而是在东安市场和王府井。如果你想看穿得最讲究的帅男靓女，去前门大栅栏那里，你是看不到的，而是要到东安市场和王府井才行，就跟今天北京的三里屯 Village（现在叫太古里）和蓝色港湾一样，这些地方才是现在北京的时尚街区。

一、东安市场的形成

可以这样说，有了东安市场的繁荣才形成了王府井。最早东

隆福寺庙会

安市场这片区域是一个清代的练兵场。过去在紫禁城的东华门外还有一座皇城的门——东安门，清末在东安门的两侧聚集了很多小贩，官员上朝都是进东安门。朝臣待漏五更寒——都是凌晨经过东安门入东华门去上朝，乘车的、骑马的、坐轿的到东华门外就止步了，所以造成这两侧的交通极为拥堵。真正对这个地方的治理是从什么时候开始？应该是“庚子事变”后，1901年慈禧、光绪自西安回銮之后。那时开始治理东安门一带的这些摊贩市场，但又不能不让这些小贩经营，所以从1901年开始，把所有的商贩全集中到东安门外的这个废弃练兵场去了，就是今天新东安市场这一带，于是就形成了一个很大的市场。市场里卖各种东西，从衣服、日用品到小吃、杂项，还有一些撂地儿的杂耍什么的，像一个庙会的形式。里边虽然很热闹，但是它的规模还是低于东西两庙（即东城的隆福寺庙会和西城的护国寺庙会）。因为它位于市中心，后来有人相中了这块地方，找了很多士绅投资，包括一些有钱的太监，还有一些当时的官宦人家，干脆就搭成棚子建了一个东安市场。

东安市场建成以后日渐繁荣，里面也分别建了不少小一点的商场，比如丹桂商场、桂铭商场等。当时非常热闹，慢慢就超过了东西两庙。因为庙会是周期性的，而东安市场是固定的，有棚子，也不怕下雨刮风。东安市场附近还建了戏园，有名的如我们之前也讲过的吉祥茶园，还有一个就是靠东安市场西南部的丹桂茶园。民国初年，南北政府对峙，南方一再敦促袁世凯南下到南京做大总统，袁世凯不愿意离开北京，因为他的势力都在北方，于是借口说北方不安定，得坐镇北京，于是就怂恿老部下曹锟手下的兵搞了一次兵变——在东安市场放火，这一把火就把丹桂商场，包括丹桂茶园整个烧毁了。后来留下的丹桂商场只是其中的一小部分，而丹桂茶园再也没有恢复。从前有一句话叫“火烧旺地”，这次事件之后，东安市场后来反倒比之前更繁荣了，到了20世纪30年代已经由七个部分组成。当时的正门应该是北门，就是金鱼胡同里的那个门，被视为正门，进北门到头道街、二道街、三道街都属于东安市场。再往西南一点，是桂铭商场，桂铭商场的南边还有中华商场，中华商场再往那边保留了丹桂商场的名字和一部分地域，因为已经烧了，所以在那地方又盖了几栋楼，其中一栋是中西结合四面式的，叫作畅观楼，还有一个青霖阁。当时的规模很大，一直延伸到东安市场的最南端，那里就是露天的了，叫南花园。东安市场在王府井大街上开了三个门，最靠北的这个门叫作西门；西门再往南一点叫中门；中门再往南叫南门，其实都是坐东朝西的。

我看了很多回忆东安市场的文章，我认为写得最全面、最翔实的是台湾的唐鲁孙先生。但是唐鲁孙写东安市场时，我估计是在1970年代中，为什么？他里面讲了这么一句话：“今天东安市场已经不存在了，据说改名为东风市场。”改名为东风市场的时候，正是70年代初。唐鲁孙先生是1985年去世的，这是他在老年的时候回忆东安市场，他所回忆的基本上是30年代，大概就是抗战爆发之前的东安市场，写得是很全面的。再有就是我的故交，上海的金云臻老先生，那篇稿子是我约他写的。1986年，我们曾坐在上海文联的美丽园中，一边喝着茶，一边聊着东安市场旧事。再一个就是吴祖光先生写的40年代前后的东安市场。唐鲁孙先生、金云臻先生和吴祖光先生写的与我50年代所经历的东安市场，变化并不是很大。

二、北门内的记忆

我和东安市场的关系太亲密了，我家住得离那儿很近，上学离那儿更近。50年代中期到60年代初期的东安市场，在我的脑子里留下了深刻的印象，所以现在闭上眼睛，老东安市场历历在目，甚至那里煤油灯和下水道混合的气味，雨点打在铁罩棚上的声音，都仿佛在目前耳际。很多人都写过东安市场，但也有一些问题，到底是记忆有误，还是笔误？都有可能。比如说唐鲁孙先生写一进北门有一家卖烟的铺子，他说的字号和我的记忆有所不同。我小的时候这家铺子还存在，那时候也没有公私合营，还是私人的买卖，由母子两个人经营。当时的字号我印象很深，叫“豫康东”，以卖烟草为主，也有针头线脑之类的东西。那个时候非常奇怪，在50年代还有很多进口烟，从哪进来的我不知道，是不是水货也未可知，我不太清楚那时候的烟草到底怎么个管理情况。比方说像美国的红光、骆驼，还有成桶的“三五”“三九”都有，不过没有炮台和加利克。此外还有雪茄，还卖很多烟斗和外国的烟丝。50年代中期我还小，父亲抽香烟，也抽烟斗，他抽烟斗要有一些工具，比方说通烟斗的通条，那是一种带绒毛的钎子，别处没有卖的，一定要到豫康东去买。那时候没有气体打火机，都是灌汽油用打火石的，一小根打火石，就跟铅笔里面的笔芯一样粗细，分成小段，一根用不了多长时间，要经常换，打火机下面有一个孔是塞火石的，一个是塞棉花的，棉花里面要渗透汽油，才能打火，这些东西都要到豫康东去买。豫康东的母子俩我现在仍有印象，都胖得不得了，母亲老是坐着不动，儿子四十多岁，穿着一件中山装，扣子要崩开的样子。

唐鲁孙先生也写到卖烟的了，但是他没写豫康东，而是另外一个字号。据他说，当时顾少川（顾维钧）要送外国人雪茄，就是金马蹄、蓝马蹄、红马蹄这些牌子，跑遍了很多烟铺都没卖的，结果在那个小店却能买到。这小店虽小，却是东安市场北门里的标志，50年代末就拆掉了，变成东来顺卖奶油炸糕的小卖部了。

我很小的时候，经常跟着两位祖母坐三轮车去东安市场，从来不走西门，都是在北门下车。进北门以后，会经过三个十字路口，就是头道街、二道街和三道街。进了北门的左首就是豫康东，右首则是一个四层的楼，这个四层的楼房是东安市场临街面的最高建筑物，楼下的一层叫稻香春，并不是今天的稻香村。稻香春是一个姓张的老板经营的，当时在北京非常有特色，卖很多南式食品，包括东阳的火腿、平湖的糟蛋、广东的香肠、福建的白糖杨梅和橄榄，从蜜饯干果到肉食在内的南方各种小吃，一应俱全，非常有特色。这个稻香春字号今天还有，但这类吃食大都不见了。稻香春的楼上就是森隆饭庄，森隆饭庄二楼是中餐，三楼是西餐，四楼是素斋，素斋我去得比较少，二楼的中餐最好，三楼的西餐非常糟糕，很少有人光顾，后来就关了。北京其他的西餐馆如果说是中式西餐，那么森隆的西餐连这个水平都达不到，只是“中菜”西吃罢了。

头道街前中间的一溜柜台卖什么的都有，也有些跟豫康东差不多的东西，如烟草等。还有一些工艺品，如内画的鼻烟壶、面人、泥人等等。我印象最深的是毛猴，就是用蝉蜕和辛夷花骨朵为原料，做成猴子样而拟人化，极其精致。毛猴的动作各式各样，有打麻将的、吃涮羊肉的、下棋的、杂耍的、看洋片的，什么都有。还有一个是卖景泰蓝制品的，我小时候最羡慕的不是那些大件的东西，而是小型精致的刀剑，能够从鞘里抽出来，很锋利，比如宝剑或腰刀，鞘也都是景泰蓝的。家里怕我伤到手，因此不给我买，但那是我最渴望的东西。还有就是绒鸟，绒鸟的价格也不贵，底下有个硬纸托。再有就是卖料器的，料器是一种玻璃玩意儿，但是不透明，可以做成各种小动物，也有卖泥人和戏出儿的等等。这是头道街最北部中间一长溜柜台。两边的店铺有卖服装的，印象很深的是卖丝绵和鸭绒被的，走进去里面非常幽暗，我从来没进去过。再向南有一个首饰店，叫“美丽华”，“美丽华”的首饰非常有名，但不卖真的，只卖假首饰，镶工很漂亮，包括一些唱戏戴的头面。

我很留恋头道街中间的一趟柜台，小时候还闹过一个笑话。

因为我在那里买过很多泥人、泥马，我大概有五六十个不同装扮和脸谱的泥人泥马，尤其是《三国》的张飞、马超、赵云什么的，天天在桌子上摆来摆去打仗，但是只有将没有兵奈何？我就特别想要小泥兵，有一次，我突然发现在东安市场这一溜柜台的最下层，摆着几十个穿着绿衣服、戴着荷叶盔帽子、手里拿着棍子之类家什的像士兵似的泥人，可能放的时间久了，又无人问津，上面还落了一层灰。我就一直想买，也没敢跟家里说，因为这套东西可能很贵。后来我家里来了个亲戚，当时他也不太懂，为了讨好我，就把这套东西给我买回家去了，结果家里大人一下就认出这是出殡的执事队伍，哪有在家里玩出殡的？于是刚买回家去，家里人就急了，那位亲戚饶着花了钱还没落好——这套东西全给扔了。

东安市场当时非常幽暗，白天也要点灯，但是一到头道街，就突然明亮起来了。这个十字路口四面都是卖新鲜果品的，灯火通明，还有热闹的吆喝声。一般的时令水果不要说了，应有尽有，最好闻的是糖炒栗子，隔着老远就能闻到糖炒栗子的香味儿。除了夏天，秋、冬、春三季都卖冰糖葫芦，各式各样的冰糖葫芦。印象最深的是卖冰糖核桃的，盛在一个小方纸盒里，核桃仁是用冰糖蘸过的，拿牙签扎着吃；还有卖豌豆黄的等等，这些都是用大灯泡子照着，中间那一趟街虽然很幽暗，但是一到这儿就豁亮了。

再往右首拐，就是桂铭商场。这一带的东西就比较高级了，有很多是卖钟表的，大多是西洋的钟表，当时没有什么国货。我记忆中的50年代的样子和吴祖光讲的40年代、唐鲁孙讲的30年代基本上差不太多。可能有的字号没有了，比如说那里有一家很

东安市场十字街北路西的荣华斋咖啡馆

好的金店，就是首饰楼，叫“志诚”，因为50年代不兴这个，就关张了。此外还有药铺，比如说有名的西鹤年堂。还有一些卖仪器的，像当时大学生用的计算尺，各种档次的都有。计算尺是当时很精密的仪器，数学、物理等等课程都需要的，最高级的都是德国造的，很贵。还有圆规、鸭嘴笔什么的，装在一个衬着蓝丝绒的盒子里。当时上理工科大学的人必须得买一套，穷人家的孩子就是攒钱也得买。自从有了计算机，这东西就没用了。还有卖望远镜和各种照相机的，像徕卡、蔡司、禄来福莱克斯等这些世界名牌的相机都有。还有一些专门供应外国人的古玩，比如说什么铜佛、唐三彩等等，这种店叫“走洋庄的”。

如果从北向南再往前走，有一个二道街，二道街相对头道街就冷清多了，也没那么明亮。到了二道街还可以往左右两边拐，如果往右边拐的话，就可以走到被火烧了的丹桂商场。在二道街这边，唐鲁孙记了一个点心铺，字号我没听说过，但是吴祖光写的我太有印象了，就是荣华斋。荣华斋楼下卖很多中式点心，做得非常好，比方说翻毛月饼和萨其马等，这些中式点心倒没什么新鲜的，关键是楼上的西点非常有特色。荣华斋的西点，我和吴祖光先生非常有同感，它的西点做得太好了，像奶油气鼓，咱们今天叫泡芙，还有一种点心叫“拿破仑”。那时候北京人管奶油蛋糕叫奶油点心。我上幼儿园前后，经常跟着两个祖母去荣华斋吃下午点心，我印象最深的是荣华斋楼上有一架废弃的角子机，我总是去那里按着玩儿。

三、丹桂商场与南花园

丹桂商场就在和东安市场平行的另一道街上。在我小时候丹桂商场已经建了一个青霖阁，一个畅观楼。畅观楼是一个楼上楼下四面环绕的建筑。这里有个西餐馆，叫吉士林，它和天津的起士林并不相干。吉士林分楼上、楼下，楼下卖西点和冷饮，楼上卖西餐。吉士林的西餐做得不错，最有名的是清汤小包。一杯很浓郁的牛肉茶，配着两个裹着面包屑炸的小包，牛肉末和鸡蛋、口蘑做馅儿，外酥里嫩，一份两毛五分钱，可以当一顿点心吃。吉士林最好的一样东西荣华斋也有，就是奶油栗子粉——把炒熟的栗子磨成碎末，上面浇上真正的cream，也就是鲜奶油，吃的时候搅拌在一起，有栗子香，有奶油香。但是我直到今天也不吃奶油栗子粉，因为五岁时吃伤了，回家吐个不停。那时候梅葆玖也常去吉士林，有时候他还在那儿放个唱片什么的。

坐在吉士林的楼上，能够看到楼上四周的情况。在我的记忆里，50 年代那里十分冷清，但楼上有几家店印象很深，一个是卖动物标本的，几乎没有人去；还有一个用炭笔给人画像的，这个画像的不是对着你写生，而是你给他提供照片，哪怕是一张一寸照片，他都能给你画一幅很大的像。他先是把整个像打上格，打成格以后，把这个格放大，然后填充，能将小照片画得很大，但是一点不失真。楼上还有一个会贤球社，50 年代已经比较冷清了。会贤球社很大，有台球桌，但最主要的是保龄球。别以为保龄球是 80 年代改革开放以后才有的东西，30 年代中国就有保龄球，但那时不叫保龄球，叫“地球”，当时北京最大的地球馆就是会贤球社。北京其他地方也有地球馆，比如说米市大街的青年会，但是规模比较小。会贤球社修得最大，共有六道，而且设有记分员，记分员都是很漂亮的小姐，穿着统一的制服。如果你不是约着朋友去，一个人打无聊，记分员小姐还可以陪着你打，甚至可以带着她出来玩。到我小的时候，这些已经没有了。畅欢楼里还有一个姓赵的牙医开的牙医馆，当然不是很有名。

从楼上下来出去再往南，就到了南花园地区了。南花园地区一般没有棚子，有一些小饭馆，我前面讲的钱币店、邮票店也在那儿，杂七杂八，无奇不有。到了 50 年代，南花园的最南端开了一个西餐馆，叫国强，50 年代后期国强搬走了，那地方又开了一个北京最好的西餐馆，叫和平餐厅，它的东侧还有一个卖日本料理的和风餐厅，相对和平餐厅而言就显得冷清多了。

在南花园和丹桂商场之间有一个小小的天井，没有顶棚，面积也不大，这个小天井里面有一家店，叫“老北京”皮箱店，卖的是真正的牛皮箱。不远还有家“庆林春”，庆林春大家都知道是卖茶叶的，是福建林家开的，也就是人艺老演员林连昆他们家。林连

东安市场门口，可见“会贤球社”“体益球房”“王凤峻牙医生”等广告

昆是我的老朋友，和我讲过庆林春的旧事。庆林春除了卖茶叶，还开了一个漆器店，福建的漆器是有名的。除了日用品和果盒，它还卖一种漆皮箱子，是用真正的羊皮或猪皮做胎，外面刷上漆、描上金，还有铜活儿，两边有提手，中间有铜扣袢，箱子外罩着蓝布套子，专门作为嫁妆用的。这就是中国式皮箱。这种皮箱质量极好，能用上百年不坏。现在这种东西已经没人用了。在这个小天井里还有两家算命的小铺子，这算命的小铺子在东安市场里很特殊，直到 50 年代中还有，其中有一个很有名，叫张瞎子，据说算命很灵。这个张瞎子其实不瞎，眼睛能看见，但戴墨镜，于是别人叫他张瞎子。我家从祖父祖母那一代就不信这个，所以没有去过，只是远远看到过他。但是我听说过关于张瞎子的一点轶事。据说在三年内战的后期，他在东安市场这个算命铺里照常出摊儿，天天测字、

算命、看相，到了1948年中期，那时候国民党的部队频繁调防，很多国民党的高级军官在调防期间会小住北京几天，经常带着家眷去逛东安市场，都是戎装笔挺，冠带辉煌的将星，顺便也到张瞎子那里去看相、测字、算命。张瞎子一开始还没太理会，后来他就偷偷地跟别人说："不对了，怎么进来一个脸上一团晦气，一看就有血光之灾，再进来一个也是如此，一天能来十来个这样的，直说不敢，不直说又违心，这相没法儿看了，看来国民党的气数是要尽了。"后来张瞎子就干脆卷着铺盖回家了，到50年代初又重操旧业。东安市场当时真可谓是无奇不有。

进了东安市场北门，东侧基本上以饭馆业为主，首先是东来顺，还有奇珍阁，二道街东边有峨嵋酒家、小小酒家。我小时候去得最多的，包括我上学时候自己也去的，就是东侧的五芳斋。五芳斋楼下卖各种面，什么鳝丝面、虾仁面、大排面、罗汉上素面等等。楼上卖很多上海本邦菜，包括清炒虾仁、炒鳝糊，还有松针汤包等等，做得非常精致。我上学的时候，有时候吃一个炒虾腰，再来一碗米饭，也就几毛钱。奇珍阁是个湖南馆子。还有个广东馆子，叫东亚楼。

当时丹桂商场的两侧是书店，书店占的面积很大，坐东朝西的全部是卖中国式线装书的，著名的有佩文斋、瑞文斋；坐西朝东的是卖洋文书的，有中原、春明等。除了书店之外，在青霖阁附近还有一个票房，北京的票房遍及北京各区，而东安市场里就只有一个，原来叫德昌茶社，后来改了两次名，一直维持到50年代初，所以在那个地方买书的时候能听见楼上胡琴的声音。德昌茶社时代最为鼎盛，像名票陶默厂、李香匀、翁偶虹、管绍华（后下海）都曾是这里的骨干，还有后来给张君秋拉二胡的张似云，都是这票房的，有些人跟我们家也认识。

南花园里面还有很多曲艺场所，50年代就改成了东安市场曲艺厅，最早的时候没有名字，因为露天，所以戏称“雨来散”。后来有了棚子，当时很多演员都在那儿说唱，包括侯宝林、刘宝瑞、郭启儒，说评书的连阔如等这些人都在那里。还有很多天津的演员，当时像白云鹏和小蘑菇常宝堃他们家，也都到那里去演出。

东安市场的全盛时代有二百多店铺，摊商有五百多家，加起来有八百多家商铺。东安市场在民国至60年代初是北京一个最繁华的地方，正是因为有了东安市场，才有了王府井的繁荣。

四、北京的香榭丽舍——王府井

王府井的繁荣应该说是在东安市场之后，实际上东安市场的西门、中门、南门都是开在王府井的，后来金鱼胡同那个北门很少有人进出了，最热闹的反而是对着百货大楼的这几个门，可是从前最热闹的却是金鱼胡同正门。东安市场从北到南很长，它占地面积非常大，南门已经快延伸到帅府园了。后来西门到南门更热闹，带动了王府井的繁华。而王府井繁荣以后，就成了北京最时尚的区域，它的东西两侧，高档商铺林立，远远超过了东安市场，从20年代以后，就类似于上海的霞飞路了。

王府井当时很多主要的店铺是开在贴着东安市场这一侧，比如说像大明眼镜、亨得利钟表、盛锡福帽子店、同陞和鞋帽店等。到了1954年，在东安市场的对面，盖了当时北京最大的一个商场，就是北京市百货大楼。百货大楼开张的时候，调了很多有经验的老店员，包括从米市大街德昌厚调去的张秉贵，现在百货大楼门口还有他的塑像，从他在德昌厚的时代我就和他很熟。

中国照相馆没有从上海搬迁来之前，王府井有两家照相馆很出名，一个是明昌照相馆，东家姓张。它的对面还有一家丽影照相馆，丽影比较洋一点，许多时尚的人家更喜欢丽影。丽影照相馆是坐西朝东，明昌照相馆是坐东朝西，两个照相馆也是竞争对手。后来还开了和平画店、北京画店和工艺美术商店，所以 50 年代以后这一条街就越来越繁华了。1958 年、1959 年，大批上海的店铺迁到北京来，实际上第一家从上海迁京的厂家门市也是在王府井地区，那就是义利食品公司，是在 1950 年底由资方经理倪家玺从上海北迁的，门市就开在东华门路北。到了 1958 年迁京的就很多了，比方说对着东安市场北门的四联理发馆，就是上海四家有名的理发馆联合起来进京。再如雷蒙西服店、蓝天西服店、新新绸缎店、普兰德洗衣店等，也都是由上海迁来的，很多上海迁京的店铺都到王府井驻扎，王府井也就越来越繁荣了。

王府井在民国初年还不是太繁华，王府井真正的繁荣应该是从 20 年代末 30 年代初开始，东安市场形成规模以后，王府井就变成了北京最时尚的一条街，说得夸张一点，有点像巴黎的香榭丽舍大街，而逛王府井的人之心态也有点像在巴黎坐咖啡馆。我在巴黎的时候，张广达教授就曾问过我："你看巴黎的咖啡馆有什么特点？"我踟蹰半天回答他说："好像所有喝咖啡的人都面朝大街坐？"张先生说："对了，那里的人们就是为了看过往的行人，也让行人看自己，所以都是冲着街面坐，关注着过往的行人，也希望过往的行人关注他们。"王府井没有咖啡馆，也没有能坐的地方，但是人们徜徉在王府井大街上的时候，实际上都在观察着身边的时尚。上海蓝棠、捷克拔佳最新款式的皮鞋，欧美最新样式的西装，上海最新流行的旗袍在王府井大街上都能看到。而自己最讲究的新衣服都要穿到王府井去展示。虽然 1949 年以后整个政治背景变化了，但是社会生活是不会一刀切的，一直延伸到上个世纪的 60 年代初，王府井大街一直是北京最时尚的一条街。应该说它从一个侧面反映了整个北京社会生活的变迁。

旧时代的社会交往

旧时代的社会交往，或因不同社会阶层生活方式的不同，社会交往的方式也是不同的。即便是在同一社会阶层，也或因个人的秉性好恶不同，有所差异。

一、一般性的社会交往

普通市民的社交，在老舍先生的《离婚》中很能得到真实的反映。《离婚》那个小杂院里的成员，基本上属于当时的中下层，如小职员、普通教师或者是手工业者。小杂院里多有三五户人家，他们同处于一个不大的生活空间，他们之间朝夕相处，喜怒哀乐都会彼此了解。在旧时代，人们同在一个院落里出出入入，都会本着与人为善的基本原则，尽可能互相照应，就是偶有些矛盾，也会慢慢化解。尤其是久居京城的土著，亲戚众多，也会时常人来客往，串门子、走亲戚是司空见惯的事。

就是在官宦人家，也不尽是官场里的活动，也有三亲六故，七大姑八大姨的走动也和普通人没有多大的区别。就以那桐为例，虽然是大学士、总理大臣，入直军机，可谓位极人臣，但是从他的《那桐日记》中也可以看到他家的平日生活跟老百姓也没多大区别。《那桐日记》里记录了很多他家里人来客往的交际，其中有很多是家里七大姑八大姨之间的往来，那桐本人也会接待应酬和参与，甚至写入每天的日记之中，说明这些官宦人家也有普通人一样的社会人际交往。

旧时代，非常重视一年中的“三节两寿”。“三节”非常好理解，不外乎春节、端午和中秋，而“两寿”的含义就有多重的意义了。以一个家庭而论，一般“两寿”是指父母的双寿，也就是父母或是祖父母的生日，也有将父母的寿诞和冥寿称为“两寿”的。这都是必须操办的大事。如果置身官场，“两寿”的含义就不同了，“两寿”则是指长官本人和长官夫人的寿诞，那也是不可小视的大事，谋求晋升和得到长官的青睐，此时是最好的机会。而在学中，“两寿”则是指业师和大成至圣文先王孔夫子的寿诞，又有不同的含义了。因此，“两寿”是社会中除了“三节”之外必须谨记的日子。

此外，婚丧嫁娶是社会交往中最重要的场合，有些多年不走动的亲友也会在这种场合相遇。这其实也是人们很不情愿出席的场合，每有这种应酬，少不得要出份子，委以寒暄，既耗神，又破财。旧时，真正出于友情的交际远不如这样的应酬多。

二、文人雅集与聚会

说到文人之间的社交，平常特别要好的关系，可以随时登门造访，谈天说地，或对弈，或论诗，或鼓吹，或清谈，聊得高兴，再“浮一大白”，倒也畅快。如果范围扩大一点的聚会，那就算是雅集了。雅集一般来说得有因由，这个因由多是挑在一些比较好的日子，比如说正月里的人日、春季里的寒食、夏天的赏荷、秋天重阳的登高、冬季的赏雪等等，都可以算是由头。古今被人们津津乐道的雅集不少，例如汉代的梁园雅集、东晋的兰亭雅集、宋代的西园雅集等等，直到民国时代还一直被文化人效法。还有一种就是赏花，当时北京有一些地方的花卉很好，比方说像中山公园的芍药、崇效寺的牡丹、法源寺的丁香，通过赏花大家凑在一起，也是一种雅集的形式。再有一种是观赏某人的收藏，也就是拿出自己的收藏或者新得的藏品大家共赏，共赏以后，大家分别在这个藏品的后面写上各人的拜观题跋，发表观赏以后的感想、论证或者品鉴的意见，这就是题跋的内容，这也是一种雅集的形式。像隆冬消寒或者是重阳登高，都是借着时令的因由进行的雅集。一些文人雅集也可能采取聚餐的形式，比如说像到谭家菜小聚，或者是秋高马肥的时候去吃烤肉。

再有就是专门以诗酒唱和形式举办的定期聚会，最主要的一个就是结社，结社或是有名的诗社，也有不定期的诗酒唱和式的雅集。清末民初，当时最流行的一种作诗的形式叫诗钟，今天已经很少有人会了，也很少有人懂了。诗钟的历史并不太长，应该说从清中叶开始流行，基本上是从福建八闽地方开始的，所以做诗钟的很多人都是福建人，比如说清末民初粤人蔡乃煌，民国名士郭则沄（啸麓）和稍晚的黄孝纾、黄君坦等，多是福建人。当然后来非福建人也做诗钟。诗钟其实是一种限时吟诗的文字游戏，就是以香篆或者是线香、柱香限时，香从点起到烧完为限时的参照，香尽钟鸣，联成多句。要求是对仗工整，内容含蓄，有时还要限“来”“去”。至于韵和格律，为了公平起见就是随便找本书一翻，挑两个字，一个人起首以后，另外人做联句。诗钟最主要的特点是对仗平仄非常严格，当然这里面还有很多趣味性的东西，除了限韵，里面要隐藏着很多寓意，如果仅仅是句面工整，但是缺乏内涵，会被讥为“哑钟”。所咏的东西也不能出现在面上。比如说咏梅花，但是在整个对仗联句里不能出现“梅”字等等。要有“钟题”“钟眼”“钟典”“钟对”，最后还要进行现场评判。直到民国中期，北京的旧式文人还钟情于诗钟雅集。

诗社，今天北方不太时兴，前几年我去常熟，苏州沧浪诗社的社长魏嘉瓒先生陪我去游览常熟破山寺，即兴福寺，也就是唐朝常建那个“曲径通幽处，禅房花木深”的地方。文联友人请我在寺中喝茶，余兴居然联句，而且水平不低。这在今天的北京是很少见的，也可见江南文化渊源之深。旧时很多雅集是属于消遣性的，也就是一些文人的聚会，在民国以后仍然维持了有清一代的旧传统。

从前北京南城的陶然亭、瑶台这些地方常有一些雅集，广安门内有个慈恩寺，也是文人喜欢雅集的地方。溥仪的老师陈宝琛也是福建人，陈宝琛常常去慈恩寺，多邀集遗老士大夫，像袁励准、胡嗣瑗等人，诗酒唱和。还有一种属于雅谈，并不是真正结社。比如说 1937 年北京沦陷以后，当时的周养庵、郭啸麓等，在北海团城上面搞了一个中国古学所，古学就是国学，也就是一些旧式文人的交谈，当时像吴廷燮、夏仁虎等有数十人，也都常常参加，谈一些旧闻掌故，其中很多有史料价值。后来辑成一本书，叫作《知寒轩谭荟》，这本书一直没有正式出版，只有一种油印本，我一直很想将这本书出版，里面谈了很多掌故，清末民初的趣闻，因为这些人都是身历其境，所以了解很多东西。溥仪后来

1951 年稊园诗社会员大会合影

住在天津张园，有很多遗老遗少也往来于京津之间，京津两地的文人在中国古学所也有许多交流。

北京最后一个比较有名的诗社叫稊园诗社，稊园是一个谦称，稊是沧海一粟的意思。稊园诗社是北京政府的旧官僚关赓麟发起的。稊园从 30 年代一直维持到 1955 年，最后的社长是章士钊，其主要成员有叶恭绰、张伯驹、郭风惠等，都是当时做旧体诗的骨干。那时，很多正式的雅集都要写帖子，因为当时没有电话，凡聚会要事先通知，如果临时派人去通知，从礼仪上来说是不合适的，于是要预先将帖子写好，写上时间、地点和雅集的因由，这种雅集是属于文人社会交往的方式。

文人雅士热衷的社交活动还有两种，一是以琴会友，一是以棋会友。50 年代中，我曾经在北海看见查阜西、管平湖、溥雪斋的琴友雅集。以琴会友一是赏琴，也就是赏“琴”这个物质本身；一是操琴，也就是弹琴，弹琴也是一种技艺的展示，其中也包括打谱等。以棋会友也叫“手谈”，就是用对弈来交流，这是一种极少数人之间的雅集方式。我的祖父叔彦先生围棋水平很高，据说可以达到六段水平，那时来东总布胡同我家的棋友不少，但是我只知道有陈仲恕（名汉第，陈叔通之兄）和徐石雪（宗浩）两位。以棋会友多是指下围棋，下象棋则比较低了，一般谈不上是手谈。堂会演出不包括在雅集里，那只是一种愉悦于不同层次的社交聚会罢了。所谓雅集，只是一种文人的社交活动，主要是琴棋书画，然后是诗、酒、花。至于狎妓冶游等等，是不在雅集的范畴之内的。

民国时代是新旧交替的时代，民国时代的文人实际上是有新派的，有老派的，有新派和老派之间兼有的这么三种情况，属于老派的多是一些遗老，像陈宝琛、袁励准、俞陛云等等，这些是比较老派的。比较新派的像胡适、赵元任、金岳霖、徐志摩、梁思成等。这种新派文人和老派文人基本上没有什么交集，但是个别的也可能有一些交集，比如当时创建营造学社的朱桂辛（启钤）和梁思成、刘敦桢他们这些人也都有一些往来。还有一些老派文人中相对比较新一点的，比如像叶恭绰、章士钊、张伯驹、郭风惠等，他们都是老派文人里面的偏于新潮一点的。所以各种情况都不太一样，各有各的圈子。

三、礼尚往来——送礼种种

正常的送礼不同于行贿受贿。中国是一个礼仪之邦，从来讲究礼尚往来，因此以馈赠礼物来联络感情也无可厚非。逢年过节送礼是人之常情，但是要适当得体，更要体恤收礼的一方不至尴尬，有无以回报的难堪。旧时送礼有一个词叫“水礼”，什么叫水礼？一般水礼多指一些食品之类，比如说你从江浙来京，送人家一条东阳火腿、两罐子平湖糟蛋。要是从岭南来，带些广东香肠、荔枝干果，从福建来送些大福果、肉松之类也就可以了，一是特色，二也实惠，这些东西都属于水礼。水礼是联络感情的东西，也是礼节性拜访的人情，绝对没有贿赂的成分在里面。

清代中后期很多送礼是明目张胆地行贿，比如外省官员对京中官员的“冰敬”与“炭敬”。冰敬是夏天送的，说得通俗些就是冷饮费；炭敬是冬天送的，通俗而言就是煤火费。冰敬与炭敬是下级对上级，或者是外省官员对京官的孝敬，虽然名叫“冰敬”与“炭敬”，但是这笔钱的数目可就绝对不止买冰、买炭的钱，能非常可观。这就是巧立名目的行贿了。但是水礼却没有这种行贿的性质。

当然，送礼要投其所好，给文人雅士送礼，如果送上几盒松竹斋或清秘阁的彩笺，或是几块上好的松烟“胡开文”，一匣精选的“李福寿”，那就再雅不过了，这也是送礼的艺术。旧时过年过节给西席（家庭教师）送礼，按例送礼金教仪之外，很多人家还遵循古礼送些腊肉之类，这就是古礼的束脩。束脩在古代就是风干的肉食（后来就专指礼金了），所以除了礼金也总要送老师一些腊味肉干带回家去过年，既有实用价值，也有一个遵循古礼的性质在内。至于送女眷的礼物，最讲究送衣料。衣料礼物一般来说有一定规矩，也就是说这块料子基本上够剪裁一件或者两件衣服的材料。无论是湖绉、云罗、杭纺或者是西洋的呢料，都要按有富余的尺寸成礼。

要是给长官上级送古玩字画，本身就带有一种行贿的性质了，包括送古籍版本，除非同好之间有这种交流，一般人也不会去送这种东西。给长官上级家的女眷也多是送一般的东西或衣料、水礼，这些东西既不失面子，也比较实用。如果是送珠宝钻翠之类，无疑也是行贿的性质。一般接受人家礼物之后，在一定的机会时，也要回礼，回礼不能够重复人家送你的东西，但是其价值要与接收的相似，回得重了，是居高临下夸富；回得轻了，是小气抠门。这都是送礼的讲究与艺术。关系很近的人家，在拜访的时候带去就完了。有时不便造次拜访的，也可以派人送去。碰上婚丧嫁娶送礼，一般就要写上某某人送，因为同时送礼的人很多，要是不写明，人家弄不清是谁送的，不能送了白送，所以就要写清楚是谁送的。

过去有些仪节是不用送礼的，例如“谢步”的礼节。今天很多人不太懂“谢步”是什么意思，这个词不能乱用，例如说你今天到我家来拜访，我明天到你家回拜，这可不能叫“谢步”，这是大忌。“谢步”仅限于对方出席自己家丧仪的礼节性回拜，就是谢谢人家特地来出席你家的丧事。这种拜访是无须送礼的，人到即礼到，就可以了。“谢步”限于对长辈或是上级长官的回礼，但一般来说，要在丧事人家出了七七以后，才能到长辈、师长、长官家里去“谢步”。今天很多人不太懂“谢步”，也没有这个礼仪了，但是在旧时代，“谢步”有时候要谢好几个月，甚至谢半年，因为这种场合来的人会很多。

还有一种社交就是信函的往来。来函必须要有回函，回函的情况有两种，一种属于邮政途径的传达，这一百多年来我们国家已经有非常发达的邮政了。再有就是过去一些官僚、文人、士大夫人家有很多信函是不通过邮政渠道传达的，而是通过当差的去送达。送信有两种，一种送到为止，另一种送到以后要等候回执，比方说主人请人家吃饭，到底对方能来不能来？当差的可能就要在门房里等，这家当差的把这信送到里面，主人写了回文，一是称谢，二是表示能否莅临，当差的拿着这封信再回去禀复，主人才好根据允诺的客人安排聚会。这种书函往复，是要给送信差人一点赏钱的，这也是规矩。由于现在通信方式的改变，很多旧时的社交方式都变了，那时候北京装电话的人家不是很多，其实打个电话也就行了。

女眷之间的交往则不同，旧时女眷的交往多是相邀在一起打牌，女眷没多少事，所以主要是打牌消遣。从前有一些北洋军阀，虽然政治上是对头，战场上是冤家，但可能还是儿女亲家，他们的太太、姨太太们就是在两军对峙的同时还在牌桌上打牌呢，军事并不影响女眷们的交往。牌桌上不谈政治，女眷们认为那是男人们的事儿，一般来说就是打牌，或者是七大姑八大姨那点事儿，再有就是看看谁的衣服时兴，你哪儿剪裁的？你是哪里的样子？你的衣料哪儿买的？你戴的首饰哪家银楼打的？女眷就是这些事情。

一般老百姓也有很多人际的往来，更有一种亲情和友情在其中。除了住同院的可能串门子什么的，平常外出走亲戚的机会不是那么多，所以老百姓的日常交往，往往是借着一些婚丧嫁娶的机会。旧时也有许多目的性很强的交往，例如谋求事由，求学问艺也在其中，更有那种走钻营、兴逆讼、求恩宠、媚音容的阴暗社交。

收藏时代

一、民国时代的收藏

（一）百年来收藏理念的变化与藏品

今天的收藏与旧时代有两点极大的不同。首先，今天的收藏活动变成了大众非常关注的一件事，媒体也把收藏做了极度的宣传，尤其是电视传媒，从中央台到地方台几乎都有关于鉴宝、拍宝这样的收藏类节目，甚至纳入了财经频道，成为理财的节目之一，获得了很高的收视率。这其实是将收藏作为投资的一种方式，这在过去——且不说在古代——就是民国时代也是没有的，因为不可能凭着投资收藏而赚钱理财，收藏本质上也与投资无关。过去，收藏纯粹是一种文人的情趣，或者是少数人的雅好，这也是过去的收藏与今天的收藏极大的不同。从前的收藏是文人、官僚、士大夫、文化人等小众的活动，而不是全民大众收藏，今天中国收藏队伍之庞大可以说是古今中外所未有。当然，盛世收藏，也算是好事，好的是能唤起人们对文物的重视；但另一方面，实际上也是把所谓的收藏带入一种畸形的状态。

过去说到收藏，规格最高的无非是帝王之家，也就是宫廷内府的收藏。北宋徽宗赵佶不但收藏，也整理了《宣和书谱》和《宣和画谱》，记载了那个时期内府收藏的书画藏品，包括目录和藏品的形式。到了清代乾隆时有《石渠宝笈》和《天禄琳琅书目》这样的著录，这都是皇家内府的收藏。至于民间，收藏基本上集中在王公贵族、官僚、文人群体之中，种类和规模根据个人的喜好和财力有所不同。从唐宋乃至明清，在官僚士大夫阶层收藏风气之盛可谓甚嚣尘上。

过去收藏品是从哪里来的？基本上是传世的，至于石刻碑碣和彝器也有很多是历代出土的。大收藏家传下来的东西，比如说明代大收藏家项子京（元汴），他的收藏室名叫“天籁阁”；清代的大收藏家梁清标的收藏室名叫“秋碧堂”。这些人的收藏，基本上是一代尽散，无论是项元汴也好，梁清标也好，他们的东西后来大多进入宫廷。民间收藏很难流传几代，这也是中国社会收藏的一大特点。在欧洲，贵族家很多东西往往能流传很多代，而在中国一般是一代、两代，至多三代而尽散。

宫廷收藏在盛世的时候不会有太大的问题，文物大的流失一般来说是由于政治动荡和战乱。中国的宫廷文物有过几次大流失，如北宋末年的靖康之变，宋徽宗内府的东西大批流散到外边；再有就是清末辛亥革命后溥仪出宫，带走了大批的故宫文物。其实故宫文物在清朝没有倒台之前就有很多被弄出宫去，1925 年溥仪出宫时又带出去很多东西，一部分他在天津当寓公的时候就给变卖了，最大一次就是他当了伪满洲国傀儡，“八一五”以后，在“新京”（长春）造成了更大的一次流散。由于这种流散，许多文物被损毁，也有不少东西到了民间。

至于说到个人的收藏，每一个藏家有不同的收藏类别，就是有不同的专题。我们今天最为热门的收藏项目是瓷器和书画，价格也是逐年攀升。但是在百年之前，清末民初收藏类别、收藏范围跟今天大不一样。比如说清末民初收藏的第一大类是彝器，什么叫彝器？彝器一般指夏商周三代青铜器中的礼器，也就是宗庙祭祀所用的青铜器，这是过去收藏的重点。像我们今天看到的虢季子白盘和司母戊鼎（今称“后母戊鼎”）等都属于礼器、彝器。为什么到了后来，尤其近代鲜有人收藏彝器？因为这里有一个很大的忌讳——它的来路有很大的问题。彝器传世的很少，绝大部分是出土的，在清代没有人去追问这个问题，今天，你拿出几件别人没见过的彝器，来路就成了问题。第二类过去很重要的即收藏的碑帖，因为真正懂行的人不多（即在过去也被称为“黑老虎”），在今天并不是很热，虽然近年温度有所升高，还是远不及书画。第三大类应该说是古籍的收藏，这个在清末民初也是很热的，这些年也是逐渐升温，但是也没热到像瓷器、书画这些品类。第四类才是书画。再往下才是瓷器、杂项等，是等而下之的，可是今天像瓷器、木器都是大的热门。为什么过去对瓷器、木器家具不是太热衷收藏？因为过去人有这样一个理念：人们认为这是一种摆件和实用器，就是包括清三代的，在过去的观点中都不是很了不得的艺术品，而是装饰物或实用器。至于家具，甭说清代家具，就是明代家具在清代也被认为是顺理成章传下来的实用器，也没有被看得那么重。那时候把青铜器、瓷器、木器等这些东西叫硬片，书画、碑帖、缂丝织绣等叫软片，于是收藏品有了硬片与软片之分，硬、软皆收的也有，但是一般来说或者只收硬片，或者只收软片，这是一个很大的分野。

（二）清末民初北京的大收藏家

清末有几个比较重要的收藏家，近代最大的收藏家应该说是盛昱（字伯熙）。盛伯熙这人很有名，是清宗室，又做过国子监祭酒，相当于现在的教育部长。他在收藏界的地位很高，收藏的最高成就是宋版书。他有很多重要的宋版书，最了不起的是他收藏了七十卷的《礼记正义》。今天宋版书是以页来计算的，很难收全，一本宋版就不得了，这部《礼记正义》却是七十卷之多，刊印极其精美，每一卷都有明末季沧苇的鉴藏印，号称海内第一孤本。除了《礼记正义》，我们知道宋代有四大类书（《文苑英华》《册府元龟》《太平御览》和《太平广记》），而盛伯熙就有宋代所椠的《册府元龟》。盛伯熙藏得全的、好版本的宋版书有几十种之多，当然是不得了。盛伯熙在1899年“庚子事变”前一年就去世了，去世后他的东西全部散失，很多人分别买了他的东西，如袁克文、刘承干都买过。大部分宋版书都到了袁克文手里，包括南宋绍熙年间刻的七十卷《礼记正义》。袁克文当时还是很有钱的，后来中年潦倒，从他手里又流散了很多。

端方（午桥）也是个大收藏家。盛昱是宗室，端方虽然不是宗室，也是满族，当过直隶总督。端方收藏什么呢？他收藏的主要是彝器，既有彝器器物本身，还有彝器的很多拓片，包括碑帖。端方风流倜傥，政治上也有一定的见解，他不满意我的曾祖父，认为我曾祖父处理四川事务不力，才造成了四川民变。实际上，他十分觊觎四川总督的位置，因此上本参奏我的曾祖，后来朝廷就把我曾祖罢免了，派他去接任。结果还没到任，刚到四川资州就被革命党杀了，与我的曾祖父前后殉难。端方的这些彝器、碑帖等等也都散失了。

再有一个今天提得比较少的，但确实是清末民初北京了不起的大收藏家，即北京的完颜景贤。完颜景贤字朴孙，人称景朴孙，活到民国以后。他收藏的类别、项目很多，其中以版本、书画为最，故宫以及散失在外面的很多东西都有景贤的鉴藏印。他不但收藏甚富，而且对于收藏有很高的鉴赏力，收藏的眼光也很高，当然他的藏品里头也有有争议的东西，谁的东西也不可能没有争议，可惜后来也都是散失殆尽。我祖父藏的不少东西就是从景朴孙那儿辗转收来的，有的东西还有景朴孙的题签或钤有他的鉴赏印，也有景朴孙自己题跋的墨迹，甚至包括后来拿去中山公园展览的时候，景朴孙自己还写了借条和展品标签。

（三）民国时期的收藏新贵

以上这几位都是清末民初北京的一些著名收藏家。那时候的收藏者大体分类应该是这样的：一部分是尚未败落的晚清官僚士大夫，有些人进入民国后又成为北洋政府的官吏，还有财力进项继续收藏，这是一大部分，一般以汉族人为多，满族人很少，例如罗振玉等；第二大部分，就是民国时期的一些新贵和实业家；第三大部分属于经济财力不是很富有，但文化造诣很高的一些文化界的人士，基本上就是这么三类人组成。

这三大类中，第一类当然是大有人在。在第二类中，张伯驹算是一个，张伯驹是张镇芳的儿子，而张镇芳又是袁世凯的表弟，张伯驹自己早年也曾在军界。张伯驹文化功底很好，眼光也很不错，但还是属于民国新贵一类。新贵里还包括一类人，就是清代是官僚又经办实业的，比如说安徽东至的周家，从周馥开始就兴办实业，周馥的儿子周学海、周学熙以及周学海、周学熙的子侄辈周今觉、周叔弢、周叔迦等，都是很有水平的收藏大家（周叔弢是周一良先生的父亲），所以周家既是官僚又是实业家，才能有这样的财力去收藏。而像我的祖父就属于士大夫类收藏家，他虽然在北京也颇有名气，但是他最大的问题就是没有实业作为支撑，他只不过是退职的寓公，当然做那么多年官也有一些积蓄，但是没有新的经济来源，没有实业支撑，所以与周家就没法相比了。

上次谈到的周肇祥（养庵），还有像曾经做过张之洞幕僚的樊增祥（樊樊山），他们也都是民初很有名的收藏家，他们既是当时的名士，又是民国的官僚，也有很高的收藏鉴赏力，藏品很多，但是他们收藏范围不是太宽泛。张珩（葱玉）是湖州南浔世家出身，祖父和伯父都是大藏书家，也有经济实力，因此其藏品和研究都有极高的水平。其他如傅增湘、叶恭绰等也是当时较有名气的收藏家。

再有一类就是民国中后期的一些文化人，例如五石斋的邓之诚先生，包括鲁迅、郑振铎等等，他们都属于收入比较优厚的知识分子，也都是琉璃厂的常客，他们的财力当然无法和前面说的那些人相比，但是他们有自己独到的眼光和知识趣味。

北京是一个比较大的收藏市场，天津与北京近在咫尺，许多人往来于京津之间，也有一些比较大的收藏家，比如说像周一良先生的父亲周叔弢，他收藏范围相对来说也比较宽，软片的东西比较多，包括古籍、碑帖、书画都有，北京和天津的古玩商也供应他的东西。天津还有一个更重要的收藏家，就是张叔诚张先生。他跟我祖父也很熟，但比我祖父年龄小很多，一直活到上世纪 90 年代。他是中兴煤矿的常务董事，因为他行九，所以天津叫“张九爷”，我的祖父也行九，北京叫“赵九爷”，这两位“九爷”在京津两地都是比较出名的。张九爷也很有眼力，他收藏的书画很多，其中不乏珍品，五代宋元的作品也有，包括天津博物馆至今展出的范宽《雪景寒林图》就是张叔诚先生捐献的，他的很多东西后来都分批捐献了。天津还有一位收藏家叫韩慎先，别号“夏山楼主”，也就是曾任国务院参事室副主任和中央文史馆副馆长的吴空先生的父亲。韩慎先除了收藏有名，还是著名的京剧票友，是最有成就的余派老生之一。他的很多唱段被灌成唱片，那时候，在戏曲界说韩慎先没什么人知道，但要是说到夏山楼主，几乎无人不知。我小时候，家里就有许多夏山楼主的唱片。

这里我们讲的是京津两地的收藏家，要说到财力的富足，比起上海后来的收藏家就要逊色多了。上海的很多大收藏家不在北京，但是北京的很多文物也是他们到北京来收的，或者从北京弄到上海去的。比如说上海的庞元济。说庞元济很多人不知道，但一提到庞莱臣或是庞虚斋，大家就知道了。庞莱臣可以说是中国近现代最大的收藏家之一，1949年去世，他的东西很多捐赠给了上海博物馆、南京博物院，也有的流散到国外。再晚一些的像后来在美国的王己千（季迁），也都是南方的大收藏家，他是吴县陆巷王鏊的第十四代孙，又是苏州大收藏家顾麟士的弟子，王己千后来住在纽约，说到C.C.WANG，美国人都知道，一直活到九十多岁，他的收藏现在也散失了。

（四）收藏的归宿

收藏有一个共通性就是以藏养藏，把一些自己玩儿得不愿意玩儿的东西以高于收购时候的价钱卖出，然后把卖出所得的钱再买另外的东西，跟滚雪球似的，收藏越来越丰富，这也是当时收藏的一个特征。对于文物来说，过去有“在途”和“在库”之分。“在途”就是东西永远在流动的市场，咱们现在叫流通，价格可能越来越高，比方说你在1980年代初买的一幅画可能当时买价是两万块钱，后来到1990年代成了二十万，2000年以后变成了二百万，这种情况太多了。“在库”就是说东西永不示人，自己拱若至宝。在库的东西就很难见到了，知道这件东西在一人手里，但是找多少人到他那游说，想高于当时价钱的多少倍买这件东西，但就是不卖，其间找人写题跋，盖鉴赏印，这就属于在库了，所以文物有在途和在库之分。我们今天收藏界的许多文物基本都是“在途”的，也可见今日收藏的一种特点。以前参与收藏的人不管是官僚士大夫也好，还是文化人也好，基本上必须有文化，没有文化就谈不到收藏。今天可是完全不一样了。今天收藏文物多是投资，黑幕也多。

文物收藏必须得有一个安定的社会环境，我们讲这一百年的前四十年，中国处于一个不安定的环境，后来又不提倡收藏，所以真正的收藏热是在改革开放以后。在动乱的年代，你今天一百块钱买了一幅画，但是明天你急着用钱，六十块钱未必能卖出去，能不能升值更是无法料知。因为能不能升值就要看有没有市场，而市场取决于整个社会的大环境，所以旧时代不存在以文物收藏来投资的问题，过去人没有这个理念。收藏需要有文化，有了文化修养才会有收藏的欲念，才会懂得欣赏，才会珍视前人留下的文化遗存。

收藏诚然是个人陶娱身心的爱好，但不能企望传至子孙多少代，收藏的传统面临几个问题：一个是守得住守不住的问题，一个是喜欢不喜欢的问题，更有一个是社会大环境的问题。所以说收藏家应该有一个良好的心态。我们常常看到，很多古代收藏者或是近现代收藏者钤有若干鉴藏印或收藏印，甚至宫里的三希堂之宝、乾隆御览之宝，底下盖着“宜子孙”或“子孙永宝之”“子子孙孙永宝之”等，但是当你展卷拜观的时候，已经不知流传多少人之手了，没有人能永远地保存占有，所以很多大收藏家都有共同的见识，就是在他一生中，最重视的是收藏的过程，而并不完全重视收藏所积累的财富，这也正是收藏者的智慧。

二、琉璃厂旧事

百年来的琉璃厂经历了不同时代的变迁，更是见证了文物的流散与收藏的兴衰，同时，琉璃厂也培养和造就了一大批文物古籍专家，这些人为近现代的文物事业做出了不可忽视的贡献。

（一）“小白楼”的“东北货”

在这一百年中，每一次战乱与政治变革都会造成文物的巨大破坏与流失。以宫廷收藏为例，最典型的例子就是辛亥以后内府藏品的流失。1925 年第二次直奉战争以后，溥仪被驱赶出宫，虽然仓促，但是仍带出来不少东西，一部分在天津就流散了。在天津，溥仪为了维持生活和旧日的排场，通过种种途径出售了一小部分，但大部分文物还是被带到“新京”长春去了。1945 年日本投降，“八一五”以后，溥仪带着他的直系亲属和一些近臣，从“新京”的伪皇宫仓皇出逃，走时带走了一些金银首饰以及一百二十多件珍贵文物，大批的文物都留在了长春的伪皇宫。当时伪满洲国军队叫“国兵”，国兵驻守在“新京”的部队还不知道溥仪跑了，依然看守着“新京”，那时宫里也没什么人，冷冷清清，这些国兵无意中在伪皇宫里发现一处白色的两层小楼，也就是后来俗称的“小白楼”。

国兵在小白楼里发现有几十口樟木大躺箱，上面贴着封条，于是就撬开了箱子，看到里面全是字画。当时整个伪满洲国作鸟兽散，国兵们就开始疯抢这些字画，里面有的甚至是宋代内府流传的东西。这些兵不懂，也认不得是什么朝代的东西，只是一通乱抢，那些珍贵的字画，包括范仲淹的《苕溪诗》、宋代李公麟的《三马图》等，被扯成几段，甚至有的东西扯烂了以后化为灰烬。抢到手的这些书画对他们来说也没什么意义，他们要的是钱，于是就拿出来在当地变卖。长春也有古玩行，但是财力和收购能力有限，而国兵们是给钱就卖，那时候伪满洲国的货币已经不值钱了，国兵只要银元，一张宋画十个银元、二十个银元就卖了，先卖了逃难吧，于是大批文物流散。这个消息很快就传到北京、上海、天津，于是这些地方的文物商就蜂拥到了长春，他们将这批东西称为小白楼的“东北货”。

关于抢购“东北货”的事情，我是听马宝山先生亲口讲的，他是亲历者之一，因此最为翔实生动。

1996 年，我设计了一套“北京旧闻丛书”，当时恰巧马宝山有一本《碑帖书画见闻录》要在我社出版，因此我就将此书纳入了这套丛书之中。那时我与马宝山先生也就有过一两面之缘。但是他却很了解我的家世。1997 年的初春，因为要和他商量几个书稿中的问题，更兼想让他为我鉴定几本碑帖，于是就给他打了个电话，约好次日去他家拜访。第二天恰好大雪纷飞，我打了个车，夹着几本旧藏的法帖直接去了他在前三门的寓所。马宝山先生当时已经八十六岁，但却精神矍铄，见面后他先和我聊了许多旧事：他跟我祖父的交往很多，那时他自己经营墨宝斋。他的记性极好，就连我家东总布胡同的院子什么样，我的祖父什么样，他替我祖父买卖过什么东西，等等，都说得非常清楚。我祖父也托他卖过一些东西。敌伪时期经济萧条，我们家没有经济来源，为了生活和家庭用度，祖父卖了不少所藏碑帖书画补贴家用。可能有的东西是二百块钱买的，卖的时候只能卖五十块钱，没办法，只得忍痛出手。马宝山还记得，有些东西就是当初经他之手为我祖父买进的。

我在他那儿聊了三个半小时，两人也都没吃饭，直到下午1点钟。其间，他就给我讲了当时去长春小白楼“抢货”或者叫“扫货”的情景。当时他除了自己要买货，同时还受故宫博物院马衡院长和赵万里等人之托去抢救一批有价值的文物，但是后来公家的款项久不到位，他在长春吃住都要花钱，有的东西又有旁人在竞争，于是急得他要发疯，长了满嘴的燎泡。当时去长春扫货的北京琉璃厂古玩行岂止马宝山一人？像北京的马霁川、李卓卿等大大小小古玩店去了几十人之多，最熟悉长春的，并在长春有买卖的恰是马宝山的师叔穆磻忱，给他帮了不少忙。他自己买了顾恺之的《洛神图》和元人的《野秀轩图》等，还向银行高息借款，终于买到二十来件书画。

这批东西中最著名的展子虔《游春图》，并不是马宝山所购，而是穆磻忱、马霁川等六人合资购得的。但是回到北京后却是通过他转卖给张伯驹先生的。这件事马宝山先生叙述最详，讲得眉飞色舞。《游春图》是中国现存最早的一张画作，《宣和画谱》等虽有记载，但是谁也没见过，至于《游春图》这几位究竟花了多少钱，马宝山讳莫如深，只是告诉我他们六人商量给张伯驹的最初开价是六百两黄金（以当时十两黄金一条计，也就是六十条金子）。

东西到了北京，张伯驹是志在必得，后来经马宝山从中说合，来回地讨价还价，六百两黄金降为了二百两，也就是二十条金子，马宝山虽不是这六家股东之一，但却是一手托两家的经办人，马霁川等人没有和张伯驹有过直接的接触。马霁川是玉池山房的东家，本来是开裱画店的，后来也经营古玩。那时要将这件东西卖出去也并不容易，于是经过反复磋商，六家股东答应以二百两成交。1946 年抗日战争刚刚结束，内战即将开始，这样一种社会大环境下弄点钱也不容易，所以张伯驹才会压价成功。几个月时间中，马宝山穿梭似的两边说项，但二百两黄金张伯驹一时也拿不出来，那时张伯驹也没有什么实业支撑，虽然他有盐业银行的股份，但开销也极大，最后只得卖了一所房——就是李莲英的那所房子，潘素又把自己的首饰卖了，凑了一百七十两金子。一百七十两黄金凑去以后，再去上秤鉴定成色，等鉴定之后，发现成色不好，只能折合一百三十两。张伯驹要求先将画儿拿走，再补齐其余的七十两。马霁川等信任张伯驹，于是同意东西先拿走。张伯驹为人是很有信用的，一年多的时间七拼八凑又弄到四十两，还是不够，最后还差三十两。后来正赶上平津战事吃紧，这三十两黄金到最后也就不了了之了。马宝山经历了事情的始终，又是唯一的中间人，所言当是最为可靠的。所以说，张伯驹买《游春图》真正花了一百七十两黄金，也就是十七条金子。这是 1946 年至 1947 年的事。1954 年，张伯驹把这张展子虔的《游春图》捐献给了故宫博物院。

因此，可以说琉璃厂是很多珍贵文物的集散地和中转站，例如现藏故宫博物院的元代袁桷的行书《雅潭帖》就是历经景贤、谭敬和我祖父叔彦先生等收藏后，从琉璃厂辗转到故宫的。上面钤有以上诸人的鉴藏印。

（二）从琉璃厂走出的专家

我祖父真正定居北京是1929年，在此之前他跟琉璃厂的古玩商也有很多接触。但是我祖父却很少去琉璃厂，一般都是古玩商到家里来走动，拿东西给他看，有的会留下欣赏几日再决定是否留下。他收藏的重点是书画、碑帖，瓷器不是很多。那时候常跑我家的，据我所知有马宝山、程长新、耿宝昌、樊君达、刘九庵、刘云普、徐震伯、邱震生这些人，当然我不知道的更多，现在在世的也只有耿宝昌一位了。

程长新虽然也经营别的，但是专门搞青铜器，他是岳彬的大徒弟，岳彬虽然人品不好，但是鉴定水平还是很高的。我的祖父没有青铜器，不知他们之间有什么交往，80年代中期，我和程长新在文物局经常见面，特别亲切，只要一见面，他就会提到我祖父和他的一些藏品，有些东西连我也没有听说过。看样子他对我祖父是非常了解的。程长新在抢救“文革”物资中曾发现过许多国宝青铜器，确实是功德无量。可惜后来他去新加坡讲学鉴定，过于劳累，不久就去世了。他的女儿程瑞秀也跟着他学习了不少鉴定之学，后来在北京文物研究所退休。

耿宝昌现在是泰斗级的人物，也是硕果仅存的琉璃厂走出的专家。我曾去西四拜访过他，他自己说也去过东总布胡同我家，不过我祖父的瓷器也没有太好的东西，不知他们缘何相识。

樊君达可能是当时跑我家很勤的一位，他早年学徒于贞古斋，后来自己开了咏文斋，据说三四十年代他是去我家最多的，我祖父的许多东西都是他经手。但是在我祖父去世后就很少来了。他和刘九庵基本是我祖父在书画方面买卖的重要人物，如果他们两人在世，会知道许多关于我祖父的掌故。樊君达好像去世于 1994 年，而刘九庵去世于 1999 年。

我祖父 1950 年去世后，经常来我家而印象最深的则是刘云普和徐震伯两位。

刘云普是文珍斋学徒出身，以经营书画为主，因为其人比较腼腆，于是行里人叫他的外号“娘们儿”，而在我家却被我两位祖母称为“小可怜儿”。50 年代到 60 年代初，刘云普一直常来，一坐就是大半天。他极好酒，但是喝不多，一两盅白酒能咂摸老半天。说话确实女声女气的，我小时候也喜欢逗他。他那软磨硬泡的能耐没人能比。要是遇到阴雨天气，赶都赶不走，他会说“下雨天，留客天，人不留人天留人”，于是自己要酒喝上半天，也没人陪他。

至于徐震伯，我家上上下下都叫他“小徐”，一直到 80 年代末都和我的父母有来往，也替我母亲买过几件书画，是我最熟悉的一位。他瓷器、字画鉴定皆精，晚年被称为鉴定大师。但对我来说，对他是太了解了。小时也最爱和他开玩笑，我曾写过一篇小文，讲到我小时候是如何将外国的花露水当成洋酒给他喝下的趣事。小徐精明得不得了，永远是干净利落，穿一身布的浅色中山装，小分头梳得油光水滑，但是说话轻声轻气，正常说话也像做贼一样，神秘得很。徐震伯自己的室名叫“双宋厂（an）”，这是因为他藏有两件宋龙泉瓷的缘故。我和徐震伯的感情也很深，他后来因为文物局工作时出了点事，一直比较坎坷。就是在“文革”中，他还给我写了幅扇面，字很朴拙，但颇有味道，保存至今，那上面用的印是邓拓给他刻的。

以上提到的这些人，文化程度都不高，最多是私塾几年，多是河北冀县、衡水和京东一带人，学徒出身，但是他们很用功，加上在琉璃厂多年的磨炼以及与文化人的交往，都成了专家。因此可以说，琉璃厂肆就像一所无形的大学，这样的环境造就了这样的一批文物大家。直到60年代初，文物商店成立，也招收了一批学员，相比前者，当然是晚辈，作风和思想意识也不同于旧古玩行的从业者，如秦公、章津才等都是其中的佼佼者。秦公是运动员出身，后来因伤到文物商店工作学习，他十分用功，所作《碑别字字典》就连启功先生都十分佩服。可惜天不永年，他去世的前一天我们还同在西郊大觉寺“三讲”学习，不想十几个小时后就得到他在办公室去世的消息。章津才现在是书画鉴定专家，80年代中，某个春节我们同在文物局值班，闲聊起60年代初他刚进店时去了许多收藏家的家中，其中就有我十分熟悉的实业家、收藏家张子厚先生。张子厚是我外祖父的故交，住在南小街新鲜胡同，曾捐献东汉永和时的石羊一对和数十件明清官窑瓷器给故宫，今天知道张子厚的人已经很少，可见章津才二十出头时阅历之广。

当时我祖父属于不去琉璃厂的一类，像他这样的收藏家还有很多，所以那时候真正在琉璃厂的店内进行交易的很少，店内很冷清，到店里一般都是买些比较便宜的东西。而更多的是厂肆中的东伙夹着包，跑一些收藏家的家中做买卖。

琉璃厂的古玩商

古玩行的东家和伙计都有一个共同的特点，就是谦逊有礼，几乎没有一个急性子，都特别有耐心。无论是买或卖，都会和颜悦色，就是您这儿有客也没关系，他在外客厅里等着，有时一等就是一上午，也许自己在外头转悠一趟，街上吃点东西，完了再回来，以后又跟你磨着。他们有极高的耐性，做买卖绝不是像买卖其他的东西，有时候一件东西来回磋商，能很长很长时间。你想想张伯驹能把展子虔《游春图》从六百两黄金砍成了二百两，最后才给了一百七十两，这也是需要工夫的。古玩行里的人都是心理学家，为什么？他们对于主人家的情况必须得了如指掌。如这家主人是正属于兴盛的上升期还是没落期，因为没落时就急于变现，像我祖父后来在抗战期间不出来做事，就得想法儿把一部分收藏卖掉换钱，古玩行里知道他需要用钱，明明是值八百的，能给你磨成四百块钱就卖他。还有的对人家的种种生活细节了解入微，比如说某一收藏家虽然有钱，可是最近又要在外头另安份儿家——就是再娶个姨太太，这姨太太又不敢接进家来，那就得在外头再置所小房，那得花钱吧？还不能让大太太知道这钱打哪儿来的，于是就要偷偷卖一两件东西。如果是这样的话，就会狠压你的价格，迫你出手。另外，他们也能投其所好，揣摩收藏家的心态，例如我祖父当年很喜欢查士标和画中九友的东西，托他们去找，那古玩行的人就会尽力给你去淘换，但是真伪也就成了问题。这话的意思并不是说琉璃厂的人有多奸猾，但是他们也要生存，必须有自己的一套生意经。

雷梦水不是我祖父时代的人，但是与我父亲和我却十分熟悉，他和其舅孙殿起都是目录学和版本学家，与近现代许多学人有着密切的联系。他们甥舅都是河北冀县人，民国初年孙殿起就到了琉璃厂，甥舅两人既是亲戚，又是师徒，与琉璃厂书业有着不可分割的联系。孙殿起积数十年买卖书籍的经验，著有《琉璃厂书肆三记》《贩书偶记》和《琉璃厂小志》等七八种著作，50年代病中，又由外甥雷梦水整理了《贩书偶记续编》。雷梦水自己也著有《书林琐记》《慈仁寺志》和《古书经眼录》等。孙殿起我没有见过，但是雷梦水先生却很熟悉。他曾来我家找过我的父亲，后来在80年代我也常去海王村找他聊天，那时在海王村内有个两层的小楼，雷梦水永远按时在那里上班。雷先生对于版本目录学的腹笥甚宽，说他是版本目录学家一点不夸张，但这位老先生与中国书店的其他老店员没有区别，永远是一袭蓝布大褂的工作服，就像个普通店员一样，极其谦逊低调。

（三）鉴定、作伪与应运而生的相关技艺

书画碑帖当时也是非常热门的，这里的学问非常大。例如看一件碑拓是什么时候拓的，墨的成色十分关键。因为墨的成分是烟和胶，墨是松烟墨，松烧成炭以后和上胶，这是最主要的两大成分。从前马宝山就给我讲过一个最基本的知识，他说明朝以前的拓本——唐拓当然很少见了，一般宋元拓本所用的墨基本上都是烟多胶少。所以拓出的东西不是那么亮，比较乌，或者说有些发灰，但是没有什么火气，比较沉着，颜色稍暗淡，这就是烟多胶少的缘故。明代以后，墨的原料发生了变化，趋于胶多而烟少，所以拓出来又黑又亮，琉璃厂的伙计一看这碑拓的第一感觉就有了。有很多东西就是积累的经验，跟文化没有什么关系，从拓本的第一眼印象就能知道大约是一个什么时代，拓得好不好。第二看装裱，装裱得精不精也很重要。好东西必然装裱非常精，次东西装裱就马虎，就像人越是漂亮才越穿好衣裳，装裱上也能看出这件东西是不是一件非常名贵的东西。第三就是重视题跋，书画也有这个问题，有些画叫作“穷画阔帮手”，也就是说这画本不怎么样，但是名家题跋很多，无形给这张画抬高了身份，这就是穷画阔帮手的意思。第四就是看钤印，历经名家收藏的东西很多，从鉴赏印和收藏印可以判别流传的经历，但是也不能作为过于迷信的依据，因为有些印是后盖上去的。这些都是关于鉴定书画的最基本知识。

作伪的问题不是今天才有，从古代就有之。作伪的情况也各有不同，比方说有的是在当时作者活着时候就作伪，像董其昌这样的大佬，求他东西的人也多，应酬不过来，那就干脆让别人代

笔了，给他代笔最多的是赵左，赵左本人的水平并不差，但是给董其昌代笔的东西也很多。再如吴门四家的沈周，别人仿他的作品很多，沈周也好说话，认为仿得不错，对方就说，仿得不错那您给题个款儿吧，他也就给题上自己的名字，所以说这中间的事儿就很复杂了。至于后世仿前朝大名头的最多，越是大名头的东西争议也就越大。当然，琉璃厂商人对于纸质、墨色、印泥都有高超的鉴定技艺。

我说的作伪还不属于这类。有些流经琉璃厂的书画也会被厂肆商人改造，有的会将一张画裁成两张，卖两段。比方说一幅长手卷，或从中间裁开，本来这一个手卷可以卖两千五百块钱，他却给裁了，但要裁得恰到好处，如在水边岸汀等空间大的地方给裁了，再补上一些名人题跋和收藏鉴赏印章，这是一张；后半段有画家本人的落款，就不用再有题跋了。画作是真迹无疑，但这一裁就一分为二了，本来能卖两千五的东西，这么一裁分成了两张，就能卖五千块了。还有的画是真迹，因为大家鉴赏水平都很高，一看就知道是谁的笔法，但是款就很可疑，是后题的伪作——假款。裁下去的真款被搁到一张仿真的假画上，变成了假画真款，从题款和印章上看确是真迹无疑，但是画作就疑点很多了。

据说还有一种“揭命纸”的功夫，传说得很邪乎，比如说这张画某人喜欢，两人又是好朋友，借走看几天，有一种特别的工艺手段能够将一张画揭成两张，把上头一层揭走，揭成两张，重新裱一张，几个月后原画归还回来，还是那个画，原来的装裱也都没变，这东西还是原来的那件东西，但是伤了神了，就如同一个人，精神的时候是一个样儿，生病了又是一个样儿，原来的精神没了，这就叫“揭命纸”。这样的事风险很大，虽有传说，但是很少有人亲眼见过。

由于有琉璃厂的存在，应运而生的其他与文玩有关的生意也有很大的发展，如装裱行业，琉璃厂的南纸业也兼做，还有专门的装裱店。所藏的原料如纸张、绫绢等可以直达元明时代，其工艺之考究，技艺之精湛，几成绝响。另外，琉璃厂还有一些卖印章、刻字的，也出了一些名家，当时许多篆刻名家虽不在琉璃厂开店，但是在那里也挂有润格，厂肆的商家可以代为联络。像当时专门刻铜墨盒的有张樾丞，篆刻极精，也能篆刻印章。这种铜墨盒就是里头搁上丝绵，浇上墨，密封非常严实，什么时候打开什么时候能掭笔用墨。墨盒上面有装饰，刻的山水、人物、博古器物、诗词都有。琉璃厂还有应运而生的一些“小器作”（读平声），小器作是相对大器作而言，所谓的大器，就是指落地罩、隔扇、柜子、桌子之类，这叫大器作，也就是大型的器物，而小器作是专门为文人雅玩做的文房小器，如笔架、砚盒、图章盒、笔盒等等，后来琉璃厂不景气，许多小器作也兼做文玩木器的修理业务，或者专门给各种器物配底座和架托之类。这些都是伴随着琉璃厂应运而生的工艺。

文玩业与琉璃厂

一、从琉璃厂说起

说到北京的文玩市场，就要从琉璃厂说起。在清代初叶，琉璃厂还不是一个文玩市场，它主要的生意是两个方面：一个是书业，一个是南纸业。书市在清初还不是很兴盛，也谈不上什么版本。因为早在明代，书籍版本还是多在前门大街和内城的灯市口、西城隍庙一带。琉璃厂最初的书籍相当大一部分是属于“闱墨”之类，用今天的话说就是教辅类图书。后来逐渐才有一些古籍、好版本的图书进入琉璃厂。第二个则是南纸业，所谓的南纸业范围很宽，包括了笔墨纸砚等一切文房用品，南纸业实际上也就是文具之类的用品。

为什么这两个行业在清初选择了琉璃厂？这是因为清初以来，城内基本上是宫廷、王府、政府机关和满人居住，汉人被限定只能居于外城，加上宣南这一带会馆云集，进京赶考的文化人、汉族官僚士大夫等都居住在那一带，也就是所谓的宣南文化地带。他们和这些东西有着密切的关系，科举士子需要闱墨作为晋身的参考，文化人需要购买文具，因此这两个行业就十分兴盛了。南

30年代琉璃厂书肆店员

纸业当时是以经营笔墨纸砚为主，尤其是湖笔、徽墨、宣纸这些东西，江苏、安徽两省的著名品牌都在此开店营业。其他如诗笺、彩笺、封简、印泥、图章、案头文房用品也都属此类。但是到了清中期，这种情况有了变化，尤其是书业的发展，像闱墨之类的东西逐渐退出了书籍市场，取而代之的是珍善版本，于是琉璃厂成了北京书业的执牛耳者。而南纸业也越来越精良，形成了如清秘阁、松竹斋等许多品牌产品。真正的文玩业——古玩字画等是到了清中叶以后才逐渐开始的，所以说文玩业在琉璃厂的历史相对来说是比较晚的。

清中期以后北京的古玩店基本上集中在琉璃厂。这种古玩店能够经营太长时间的并不很多，许多都会换东家，换东家有时候改字号，换了东家不改字号的也有，店的规模有大有小，经营古玩字画碑帖的店铺很多，最多时大大小小能有百十多家。有的原来是南纸业改营文玩，也有的甚至是字画装裱店改营文玩的，比如说像新华街的玉池山房，本来是裱画的，后来也经营文玩字画。还有的换了东家以后就改了名字。一般来说独资的并不太多，合股的比较多，就是几个人合股开了个店的模式。还有一些经营历史较长的大店中的伙计后来羽翼渐丰，出来自立门户的也或有之。还有的是一些清末的官僚自己不愿意出面开店，只当投资人，由别人出面来经营，这样做的也不少。民初比较大的古玩店如经营金石瓷器的大观斋、经营字画陶瓷的彩笔斋、经营瓷器字画的茹古斋等都是几人合股的大店。开业于 1922 年的虹光阁就是三人合资，更晚些的像 1944 年开业的宝古斋，则是十人合股，有些藏家也会出资参与其中。如宝古斋的许多股东都是很有水平的藏家。有些伙计非常机敏，后来也成了股东和经理，如原虹光阁的学徒邱震生，就是从虹光阁出来后与他人合股开了宝古斋。邱震生外号邱胖子，一直活到 1989 年，我在办《燕都》时还跟他约过稿，他也认识我的祖父，古玩行里的人都熟悉。

旧时古玩业是“三年不开张，开张吃三年”，你看不见他卖什么东西，但是他照样能活，因为他们的很多东西从底下走，并不是通过门市出售的。他们之间也流通，有一个词叫“串货”，甚至专门有一个固定的时间串货，就是把自己不要的东西拿出来去交流，我这样东西搁在我这儿不好卖，但是你觉得这东西行，价钱也合适，于是拿你店里卖去，这就叫“串货”。

琉璃厂有一个最大特点，就是这里的文玩业和书业基本上为河北人所包揽，这个现象可以说始于明代中叶，两业几乎全部是河北人，说河北人垄断了北京文玩业和书业五百年也不过分。河北什么地方？主要是衡水、枣强、蠡县、霸县、献县、河间和京郊通州这些地方，整个琉璃厂一条街几乎 90% 都是河北中南部的人。

二、琉璃厂的变迁

自从琉璃厂的文玩业发展起来，主要的经营对象就是官宦和士大夫阶层，乾隆以后虽然国祚日衰，但是嘉道乃至同光时期的琉璃厂仍是文玩业最好的时期。辛亥以后，去琉璃厂的有两种人，一是我们前面提到的清季士大夫和卸任的官僚，二是北洋政府里的新贵，二者虽然略有不同，但是毕竟都是文化人。民国以后的大学教授收入较为优厚，也是琉璃厂的常客。从清末开始，就有外国人出入琉璃厂，欧美和日本人为最多，在这个时期，通过琉璃厂外流的文物是最多的时代，我们经常在国外的博物馆和私人收藏中看到精美的中国文物，许多人误以为都是在英法联军和八国联军时期被掠夺到国外的，其实也不尽然，这里面也有相当一部分是通过琉璃厂正常的买卖途径外流的。买家中也有真正热爱中国文化的外国人，例如加拿大人福开森，由于对中国书画研究之深而被聘为故宫博物院文物鉴定委员会中唯一一位外国委员。后来他收藏的文物除一部分捐赠给美国纽约大都会博物馆外，其他大部都捐赠给南京的金陵大学博物馆，达数千件之多，其中有甲骨文残片、王羲之的《大观帖》和西周小克鼎等许多珍贵文物。端方死后，所藏的一套青铜器也是在 1924 年经北京政府允许而由福开森通过琉璃厂收购的，今藏于美国纽约大都会博物馆。福开森应该说是对中西文化交流有着杰出贡献的学者。

那个时代没有文物保护法和保护措施，因此盗掘文物十分猖獗，许多青铜器、碑碣、石刻造像等也通过非正常的途径进入琉璃厂流通渠道。在清末民初，外国人对中国文物各有偏爱，例如美国人喜欢青铜器和钧窑瓷；法国人喜欢珐琅彩、漆器和景泰蓝；日本人喜欢玉器和龙泉窑。这里面以英国人和德国人的水平为最高，喜欢考古价值最高的敦煌文书和文献。琉璃厂中的某些店家和商人也确实有一些不法的，如彬记的东家岳彬就是其一。他早年结识法国驻华公使魏武达，后来通过魏武达专门做洋人的生意，接受外国人的“订单”。所谓的订单，也就是可以按照外国商人的要求盗掘墓葬和石窟，将文物偷卖到国外。岳彬最可恶的一件事就是将河南龙门宾阳洞的《帝后礼佛图》盗凿，砸成若干小块儿分批运出，使这件价值无可估量的国宝流失于海外。1949年以后，由于岳彬罪恶极大，被判处死缓，不久病死狱中，也是罪有应得。

许多收藏家与琉璃厂的关系十分微妙，参与经营者有之，入股投资者有之，以物易物者有之，买进卖出者有之。像罗振玉、樊增祥、周肇祥、陶北溟、董康等人都和琉璃厂有着很深的关系。琉璃厂的几乎所有匾额都是出自清末民初文人之手，如翁同龢、潘祖荫、陆润庠、那彦成、梁诗正、何绍基、吴昌硕、徐世昌、傅增湘、华世奎、张伯英等人题写，有许多是后来又逐渐改换成今人的，如五六十年代换过一批郭沫若、徐悲鸿、吴作人、沈尹默、陈半丁等人的，80年代又换过赵朴初、楚图南、刘炳森、启功、史树青的等等。于此，也能看出琉璃厂百年来变迁的痕迹。

辛亥以后的百年时间中，琉璃厂也经历了几个萧条的时期，第一个萧条时期就是民初的几年。我曾参加整理点校了周肇祥《琉璃厂杂记》的第一部分，起始即写道“新学初胚，国粹寖失，今日之琉璃厂，冰清鬼冷”云云。民初曾有几年的萧条，原因是清室退位，旧日官僚大佬的生活发生了不小的变化，不少遗老远避上海、天津、青岛、大连，加上欧洲战事（“一战”）的爆发，北京政局又经历了袁氏洪宪变政和护国、护法等运动，厂肆一度大为冷清。第二度是1937年北平沦陷，日寇入侵，民不聊生，琉璃厂的生意也是大受影响。第三度则是十年“文革”，文玩业受到重创，直到70年代中，才恢复了几个对内部开放的文物商店。我还深刻记得在70年代中期，我和内子去琉璃厂的情景。几家碑帖字画商店门口挂着“内部营业，接待外宾”——这句话本身就不通——的牌子，也是我们不识趣，推门而入，倒是也未受阻拦，但是稍一盘桓翻弄，即有店员过来说道：“同志，我们这里是接待外宾的，请您自觉离去。”自己国家的文物，却只接待外宾，这样的奇耻大辱至今难忘。

50年代到60年代初，琉璃厂基本正常营业，但是那个时代在政治气候上不提倡文物收藏，在经济基础上，一般的老百姓又没有收藏能力。于是琉璃厂只有少数高级干部和很少的文化界人士光顾。1952年11月，北京将新华书店以外的古旧书业统一划归中国书店管理，1956年公私合营后已经基本没有了私营的古旧书店；1960年5月，北京又将所有的文物行业统一划归北京文物商店管理，即今日的北京市文物公司的前身。从此在“文革”前的琉璃厂实际已经没有私营的文玩业与图书业了。

三、北京的图书文玩市场

北京的整个文玩业也不完全集中在琉璃厂，其他地方还有几处。如北城的地安门，那时候多不称地安门，而是叫“后门桥”。琉璃厂之所以兴旺是与宣南文化有关系，后门桥之所以能够形成文玩店铺集中，却是另有原因。这个地方与宫里有一定的关系，清末，常有被盗出来的一些宫里的东西拿到那里去销赃，加上北城旗人从家中倒腾出一些东西拿到后门桥去换钱补贴生活，也是有的，所以在后门桥一带就有了一些文玩商店。

此外，在东安市场逐渐形成之后，也有些文玩摊子在其西门以内，销售对象多以洋人为主。东安市场是当时的时尚地段，观光的外国人多为不太懂行的猎奇者，还有蒙藏地区来京的商人，喜欢铜佛之类的玩意儿，有些古玩商专门做这些客人的买卖，俗称“走草地”的，因为蒙藏是草原游牧地区，故有此称。

还有就是在传统的东四南大街，文玩的水平绝不比琉璃厂差。孙瀛洲的店就坐落在东四南大街上。在 50 年代，东四还有几家文玩商店，像私人经营的何山药——何玉堂家，猪市大街（今东四西大街）还有一个万聚兴，经理叫“老葛”，我小时候常去那里玩儿，万聚兴店铺不小，但是经营的东西不行。50 年代，因为我的母亲喜欢买一些小物件，于是惹得老葛不时上门来。我小时候常去的还有隆福寺人民市场后面的货场，那里知道的人不多，有几家“老虎摊儿”。所谓的“老虎摊儿”就是喻其没什么生意，一旦有客人，得咬一口就咬一口的意思。隆福寺的老虎摊儿中国文玩很少，旧的洋货却很多，也十分庞杂，如法国的瓷器、俄国的银器、荷兰的刀具、英国韦奇伍德的烧蓝瓷，乃至于英国三 B 的烟斗、德国的计算尺等等五花八门。当然，中国一般的文玩也有，我至今还在使用的两方极小的鸡血印章就是上初中时在那里花了五块钱买的。

北京还有一类就是卖最粗摆件的挂货铺，咱们现在电视上鉴宝节目中拿上来的大掸瓶什么的，都是挂货铺卖的物件。比如市井人家或是农村中结婚出嫁得有妆奁，而一般人家没有文化，经济也不富裕，于是就到挂货铺买一对大掸瓶和其他日用的瓷器、首饰、各种瓷盒、饽饽罐子、帽筒、梳妆匣等这些东西。这种店哪里都有，以前门珠市口一带、崇文门外等地最多，都叫挂货铺。说实话，今天拿起这东西，说这是同治的，那是光绪的，其实那时候同治、光绪时的东西不叫东西，就是清三代的民窑，也不值几个钱，尤其是粗瓷的民窑，在挂货铺比比皆是，那些东西别说进不了琉璃厂，就是一般的文玩店都没有，都是挂货铺卖的粗货。

北京的旧书业也不仅集中在琉璃厂，在东四、西单都有，而隆福寺是最集中的地方，最多的时候有十几家，我印象最深，也是关门最晚的一家叫修绠堂。修绠堂在隆福寺西口路南，是高台阶，我到今天都印象非常深。我七八岁时就跟着父亲去，后来大了，十几岁的时候也常自己去。修绠堂地势很高，大概要登七八级台阶才能上去。当时也没人，你想想 50 年代末 60 年代初的时候，会有几个人去买线装书？因此生意极其冷清，我一个孩子，也就十分特殊了。我也和他们的店员混得很熟，长了很多古籍方面的知识。那时候所有书都是开架分类，按经史子集排列，我那些关于经史子集分类的知识都是在修绠堂翻书时得到的。比如什么叫经部？我小时候一开始以为是卖佛经的呢，后来才逐渐懂得什么是经书和经学。为什么能老去修绠堂呢？因为对小时候的我来说，上趟琉璃厂就跟上趟天津差不多，也没人带我去，而修绠堂就在我家的马路对面，近在咫尺，一过马路就是隆福寺了，所以在修绠堂闲逛乱翻就很是随便的。其他还有几家，因为和店家不熟，也就不好意思去乱翻了。修绠堂好像是在1963年就关掉了，并入了中国书店。

那时在修绠堂还真是获得了不少见识，有些古籍能从外观上看出版本的大概，像石印本和木刻本会很自然地辨别出来。字体、书口和函套的一些浅显的知识也有了一点儿。尤其是集部的图书，最为浩瀚，有许多书名也是那时知道的。90年代初，我奉命在万寿寺整理过一次库存书，全部都是康生在“文革”中巧取豪夺的古籍，康生被抄家后都集中到了万寿寺大殿内暂存。我和一位姓朱的先生同去，在那里工作了两天，中午就在那吃饭，但也没发现出多少珍善本图书，估计好书都被人拿走了。有些书都盖着康生的鉴藏印，甚至有的就是“张三看过”一方。因为康生本姓张，行三，他有一方印就叫“张三看过”。我们看时，以经部书为最多，有的版本还可以，一般多是官刻本和坊间刻本，但是书的内容多属大路，有的书本身不错，但是版本是比较粗糙的。估计这些图书都是在“文革”中被康生占有的，也没有来得及全部过目，不似他在50年代有闲情逸致时在琉璃厂精挑细选的古籍。这些基本的古籍知识与当年在修绠堂的学习浏览是分不开的，可谓受益匪浅。

过去的旧书业还有一类就是洋文书。当时北京卖洋文书的很少，琉璃厂是没有洋文书的，北京为数不多的洋文书店主要集中在东安市场的丹桂商场和西单，我记得西单有一两家，其他都是在东安市场里的丹桂商场，印象最深的两家字号是中原和春明。这两家我那时候常去，虽不认识英文，但是我可以看画，因为里面也有很多是外文画册。两侧的店铺中间还有一溜儿可以随便翻的书摊，也是属于这几家店的，选中后可以在店里交款。中间摊子上的东西都是处理品，甚至包括一些很旧的*Life*、*Time*这样的美国杂志，也都很便宜，多是几分钱一毛钱处理的东西。

这外文旧书店里有的店员也不怎么懂外文，但是他懂得洋文书的版本和国外一些出版社，能告诉你这是托马斯·哈代哪年的版本，这是高尔斯华绥的《福尔赛世家》的第几版，他们对这些都很熟。我认识这么一个人，后来在北京文物局管图书资料工作，也是“文革”后期调进文物局的，叫孙春华。我在文物局碰到他时，他是那批人员中最年轻的，当时才五十出头，而他在中原、春明当店员时不过二十多岁，前些时候文物局的人说他也在前两年去世了。50年代中我母亲就常去中原、春明买书，有的版本还不错，比如有毛姆早期出版的作品，这是属于旧书业里较为特殊的一类。这些洋文书店的来源基本上是收购的旧书，一些是清华、北大的教授所藏的图书，一些是国外带进来的，也有外国人回国时处理的，而销售对象主要是一些高层知识界人士。

不离不弃六十年

集邮在收藏领域中可以算是“小道”，只是因为60年以来我与集邮有着不解之缘，因此留下值得记忆的东西多一些，也可以算是北京收藏中的一个小题目吧。

一、北京集邮的历史

北京相对上海和其他沿海城市而言，在旧时是比较封闭的。邮票这种东西从1840年算起，至今也才不过一百七十多年的历史，中国人开始集邮的时间就要更晚些，起初是在上海的洋人组织起自己的集邮组织，而且拒绝中国人参加。不久上海的周今觉（周学海之子，周叔迦与周叔弢之堂兄）于1925年组织起中国集邮爱好者的中华邮票会，并且开始出版《邮乘》刊物。20年代袁寒云在上海，受其影响，也极其热衷此道，并以其财力的丰厚，收藏甚富。于是沪上邮商林立，吃这碗饭的大有人在。在集邮者中后来成为大家的也多在上海，像30年代就颇有名气的马任全、张包子俊、王纪泽、屠松鉴、史济宏和邮商兼集邮家李辉堂、陈复祥、钟笑炉等人。至于北京，在民国时期从事集邮活动的虽然也不算少，但是相比上海就逊色多了。北京的许多集邮者大多参加了新光、甲戌邮票会，成了两会的通讯会员。实际上北京在三四十年代并没有很像样的集邮组织。较为有名的集邮家也不过像早年的汪子年和后来的崔显堂、赫崇佩、水泗宏、王席儒等十余人。有些人是1949年以后因工作或其他原因才与北京的集邮发生联系的，如夏衍、周贻白、姜治方、张珩和邮学家吴凤岗等。

崔显堂是北京育英中学（后来改为二十五中）的老师，他在北京的集邮界中算是比较有名的人物，因为是老师，也对学生的集邮有一定的影响。夏衍是50年代到文化部工作后才与北京集邮发生联系，他的藏品中，以整版的“红印花加盖小字‘当四分’”最为珍贵。张珩是收藏大家，但是集邮只是其中“小道”，并非专以此为务。姜治方是集邮家，早年在欧洲以邮集获奖，50年代以后并不愉快，但是那时也出现在北京的邮票公司。吴凤岗与我相交近二十年，除了集邮之外，我们是其他方面趣味相投的忘年至交。周贻白是场上案头皆精的戏曲家，他的集邮始于50年代，是用稿费买了不少外国邮票，他的部分邮票我也见过，水平并不高。水泗宏是北京政府耆旧水孟庚（钧韶）的次子，妹夫就是荷兰作家高罗佩。他的老英属地邮票和封简堪称北京最好的，我们两家是世交，又是同好，虽然他比我年长三十岁，但来往颇多。赫崇佩所藏精品不少，如最近在嘉德拍卖的1919年科布多寄北京的民国帆船一版邮资明信片，可谓存世仅见的孤品，赫崇佩也是老新光的会员，在70年末曾买了假票，其实这也是很正常的“打眼”，但是在那个时候被许多刊物奚落为利欲熏心，还被画了漫画丑化，可怜老赫郁郁而终。还有一个袁香举，是东北人，也在北京住过，1949年以前在南花园经营过邮票，他的日文很好。1985年，袁香举已经七十多岁，他和我一起被选为“老”和“青”的代表，会见日本集邮协会的会长市田左右一。那日担当翻译的人对许多集邮术语不通，老袁一急，就用日语和市田交谈起来。正是因为没有遵守事先的规定——不许和市田做日语对话的外事纪律，而被当场呵斥，从此许多活动不能参加。这些人我都见过，有的还有过不少接触，当然，以我的资历和年齿，自是视为前辈先进了。

另有一位应该提到的则是刘铭彝先生，他是北平邮票会的发起人之一，曾于 1948 年参与创建北平邮票会并出版了《北平邮刊》，当时北平邮票会是假座北京青年会成立，会期两日，选举郑汝纯为会长（后来移居河南），刘先生是理事，但是《邮刊》一事都是刘铭彝先生一手经办，这是 1949 年之前北平有影响的集邮刊物，虽出版仅十期左右，但是颇为著名。我与刘先生相识多年，某次在怀柔开会，铭彝先生还给我讲过 1948 年他在北平电台举办集邮讲座的旧事。

70 年代末，百废待兴，彼时成立的“北京鼓楼集邮研究会”当属东风第一枝，当时的中年集邮家朱祖威应该说是功不可没的人物，可惜也于 2013 年离世了。

二、北京的邮商和集邮公司

北京的邮商很难和上海等地的邮商相比，最早有杨瑞年在东安市场摆摊，后来才出现了班子华创办的“华通邮票社”，那是在 20 年代。到了 30 年代中就有很多了，如施秉章的“环球邮票社”和沙伯泉的“志生邮票社”，1944 年韦景贤在南城的牛街开了“北平邮币公司”，这是北京最大的邮票社，后来在西单有门市部，50

年代我还去过一次。那时邮票店主要集中在东安市场南花园和西单，由于年纪小，我常去的只有东安市场南花园内沙伯泉的“志生”、季子荣的“美丰”、韦崇亮的“诚记”、沙琪的“中原”和杨启明的“五洲”等几家店。所谓邮票社，其实门面很小，也就能容纳三五人而已，店里有开放式的柜台，也有橱窗。我小的时候只有在开放柜台上选购邮票的资格。

今天的人很难想象，东安市场南花园的七八家邮票店有的是从30年代就开始经营的，本小利薄，居然一开就是十几二十年，多数都经营到50年代末。例如杨启明的“五洲”就是历经了父子两代，他的父亲外号“烂纸杨”，后来经营邮票，弟弟杨启亮，也在天津做邮票生意。1988年，北京邮政局召集其中仅存的几位在贡院邮政招待所开会写回忆录，我也参与其事，那时又见到了他们，居然还都精神矍铄。那日在招待所设宴招待他们，席中畅谈旧事，后来在我社出版了《集邮回忆录》一书。

1955年我七岁时，从东城南小街的什坊院搬到东四二条，也就是冯小刚的《一九四二》中河南省主席李培基住宅的一所跨院，那里离东华门不远。东华门大街路南是旧时的“真光电影院”，50年代初改名叫“北京剧场”，老舍的著名话剧《龙须沟》就是在那里首演。东华门大街的路北有一家俄式西餐馆叫作“华宫食堂”，我那时常随家里长辈去那里吃饭。因此，东华门大街是我非常熟悉而又有亲切感的地方。1955年，发现就在“华宫”的正对面，建起了一座灰色两层小楼，当时还在装修，不久正式开业，这就是中国第一个国营的集邮公司——中国集邮公司。彼时北京的楼房不多，像样的营业场所也很少，因此就感觉这座灰色的楼房已经十分恢宏了。

虽然我家里没人集邮，但却有些旧时的邮票，从上幼儿园开始就给我玩儿，于是我的集邮应该说从那时就已经开始了。老祖母看到我摆弄邮票，就对我说中国曾经有个“集邮大王”如何如何，给我留下了深刻的印象。直到很多年以后，我才知道这个“集邮大王”就是上海的周今觉。当集邮公司开业的时候，我和家人在“华宫”饭后也曾进去参观过，可惜印象不深，但我觉得那是个非常神秘的地方。

1956 年的夏天，我上了小学一年级，这所小学在王府大街的救世军的北侧，是历史悠久并且很有名的培元小学（后来改为王府大街小学），于是距离集邮公司更近了。同班同学中有不少集邮的，都将自己攒的邮票带到学校来，中午休息的时候就拿出来显摆，我也将我的几十张邮票带来和同学们一起展玩。后来，不知是谁提出放学后去东华门集邮公司看邮票，大概是在二年级的上半个学期，我们就开始经常在放学后相约去东华门的集邮公司。

那时的集邮公司门面算是很气派了。左右两座玻璃大门，大门的两侧各有一座很大的玻璃橱窗，展览些新邮、邮刊和集邮用品。营业大厅是大理石的地面，正对大门有四根正方形的厅柱，每一面都有玻璃橱窗，环绕大厅的东西和北侧是三面的橱窗，这些橱窗里分别展示着各种邮票。正对大门的南侧是方形三面柜台，营业员在里面为顾客分拣所要的邮票。

几十年来，许多往事可能都有所淡漠了，但是集邮公司里的场景却恍如昨日。大厅里西侧的两根方柱四面是展示外国的新邮，而东侧的两根方柱四面是中国新邮和解放区邮票。那时的集邮公司除了中国邮票之外，只出售当时的“社会主义国家”邮票。像欧洲的苏联、东德、波兰、匈牙利、捷克斯洛伐克、罗马尼亚、保加利亚、阿尔巴尼亚，开始时还有南斯拉夫的邮票，后来取消了，当然与政治原因有关。亚洲的有朝鲜、越南、蒙古，至于古巴邮票的出现时间就很晚了。紧贴西墙一带（包括一部分南墙和北墙）都是这些欧洲和亚洲的社会主义国家的邮票，东墙一带（也包括一部分南墙和北墙）是中国纪、特和普票，解放区邮票在东侧的北墙。我还记得整个大厅里最贵的一枚邮票是陈列在北墙的“湘赣边省赤色邮票”，标价是一百元，这在当时可谓天价了。其他纪、特邮票如后来发行的金鱼、黄山、牡丹、菊花、梅兰芳邮票和小型张都是按面值出售的。

无论是中国邮票还是外国邮票，除了编号之外，一般都有两个标价，即新票价钱和盖销票的价钱，如果一时售缺，就会在标价上挡一块小纸片，以示售缺。除了中国邮票，外国邮票中的匈牙利和波兰邮票印得最为精美，也卖得最快。我们这些小学生都没有什么钱，有的同学就是省下吃早点的钱去买邮票，因此我们那时只能选择比较便宜的盖销票了。一般大套的外国盖销票只要几毛钱，而对我们这些孩子来说就是很贵的了，一般的多是几分钱或一两毛钱一套。每次买上一两套票，就已经十分满足，能高兴一个多礼拜。后来东安市场的南花园一带的那几家私营的邮票店就再也不去了。

从小学二年级到我的中学时代，集邮公司占据了绝大多数的课余时间，每到周六下午，总会在那里消磨很多时光。

周六、日是集邮公司最忙碌的日子，人们要先在柜台上自己取一张小纸片，浏览了橱窗之后，将想买的邮票编号写在小纸片上，再去排队，依次将小纸片递给营业员，营业员按照顾客纸片上的编号从背后一层层的小抽屉里取出顾客所要的邮票，装入一个个印有“中国集邮公司”字样的小纸袋（直到今天，我还保存着那个年代的小纸袋），一份份地排好，而顾客再排队等着交钱后拿到自己要的邮票。整个营业大厅中虽然人头攒动，但是秩序井然，营业员的态度都非常和蔼耐心，这种景象至今都能再现在我的脑子里。那时的集邮公司里各种各样的人都有，像夏衍、张珩、周贻白等都会像普通集邮者一样在那里选购、排队。当然，青少年总是人数最多的群体。

那时天津的集邮家如林崧、黎震寰等前辈也来北京集邮公司购买邮票。林崧先生是老一辈的中国妇产科专家，因为与北京协和医院的林巧稚同姓，又是同乡同里，因此被讹传为林巧稚的弟弟或兄长，其实林崧岁数比林巧稚小，他们确实很熟悉，交往很多，但没有血缘关系，却在妇产科方面都是中国现代医学的奠基人。林崧来北京集邮公司购买邮票的气魄很大，那时梅兰芳小型张每张三元，林老一次就购买了几十张，令北京的集邮者看了咂舌。黎震寰是京奉铁路的高级职员，收藏颇丰，尤其对清代大龙邮票有很深的研究，1988 年，我们在北京故宫漱芳斋纪念清代大龙邮票发行一百一十周年的纪念会上相识。

三、集邮中的政治

从集邮公司开业伊始，那门前就开始聚集集邮爱好者，除了在营业大厅买邮票之外，也在门口交换邮票，于是这就成了集邮公司开业以来热议的焦点。这里面有几个对于当时来说特别敏感的问题：一是集邮要不要通过交换流通？这种流通以什么为依据？邮票作为邮资已付的凭证之外，是不是商品？可不可以具有其作为商品的价值？在交换中能不能用货币补偿差价？这在今天看来丝毫不是什么问题，但对于当时来说却是谁都不好回答的问题。二是除了中国邮票和所谓的社会主义国家邮票之外的其他邮票能不能也纳入交换的范畴？当时，通过一些其他渠道，例如印度尼西亚归国华侨等携带入境的邮票（当时印度尼西亚邮票和欧洲其他国家邮票也见于门外的交换场所）能不能在此交换，能不能收集？三是集邮的题材，什么能收集，什么不能收集，应当如何给集邮活动定位？集邮公司也从开业以来就为此大伤脑筋。对聚集在营业大厅的集邮交换者基本上是采取劝阻和驱赶的，但对于门外的集邮爱好者从事的交换活动以及上面提到的几个问题就很是为难。那时的总体原则是：邮票可以通过交换互通有无，但是不允许使用货币买卖，对用货币补齐差价的问题始终是在模棱两可之间，没有明确的规定。至于收集什么邮票，那时是首先提倡收集中国邮票，主要是新中国邮票。

为了因势利导，集邮公司也曾召集过几次集邮爱好者的座谈会，我那时年纪小，没有资格参加，但是像李近朱（中央电视台《话说长江》的编导）、王泰来（北京集邮家）等比我年岁稍大些的，都被当作青少年集邮者代表召集去开会讨论。关于“资本主义”国家邮票不能收集的问题则是没有商量的，结论是一概不许收集和交换。实际上，在大门外也是屡禁不止，少数其他欧美国家的邮票照样交换、买卖、流通。

我开始集邮时是除了购买新中国邮票外，也漫无目的地买些好看的东欧国家邮票，后来则专门买动物和植物的邮票，还有文学家的邮票，我也从集邮中获得了许多课外知识。从 1955 年到 1965 年，东华门的中国集邮公司一直都是集邮爱好者的圣殿和天堂，无论春秋寒暑，这十年中我在那里度过了无数美好的时光。

那里三四十岁的营业员可能今天多数已经作古，但是他们的面貌和特征我至今都能回忆起来。当时还有一种印有国徽的锦缎面的大型插册，是为了国庆十五周年制作的，每本大约十元，是最豪华的册子，只卖给外宾，我通过种种关系竟然买到过两三本。“文革”中，这种册子依然由邮票厂的家属“五七连”生产，都是手工制作，虽然彼时没有集邮活动，但是作为对外交流的礼品，也还在生产。80 年代初，我还以二十元一本的价钱买到过二十几本库存，至今还保留着，质量很好。

“文革”开始，中国集邮公司的东华门的营业大厅歇业，中国的集邮活动停滞了十年。我的集邮也在此期间停滞，我所有的邮票都化为灰烬，集邮公司的大门关闭了，而我童年和少年时代那一扇金色的大门也在我的身后关闭了。若干年后，我曾写过一篇散文——《花花绿绿的小纸头》，回忆了那难忘的十年集邮生活，颇多伤感。

70 年代末，坐落在东华门的集邮公司重新开业。当我再一次走进重新开业的中国集邮总公司，仿佛又回到了那个熟悉的世界，一切是那样的熟悉，然而又是那样的陌生。那时已经没有了外国邮票业务（据说库存的外邮已经在“文革”中作为“四旧”而全部销毁），四周墙壁的橱窗中陈列的都是最新发行的中国邮票，题材之多样，设计之精美无与伦比。本来心灰意懒的我又再次萌生了集邮的念头。那时最新发行的茶花、奔马、《西游记》等都能随便选购，而且都是面值价。比较特殊的像为香港邮展发行的山茶花加字小型张，为里乔内邮展发行的长城小型张，则在两元的面值价上再加五角钱，已经觉得很贵了。我还记得一件往事：那时我已经在医院上班，每周三要骑着自行车到东单三条的中华医学会去听学术报告，回来路过集邮总公司时，看到发行不久的生肖猴票，整版八十枚，按面值是 6.40 元一版，于是就随便买了一个整版。刚回到医院，遇上在我院实习的基建工程兵两位女军医，大家都很熟悉，她们很喜欢这版猴票，非要我让给她们，说等我下周再去听学术报告时可以再买，于是不容分说，每人给了我 3.20 元，硬是各撕走了半版。等到第二个礼拜我再去听报告时，集邮公司的柜台上说已经售罄，至于什么时候会再来货就说不好了。在那个时代，从来没有囤积居奇的意识，真的想等几天再来买。走出大门，有人拿着猴票在兜售，一枚八分的猴票竟卖到四角，看看后拂袖而去。而今天一版“猴票”的价格已经升值到一百万元了。

我再度恢复集邮后专力收集世界动物邮票，此后三十多年来收集了自 1853 年以来世界各国和地区发行的几乎全部动物邮票。日本的《世界动物切手图鉴》曾是最具科学性的按图索骥工具，可惜在水原明窗先生去世后没有了资助，这本图录未能够继续出版下去。当时，这本图录的编者岛津安树朗和朝妻昌彦、功力欣三弄都与我有通信联系，对我有许多指导，可惜这几位也陆续作古。

那两年，东华门集邮公司的门前又聚集了大量的集邮者，我又经常去那里了。不久后，集邮总公司搬到了和平门，东华门的灰色小楼成了中华全国集邮联合会的办公地点。再后来，我当选为中华全国集邮联合会第二、三届的理事，第二、三、四届的学术委员，经常来到这里开会办事。集邮公司的东侧一直都有个小门，通过一个夹道后可以直上到楼上，从很小的时候起，我就觉得那扇门里是个神秘的地方，楼上究竟是什么样子？那里有多少邮票？始终是我梦寐中的想象，没有想到若干年后，我也能从那个小门进出，登堂入室，这是我在少年时代想都不敢想的事。

六百年来北京外来人口

一、外省来的打工者

世界上任何一个城市，尤其是大城市，都不是固化、静止的，居住的人口都是经由迁徙和流动形成的。我们这里谈到的主要是百年以来北京的人口流动和迁徙问题，它与北京的社会变化、城市变化有着十分密切的关系。

从历史上的统治阶层来说，元代的蒙古人当然是外来人口，即便是汉族政权，明朝贵族对北京来说也算是外来人口，后来的清代满族八旗也是外来人口。历代中央机构官员更是来自全国各地，官员中真正一直在北京生活的土著，人数很少，除了“官”，各衙门机构中的“吏”也有很多不是北京土著。要说北京籍的大官，做到内阁学士的翁方纲算是一个。翁方纲是北京大兴人，属直隶。那时候的“大兴”和现在的大兴区不是一回事，北京以前是大兴、宛平两个治所，同时分治东西内城，翁方纲就是出生在北京城里的东部，也算是大兴人。

以清代来说，北京的旗人分三类，旗人中的贵族或官宦是一类，还有一类是由驻防旗人定居下来而形成的市井旗人。这两部分旗人汉化很突出，尤其是满族进关以后，越来越与北京的土著汉人融合。例如旗人经商，虽在关外时已见踪迹，但真正比较普遍的，则是在康熙以后。而真正保持旗人传统最多的则是北京营房中的旗人，例如居住在西郊的健锐营等军旅中的旗人及其家属，生活相对封闭，保存的本民族习俗最多，他们的通婚、社交等等也都在一定的范围之内，因此更多地保留了旗人的传统式生活状态。

大都市的外来人口历来多是一些提供劳动服务的阶层。北京从来不是生产型的城市，而是消费型的城市。最初，几乎所有的服务业劳动力来源都是外来人口，这些服务性的劳动力大多数是来自周边地区，甚至扩展到周边省份。这种地域性的劳动资源，大都是一个地区带动一片，这个特点一直持续到现在。例如当前北京各个医院中的护工人员，都是不同地域把持的，如这个医院是四川帮，那个医院是安徽帮，其他地方的人想进是进不去的。旧时代北京也一样，每个地方都勾连着自己的同乡，形成外地来京人员的不同体系。比如北京保姆业（从前叫老妈子），基本上是来自北京三河县。北京的煤铺，基本上来自河北定兴。此外，河北定兴人在北京还有一个行当是浴池业，就是澡堂子里的从业人员。建筑业的泥瓦匠基本上是来自河北宝坻（今属天津市），文玩业来自河北的通州和冀中，书业很多来自衡水、河间。卖猪肉的很多是来自山东。当时送水的、送冰的以及粪业（一直到50年代的劳动模范时传祥），也都是来自山东的。北京的绸缎庄基本上是山东人经营，但是染料业（染房）大多是山西人开的。这些从业人员，除部分生意做大了的会留下定居，比如山东孟家开瑞蚨祥，山西开钱庄票号和大染坊的，其他凭劳动力吃饭的外来人口大多在老年或者说丧失劳动力之后都会回到原籍，这批外来人口是无法进入北京主流社会的。

以士大夫阶层为代表的知识群体而言，北京本地人口并不占多数，哪几个省份占得最多呢？首先是江浙，其次是山东。清中叶以后有些变化，湖南、广东后来居上，福建也呈上升趋势。至于像四川、云贵这些边远大省，比例则较小。比例更小的省份则是东北和西北，别看这些地方地域上离北京并不算远，但这两个地域的人要到北京打工，仍存在较远或交通不便的因素；而以士人身份进入官场士大夫阶层，文化积淀又不够，因而旧时北京的东北、西北外来人员不是很多。

由于当时交通所限，有些地域的特产经营在北京受到一定的局限，不是所有的物产都能由当地人经营。就以茶叶铺而言，北京的许多茶叶铺是安徽、福建人开的，以方、张、汪、吴四大姓把持，如吴肇祥、吴裕泰、吴鼎和、吴恒瑞等安徽吴家，庆林春是福建的林家等。茶叶产地很多，如江浙、安徽、福建、云南等省，但是茶庄则多是安徽、福建人经营。云南人在北京开茶庄的基本上没有，也没有云南人成帮到北京做茶叶生意的，就是江西、浙江的都不多。这也像我们前面说的河北、山东、山西等不同地区的人员分门别类地占据了某些行业一样。

二、反客为主的群体

根据当时统计，1949 年北京市的人口是 206 万，其中，城市人口 167 万，农村人口 38 万。为什么城市人口远远多于农村人口？这是因为北京的城市远远大于农村。那时北京的范畴只有内外城和近郊区，像今天的朝阳和海淀那时是近郊，属于农村地区，通县、顺义和房山都属于河北，延庆属于察哈尔省。因此北京的农村面积很小，其人口当然少于城区。

可是到了1955年北京市统计的人口是多少呢？是328万，也就是说在五年的时间里北京人口陡增了120万。这120万人口哪里来的呢？是不是这五年人口繁衍加快、生育率增高？当然不是的，因为主要是外来人口。但是这120万人口的性质，完全不同于以前的来京务工人员，那些人是进入不了北京的主流社会的。这五年新增的120万人口，与之性质完全不同。他们虽是外来，但不仅不存在进入不了主流社会的问题，相反，还改变了北京的主流社会。

这部分外来人口构成很多元，有解放区的干部，比如从晋察冀来的、晋冀鲁豫来的、晋绥来的、冀察热辽来的；从东北解放区来的、华北解放区来的，他们构成了新政府的主体和各部门机关的主要人员。此外，还有1949年之后从各地大规模支援北京经济建设的科技、工程、文教等方面的干部和产业工人、技术人员。应该说，北京五年之中不但人口增加，而且发生了结构性、本质性的改变。也即120万人口反客为主，使所谓的主流社会成分发生了重大变化，重新构建了北京的主流社会。

1949年后，进入北京的干部从口音上讲，你一听，是北方口音多，河北、山东、河南这些地方人多；而你到上海去，基本上多是新四军的底子，是苏北口音多；到广东去，山东、东北的都有，为什么呢？是因为南下干部的原因。所以说，一次大的历史政治变革之后，城市的人口结构也会根据大的政治结构的改变而发生变化。

外来人口进入北京以后也在改变着旧的方言，北京土话保留下来的越来越少，而外来人口为了适应、生存于这个城市也在改变着自己的语言，大家逐渐向普通话靠拢。但也会有很生硬的地方，比如说儿化音，过去北京人管王府井叫“王府井儿”，但后来儿化音渐渐取消了，北京人也受外地人的影响，大家都叫“王府井”。改革开放初期，南风袭来，学港台主持人说话的很多，比如说“接下来怎样怎样”，这种表达方式在旧普通话里是没有的。又如现在年轻人常说“你吃过饭了吗？”回答：“我有吃过。”“这个电影你看过吗？”回答：“我有看过。”这是港台腔儿，实际文法是不通的。人口大幅度流动，就形成了新的语言体系。非常有特色的外地语言在北京也不可能存在，两者都在发生改变。1993 年我去台湾，见到很多在台湾的老北京人，他们就觉得我讲的不是很标准的北京话，台湾的很多外省人，从北京或者北方其他地方过去的，他们就保持了很多原来的东西。台湾的“国语”和我们大陆的普通话也不一样，像“我有吃过”之类居然也算是“国语”。

很多世家定居北京，几代之后，可能也保持了原籍语言的一些特点，但已经都是北京话了。比如江苏德清的俞家，从俞平伯的父亲俞陛云开始就基本定居北京，虽然他们还略带一点南方口音，但基本上已经接近北京话了。王世襄家是福建闽侯人，他基本能听懂闽侯话，却不会说。朱家溍家是浙江萧山人，我知道他能听懂一些萧山话，但也不会说。住了几代以后，很多原籍的生活方式和习惯会保留一点，但语言音准上已经是北京话了，所以许多人将王世襄、朱家溍都当作老北京。旧时代，北京四九城说的话都不一样，各个阶层也都不一样。但今天这么多人口流入，北京话已经没有北京地域和阶层的区分了。

六十年的时间，北京人口从三百多万增加到现在常住人口两千多万，这还不算流动人口。人口的增多有两个原因，一是北京的底盘大了，很多过去不是北京的区域被划入北京。由于底盘大了，人口基数也就大了。二是大批农村人口和其他人口涌入城市，不但北京，上海、广州、深圳都是如此。从求学、谋生到就业、定居，促成了十倍以上的激增。过去进入北京的基本上是劳动阶层，从事的多是服务性的行业（这在今天也是最庞大的群体）。而近三十年来，北京的外来人口素质有所提高，很多高学历、高资质的人群留在了北京，这也是北京人口结构的改变。

20世纪初期，美国有位很著名的现实主义作家叫德莱塞（Theodore Dreiser），被誉为美国现代小说的先驱，他的《嘉莉妹妹》《珍妮姑娘》以及“欲望三部曲”等，写的是资本主义初期的美国，外乡人怀揣着美国梦涌入了城市谋生，非常真实，是那时期美国社会的写照，也是美国城市人口发生变化的年代。例如那时的推销员是很普通的工作，推销员后来成为企业家的也大有人在。所以，一个发展中的城市必须是包容的，就像现在的北京人在多少代以前也不见得是北京人，任何一个城市都不是固化和静止的。城市如同一个盘子，总会流进流出，也会遵循优胜劣汰的法则，不断地更新它的内涵。

三、居京外籍

北京外来人员多种多样，不但有从事各种职业的外地人，同时也有外国人。旧时代，在北京的外国人和在上海、天津、广州、哈尔滨等地的外国人性质都不太一样。上海是冒险家的乐园，北京不是，能在北京住下来的外国人一般来说层次是比较高的，像那种身无分文、经过闯荡才能生活下来的并不多，知识阶层相对比较多。主要有这样几类：

第一类是天主教和基督教教会的神职人员。北京有很多教堂，这部分外国人专门从事神职工作，比如神父、牧师、修女，还有一部分虽然是教会人员，还兼职其他行业，比如医生，包括德国医院、法国医院、道济医院都有很多宗教人员做医护人员。

第二类是从事大中学教育的人员，大学会聘请很多的外国教授，像燕京大学的司徒雷登。教会办的辅仁大学也有很多司铎（掌管文教的神父）和教授是外国人，还有教会的慕贞女校、贝满女校，以及外国人办的中等学校，如美国学校、法国学校等，也是如此。为了教师和学生便于相处，女校也会有很多修女。我母亲小时候上的是法国学校，她们就管生活老师叫“姑奶奶”，“姑奶奶”穿修女服，自我要求非常严格，管理学生也非常严格。

第三类外国人属于纯粹的管理人员，像清末的海关税务司，以及后来海关、银行、铁路、矿山、邮政五大机构都有不少外国职员。还有一些是科技人才，例如研究人员和医务人员，协和医院和医学院做医学科研和教学的有很多外国人。在北京经商的外国人虽然也有，但却相对很少，远远比不上上海和天津。

1917 年俄国革命之后进入中国的俄国贵族非常多，那时一等的贵族去了欧洲；二等的贵族来到中国，被称为“白俄”。进入中国后，最能站稳脚跟的地方第一个是哈尔滨，其次是上海、天津。他们从事洋行、餐饮等职业，也有不少混得不错的，但大多是混得不好的，酗酒、赌博，把家产吃光当尽的大有人在。哈尔滨有很多赶马车、送牛奶、送报纸的，一问都是子爵、男爵。在上海白俄到百乐门吹小号、拉提琴的很多。但在北京生存相对就不太容易。在北京的外国人数量相对于哈尔滨、上海、天津要少得多。尤其是 1928 年政府南迁以后，不再设使馆，驻华外交人员也逐渐减少。1937 年北平沦陷，1941 年太平洋战争爆发，日本人驱赶很多英美侨民，有人甚至被抓到宪兵队，有的被驱逐出境。而到了 1949 年以后，很多外侨被认为有间谍性质和敌特嫌疑也被驱逐，宗教神职人员纷纷回国，经商或者从事其他职业的门径基本关闭，在北京的外国人数量急剧下降。50 年代，苏联、东欧和我们有友好外交关系国家的来京人员，也仅限于官方之间的交往，基本上没有到中国经商务工的。

改革开放之后就不一样了，在北京的外国人多得不得了。现在常住北京的外国人有几十万，来自世界各国各地，从事着各种职业，和三十年前就大不相同了。

北京城市人口的变化，从一个侧面反映了城市的变化，反映了中国社会的变化。经过百年变迁，北京不仅人口结构出现了巨大差异，北京的城市生活、城市规模都出现了翻天覆地的变化。一个百年，接着又一个百年，社会不断向着文明、进步发展。下一个百年，注定会有更大的不同，一切将有待后人记录补证。

人名索引

D

E

F

G

H

J

K

L

R

S

T

W

Z